The Escape
by Mary Balogh

雨上がりに二人の舞踏会を

メアリ・バログ
山本やよい[訳]

ライムブックス

Translated from the English
THE ESCAPE
by Mary Balogh

First published in the United States by Delacorte Press

Japanese translation published by arrangement with
Maria Carvainis Agency, Inc
through The English Agency (Japan) Ltd.

雨上がりに二人の舞踏会を

主要登場人物

サマンサ・マッケイ……………………………元陸軍大尉の未亡人
サー・ベネディクト（ベン）・ハーパー……准男爵。元軍人
マティルダ・マッケイ………………………サマンサの義理の妹
レディ（ベアトリス）・グラムリー………グラムリー伯爵夫人
ヒューゴ・イームズ…………………………トレンサム卿。元軍人
ジョージ・クラブ……………………………スタンブルック公爵。ペンダリス館の主人
フラヴィアン・アーノット…………………ポンソンビー子爵。元軍人
ラルフ・ストックウッド……………………ベリック伯爵。元軍人
イモジェン・ヘイズ…………………………レディ・バークリー。士官の未亡人
ヴィンセント（ヴィンス）・ハント………ダーリー子爵。元軍人
マシュー・マッケイ…………………………元陸軍大尉。ヒースムア伯爵の次男。サマンサの亡夫
ジョン・ソール………………………………牧師。サマンサの腹違いの兄

1

時刻は真夜中近くになっていたが、ベッドに入ろうとする者は一人もいなかった。

「全員がひきあげたら、ここもずいぶん平和になりますよ、ジョージ」ベリック伯爵ラルフ・ストックウッドが言った。

「静かになるのは間違いない」スタンブルック公爵は、コーンウォールにある公爵家の本邸ペンダリス館の客間で輪になった六人の客を見まわし、一人ずつに愛情に満ちた目を向けた。「そう、そして平和になる、ラルフ。だが、きっと寂しくてたまらないだろう」

「いや、幸せな点を、か、数えはじめるはずですよ」ポンソンビー子爵フラヴィアン・アーノットが言った。「今後一年間、ヴィンスがバ、バイオリンをキーキー鳴らすのを聞かされずにすむと気づいた瞬間から」

「あるいは、バイオリンに合わせて陶酔の叫びを上げる猫の声も」ダーリー子爵ヴィンセント・ハントがあとを続けた。「それもついでに言ってくれればよかったのに、フラヴィアン。ぼくの繊細さを気遣う必要はないんだよ」

「去年に比べると、見違えるほど上手になったわ」レディ・バークリーと呼ばれているイモ

6

ジェン・ヘイズが言った。「来年はもっと上達しているでしょうね。あなたはまさに驚異だわ。みんなにいい刺激を与えてくれる」

「ぼくもそのうち、きみの伴奏で踊れるようになるかもしれない。テンポの速すぎる曲でなければ」サー・ベネディクト・ハーパーが、椅子の肘掛けに立てかけた二本の杖《つえ》に残念そうな視線を向けた。

「みんなが明日の出発をとりやめて一年か二年ほど滞在を延ばすことに、期待をかけてはおられませんよね、ジョージ」トレンサム卿ヒューゴ・イームズが尋ねた。どことなく残念そうな口調だった。「三週間がこんなに速く過ぎてしまったのは初めてです。ここに到着し、まばたきをしたら、もう別れのときが来ている」

「ジョージは、れ、礼儀正しい人だから、露骨に〝期待していない〟などと答えはしないだろう、ヒューゴ」フラヴィアンが彼に言って聞かせた。「だが、悲しいかな、それぞれの人生がわれわれを呼んでいる」

自称〈サバイバーズ・クラブ〉のメンバー七人は全員そろって感傷的な気分になっていた。誰もがかつて、ペンダリス館で数年を過ごし、ナポレオン戦争で負った傷の治療に専念した。回復に向けて一人一人が孤独な戦いをするしかなかったが、おたがいに助けあい、支えあい、いつしか兄弟姉妹のように親しくなった。新たな人生を始めるために、もしくは、昔の人生をとりもどすために屋敷を離れるときが来ると、全員が熱意と怯《おび》えの入り混じった思いを抱いて去っていった。それぞれの人生があることは誰もが承知していたが、ここで繭にくるまれて過ごした歳月は安らぎに満ちていて、幸福と言ってもいいほどだった。毎年、二、三週間だけコーンウォールに集まろうとみんなで決めた。友情を守り育てていくために。ペンダリス館という安らぎの場所を出てから経験したことを報告しあうために。そして、誰か一人に、あるいは何人かに苦労が降りかかっていれば助けの手を差しのべるために。

今年が三回目の集まりだった。しかし、それも終わりを迎え、一年後まで会えなくなる。というか、明日の朝には終わりを迎える。

ヒューゴが立ちあがって伸びをし、ただでさえ大きな身体をさらに膨らませた。ただし、その巨体は脂肪でできているのではない。背丈も肩幅も仲間内では最大で、髪を短く刈りこみ、いつも渋い表情をしているため、ひどく獰猛《どうもう》な男に見える。

「困ったことに、わたし自身、このひとときに終止符を打ちたくないと思っている。だが、明日の朝は早いから、そろそろベッドに入ったほうがいいだろう」ヒューゴは言った。

それを合図に、全員が席を立った。ほとんどの者が長旅になるので、早朝の旅立ちを予定している。

立ちあがるのがいちばん遅かったのはサー・ベネディクトだった。杖を両脇にひきよせ、自分で考案したストラップに腕を通してから、苦労して立たなくてはならない。もちろん、誰もが喜んで手を貸したいところだが、そういう軽率な者は一人もいない。それぞれ苦労を抱えていても、全員が自立心旺盛だった。例えば、ヴィンセントは目が見えないにもかかわらず、誰の手も借りずに客間を出て、階段をのぼり、自分の寝室に戻っていく。その一方、足の不自由な友人に対しては、みんなで待ち、歩調を合わせて階段をのぼる。

「い、いまに、ベン」フラヴィアンが言った。「一分以内でのぼれるようになるさ」

「去年の二分に比べると、ずいぶん速くなったものだ」ラルフが言った。「去年はあくびが出そうだったぞ」

ベンに辛辣な言葉をぶつけ、からかってみたい衝動を、誰一人として抑えようとしない。たぶん、イモジェンだけは別だろうが。

「命を助けるには両脚を切断するしかないと言われた人なんだから、二分でもすばらしい記録だわ」イモジェンは言った。

「落ちこんでいるようだな、ベン」歩きだそうとしたヒューゴが足を止め、声をかけた。

ベネディクトは彼をちらっと見た。「疲れただけさ。それに、三週間の滞在が終わろうとしている。別れはいつも辛いものだ」

「いいえ」イモジェンが言った。「ほかに何かあるはずよ、ベン。気づいたのはヒューゴだけじゃない。全員が気づいていたわ。ただ、夜の談話の時間には誰も口にしなかっただけ」

この三週間、例年と同じく、毎晩のようにみんなで夜更かしをして、大きな悩みや不安や喜びを打ち明けあった。おたがいに秘密にしていることはほとんどなかった。もちろん、つねに多少の秘密はあるものだ。相手がいくら親しい友人でも、自分の魂をすべてさらけだすことはできない。今年のベンは自分の魂を隠していた。かなり落ちこんでいた。いまもそうだ。しかし、自分の心をうまく隠せなかったのが残念だった。

「助けも同情も求められていない場所に、みんなで踏みこんでしまったのかもしれない」公爵が言った。「そうじゃないかね、ベネディクト？　それとも、もう一度すわって議論するとしようか？」

「ぼくがヘラクレス並みの苦労をして立ちあがったというのに？　しかも、みんな、朝になったら爽やかで美しい顔をそろえるために、早くベッドに倒れこもうとしているのに？」ベンは笑った。しかし、一緒に笑おうとする者はいなかった。

「ぜったい落ちこんでるよ、ベン」ヴィンセントが言った。「このぼくでさえ気づいたもの」

ほかの全員がふたたびすわったので、ベンもため息をついて、自分の席に戻った。あと少しで逃げだせたのに。

「誰だって泣き虫にはなりたくない」ベンはみんなに言った。「泣き虫は周囲をうんざりさせる」

「いかにも」公爵は微笑した。「だが、きみが泣き虫になったことは一度もなかったぞ、ベネディクト。ほかのみんなもそうだ。泣き虫になったら、あとの者が許さないだろう。だが、問題を認めて助けを求めたり、優しく聞いてもらおうとしたりするのは、泣き虫になることとは違う。きみがどんな経験をしてきたかを詳しく知る者たちから同情をひきだすだけのことだ。脚の痛みが我慢できないのかね？」

「少々の痛みぐらい平気です」否定はせずに、ベンは答えた。「少なくとも、脚を切断せずにすんだことが実感できるから」

「しかし――？」

公爵自身はかつて陸軍士官だった時代があるものの、戦場に出た経験はない。だが、息子が戦争に行き、ポルトガルで戦死してしまった。息子の母親である公爵夫人は、悲しみに耐えきれなかったせいで、それからほどなく、領地の端にある崖から飛び降りて自ら命を絶った。六人の男女とその他多くの者たちを屋敷に迎えたときの公爵は、彼らに劣らず深く傷ついていた。たぶん、いまだにそうだろう。

「いずれ歩けるようになるでしょう。いまもどうにか歩いているのだし。そして、いつの日かダンスをしてみせます」ベンは悲しげに微笑した。いつもそう豪語していて、ほかの者がそれをよくからかっている。

いまは誰もからかおうとしなかった。

「しかし――？」今度はヒューゴが言った。

「前のように踊るのはもう無理だろうな。自分でも前々からわかっていたんだと思う。わからなかったら馬鹿だよ。しかし、杖が、それも二本の杖がなければ、せいぜい数歩しか歩けないし、杖をついてゆっくり歩くのがやっとだという事実を認めるのに、六年もかかってしまった。以前の人生をとりもどすことはけっしてできない。この脚は永遠に不自由なままなんだ」

「酷《むご》い言葉だな」ラルフが眉をひそめた。「少々負け犬の気分かい？」

「単純な真実さ」ベンはきっぱりと言った。「現実を受け入れるときが来たんだ」

公爵は椅子の肘掛けに肘をのせて、指を尖塔の形に合わせた。「さて、現実を受け入れることには、降参して自分を障害者と呼ぶことも含まれているのかね？　最初に降参していたら、きみはベッドを離れることもできなかっただろう。きみの脚を切断しようという軍医たちに従っていただろう」

「現実を受け入れるのは、降参するという意味ではありません」ベンは公爵に言った。「現実を考慮し、自分の人生をそれに合わせていくという意味です。ぼくは職業軍人として生きてきて、それ以外の人生は想像もできなかった。ほかの生き方をしたいとは思いもしなかった。将軍の地位までのぼり詰めるつもりでした。昔どおりの人生をとりもどす日を夢見て、日々努力を重ねてきました。でも、その日はもう来ません。最初から無理だったのです。そろそろ現実を受け入れて対処しなくては」

「軍隊以外の世界では、あなたは幸せになれないの？」イモジェンが尋ねた。

「いや、なれるよ」ベンはきっぱりと答えた。「なれるとも。なってみせる。ただ、この六年間、現実を否定して生きてきたから、未来に何が待っているのか、まだわからないんだ。あるいは、自分がどんな未来を望んでいるのかも。とっくに消え去って二度と戻ってこない過去に焦がれて、何年もの月日を無駄にしてしまった。ほらね、ぼくは泣き虫だろ？　みんな、いまごろはベッドに入ってぐっすり眠っていただろうに」

「ぼくは、こ、こうしているほうがいいな」フラヴィアンが言った。「仲間の一人が心の内を打ち明けることが、で、できないまま、悲しみを胸に抱いてここを去るとしたら、みんなでここに集まるのは、や、やめたほうがましだ。ジョージの屋敷はコーンウォールのこんな辺鄙《へんぴ》な場所にある。景色を楽しむことだけを目的にここに来ようなんて、誰が思うだろう？」

「そうとも、ベン」ヴィンセントが笑みを浮かべた。「ぼくなんか、ぜったい景色が目的じゃないからね」

「このまま自宅に戻るつもりはなさそうだな、ベン」公爵が言った。それは意見であって、質問ではなかった。

「ベアトリスに、あ、ぼくの姉ですが、話し相手が必要なんです」ベンは肩をすくめて説明した。「冬のあいだ、風邪がなかなか治らなくて、春が来てようやく元気が出てきたところです。復活祭がすんだら、夫のグラムリーは議会の開会に合わせてロンドンへ行く予定ですが、姉にはまだその体力がありません。それに、息子たちは学校に戻ってしまうし」

「こんなに理解のある弟がいて、グラムリー伯爵夫人は幸せな方だ」公爵が言った。

「姉とぼくは昔からとくに仲良しでした」

しかし、公爵の遠まわしの質問に、ベンはまだ答えていなかった。仲間たちも気づいている落ちこみの原因を説明するためには、やはり正直に答えるしかないと覚悟した。フラヴィアンの言うとおりだ。仲間に本心を打ち明けることができないのなら、友情も、この集まりも意味をなくしてしまう。

「いつケネルストンの家に帰っても」ベンは言った。「弟のカルヴィンはぼくに何もさせようとしません。ぼくがあいつの書斎に入ることも、不動産管理の担当者に会うことも、農場の様子を見に出かけることも、カルヴィンは望んでいないのです。必要なことは全部自分がするからと言って譲らない。つねに快活で誠意のこもった態度です。まるでぼくの頭脳にも脚と同じ障害が出て、ねじ曲がってしまったと思いこんでいるみたいに。それから、弟の妻のジュリアもぼくの世話を焼こうと懸命で、ぼくが自分の部屋から出るたびに、行く手の邪魔な品をどけたりする。なにしろ子供たちが邸内を好き勝手に走りまわり、置物などを放り投げているので。食事はジュリアの指示でぼくの部屋に運ばれてくる。ダイニングルームへの階段を苦労して下りなくてもすむようにという配慮でしょう。ジュリアの――いえ、あの二人の気遣いのせいで、ぼくはふたたび屋敷をあとにするまで、息が詰まりそうな日々を送るしかないのです」

「なるほど」公爵は言った。「問題の核心に近づいてきたようだ」

「二人ともぼくをひどく怖がっています。ぼくが屋敷にいるあいだ、不安におののいているほどです」

「弟さん夫妻はおそらく、きみがここで治療を受け、ひきつづき療養に専念していたあいだ、きみの屋敷を自分たちのものだと思うようになっていたのだろう。だが、きみは三年前にここを離れた」

なぜあのとき、屋敷は自分のものだと宣言し、弟には別の手段で家族を養うよう強く言わなかったのか？　公爵は暗にそう問いかけているのだ。厄介なのは、問題を先送りにする以外、ベンには解決法がないことだった。もしくは、徹底的な臆病者になるか。もしくは――

何かそれ以外の生き方を見つけるか。

ベンはため息をついた。「家族というのは複雑なものです」

「そうだよね」ヴィンセントが熱のこもった口調で同意した。「その気持ちはよくわかるよ、ベン」

「ぼくの兄と末っ子のカルヴィンは昔からとても仲がよかった」ベンは説明を始めた。「次男のぼくはまったく存在感がなかった。とくに険悪なわけじゃなくて、ただ……無視されていた。単に兄弟というだけの関係だった。兄のウォレスは政界に入って閣僚になることにしか関心がなかった。父の生前も死後もロンドンの屋敷で暮らしていた。準男爵位を継いだとき、本邸のあるケネルストンに住むつもりも、荘園経営にあたるつもりもない、とはっきり言った。弟のカルヴィンはその両方に惹かれていたし、若くして結婚し、子供も生まれていたので、兄とのあいだで双方が満足できる取決めを結んだ。カルヴィンが本邸に住み、荘園を管理して報酬を受けとる。ウォレスがその報酬を支払い、荘園の収益を得るが、煩わしい管理にはいっさい関わらない。まさか、コヴェント・ガーデンの近くで荷物を満載した荷車が横転し、下敷きになったウォレスが即死することになろうとは、カルヴィンも――家族全員も――予想だにしなかった。運命のいたずらにしてもひどすぎる。その後ほどなく、今度はぼくが重傷を負った。助かるまいと思われた。イングランドに送られてここに運ばれたあとも、もうだめだと思われていた。あなたも同じ思いだった。そうですよね、ジョージ」

「いや、違う」公爵は言った。「きみがここに運ばれてきた日、わたしはきみの目をじっと見て、この頑固者はぜったい死なないと確信した。気の毒に思ったほどだ。きみほど大きな苦悩を抱えた人間は見たことがなかったからね。弟さんはあのとき、爵位も財産もケネルストンの家屋敷ももうじき自分のものになると思ったのだろうね」

「弟にとっては、きっとひどい打撃だったでしょう」ベンは悲しい笑みを浮かべた。「ぼくが助かってしまったから。ぼくのことが許せないに違いない。いや、そういう言い方をしたら、弟の性格が悪いみたいに聞こえるけど、本当はそんなやつじゃありません。ぼくが屋敷にいなければ、弟は父の死後ずっと送ってきた暮らしをそのまま続けていける。でも、ぼくが屋敷に戻ると、その暮らしが脅かされるように思うのでしょうね。無理もない。だって、法の定めるところによれば、すべてがぼくのものですから。しかし、ケネルストンがぼくの自宅でないとすると、どこを自宅だと思えばいいのでしょう？」

それはこの三年間、ベンを悩ませつづけた疑問だった。

「ぼくの家は、過保護なぐらいにぼくを甘やかす女たちでぎっしりなんだ」ヴィンセントが言った。「できることなら、ぼくの呼吸まで自分たちでひきうけようとするだろう。それ以外のことは全部やってくれる。というか、そんな気がする。そして、ぼくの耳にもすでに噂《うわさ》が届いているけれど、もうじき花嫁候補を押しつけるつもりでいる。目の見えない男が残された暗黒の歳月を生きていくためには、手をとってくれる妻が必要だというんだ。ぼくの境遇は、あなたとは少し違うけど、ベン、似たところもたくさんある。ぼくは近いうちに断固たる態度に出て、自分の家の主人になるつもりでいる。ただ、どんな方法で進めるかが問題だ。大好きな家族にきつい調子で意見を言うなんて無理だもの」

ベンはため息をつき、それからクスッと笑った。「仰せのとおりだ、ヴィンス。ぼくたちはたぶん、優柔不断な弱虫二人組なんだろう。だが、カルヴィンは妻と子供四人を養わなきゃいけないが、ぼくのほうは自分一人が食べていければいい。それに、カルヴィンは実の弟だ。とくに仲がいいわけではないが、やはり大切に思っている。あいつが三男でぼくが次男なのも、たまたまその順番で生まれてきただけのことだ」

「準男爵位を継いだことに、ざ、罪悪感があるのかい、ベン」フラヴィアンが訊《き》いた。

「まさかこうなるとは夢にも思わなかった」ベンは説明した。「兄のウォレスほどたくましくて生命力にあふれた男はどこにもいなかった。それに、ぼくは陸軍士官になることしか考えていなかった。もちろん、ケネルストンが自分のものになるなんて思ってもいなかった。しかし、いまではぼくのもので、ときどき考えることがある。あの家に戻って荘園の運営に没頭できれば、ようやくわが家に腰を落ち着けた気分になり、いつまでも幸せに暮らしていけるかもしれない、と」

「だが、きみの家はほかの者に占領されているわけだ」ヒューゴが言った。「お望みなら、ベン、わたしがきみのためにそちらへ出向いて、全員を追い払ってやってもいいぞ。しかめっ面をして、手強い相手だと思わせれば、みんな、騒ぎ立てることも文句を言うこともなく、ぞろぞろ出ていくだろう。だが、それじゃ問題の解決にはならないか？」

ベンはみんなの笑いに加わった。

「軍隊の暮らしは単純だった。野蛮な力がすべての問題を解決してくれた」

「ヒューゴの心が、こ、こわれ」フラヴィアンが言った。「ヴィンスが視力を失い、きみの脚の骨が砕けるまでは、確かにそうだった。あとの骨も言うに及ばずだが。そして、ラルフが友人をすべて、う、失い、誰かに顔を切り裂かれて端整な容貌をめちゃめちゃにされ、イモジェンが誰も経験したことのないような、け、決断を迫られて、い、以後その決断の結果を背負って生きていくことになり、ジョージがペンダリス館を離れもしないまま大切なものを残らず失ってしまうまでは。そして、ぼくが口にしようとする、こ、言葉の半分は途中でひっかかってしまい、脳のどこかに油を、さ、差す必要があると思うようになるまでは」

「そうだな」ベンは言った。「戦争は解決にならない。あのころは人生がもっと単純に思えただけだ。しかし、ぼくのせいで、みんな、美容のための睡眠がとれなくなってしまう。くたばっちまえと思われても仕方がないな。すまない。こんなつまらない問題を打ち明けるつもりはなかったんだが」

「わたしたちが聞きだそうとしたからよ、ベネディクト」イモジェンが言って聞かせた。「そして、毎年みんなでここに集まる目的が、まさにそこにあるからなのよ。残念ながら、なんの解決法も提案できなかったわね。弟さん一家を強引に家から追いだすよう、ヒューゴが勧めただけ。幸い、真剣な提案ではなかったけど」

「いや、提案できなくてもいいんじゃないかな、イモジェン」ラルフが言った。「他人の問題を解決することは誰にもできない。だが、人は誰かに悩みを聞いてもらうだけで気が楽になるものだ。真剣に耳を傾けてくれて、おざなりな答えにはなんの価値もないことを承知している相手であれば」

「すると、ベネディクト、きみが落ちこんでいるのは」公爵が言った。「ひとつには、自身の肉体の障害が永久的であることを認めたものの、認めたことによって自分がどう変わっていくかわからないせいであり、もうひとつには、いまの自分が三人兄弟の次男ではなく、二人兄弟の長男になり、予想もしなかった決断を迫られる立場になったせいだったのだね。ただ、きみのことだから、絶望に陥ることはないだろう。そういう性格ではないはずだ。きみがここに来たばかりのころ、痛みに耐えきれなくなるたびにわめき散らした悪態の数々で、わたしの耳はいまもじんじんしている。絶望するだけの分別がきみにあったなら、あの時点で死という安らぎを手にしていただろう。きみの人生はこれからきっと、上昇の一途をたどっていく。静かな場所で休息する時間が長すぎたようだな。そこを離れるのは恐怖だと思う。しかし、同時に刺激的な挑戦でもある」

「その演説を、朝から、ず、ずっと準備していたんですか、ジョージ」フラヴィアンが訊いた。「みんなで立ちあがって拍手しなくては」

「まったくの即興だ」公爵は言った。「しかし、なかなかの出来だったと思う。わたしがこんなに聡明《そうめい》だとは知らなかった。あるいは、こんなに雄弁だということも。さて、そろそろベッドに入る時間だ」公爵はみんなと一緒に笑った。

仲間が立ちあがるあいだに、ベンも杖をひきよせて、ふたたび腰を上げるという時間のかかる面倒な作業にとりかかった。

一時間話しあったところで、何も変わりはしなかった――フラヴィアンと肩を並べ、みんなから少し遅れてゆっくりと階段をのぼって自分の寝室へ向かいながら、ベンは思った。何も解決していない。しかし、なぜか気分が軽くなっていた。いや、希望が湧いてきただけかもしれない。障害が永久的なものであり、自分で新たな人生を築かなくてはならないことを声に出して言ったおかげで、きっと何かができると思えるようになった。豊かな人生を新たに創りだせるはずだ。どんな人生にするかはまだ決まっていないが。

しかし、少なくとも当座のことは決まっている。息苦しくて憂鬱な思いが強くなるばかりの自宅には戻らないことにした。明日、イングランド北部のダラム州へ向けて旅立ち、姉のところにしばらく滞在する。楽しみだ。五歳年上のベアトリスは、昔から大好きな姉だった。そちらに滞在中に、今後の人生をどうするかを真剣に考えようと思った。

何か計画を立てて決断を下す。興味の持てる、挑戦しがいのある、はっきりした何かを。どす黒い雲のように長いあいだ彼を包みこんでいた憂鬱から抜けだすための何かを。

押し流されるのはもうやめよう。

今後の人生を自分で築いていこうと思っただけで、ベンはなんだか浮き浮きしてきた。

2

サマンサ・マッケイは落ち着かない気分だった。ダラム州にある自宅、ブランブル館の居間の窓辺に立ち、窓敷居を指先で軽く叩《たた》いていた。義理の妹マティルダは二階の自室で寝椅子に横たわっている。今日もまた、重い頭痛でぐったりしているのだ。マティルダの頭痛が〝平凡な〟ことはけっしてない。〝重い〟頭痛か、偏頭痛のどちらかで、ときには両方同時に起きることもある。

わずか三〇分前には二人で居間の椅子に腰を下ろし、くつろいだ雰囲気のなかで、サマンサは刺繍《ししゅう》に精を出し、マティルダはテーブルクロスのレースの縁どりを繕っていた。「太陽は出ていないけど、やっといいお天気になったわね」サマンサはそう言って、散歩に出てはどうかとなにげなく提案した。そこでつい、いつもの弱気が顔を出し、散歩の話はそれきりにしようかと思いかけたが、もう少しがんばることにした。今日は庭園の外へ出たらどうだろうと言ってみた。屋敷を囲む敷地はつねに〝庭園〟と呼ばれているが、じっさいには広めの庭に過ぎず、庭園などと呼ぶのはおおげさだ。花壇のあいだをゆっくり散策したり、暖かな日にベンチにすわったりするにはうってつけだが、本物の運動をしたような気分にはなかなかなれない。

しかし、本物の運動こそ、サマンサが何にも増して焦がれているものだった。いますぐ屋敷と庭以外の外の世界へ出て本格的な散歩をしないことには、きっと……ああ、金切り声を上げたり、床に身を投げだして足をばたつかせ、癇癪《かんしゃく》玉を破裂させたりしてしまいそうだ。じっさいには、ため息をつき、憧れ、頭のなかで想像するのが関の山だが、できれば怒りに身を委ねたかった。サマンサは絶望の瀬戸際まで追いやられていた。

マティルダは案の定、非難の表情になった。衝撃と嘆きを顔に出したのは言うまでもない。〝わたしだって、充分な散歩が必要でなくはないのよ、と説明を始めた。〝でも、本物の貴婦人なら、正式な服喪期間中は世俗的な欲望を抑えるよう心がけなくてはいけないわ。本物の貴婦人というものは、屋敷におとなしく閉じこもり、新鮮な空気を吸いたくなったら、詮索好きな世間の批判の目にさらされずにすむ塀の内側で、ひっそりと庭園を歩くだけにしておくものよ。楽しそうな姿を人に見せるなんて、本物の貴婦人にあるまじきことだわ。ついでに言っておくと、そもそも、人に姿を見せること自体が問題なのよ。例外は、身内と、屋敷の召使いと、教会で顔を合わせる隣人だけ〟

マティルダの兄で、サマンサが七年前に結婚したマシュー・マッケイ陸軍大尉は、この説教の四カ月前に亡くなっている。半島戦争のときの負傷がもとで、五年間の療養生活を送ったのちに世を去った。そのあいだつねに看病を必要とし、いや、つねに看病を要求し、看護婦の役目はサマンサ一人の肩にのしかかった。なにしろ、夫が従者と医者以外の人間を病室に入れようとしなかったからだ。ひと晩ぐっすり眠ることも、日中に病室から一時間以上出ることも、サマンサはできなくなった。庭の塀の外へ出る機会はほとんどなかった。庭の散策ですら、めったに味わえない贅沢《ぜいたく》だった。

マティルダがブランブル館にやってきたのは彼女の兄が亡くなる二カ月前で、それも、最期が近いと医者から言われたことを、ケント州のレイランド・アベイに住む舅《しゅうと》のヒースムア伯爵にサマンサが手紙で知らせたあとのことだった。ただ、マティルダが来ても、サマンサの肩にのしかかった看病の重荷が軽減することはなかった。ひとつには、そのころのマシューには本当にサマンサが必要だったからで、もうひとつには、マシューがマティルダと顔を合わせるのを嫌っていて、彼女が病室に来るたびに、出ていけ、その不細工な顔をひっこめろ、とどなりちらしたからだ。

マシューが亡くなったときには、サマンサはいつ倒れてもおかしくない状態だった。疲労の極致にあり、心が麻痺《まひ》し、気力が萎《な》えていた。人生が不意に空虚になり、色彩を失ってしまった。何をする気にもなれず、朝にベッドから起きるのも、着替えをするのも、髪をとくのも億劫《おっくう》になった。食事をする気力すらなかった。

マティルダにすべてを任せたのも、少しも不思議ではなかった。ただ、夫の死を舅に知らせる手紙だけは、死後一時間もしないうちにサマンサ自身の手で書いた。

マティルダは、ヒースムア伯爵の次男の死を悼むにあたってはもっとも厳格な作法に従うべきだと主張した。ただ、主張する必要はなく、サマンサはいっさい抵抗しなかった。抵抗しようという気持ちや、マティルダが求める作法は極端すぎてうっとうしいといった思いは、頭に浮かびもしなかった。言われるままに、かつてデザインされた喪服のなかでもっとも重くて陰気に違いない衣装で全身を包んだ。自宅にひきこもり、夫への追悼の気持ちから、窓のカーテンはつねに半分以上閉じておいた。弔問客をマティルダが冷たくあしらったために相手が二度と訪ねてこなくなっても、二人宛に届いた招待状のうち、このうえなく真面目で上品な集まりにまでマティルダがすべて断わりの返事を出しても、サマンサは黙っていた。

隣人たちとの社交の場に出られなくて残念だという思いはなかった。なにしろ、そういうつきあいをした経験が一度もなかった。毎週日曜の朝に教会で会釈を交わす程度だった。ブランブル館で暮らしはじめて五年になるが、サマンサの時間は一分一秒に至るまでマシューの看病にとられていた。

夫の死から四カ月たったいまも、サマンサの意識のなかにあるのは、全身を包む倦怠《けんたい》感と疲労がもたらした無気力だけだった。義理の妹マティルダのことは、夫と同じくサマンサも大の苦手だったが、正直に言うと、必要なことをすべてとりしきってもらえてありがたいぐらいだった。

しかし、無気力も倦怠感もそう長くは続かない。四カ月たったころから生きる気力が湧いてきた。落ち着かなくなった。倦怠感から抜けだそうという気持ちが芽生えた。外に出たくてうずうずしてきた。屋敷の外に、庭の外に。歩きたかった。本物の空気を吸いたかった。

サマンサは指で窓敷居を軽く叩きながら外を眺め、次に、喪服に視線を落として眉をひそめた。身体に合わない衣装の黒さが重石《おもし》のように感じられる。さっき、マティルダを説得しようとした。人がほとんど通らない田舎の小道を散歩するぐらい、なんの害もないはずよ。もし誰かに出会ったとしても、自宅近くの田舎道を静かに散策する姿を見て、相手がわたしたちを非難するとは思えないわ。未亡人と義理の妹がヒバリを蹴飛ばしていたとか、亡くなった人への敬意を忘れて嘆かわしくも軽率なふるまいをしていたといった噂を、近所中に広めるなんてありえないでしょ。

　こんなふうに誇張すればマティルダから微笑をひきだせるなんて、わたしは本気で思っていたの？　マティルダが笑みを浮かべたことが一度でもあった？　マティルダはさっきもやはり、兄嫁であるサマンサの笑顔を石のような表情で見つめかえしただけだった。繕いが終わっていないテーブルクロスをわざとらしく脇にどけ、ひどい頭痛がすると言った。それでサマンサも納得すると思ったのだろう。一時間か二時間ほど横になると言って自分の部屋に入ってしまった。

　マティルダが一度も結婚しなくてよかった、とサマンサは思った。どこかの哀れな男が哀れな人生を送らずにすんだのだから。こんな意地悪なことを考えても、疚《やま》しい気持ちにはならなかった。

　喪服に視線を落としたついでに、モップみたいな茶色い大型犬の期待に満ちた表情が目に入った。犬種のわからない野良犬で、二年前にひょろ長い骸骨みたいな姿で屋敷の玄関先に迷いこんできて、哀れに思ったサマンサが餌をやると、あとで追い払おうとしたのにそのまま居ついてしまった。いくら追い払っても頑として出ていかず、どういうわけか、サマンサの理解も力も及ばない方法によって邸内で寝起きするようになった。さらに大きな体格になり、モップみたいな被毛もさらに豊かになったが、まっとうな犬であれば備わっているはずの毛艶にも優美さにも無縁だった。いまはサマンサの足元にすわってしっぽで床を叩き、舌を垂らして、〝ねえ、ねえ、遊んで〟とせがんでいた。

ときどき、自分の人生を明るくしてくれるのはこの犬だけのように感じることがある。

「散歩に誘ったら一緒に来る、トランプ？」サマンサは犬に尋ねた。「世間体なんか気にせずに」

この質問は致命的だった。〝さ〟で始まる単語が含まれているのだから。いや、〝さ〟で始まる言葉はほかにもあるが、問題の単語はそのあとに〝ん〟と〝ぽ〟が続く。トランプはいつものように不格好なしぐさで起きあがると、いまも子犬の気分のままでいるのか、ワンと甲高く吠《ほ》え、一キロほど全力疾走したあとみたいにハアハア言いながら、期待に満ちた目でサマンサをじっと見上げた。

「イエス以外の返事が来るわけないわね」サマンサは犬に向かって笑い、頭をなでてやった。しかし、犬はそんな控えめな愛情表現では納得しなかった。首をまわして彼女の手によだれを垂らし、次に喉を見せて、なでてくれとせがんだ。「そうね。散歩ぐらいしてもいいわよね、トランプ」

レディ・マティルダ・マッケイが頭痛に悩まされ、空気と運動と服喪の正しい礼儀作法に関して風変わりな意見を持っているからといって、なぜ自分たちが楽しみを捨てなくてはならないのか、トランプに理解できないのは明らかだった。犬はのしのしとドアまで歩いてノブを見上げた。

たとえ喪中でなくとも、一人きりで自宅の庭の外を歩くのは、貴婦人には許されないことだ。マシューが連隊と共にイベリア半島へ行ってしまったあと、レイランド・アベイで暮らした一年のあいだに、サマンサはそう教えこまれた。それが貴婦人らしくふるまうためのっとうしい規則のひとつで、サマンサの舅は、息子が親の反対を押しきって結婚した嫁にそうした規則を叩きこむのが自分の義務だと思っていた。

だが、いまのサマンサには一人で出かける以外に選択肢がなかった。マティルダは二階で寝椅子に横たわっていて、どっちみち、散歩につきあうつもりもない。そもそも散歩の話が原因で、寝椅子という結果になったのだから。サマンサが庭園の境界線から一歩でも外に出て、それがマティルダとヒースムア伯爵の知るところとなったら……サマンサがはるか中国まで届くほどの穴を掘って、そこに姿を消したとしても、二人の激怒から逃れることはできないだろう。マティルダに知られれば、当然、伯爵の耳に入ってしまう。イングランド北部のダラム州と南部のケント州は何百キロもの田園地帯に隔てられているが、実家に宛てたマティルダの手紙とブランブル館に宛てた伯爵の手紙を運ぶ人間が、週に二、三度ずつ、それだけの距離を往復している。

どうしてこんなことになってしまったの？　サマンサは自分に問いかけた。ユーモアのかけらもないスパイに監視され、自宅にいるのに囚人になった気分だ。マシューが生きていれば、けっして許さないだろう。暴君のような夫だったが、その父親までが暴君となるのは筋違いだ。マシューは父親をひどく嫌っていた。

「さて」サマンサは言った。「おまえに声の届くところで愚かにも禁句を口にしてしまったから、ここで失望させるのは残酷な仕打ち以外の何ものでもないわね。それに、わたし自身を失望させるのも残酷な仕打ちの極致と言えそうだし」

犬がしっぽをふり、ドアのノブから彼女へ、そしてまたノブへと視線を移した。

一〇分後、サマンサと犬は屋敷の西側の小道を勢いよく歩いて庭の門へ向かっていた。門を通り抜けると、その先に小道と草地があった。サマンサはそこを貴婦人らしからぬ歩調で強引にどんどん進み、トランプのほうはその横で飛び跳ねながら、ときおり、不注意にも頭をもたげたリスや小さな齧歯《げっし》類を追いかけたりしていた。もしかしたら、小動物たちのほうは不注意なのではなく、軽蔑を示していただけかもしれない。なにしろ、トランプは獲物を追い詰めたことが一度もないのだから。

ああ、ようやく新鮮な空気を吸うことができて、とってもいい気分。たとえ、黒いボンネットから垂れている黒いベール越しに空気を吸うしかないとしても。周囲に見えるのは広々とした野原だけで、それが何よりもうれしかった。まず小道を歩き、次にひな菊とキンポウゲが咲き乱れる草地に入った。大きく歩を進めながら、少なくともしばらくのあいだは自分の行動を制限する境界線が地平線以外にないのだと思うと、まるで天国にいるような気分だった。

サマンサの不謹慎な行動を目にする者や、彼女を見て恐怖のあえぎを漏らす者はどこにもいない。

ときたま足を止めてキンポウゲの花を摘み、そばでトランプが跳ねまわった。やがて小さな花束ができあがったので、ふたたび大股で歩きはじめた。片側は鬱蒼《うっそう》たる生垣、反対側には爽やかな自然の美がどこまでも広がっている。頭上の空に雲が浮かび、それを透かして、輪郭のぼやけたまばゆい太陽が見える。ひんやりした風が心地よく吹いていて、顔のまわりでベールがはためいたが、冷気を不快には感じなかった。逆に爽快だった。何カ月ぶりかで、いや、たぶん何年ぶりかで幸せな気持ちになれた。そう、間違いなく何年ぶりかだ。

一人の時間が持てたことを疚しく思うのはやめることにした。生前の夫にサマンサが献身的に尽くしたことを否定できる者はどこにもいない。また、夫の死後、彼女がひたすら喪に服してきたことを否定できる者もいない。彼女が夫の死を喜んでいると言える者すらいない。夫の看病に明け暮れ、夫の果てしないわがままに耐えるだけのエネルギーが残っているだろうかと心配になったときでさえ、サマンサが夫の死を願ったことは一度もなかった。永遠の幸せを夢に見て七年前に結婚した男性の死を、心の底から悲しんだ。

ええ、疚しく思うのはやめよう。わたしにはこれが必要だった――この喜び、この安らぎ、この静かな魂の再生が。

こうして穏やかな思いに身を委ねていたそのとき、不意に災いが襲いかかってきて安らぎは打ち砕かれた。

さっき投げてやった小枝をくわえてトランプが戻ってきたので、サマンサは花束を片手に持ったまま、身をかがめて反対の手で小枝を拾おうとした。その瞬間、雷のごときものが天から降ってきた。危ういところで衝突を免れた。サマンサは恐怖の悲鳴を上げ、犬は狂ったように吠えながら四方八方へめちゃくちゃに走りまわり、あおりを食らってサマンサは倒れてしまった。キンポウゲが黄色い雨のように飛び散って、尻もちをついたサマンサに激痛が走った。

痛みと恐怖のなかでサマンサはあえぎ、雷だと思ったものがじつは大きな黒い馬で、彼女が立っていた場所すれすれに生垣を飛び越えてきたのだとわかった。無事に着地したようなので、本当ならそのまま走り去っていただろうが、トランプが吠え立て、飛び跳ね、そこに彼女の悲鳴まで加わったため、馬も狂乱状態に陥った。恐怖のなかで荒々しく目をむいて、高くいななくなり棒立ちになった。馬の背にまたがった乗り手はふり落とされまいと必死になりながら、みごとな手綱さばきを見せ、下品な罵り言葉を次々と並べ立てて、馬をどうにか落ち着かせた。

「なんてことするの？　ずいぶん失礼な人ね」

「馬鹿犬をおとなしくさせてくれ、そこの女、くそっ」

サマンサが金切り声で食ってかかるのと同時に、男が大声で横柄に命令を下した。

トランプは一歩もひかない構えで猛然と吠えつづけ、歯をむきだすのと獰猛なうなり声を上げるのを交互に続けた。馬は棒立ちになるのだけはやめたものの、いまも神経質に飛び跳ねていた。

〝そこの女〟?

〝馬鹿犬〟?

〝くそっ〟?

本当の紳士だったら、鞍《くら》から飛びおりて女性を助け起こし、怪我《けが》がなかったかどうか確認するはずなのに、この人はどうして何もしようとしないの?

「トランプ」サマンサはきっぱりと言った。もちろん、馬上の男の命令に従ったわけではない。「やめなさい!」

その瞬間を狙ったかのように、耳をぴんと立てたウサギがはるか遠くに顔をのぞかせたので、トランプはあいかわらず吠えながら、今度こそ勝負に勝てると信じて、ウサギを追って勇んで走り去った。

「あなたが無責任に生垣をジャンプしたせいで、わたしは危うく殺されかけたのよ」大騒動のなかでサマンサは叫んだ。「どうかしているんじゃない?」

馬上の紳士は冷たい目で彼女をにらんだ。「犬とは名ばかりのあの情けない動物をおとなしくさせておけないのなら、馬や家畜を狼狽《ろうばい》させ、人命を危険にさらす恐れのある場所へ連れてくることは慎んでもらいたい」

「家畜?」サマンサは左右をあてつけがましく見まわして、牛など一頭も見当たらないことを示した。「うちの犬が人命を危険にさらしたとおっしゃるの？　たぶん、ご自分の命のことでしょうね。だって、わたしの命がどうなろうと、あなたには関係ないでしょうから。ひとつ質問させていただきます。生垣を飛び越えても安全かどうか確認すらせずに、無謀にも周囲を無視して飛び越えることにしたのは、あなたとうちの犬のどちらでした？　危うく殺されかけた無実の人間に、そして、命が脅かされる瞬間まで楽しく遊んでいた犬に責任を押しつけようとしたのは、あなたとうちの犬のどちらでした？」

　サマンサは男から目を離すことなく、また、尾骶《びてい》骨にひびが入ったかに思われる痛みにたじろぐこともなく、立ちあがった。この男が馬から降りてわたしを助け起こそうとしなくて、かえって幸いだったかもしれない。怒りが恐怖にとってかわるなかで、サマンサは思った。この人の顔をひっぱたいてやればよかった。でも、それはきっと貴婦人の礼儀作法に反することでしょうね。喪中の未亡人は言うに及ばず。

　サマンサの質問に耳を傾けるうちに、男の鼻孔が膨らんできた。唇を真一文字に結んで彼女を見下ろすその様子ときたら、馬で踏みつぶしたほうがよさそうないやらしい虫を見ているかのようだった。

「お見受けしたところ」堅苦しい口調で男は言った。「さほど大きな被害はなかったようですね。ぼくもそう思っておりました。立て板に水のごとく演説なさっていたので」

　サマンサは目を細め、思いきり冷ややかで高慢な視線を男に向けた。もっとも、分厚いベールのせいで最大限の効果が望めないことはわかっていた。

トランプがウサギに逃げられて戻ってきた。もう吠えなくなっていた。ゼイゼイいいながら横にすわり、新しい友達ができるのを期待するかのように熱心に馬と乗り手を見ている犬の頭に、サマンサは手を置いた。

無言のまま、しばらく男とにらみあった。黙っていても、沈黙のなかに双方の敵意が渦巻いていた。やがて、男は不意に乗馬用の鞭《むち》でシルクハットのつばに触れると、馬の向きを変え、彼女に勝利を譲って、それ以上何も言わずに駈足《かけあし》で走り去った。

もうっ。

もうっ！

憤慨のあまり、いまも胸が波打っていた。〝そこの女〟ですって。まったくもう。〝馬鹿犬〟。それから〝くそっ〟。

よそ者だ。サマンサにもそのことだけはわかった。これまで一度も見かけたことがない。徹底的に不愉快なよそ者。男がこのままはるか遠くまで馬を走らせて、それきり戻ってくることのないよう、強く願った。外見はいかにも紳士という感じだけど、ぜったい紳士ではない。許しがたい無謀行為に走り、わたしがあと二メートルほど東に立っていたら、命にかかわる事故になっていただろう。それなのに、このわたしとトランプに責任を押しつけた。しかも、〝大きな被害はなかったようですね〟と言っただけで、馬から降りてそばで確認しようともしなかった。おまけに、それだけしゃべれるのなら怪我はなかったに違いない、と図々しくも断言した。口やかましい女だと言わんばかりに。

端整な顔立ちと優美さと男盛りの魅力が、あのように意地悪で冷淡で傲慢で下劣な男に与えられているとは、なんとも無駄なことだ。ハンサムであることは間違いない。彼の姿を思いだして、サマンサもそれだけは認めた。ただ、顔がやや細すぎて骨張っているため、正統派のハンサムとは言えない。けっこう若い。せいぜい三〇を少し出たぐらいだろう。

なんとも強烈な語彙を備えた男で、マシューの連隊がイベリア半島へ送られるまでの一年間に連隊の士官たちと社交的なつきあいをしていなかったら、サマンサにはたぶん、ひと言も理解できなかっただろう。しかも、あの男は淑女の前でそれを使った。マシューの連隊の士官たちなら、淑女の耳から一キロ以内の場所で悪態をついたことに気づいたとたん、かならず謝罪の言葉を並べたものだが、あの男は謝ろうともしなかった。

男と二度と顔を合わせずにすむよう、サマンサは心の底から願った。今度また出会ったら、長々と説教したくなるかもしれない。

「さて、犬とは名ばかりの情けない動物さん」トランプを見下ろして言った。「せっかく戸外の安らぎと自由を求めて出かけてきたのに、危うく惨事になりかけたわね。わたしの花束が風で四方八方へ散ってしまったわ。この冒険のことがお義父《とう》さまの耳に入ったら、二週間ほどくどくどとお説教されそうよ。とくに、おとなしくうなだれて紳士の叱責を受けるかわりに、わたしのほうから紳士を叱責したことを知られたりしたら。お願いだから、マティルダには言いつけないでね。偏頭痛とひどい頭痛の両方に襲われるでしょうから。もちろん、わたしをさんざん叱りつけたあとで。そして実家に長い手紙を書くでしょうね。あの人たちが正しいと思う？　あの人たち、わたしのことをまともな貴婦人じゃないって言うのよ。卑しい生まれだと非難したいんでしょうね。以前、ヒースムア伯爵からしつこく言われてうんざりしたわ。だけど、それにしても……〝そこの女〟とか〝くそっ〟だなんて。しかも、おまえのことを〝馬鹿犬〟ですって。頭に来るわ。おまえもそうでしょ？」

トランプはサマンサより寛大な性格のようで、横に並んで歩きはじめただけで、自分の意見を述べるのは差し控えた。

疚しさと恥ずかしさで、ベンの怒りの残り火はたちまち冷水を浴びせられたように消えてしまった。

3

屈辱ではあるが、正直に白状すると、あのいまいましい生垣を飛び越えた瞬間、彼自身も死ぬほど怖かった。特製の台を補助具にすれば馬の乗り降りができるとわかったので、しばらく前から乗馬を再開していた。以前のように腿に力を入れることはできないが、けっこう巧みに馬を操り、自信を持って乗りこなせるようになってきた。しかし、柵か生垣を飛び越えようとしたのは、連隊時代以来、今日が初めてだった。

回復をめざして限界まで突き進むことにしたのは、ペンダリス館で〈サバイバーズ・クラブ〉の仲間に本心を打ち明けたことへの反動だったのかもしれない。あきらめていないことを自分自身に証明したくて、もう一段上のレベルに挑戦せずにはいられなかったのかもしれない。広い野原に馬を走らせていたとき、そこを縁どっている生垣に心を惹かれた。挑戦しがいのある高さだが、飛び越せないほど高いわけではない。そこで、手頃な生垣を選び、馬をまっすぐ走らせて、少なくとも三〇センチの余裕をもって飛び越えた。

ところが、ジャンプした瞬間のわくわくする高揚感はたちまち闇雲な恐怖に変わり、彼の心はいっきに、戦場の混乱のなかで迎えた地獄のような暗黒の瞬間に戻っていた。弾丸を受け、乗っていた馬も同時に撃たれて、ベンがあぶみから足を抜く暇もないうちに折り重なって倒れてしまい、そこへ別の馬と乗り手がやってきて激突し、ベンと馬を押しつぶしたのだった。

あのときの再現だと思った。転落する感覚、馬を思いどおりに操れない感覚、死に神と真正面から向きあった感覚。ベンは本能的に鞍にしがみつき、馬を落ち着かせようとし、ほどなく、惨劇の一歩手前まで行った原因が狂乱状態のいまいましい犬にあったことを知った。危険が去ってからも、犬はしきりと飛び跳ね、狂ったように吠えつづけている。そばに女がいた。醜い老いぼれ婆さんで、頭から爪先まで黒一色の装い。野の花に囲まれて生垣のそばの草地にじっとすわっているだけで、犬をおとなしくさせようとする様子もない。

ベンが冷静にものを考えられる状態にあれば、もちろん、それ以外のさまざまなことに気づいていただろう。醜態を見せた場所から馬で立ち去るあいだに、あれこれと気づいたように。あの女は草むらにすわって花摘みを楽しんでいたのではない。今日は風が強くて肌寒い。となると、倒れたか、もしくは突き飛ばされたに違いない。ぼくがいきなり生垣の向こうから姿を見せたりしなければ、犬もあんな狂乱状態に陥りはしなかったはずだ。ぼくが生垣のもう少し右のほうを選んでいたら、あの女の命を奪っていたかもしれない。今日の大騒動の責任はすべてぼくにある。

向こうが遠慮会釈もなく指摘したように。

彼がすぐに気づいたことはほかにもあった。厳密に言うと、二つ。老いぼれ婆さんではなく、かなり若い女性だった。ただし、醜悪な喪服のベールで顔を覆っているため、顔立ちまではわからなかった。そして、上流階級の女性だった。声も態度もその事実を裏づけていた。とは言え、相手が老いぼれ婆さんだったとしても、物乞いの女だったとしても、あるいはその両方だったとしても、ベンの罪の意識が薄れることはなかっただろう。相手をどなりつけてしまった。罵倒の言葉を使ったか使わなかったかは、よく覚えていない。馬を落ち着かせようとしたときに使ったのは確かだ。また、自分は女を助け起こそうともしなかった。もちろん、それは文字どおり不可能なことだが、せめて心配そうな顔をしてもよかったはずだ。そして、馬を降りることができない理由を説明するとか。

要するに、無礼な態度をとってしまった。はっきり言って、最低だ。

ひきかえして謝罪することもちらっと考えたが、こちらの顔を見て彼女が喜ぶとは思えなかった。それに、いまもベンの苛立《いらだ》ちはひどく、誠実な謝罪などできそうになかった。

二度とあの女と顔を合わせずにすめばいいのにと思った。しかし、近所に住んでいる可能性が高い。犬と一緒に散歩に来ていたようだから。供の者も連れずに。また、誰かのために正式な喪に服しているのは明らかだった。

ああ、あのときの自分は恐怖の只中《ただなか》にあった。あの女性だって、すぐそばの生垣の向こう側から馬と乗り手が飛んできた瞬間、どんなに怖かったことだろう。それなのに、公共の野原を散歩し、犬を運動させていた彼女に、ぼくはさんざん文句を言ってしまった。

ベンは馬に乗ったままロブランド・パークの厩《うまや》に入ったが、鞍から降りたあとも憂鬱な気分は消えなかった。のろのろと屋敷に向かった。

「まあ、無事にお帰りね」彼が客間の椅子にどさっとすわると、ベアトリスがマクラメ細工から顔を上げた。「あなたが一人で乗馬に出かけようとするから、わたしは心配でたまらないのよ。脚が悪いんだから、分別があるなら馬番を連れていくべきなのに。ええ、わかってます。わかってます。何も言わないで。苛立ちのあまり、あなたの眉間にしわが刻まれているのが見えるわ。わたしったら、まるで母鶏《ははどり》ね。でも、ヘクターがロンドンへ行ってしまい、息子たちは学校に戻ったから、あなた以外に世話を焼いてあげる相手がいないのよ。それに、一緒に乗馬に出かけることもできないし。あの風邪のあと、ゆっくり静養するようにって、いまもお医者さまに言われているんですもの。乗馬は楽しかった？」

「とても」ベンは言った。

ベアトリスはマクラメ細工を膝にのせた。「だったら、その不機嫌な顔の理由はなんなの？わたしに世話を焼かれること以外に」

「べつに」

ベアトリスは眉を上げ、手芸に戻った。

「もうじき、お茶のトレイが運ばれてくるわ。きっと身体が冷えているだろうから」

「今日はそんなに寒くない」

ベアトリスは下を向いたままで笑った。「いちいち逆らうつもりなら、わたしはマクラメ細工に専念することにするわ」

ベンはしばらく姉を見つめた。姉の金髪の頭にレースの室内帽がのっている。おしゃれなデザインだが、ベンはなんとなく好きになれなかった。姉はまだ三四歳で、ベンとは五つ違いだが、その物腰は落ち着いた既婚女性という感じだ。事実そうなのだが。ベンが負傷してから六年以上になるが、ときどき、あそこで時間が止まってしまったような気がする。ただ、現実には、時間は止まっていない。すべてのものとすべての人がどんどん先へ進んでいる。最近になってベンが気づいた問題のなかに、もちろんこれも含まれている。自分一人がとり残されたままだ。これまでは、昔の自分に戻って、中断したところからふたたび人生を始めようとすることで頭がいっぱいだった。

お茶のトレイが運ばれてきたので、ベアトリスはマクラメ細工を脇へどけて二人のためにお茶を注ぎ、ケーキの皿を添えて彼のところにカップを運んだ。

「ありがとう」ベンは言った。「ぼく、きっと馬の臭いがしているだろうな」

「その臭い、嫌いじゃないわよ」弟の言葉を否定せずに、ベアトリスは答えた。「わたしももうじき乗馬を再開したいわ。明日、お医者さまの往診なの。これで最後になるといいんだけど。自分ではもうすっかり元気なつもりよ。ねえ、着替えに行く前に、しばらくここでゆっくりなさい」

「このあたりに未亡人が住んでいない?」ベンは唐突に姉に尋ねた。「上流階級で、いまも正式な喪に服している人」

「マッケイ夫人のこと？」ベアトリスはカップを唇に持っていった。「マッケイ大尉の未亡人？　大尉はヒースムア伯爵の次男で、三カ月か四カ月前に亡くなったの。未亡人は村はずれのブランブル館に住んでいるわ」

「行儀の悪い大型犬を飼ってないかい？」

「人なつっこい大型犬よ。お葬式のあとで夫人のお宅に伺ったときは、行儀の悪い犬じゃなかったわ。もっとも、頭をなでてくれって、しつこくせがんだけど。わたしの膝に頭をのせて、訴えかけるような目で見上げるの。いけませんって叱りつけるべきだったけど、犬ってかならず犬好きな人間を見分けるのよね」

「その未亡人が犬を連れて、少し先にある野原に来ていたんだ。ぼくが馬で生垣を飛び越えたとき、危うく両方を突き飛ばすところだった」

「まあ、なんてことを。誰にも怪我はなかった？　でも――あなた、生垣を飛び越えたりしたの？　わたしの気付け薬はどこ？　ああ、いま思いだした――持ってないんだった。すぐ卒倒するようなタイプじゃないから。でも、あなたのせいで、簡単に宗旨替えできそうだわ」

「お供も連れずに、あの女、なんでほっつき歩いてたんだろう？」

ベアトリスは舌打ちをした。「ちょっと、ベン、言葉に気をつけなさい！　でも、野原を歩いていたなんて変ね。日曜に教会で顔を合わせるぐらいで、外に出ている姿は一度も見かけたことがなかったのに。マッケイ大尉は半島戦争で重傷を負い、その後も健康をとりもどすことができなくて、ずっと病床にあったのよ。わたしに推測できるかぎりでは、夫人がほぼ一人で献身的に看病していたみたい」

「ええと、今日の女性は一人きりだった。その人がたぶん、姉さんの言った女性だろう」

「変ね」ベアトリスはふたたび言った。「しばらく前から、義理の妹さんにあたる人が同居してるわ。わたしはほとんどおつきあいがないし、よく知らない人のことをどうこう言うのは失礼なことだと思うけど、あの妹さんって、お父上の伯爵と同じく、礼儀作法に極端にこだわる人みたい。わたしはほとんどおつきあいがないし、義理の妹さんにあたる人が同居

んな同じ意見。あの伯爵が二世紀前に生まれていたら、オリヴァー・クロムウェルと忌まわしき清教徒たちの率いる軍隊に入って、ほかの人々の人生からユーモアと楽しみのすべてを奪い去っていたでしょうね。ドアとカーテンを閉ざした自宅から出ないよう、レディ・マティルダがマッケイ夫人に強く言わなかったなんて、ほんとに驚きだわ」

「姉さん、腹を立てているような口ぶりだね」

「ええ、まあね」ベアトリスはカップと受け皿を置いた。「夫を亡くした女性とお兄さんを亡くした女性に慰めと友情の手を差しのべようと思って、牧師夫妻を含む生真面目な隣人たちと相談して静かな晩餐会を計画したのに、そっけなく断わられ、おまけに、こちらの存在そのものが軽薄で周囲に悪影響を及ぼしかねないなどと暗に言われたら、それを思いだすたびにいささか不愉快になるのも仕方のないことだと思うわ」

ベンは思わず苦笑し、やがてベアトリスも彼と目を合わせて笑いだした。

「わたしが出した招待状に返事をよこしたのはレディ・マティルダだったわ。マッケイ夫人だったら、たとえ断わるにしても、もっと柔らかな言葉を使ったでしょうね」

ベンの顔から苦笑が消えた。「夫人に謝らなくては」

「えっ？　その場で謝らなかったの？　あの方、怪我などなさらなかったでしょうね？」

「それは大丈夫だと思う」ベンは言った。だが、思い返してみると、ベンが初めて相手の存在に気づいたとき、彼女は草むらにすわりこんでいた。「ただ、夫人に食ってかかって、惨事になりかけた責任を向こうに押しつけようとしてしまった。それから、犬にも。あんなみっともない犬は見たことがない。でも、とにかく夫人に謝らなくては」

「たぶん、日曜日に教会で会えるわ。わたしがあなたの立場だったら、馬車でブランブル館の玄関先に乗りつけるようなことはしないでしょうね。正式な紹介もされていないのに、礼儀知らずだと思われてしまうわよ。それに、独身男性が訪ねてきたことを知ったら、レディ・マティルダが脳卒中の発作を起こしかねない。あるいは、手近にある傘か棒針であなたに襲いかかるかもしれない」

今日の騒ぎは忘れることにしてもいいんだが――数分後、乗馬服を脱ぐためにゆっくりと階段をのぼりながら、ベンは思った。だが、紳士らしからぬ態度をとったことを思いだすだけで身の縮む思いだった。しかも、紳士らしからぬというのは控えめな表現だ。

やはり、ちゃんと謝らなくてはならない。

次の日曜日、サマンサとマティルダはいつものように教会へ出かけた。日曜の礼拝が週にただ一度の外出となり、大きな社交行事となっていて、サマンサも、自分の人生がこうまで惨めなものでなかったら、そのことに苦笑する余裕があったかもしれない。五年前にブランブル館に越してきたときはまだ一九歳の若さだったが、以後ずっと同じ状況が続いている。看病の必要なマシューはもういないが、状況は今後も変わりそうにない。

サマンサは祈禱書《きとう》を膝に置いて、いつものように、教会の信者席の最前列にマティルダと並んですわっていた。左右を見まわすのは控えたが、できることなら、どんな隣人が来ているのか見てみたかった。昔いつもやっていたように、愛想よく人々と会釈を交わしたかった。しかし、マティルダが堅苦しい姿勢で身じろぎもせずにすわっているため、サマンサのほうも、たぶん愚かなことだろうが、その敬虔《けいけん》さに負けるものかという気になってしまう。

ふたたびあの男を目にしたのは、礼拝が終わって二人で席を立ち、ベールに慎み深く顔を隠したまま通路を進み、待たせてあった小型馬車に乗りこむために外に出ようとしたときだった。この二日間、サマンサは彼のことを〝あの男〟と呼ぶようになっていて、しかも、男への怒りは大きくなるばかりだった。

〝あの男〟

男は通路の反対側の一列うしろの席にすわっていた。礼拝のあいだずっと、こちらの姿を見ることができたに違いない。うっかり彼と目が合った瞬間、まっとうな紳士なら、しかもあんな失礼な態度をとった紳士であれば、あわてて立ちあがるのが当然なのに、男はすわったままだった。サマンサに気づいていないからではない。じかにこちらを見ていた。

よくもそんな態度がとれるわね。

教会のなかなので、男は帽子を脱いでいた。初めて出会ったときにサマンサが気づいたように、顔がほっそりと骨張っている。くっきりと彫刻したような鼻筋の通った鼻、ややこけた頰、力強い顎、そして、明るめの茶色い髪の下には冷酷そうな青い目。若いころはきっと抜群にハンサムだっただろう。ただ、いまはもう若くない。年齢の見当はつけにくいが、その顔には、過酷な人生を、たぶん苦悩に満ちた人生をいやというほど見てきた証拠が刻みこまれている。でも、いまもハンサムね――サマンサはしぶしぶながら認めた。少年っぽさが消えて、若いとき以上にハンサムかもしれない。

醜い男だったら、わたしも納得できたのに。悪党は悪党らしい顔でいるべきだ。

わざとらしく軽蔑の表情を浮かべて通り過ぎるつもりだったが、ほんの一瞬躊躇《ちゅうちょ》したため、となりの席の貴婦人が、しかもすでに立ちあがっていたその人が、サマンサに声をかけてきた。レディ・グラムリーだった。当然だ。そこが彼女のいつもの席だ。

「マッケイ夫人」レディ・グラムリーが愛想よく言った。「ご機嫌いかが?」

「元気にしております。おかげさまで」サマンサは答えた。マティルダの手に背中を強く押されるのを感じた。いちいちうるさい人。嘆きの未亡人が教会で隣人と挨拶を交わすことすら、不謹慎だというの?

「せっかくなので、弟のサー・ベネディクト・ハーパーを紹介させていただけませんか？」レディ・グラムリーが言った。「こちら、マッケイ夫人よ、ベン。それから、こちらはレディ・マティルダ・マッケイ」

そこでようやく、彼が立ちあがる気になったようだ。ただ、いまも急ぐ様子はなかった。サマンサとマティルダに背を向けて反対側へ目をやり、二本の杖を手にとって左右の脇に置いた。一般に売っているような杖ではない。通常のものより長く、途中にストラップがついていて、そこに彼が手を通した。腕を包んだストラップを握りしめて立ちあがった。

この前出会ったあとで、落馬でもしたの？　サマンサは意地悪な期待をした。でも、違う。あの杖は特別製に違いない。初めて目にする造りだ。

杖に軽く覆いかぶさっていても、背の高い痩せた男性であることが見てとれた。いえ、痩せてはいない。細身だ。その二つは違う。身体にぴったり合った流行の上着とズボン、そして、艶やかに磨きあげたヘシアンブーツが、みごとに均整のとれた身体をひきたてている。魅力的な男だわ。惹かれる気持ちはなかったが、そう認めた。二日前と同じように苛立ちしか感じなかった。それがさらに強まっているのは、たぶん、彼があの日急いで馬から飛びおりて彼女を助けに駆けつけなかったのにはもっともな理由があったことを、いま知ってしまったからだろう。理由などなければよかったのに。

「初めまして」冷ややかな高慢さを精一杯かき集めて、サマンサは軽く頭を下げた。マティルダがわずかに膝を折って小声で彼の名前を口にした。

「よろしく、マッケイ夫人」彼も頭を下げた。「レディ・マティルダ」

ベネディクト。こんな男にはもったいない名前。まるで相手に祝福を与えるような響きだ――祝禱《ベネディクション》と似ているもの。あの野原で彼が口にしなかった冒瀆《ぼうとく》の言葉が何か残っているだろうか。いえ、残っているとは思えない。

「優しい弟で、わたしが社交シーズンの後半にロンドンで夫と合流するまでの二、三週間、ロブランド・パークに来て、わたしの相手をしてくれることになりましたの」レディ・グラムリーは説明した。「近いうちに午後の訪問をさせていただいてもよろしくて、マッケイ夫人？　ご主人さまのご逝去のすぐあとでお目にかかって以来、お話しする機会がありませんでしたし、悲しみに沈む奥さまを隣人たちが無視しているなどとお思いにならないでいただきたいの」

サマンサは申しわけない気がした。というのも、わずか三週間前にグラムリー伯爵夫妻から彼女とマティルダに晩餐の招待があったのに、招待に応じるのは世間体が悪い、レディ・グラムリーもそんな提案をするとは非常識だ、とマティルダに言いくるめられたのだ。サマンサは驚いたが、無気力な状態が続いていたため、義理の妹が断わりの手紙を書くのを、礼儀正しい文面であるよう願いつつ黙って見ていた。それでも気を悪くしなかったレディ・グラムリーを、サマンサはすばらしい人だと思った。

「まあ、すてき」サマンサは言った。ただ、弟を連れてくるのはできればやめてもらいたい。いや、もし彼が一緒に来たら、本当の上流階級がどういうものかを見せつけて、肩身の狭い思いをさせてやろう。ちょうどいい仕返しになる。でも、向こうが何か口実を見つけて、姉にくっついてくるのをやめる可能性のほうが高そうだ。「お待ちしております。そうよね、マティルダ」

「わたくしどもはいまも喪に服しております」マティルダがレディ・グラムリーに言った。「でも、上品な隣人の分厚い喪服だけでは充分にわかってもらえないと言わんばかりに。

方々をときたま午後にお迎えすることには、なんの異存もございません」

おやまあ。亡くなったマシューが一族のはみだし者で、この妹も含めた多くの親族を嫌っていたのは無理からぬことだ。マティルダは伯爵夫人を〝上品な隣人〟と呼んだ。相手にとって名誉なことであるかのように。

サー・ベネディクト・ハーパーはサマンサの顔から視線をそらそうとしなかった。パールに包まれたわたしの顔がどれだけ見えているのか疑問だけど……。またしても顔を合わせてしまい、きまりの悪い思いをしているの？　わたしを〝そこの女〟と呼んだことを思いだした？　サマンサ自身は思いだしただけで怒りがこみあげていた。

もう一度会釈をしてから歩を進めた。顔を合わせたのはせいぜい一分程度だが、腹立たしくてならなかった。レディ・グラムリーを招待したら、彼もついてくるつもり？　そこまでの度胸があるかしら。

礼拝に来ていた何人かに礼儀正しく会釈をして、牧師に片手を差しだし、説教の感想を述べた。マティルダも長々と牧師を褒め称《たた》えたが、堅苦しくて偉そうな口調だった。やがて、二人は馬車に乗って家路についた。

「レディ・グラムリーって、とても上品そうな人ね」マティルダが意見を述べた。

「わたしも昔から、優しくて優雅な人だと思ってたわ」サマンサは言った。「もっとも、これまでそんなにおつきあいはなかったけど。ついでに言うと、近所に住むほかの方々ともね。マシューの看病に時間と気力のすべてをとられていたから」

「サー・ベネディクト・ハーパーは脚が不自由なのね」マティルダは言った。

「でも、寝たきりじゃないわ」乗馬だってできるし――サマンサは思った。「だけど、レディ・グラムリーの訪問に弟さんはご一緒なさらないかも」

「それぐらいの気配りはしてほしいものだわ。見ず知らずの人ですもの。さっきは紹介を避けることができなくて残念だったわ」

サマンサもこのときだけは、義理の妹に賛成だった。めったにあることではない。

マティルダは兄のマシューと天と地ほども性格が違っていた。まだ三二歳なのに一生結婚しないと決めていて、衰弱してきた母親の世話に人生を捧げるとずっと以前に宣言したが、優しさや女らしさは持ちあわせていない。彼女にとっては、神の次に偉大なのが父親だ。マシューは妹のマティルダより三歳年上、ハンサムでおしゃれで魅力的で、深紅の軍服を着た姿はため息が出るほど魅力的だった。サマンサが彼と出会ったきっかけは、自宅からわずか五キロの地点に彼の連隊が駐屯していたときに開かれたパーティだった。彼女はまだ一七歳という若さで、世間知らずで、感激しやすい性格だった。周囲数キロの範囲内に住むすべての乙女と同じく、当時中尉だった彼にたちまち恋をした。おそらく、恋をしないほうが不思議だっただろう。彼と結婚できたとき、自分は世界最高の幸せと運に恵まれた女の子だと思ったが、そう思えたのは四カ月間だけで、やがて、夫が軽薄で虚栄心の強い浮気がちな男であることを思い知らされた。

そう、妹のマティルダとはずいぶん違うタイプだった。サマンサが二人のどちらかを選べと言われたら、迷わずマシューを選ぶだろう。もっとも、そんな選択はもうできないが。そう思った瞬間、悲しみに胸をえぐられた。

戦場で負った重傷によって、マシューはさまざまな面でこわれてしまった。気むずかしい病人になった。それでも、サマンサはつねに彼の痛みと障害と弱りつつある肺を気遣うようにしていた。手のかかる自分勝手な夫だった。夫への愛情はイベリア半島へ出征するはるか以前に失《う》せていたが、彼女は文句ひとつ言わずに夫の看病に身を捧げた。

夫の死で悲しみのどん底に突き落とされた。あんなにハンサムで、生気にあふれ、虚栄心の強かった男がこわれていくのを見守るのは、そして、三五歳という若さで死んでいくのを見守るのは辛いことだった。

かわいそうなマシュー。

マティルダが手を伸ばして、サマンサの手を軽く叩いた。

「そんなに悲しむなんて立派だわ。明日、父に手紙を書くときに、そのことも書き添えておくわね」

サマンサはベールの下に手を入れて、黒い手袋に包まれた片手で涙を拭った。うしろめたさを感じた。というのも、マシューが亡くなったときに感じた悲しみには安堵《あんど》が混じっていたからだ。その事実をもはや否定できなくなっていた。ついに自由になれた。服喪というこの重苦しい儀式が終わりを迎えたときに、やっと自由になれる。

そんなふうに考えるのはいけないことなの?

4

「二、三日前の午後の出来事を、マッケイ夫人は義理の妹に話しただろうか」

「あの妹さんとは、わたし、あまりおつきあいがないけど」ベアトリスが答えた。「はっきり言わせてもらうと、戦闘用の斧《おの》みたいな人よ」

二人は幌《ほろ》を下ろした馬車でブランブル館へ向かっているところだった。医者もようやく、ベアトリスの風邪がすっかり治ったことを認めて、外出をこころよく許可してくれた。よく晴れた日で、春にしては暖かすぎるほどだった。教会でマッケイ家の女性たちと顔を合わせてから二日がたっていた。

「マッケイ夫人と初めて出会ったとき、ぼくはずいぶん失礼な態度をとってしまった。どうしても償いをしなきゃいけない。だけど、お茶の席でいきなり謝ったりしたら、義理の妹の前で夫人を困らせることになりかねない。あの妹については、ぼくも姉さんの意見に全面的に賛成だ。日曜日に二人と言葉を交わしたのはたぶん一分足らずだろうし、二人の顔を見ることすらできなかったけどね。あんなに黒くて分厚いベールを見たことがあるかい？　ちゃんと外が見えるのかなあ。壁にぶつかるんじゃないかと心配になる」

「たぶん、心から悲しんでいらっしゃるんだわ。お気の毒なマッケイ大尉は、かつては息をのむほどのハンサムで颯爽《さっそう》としてらしたそうよ。戦争って残酷なものね。あなたにわざわざ言うまでもないことだけど。大尉も即死のほうが幸せだったでしょうね。奥さんにとっても、妹さんにとっても」

くそっ、いつになったらあの戦争と縁を切ることができるんだ？　ベンはいらいらしながら思った。馬で障害物を飛び越えるなんて、六年以上もやっていなかったのに、いったいどんな悪魔に魅入られて、あの日、あの瞬間、あの生垣を飛び越そうと決めたのだろう？　マッケイ夫人のほうも、五年か六年前に病身の夫と一緒にこちらに移ってきて以来、外に出ることはほとんどなかったらしいが、なぜよりによってあそこを歩いていたんだ？

運命？　それは大いに疑わしい。もしそうだとしたら、運命というのはとんでもなく意地悪だ。

これからおこなう訪問はどうにも気の進まないものだった。紳士らしからぬ行動を咎《とが》められるのは誰だっていやなものだし、相手がマッケイ大尉の未亡人みたいに冷ややかで高慢ちきな女性だったら、詫《わ》びを入れようという気にもなれない。

「ほんの小さなチャンスでも見つかったら」馬車がブランブル館の正面玄関の外でゆっくり止まるあいだに、ベアトリスが約束した。「わたしがレディ・マティルダを誘って外に出るか、もしくは、少なくとも声の届かないところへひっぱっていくわ、ベン。あなたがマッケイ夫人と仲直りできるように」

玄関ドアにノッカーを打ちつけると、すぐさま応答があった。うれしそうに吠える太い声。あの行儀の悪い犬に違いない。

ブランブル館は堅固な石造りの建物で、豪華な大邸宅というより、地方の荘園館というたたずまいだったが、居心地のよさそうな広さで、周囲の庭園も大きくはないものの、手入れが行き届いていた。ベンがすぐ気づいたように、邸内の装飾も上品だった。ただ、玄関ホールは暗い色の羽目板張りだし、二人が通された客間も同じように暗かった。窓にかかった深みのあるワインレッドのベルベットのカーテンが半分以上閉じてあるせいだ。家具は古くてどっしりしていて、大部分がダークブラウン。壁紙を張った壁には暗い色調の風景画が何点かかかっている。

執事が客の来訪を告げると、女性二人が立ちあがった。二人ともちろん喪服姿で、襟元から手首と足首までを黒で覆っている。レディ・マティルダは金髪の上に黒いレースの室内帽をかぶり、顎の下で黒いリボンをきちんと結んでいた。髪も黒く染めればよかったのに、とベンは意地悪く考えた。

マッケイ夫人は何もかぶっていなかった。濃い色のつややかな髪をきつく編んでアップにし、残りの髪もきっちりなでつけてあった。堅苦しい雰囲気を和らげるためのカールや小さな巻毛はどこにもない。目もとても濃い色で、大きくて睫毛《まつげ》が長い。鼻筋が通り、唇はふっくらと豊かで、浅黒い肌をしている。外国人の血が混じっているのはほぼ間違いない。ただ、どの国なのか、ベンにはわからなかった。スペイン？　イタリア？　ギリシャ？

喪服は分厚いごわごわした生地で仕立ててあり、サイズが合っていなくて不格好だった。とは言え、前に二回顔を合わせたときのマントがそうだったように、この喪服も、曲線美豊かで官能的な身体の線を隠しきれていなかった。背もかなり高かった。

不器量な女だろうとベンは予想していた。ベール越しに見たときはそういう印象だったのだ。だが予想ははずれ、ドキッとするほどの美女だった。しかも、思ったより若い。

貴婦人二人に対する彼の印象は一瞬で定まった。幸い、あの駄犬に長々と見つめられるのは避けることができた。数日前に野原で出会ったときと同じく、なんともみっともない犬だ。みんなのまわりをうれしそうに跳ねまわっていて、躾《しつけ》がなっていない子犬のようで、邸内で飼われている成犬とはとても思えなかった。客を迎えて有頂天になるべきか、それとも、自分の縄張りに入りこまれて腹を立てるべきか、決めかねている様子だった。しかしながら、少しでも遊んでもらえそうな気配があれば、縄張りの侵害は大目に見るつもりらしい。

ベアトリスが笑って犬の頭をなでた。「すてきなお出迎えね」

「静かにしなさい」レディ・マティルダが犬に命じたが、なんの効果もなかった。「サマンサ、この犬を追いだして」

「おすわり、トランプ」マッケイ夫人が言った。「言うことを聞かないと、闇の世界へ追放されてしまうわよ」

犬はすわろうとしなかったが、跳ねまわるのだけはやめ、舌を垂らしてあえぎながら女主人を見上げた。それからよたよた遠ざかって、カーテンの細い隙間から射《さ》しこむ光の筋のなかにどさっと身を横たえた。誰かがさらに楽しみを提供してくれるかもしれないので、それを聞き逃すまいと、耳だけはぴんと立てたままだった。

いまいましい犬。こいつさえいなければ、あの生垣をきれいにジャンプできたはずだし、貴婦人を死ぬほど怯えさせて危うく殺すところだったなどとは夢にも思わずに、ロブランド・パークに帰ることができただろう。謝罪の必要があることも知らずにすんだだろう。そして、教会で喪服の女二人を見かけても、挨拶をしようとは夢にも思わなかっただろう。

「レディ・グラムリー」マッケイ夫人が進みでて、客に片手を差しだした。「トランプの不作法を心からお詫びいたします。お訪ねくださるとは、なんてご親切なのでしょう。先日お越しくださったときは、確か、お加減がよくありませんでしたわね。おいでいただいて感激しましたのよ。お元気になられたのならいいのですが。二人だけで暮らしているため、ずいぶん退屈しておりましたの。そうよね、マティルダ」

しつこい風邪もすっかりよくなったと言ってベアトリスがマッケイ夫人を安心させると、夫人は次にベンのほうを向いた。彼と握手をしたとき、温かな歓迎の表情がわずかに変化して、冷たい気どった顔つきになった。

「サー・ベネディクト、お姉さまに付き添っていらっしゃるとは、お優しい方ですのね。さあ、おすわりになって」

夫人は彼の杖にちらっと目を向けたが、椅子の前まで連れていこうとはしなかったので、ベンは胸をなでおろした。世間には世話を焼きたがる者もいる。

礼儀正しく言葉を交わすうちに、お茶のトレイが運ばれてきた。マッケイ夫人がお茶を注ぎ、義理の妹がお茶と甘いビスケットの皿を客のところに運んだ。犬がやってきて、まずベアトリスの、次にベンの匂いを嗅《か》いだ。ベアトリスがまた犬の頭をなでてやり、一方ベンは知らん顔だった。ところが、犬はベンのほうが気に入ったようだ。ベンの足元で伏せをして、彼のブーツの片方に顎をのせた。

まったく頭の悪い犬だ。犬はかならず犬好きな人間を見分けるものだ、と姉のビーが言っていたではないか。

「サマンサ」レディ・マティルダが言った。「召使いを呼んで、犬を連れていくよう言ってちょうだい。好き勝手に飛びまわるなんて許せないわ。お客さまをお迎えしたときはとくに。わたしが犬のことをどう思っているか、あなたもわかってるでしょ」

こんな醜い犬はどこを捜してもいないだろうし、犬がベンと仲良くなろうと決めても、ベンのほうは少しもうれしくなかった。それでも、戦闘用の斧みたいな女と――そう、姉がレディ・マティルダを評したこの言葉はまさにぴったりだ――行儀も分別もなく、よだれを垂らしてばかりのひょろ長い犬のどちらかを選べと言われたら、決めるのはむずかしくないだろう。

「その犬を――トランプでしたっけ？――マッケイ夫人が迷惑に思っておられないなら、もちろん、ぼくにとっても迷惑ではありません、レディ・マティルダ。ここに置いてやってくださるようお願いします」

マッケイ夫人が彼にちらっと視線を投げた。どう解釈していいのかわからない視線だった。疑念？　憤り？　非難？　感謝でないことだけは確かだ。

ブーツについた犬のよだれは、たぶん、従者のクインが今夜拭きとってくれるだろう。いやな顔をして。

「この犬は二年前にうちの玄関先に迷いこんできたのです」マッケイ夫人が説明した。「ぼろぼろになった頑固そうな野良犬で、餌をやっても出ていこうとしませんでした。夫に言われましたわ。たぶん夫の意見が正しいのでしょうけど、出ていこうとしないのはわたしが餌をやったからだって。でも、どうしてやらずにいられます？　長い肢《あし》は曲がった棒切れみたいだし、あばら骨が浮きでていて、毛は艶がなくて毛玉だらけ。期待をこめた目ですがりつくようにこちらを見て……ええ、石のように冷たい人間でないかぎり、追い払うなんてとてもできません。犬はしばらくのあいだ玄関先で寝起きしていました。そのうちどうやって邸内に入りこみ、目に映るものすべてを支配下に置くようになったのか、わたしにはわかりませんが、とにかくそうなってしまいました」

「そのころわたしがここに住んでいれば、犬にそんな勝手なまねはさせなかったでしょうね、サマンサ」レディ・マティルダが言った。「マシューの容態について知らせが届くたびに母が心悸亢進《しんきこうしん》の発作を起こしたりしなければ、わたしももっと早くこちらに来られたはずなのに。いまだって、犬を厩へ移してそこで寝起きさせるよう、あなたに強く言いたいのよ。まっとうな屋敷のなかで動物を飼うなんて非常識です。ねえ、レディ・グラムリー、賛成してくださいますでしょ？」

「なんともだらしのない女だと思われそうですわね」メイドがお茶のトレイを下げるあいだに、マッケイ夫人が言った。「わたしはこの犬が可愛くてならないんです。トランプ、おまえみたいに醜くて図々しい犬をどうして可愛いと思えるのか、自分でもわからないけど、でもやっぱり可愛いのよ」

夫人が犬だけに視線を向けて、自分のほうを見ようとしないことに、ベンは気がついた。言葉はすべて彼の姉に向けられ、ベンはこの場にいないも同然だった。夫人が彼にひどく腹を立てているのは明らかだ。

「ペットは家族の一員みたいなものですもの」ベアトリスが同意した。「うちのスパニエル犬がまだ生きていたころ、息子の一人に文句を言われましたわ。ママはぼくや弟より犬のほうが大事なんだって。そこでわたしは、犬を愛するほうが簡単なときもあるのよ、と答えました。ただし、そう言いながら息子をぎゅっと抱きしめてやったことを、急いでつけくわえておきますけど」

ベンはほとんど無言だった。この調子でいくと、訪問前よりも憂鬱な気分で帰ることになりそうだ。ちゃんと謝っておかないと、謝罪の機会は二度となく、罪悪感は永遠に消えないだろう。

たぶん、マッケイ夫人はかなりの美女かもしれないが、ベンは好きになれそうもなかった。それは夫人が手にした鏡に彼の最悪の部分が映しだされているせいだ。姉の視線に気づいて、ベンは両方の眉を上げた。さっさと暇《いとま》を告げるのが礼儀に適《かな》ったことだろう。

「レディ・マティルダ」ベアトリスが言った。「ビスケットがおいしくて、つい食べすぎてしまいました。馬車でロブランド・パークに帰る前に少し運動できるとうれしいのですが。テラスを歩くのにつきあっていただけません?」

レディ・マティルダは、つきあうなんてまっぴらという顔だった。しかし、貴婦人である以上、礼儀作法が最優先だ。

「ボンネットとマントをとってきます」レディ・マティルダはそう言って部屋を出た。

ベアトリスはマッケイ夫人に「ご迷惑じゃありません?」と詫びるような口調で形ばかりの質問をしてから、レディ・マティルダを追って出ていった。夫人のほうは〝大迷惑だわ〟と言いたげな表情だったが、礼儀を重んじて逆の返事をした。ベンと二人だけになると、膝の上で組んだ両手を見下ろした。室内は沈黙に包まれ、聞こえるのは犬の満足そうな吐息だけになった。犬はテラスを歩く二人を興味津々で見守っていたが、自分も加わるのはやめにしたようだ。たぶん、レディ・マティルダがいるせいだろう。

マッケイ夫人には沈黙を破る気はなさそうだった。

ベンは咳払《せきばら》いをした。「マッケイ夫人、お詫びをしなくてはなりません」

「そうね」夫人が目を上げて彼を真正面から見据えたので、二人のあいだに距離があるにもかかわらず、ベンは自分の頭が二、三センチほど退くのを感じた。「おっしゃるとおりよ」

やれやれ。ぼくときたら、彼女が間の抜けた笑みを浮かべて、〝失礼なことは何もなさってないわ〃と言ってくれるのを期待していたんだろうか？

「先日の騒ぎはすべてぼくの責任でした」ベンは言った。「反対側の様子を確かめもせずにあの生垣を飛び越えたのがいけなかったのです。しかも、そのせいで危うくあなたを殺すところだったのに、責任を押しつけて文句ばかり言うなんて、ぼくが間違っていました」

「その点では、おたがいの意見が完全に一致しましたわね」マッケイ夫人は顎をつんと上げ、彼を見据え、軽蔑に満ちた態度で断言した。さらに続けた。「でも、乗馬中のみんながみんな、生垣を飛び越える前に馬を降り、反対側をうろついている者がいないかどうか、生垣をかき分けて確かめようという義務感に駆られたりするのは、いささか馬鹿げているように思います。馬上で〝タリホー！〃と叫ぶ方法もあるでしょうけど、それもなんだか変ですわね。あのときのことは事故だったんです。誰の責任でもありません」

公明正大なこの返事はベンの罪悪感をさらに強めただけだった。

「しかし、そのあとのことについては、やはり責められるべき人間がいます。すなわち、このぼくです。何も悪いことをしていないあなたと犬に、反射的にすべての責任を押しつけようとするなんて、許しがたい暴挙でした。どうか許してください。深く恥じ入っています。また、あなたの前でひどい言葉を使ったに違いないが、それについても許していただきたい。ただ、あなたに個人的にぶつけたつもりはなかったのです」

マッケイ夫人はいまも揺るぎなき視線を彼に据えていて、ベンにはその黒い瞳が殺人兵器のように思われた。自分の頭をさらに二センチほど退けたい、視線を伏せたいという衝動に抵抗しなくてはならなかった。

「あら、〝くそっ〟とおっしゃいましたけど。誰かを〝そこの女〟とお呼びになったあとで。あの場にいた女はわたし一人でしたから、たぶん、わたしに向けたお言葉だったのでしょう」

ベンは顔をしかめた。こいつはまずい。まったく記憶にない。

「でも、いちばん腹立たしかったのは」マッケイ夫人がさらに続けた。「倒れたわたしを見ても、あなたが馬を降りようとなさらなかったことです。もっとも、わたしをなぎ倒したのはあなたの馬ではなく、ヒステリーの発作を起こしたうちの犬でしたけど。あいにくなことに、日曜日にお目にかかったとき、わたしは怒りを収めて、あなたがなぜ馬を降りなかったかを理解するしかありませんでした」

「あの場でぼくのほうから釈明すべきでした。あなたの怯えと、ぼくが与えかねなかった危害に対し、もっと気遣いを示すべきでした。また――」ベンはもどかしさにため息をついて、髪に指を走らせた。「要するに、ぼくは許しがたい非礼を働いたわけです。図々しくこちらにお邪魔したことにあなたが気分を害されたのも無理はありません。これ以上何も言わずに、そろそろ失礼します」

ベンは杖に手を伸ばした。

「わたしは結婚してから一年間、夫の連隊の近くに住んでおりました。淑女が耳にしてはならない言葉を何度も聞いたことがあります。士官たちは戦場でよく通る声をしています。困ったことに、その声は戦場以外の場所でもよく通るのです。わたしも初心《うぶ》な乙女ではありません、サー・ベネディクト。それに、不本意ながら認めざるをえませんが、じかに謝罪するためにこうして訪ねていらした勇気はご立派です。予想もしておりませんでした。レディ・グラムリーはマティルダを誘ってテラスを歩く必要など感じてらっしゃらなかったのでしょう？　ビスケットは確か一枚しか召しあがらなかったはず」

「義理の妹さんが聞いている前で、ぼくがいきなり謝罪などしたら、妹さんの知らないことを教えて事態を悪化させる結果になりかねないと思ったものですから」

「おっしゃるとおりですわ。わたしが供の者も連れずに、いえ、もし連れていたとしても、庭園の塀の外へ勝手に出ていたことを知れば、マティルダは脳卒中を起こすでしょう」

「許してもらえますか」ベンは彼女に尋ねた。

「けっして許さないつもりでした」彼女の視線がベンの杖に移った。「馬を走らせるのは、あなたにとって大変なことなのでしょうか？」

「ええ。しかし、それだからこそ馬に乗らずにはいられないのです。あの生垣はぼくが久しぶりに飛び越えた障害物でした……六年以上前に、もっとひどい落馬をしたとき以来。あとから、あそこで何があったのか、どんな結果になりかけたのかを考えて、乗馬はもうやめようと思いました。しかし、やはりやめてはならないと決心しました。次はもっと高い障害物に挑戦するつもりです。ただし、そこに向かって走るときは、かならず〝タリホー！〟と叫ぶことにしましょう」

「では、生まれたときからではなかったのですね」マッケイ夫人が尋ねた。「事故にあわれたのね？」

「戦争という名の事故です」

夫人の視線が彼に戻り、一瞬、眉間にしわが刻まれた。

「でも、いくら重傷だったとは言え、脚の怪我だけですんだわけですね。わたしの夫と違って」

ベンは唇を結んだだけで、何も答えなかった。

犬が不意によたよたと彼の足元にやってきて、それから女主人のところに戻り、彼女の膝に顎をのせてじっと見上げた。夫人は犬の頭を軽く叩いてから、犬がうっとりと目を閉じているあいだ、その頭をなでてやった。

「無神経なことを申しあげてしまいました」やや申しわけなさそうに夫人は言った。「脚の怪我だけでおすみになったの？」

肩の下に銃弾。心臓からそう遠くない場所だ。鎖骨を骨折。肋骨《ろっこつ》数カ所に骨折かひび。腕を骨折。数が多すぎて思いだせないほどの切傷と挫傷。頭部の深刻な負傷だけはなかった。あの戦場で起きた唯一の奇跡だ。

「いいえ」

マッケイ夫人は負傷箇所がすべて羅列されるのを予期するかのように、ベンに視線を向けた。

「戦争で負傷した者たちは、誰がいちばん重傷かを競いあうようなことはしないものです。それに、苦しみにもさまざまな形があります。ぼくの友人に、兵士たちを率いて絶望的な戦いに何度も挑み、そのたびにかすり傷ひとつ負わずに生還した男がいます。スペインでも決死隊を率いて突撃に成功し、兵士たちは大部分戦死したが、その男だけは無傷で生き残りました。将軍たちから称えられ、皇太子殿下から爵位を授与された。ところが、その後、心を病み、拘束衣を着せられて国に送還となった。ふつうに近い生活が再開できるまでに数年かかった。また、別の友達は一七歳の初陣のときに視力と聴力の両方を失った。国に戻ったときは支離滅裂なことを口走っていた。しばらくすると聴力は回復したが、視力のほうはだめだった。回復は永遠に望めないでしょう。だが、何年もかけてようやく立ち直り、自分に残された感覚だけに頼って死を迎えるまで耐えつづけるのではなく、自分で人生を切り開いていけるようになりました。誰の傷がいちばん深いかを判断するのは、けっして容易ではないのです」

彼が話をするあいだ、夫人はふたたび視線を伏せていた。犬の耳をひっぱり、それから犬の頭のてっぺんに軽く額をつけた。しかし、ベンの話が終わったところでいきなり立ちあがり、向きを変えて窓のほうへ何歩か近づいた。

「もううんざり」強い感情に震える声で、彼女は言った。不意に足を止めたかと思うと、ふたたび歩を進めた。「戦争にも、負傷にも、苦悩にも、死にも、つくづくうんざりです。わたしは生きたい。そして……そして、踊りたい」頭をうしろへ傾けた。たぶん目をきつく閉じているのだろうとベンは察した。やがて、夫人は低く笑った。「踊りたい。夫の死からまだ四カ月しかたってないのに。こんな軽薄な女がいるかしら。こんな不謹慎な女が。慎み深い態度をすべて忘れてしまった女が」

ベンは驚いて彼女を見た。「誰かからそういう非難を受けたのですか？」

夫人が顔を上げ、ふりむいて彼を見た。

「非難しない人がいまして？」彼女のほうから尋ねた。「たぶん、ご結婚はまだでしょうね、サー・ベネディクト」

「ええ」

「あなたが結婚してらして、亡くなったとしましょう。あとに残された奥さまが三カ月後にダンスをしたいと言いだしたら、愕然《がくぜん》となさるのではありません？」

ベンは片手を上げて鼻の脇を指でこすりながら答えた。「ぼくが死んだあとで妻が何をしようと、たいして気にならないでしょう。いや、はっきり言って、気にするはずがない」

思いがけないことに、夫人が笑みを浮かべ、突然、生気に満ちた愛らしい女性に変わった。彼がさっき部屋に入ったときに受けた印象よりも、さらに若いに違いない。初めて会ったときの印象に比べたら、何十歳も若いだろう。

「しかし、死ぬ前であっても、夫亡きあとの妻には充実した人生を送ってほしい、当人が望むなら、ふたたび微笑し、笑い、踊れるようになってほしいと願うことでしょう。ぼくも人間ですから、しばらくは妻が夫の死を悼んでくれるよう望みはしますが、永遠にそれを求めるつもりはありません。しかし、微笑し、笑い、踊っているときも、妻はぼくのことをなつかしく思いだすのではないでしょうか？」

「またいらしてくださいます？」いきなり、マッケイ夫人が言った。「お姉さまと一緒に」

「ぼくを見送れば、あなたはほっとなさることでしょう」彼自身、ここから逃げだすのが待ち切れない思いだった。

「誰も来てくれないんです。遠慮して。喪中なので」

生気に満ちた微笑はとっくに消えていた。ベンは、自分の目の錯覚だったのかと思った。

「なんでしたら」気が進まないまま、彼は提案した。「姉に会いにロブランド・パークへお越しになってはどうでしょう？　そうすれば外に出られるし、誰に見られても恥ずかしくない訪問です。それとも、正式な服喪中はそれすら許されないのですか？」

「だめでしょうね。でも、なんとかしてお伺いいたします」

ベンは突然、この数分のあいだ自分はすわっていたのに彼女は立ったままだったことと、礼儀に反するほど長居してしまったことに気づいた。

「そのお言葉を聞けば、姉も喜ぶでしょう」そう言いながら杖のほうへ手を伸ばし、ストラップに腕を通した。「姉はクリスマス前からしつこい風邪で臥《ふ》せっていて、人と顔を合わせる機会があまりなかったものですから。お茶をご馳走さまでした。話を聞いていただいたことにお礼を申しあげます」

許してもらったことへの礼は言えなかった。彼女の口から許すという言葉が出なかったからだ。

　ベンはじっと見られていることを意識しながら、椅子から身体を持ちあげた。彼女に見つめられたまま、ぎこちない歩き方で部屋を出ていくようなことにならなければよかったのに、と思った。

「おたがいに共通点があるわけですね」ドアまで行き着く前に急に足を止めて、ベンは彼女に言った。「ぼくも踊りたい。ときには、踊ることこそ人生最大の望みだと思うことがあります」

　マッケイ夫人は沈黙したままベンに付き添い、玄関扉のところまで、そして、待っていた馬車のところまで送っていった。すでに、ベアトリスがレディ・マティルダと一緒に馬車のそばで待っていた。別れの挨拶を交わし、馬車はほどなく馬車道を走りだした。

「やれやれ」姉がベンにも聞こえるほど大きく息を吐きだした。「これまででいちばん気の重い午後だったわ。あの妹さん、笑い声を上げたことはあるのかしら、ベン。ぜったいないわね。微笑を浮かべたことがあるかどうかも疑問だわ。おそらくないでしょう。実家のお父さまの話をするときは、このうえなく恭しい口調だったわ。マッケイ夫人も大変ね」

「また来てくれないかと頼まれた」ベンは姉に言った。「かわりに、姉さんに会いにロブランド・パークに来てはどうかと、ぼくから勧めておいた。ただ、客を迎えるのも、よその家を訪問するのも、喪中の貴婦人にはふさわしいことじゃないらしい。ぼくが教えこまれた社交マナーは不完全だったのかな、ビー。ぼくにはずいぶん妙な作法に思えるけど。でも、なんとかして出かけるとマッケイ夫人が言っていた。姉さんに断わりもなくぼくの一存で招待してしまったけど、気を悪くしないでくれる？」

「出かける気はおありなのね？」ベアトリスは弟に尋ねた。「でも、本当に出かけられるかしら」

ベンは返事のかわりに肩をすくめた。しかし、〝わたしは生きたい〟と彼女が言ったときの予想外に熱い口調を思いだした。あの日、彼女がはしたなくも一人で草地をうろついていたのは、おそらく、短時間だけでも自由を味わうための手段だったのだろう。ところが、ぼくが台無しにしてしまった。

「ちゃんと謝罪した？」ベアトリスが訊いた。

「したよ」許すというはっきりした返事がなかったことは言わないことにした。

「じゃ、すべきことはすませたわけね。わたしもほっとしたわ。でも、あの二人が訪ねてくることはたぶんないでしょう」

「マッケイ夫人は踊りたいそうだ」

「なんですって？」ベアトリスは彼のほうを向いて眉をひそめた。「来週のパーティで？」

「違うよ。単に踊りたいだけさ、ビー。ぼくもだ。ぼくも踊りたい」

姉は軽く首をかしげた。「あなたが行きたいと言うのなら、もちろん、一緒にパーティに出かけましょう。でも、このうえなく静かな曲でも、踊るのは無理じゃないかしら。あなたは杖の助けを借りてしっかり歩けるようになった。わたしも言葉にできないぐらい、あなたを誇りに思っているのよ。でも、踊りたいというの？　そんなことは忘れて、いまできることに集中するのがいちばん賢明だと思うわ」

ああ、想像力に欠けたビー！　説明の手間は省こうとベンは思った。

5

サマンサはその週の終わりまで、玄関の外へはほとんど出ずに過ごした。ずっと雨続きだった――いや、厳密な意味での雨ではない。本格的な雨なら、サマンサも歓迎したかもしれない。だが、正確に言うなら、小雨と靄《もや》と曇天と肌寒さが一緒になったものだった。〝エンドウ豆のスープみたいなお天気〟――母親がそう呼んでいたことをサマンサは思いだした。ドアや窓をしっかり閉めておいても、そういう天候がドアの下や窓枠の隙間からじわじわ忍びこんでくる。暖炉で薪《まき》がはぜ、ウールのショールで肩を包んでいても、住人に湿気と寒さと惨めさをもたらす。

日曜の教会へも、めったにないことだが、出かけるのをやめた。マティルダが持病の頭痛に加えて鼻風邪にまで悩まされ、足を温めるための熱した煉瓦《れんが》が入れてあるベッドに戻るようサマンサが言うと、おとなしく従ったからだ。サマンサは過去五年間ずっとやってきたように一人で教会へ行くつもりだったが、そう言ったとたん、マティルダが怒りだした。サマンサも正直なところ、外に出なくてすむ口実ができてほっとしていた。

火曜日以来、マティルダと召使いたちを除くと、サマンサは誰にも会っていなかった。レディ・グラムリーとサー・ベネディクト・ハーパーが訪ねてきてくれたのは、わずか数日前ではなく数週間も前のような気がした。しかし、こちらからも翌週中に馬車でロブランド・パークを訪ねてはどうかとサマンサが提案すると、予想に違《たが》わず、マティルダはつんとした顔になった——〝喪中の隣人を訪問するのは礼儀に適ったことだけど、答礼訪問を期待する人なんてどこにもいないわ。そんなことが現実に起きたら、上流の人は驚くでしょう!、ショックを受ける人だっているかもしれないわよ〟

サマンサはマティルダの言葉を信じなかった。もう信じる気にはなれなかった。社交マナーに関するマティルダの意見がたとえ正しいとしても、これから八カ月ものあいだ、光を閉めだした邸内にこもり、新鮮な空気が吸えるのはときたま庭に出るときだけ、あとは週に一度教会へ出かけるだけという日々に、どうして耐えていけるだろう? 退屈すぎておかしくなりそうだ。

お返しの訪問をしよう——ベッドに寝ているマティルダの世話をするため階段をのぼり下りするあいだに、サマンサは決心した。病人の世話は長らくやってきたことで、元気の出る仕事ではないが、それでも、義理の妹の部屋にいるあいだは明るくふるまおうと心がけ、マティルダが少しでもくつろげるよう、枕を裏返して膨らませたり、ベッドカバーのしわを伸ばしたり、水のグラスを手近な場所に置いたり、熱のある額に冷たいタオルをあてがったり、目に見えないほどのカーテンの隙間をぴったり閉ざして、まばゆい光が入ってくるのを防いだりした。

一人で行くしかなくても、ロブランド・パークを訪ねようと決めた。正直なところ、マティルダ抜きで行くほうがずっと楽だ。考えてみれば、マシューが亡くなって以来、わたしは自分の家で囚人同然の日々を送ってきた。屋敷の女主人としての役目を放棄していた。

洗練されていて、エレガントで、本物の貴婦人にふさわしいにこやかな態度で接してくれるレディ・グラムリーに、サマンサは好意を持っていた。いつも親切にしてもらった。もっとも、ここに越してきて五年になるが、レディ・グラムリーとも、ほかの隣人たちとも、親しいつきあいはほとんどなかった。レディ・グラムリーとは一〇歳ぐらい年齢差があるに違いないが、これからは友達のような関係になりたいと思った。

でも、サー・ベネディクト・ハーパーとなると、話は別だ。先日の訪問のときまでわたしは彼を毛嫌いしていたし、二人だけになってから謝罪するという彼の気遣いにも、しぶしぶ感心しただけだった。彼はきっと勘がよくて、わたしがあの日屋敷を抜けだしたことをマティルダは知らないかもしれない、と察してくれたのだろう。謝罪の言葉も非の打ちどころのないものだった。責任はすべて自分にあると言ったのだから。それにひきかえ、許しの言葉を口にしなかったわたしは卑怯《ひきょう》だった。でも、少なくとも六年ぶりに手にしたわずか一時間の自由を台無しにした相手を許すなんて、わたしにはできなかった。

いまではサマンサのほうが罪悪感に苛まれていた。理不尽なことながら、それでよけいに腹が立った。でも、あの人はロブランド・パークに一時的に滞在しているだけ。たぶんもうじき去っていくだろう。以後は二度と会わずにすむ。わたしがレディ・グラムリーを訪問しても、あの人はまた乗馬に出かけていて留守かもしれない。

サー・ベネディクトの前で胸の内を熱っぽく語ったことを思いだし、サマンサはきまりが悪くなった。わたしったら、どういうつもりだったの？　〝生きたい〟と言ってしまった。さらには〝踊りたい〟とまで。ただ、自分がそんなことを言った理由はわかっていた。彼の脚がひどく不自由だから。この前の戦争でほかにもずいぶん怪我を負ったようだから。でも、わたしがあんな状況で知らない誰かと出会う運命だったとしても、その相手がなぜまた負傷した兵士でなくてはならなかったの？

金切り声で叫びたい気分だった。

でも、あの人も踊りたいと言った。言わずにいてくれればよかったのに。彼の言葉にサマンサは動揺した。叶《かな》わぬ夢に焦がれるその言葉を聞いただけで涙を誘われた。サー・ベネディクト・ハーパーのために涙を流すつもりなんて、これっぽっちもないのに。

でも、あの人も踊りたいと言った。

翌日の昼下がり、マティルダは困ったことにまだ風邪が治っていなかったが、二階から下りてきて居間の椅子に腰を下ろした。ショールを肩にしっかり巻きつけて暖炉のそばにすわりこみ、片手に握りしめたハンカチを赤くなった鼻からけっして離そうとしなかった。

サマンサはさりげない口調で、雨もようやく上がったようだから、馬車を出して先日のお返しにレディ・グラムリーを訪ねたいと思っている、と言った。

「あなたの義務感は見当違いよ」マティルダが言った。「でも、もちろん、出かけるのはやめてくれるでしょうね。そもそも、わたしが一緒に行けないんですもの。マシューだってだめだと言うはずよ、禁止するはずだわ。ああ、マシューの魂よ、安らかに」

いいえ、マシューがだめだと言うはずはない。病気療養中、彼がサマンサの時間を大幅に奪い、彼女を酷使したのは事実だが、自分の家族のピューリタン的な堅苦しい態度には辟易《へきえき》していた。夫の浮気を知ったサマンサが大騒ぎしたあと、マシューが妻をイベリア半島へ連れていくのも、実家に戻ることを許すのもやめにして、かわりに、一年のあいだレイランド・アベイへ行かせたのは、彼女への怒りを示す手段だったのだ。言うまでもなく、それがマシューに思いつける最大の罰だった。なんとも卑怯なやり方だ。

「二、三日後に村でパーティがあるそうね」サマンサは言った。「それに出るのは言語道断よ、マティルダ。もっとも、わたしは出るつもりなんてないけど。だけど、先週わざわざ来てくださった隣人のお宅をお返しに訪問するのは、非難には当たらないと思うのよ。それに、わたしが馬車に乗って一人で出かけるのは、マシューの生前、日曜ごとにやっていたことだし。マシューが亡くなる少し前にあなたがここで暮らすようになってからも、夫がわたしの外出に反対したことは一度もなかったわ」

「じゃ、反対すべきだったわね」マティルダはきつい声で言い、洟《はな》をかむためにしばらく黙った。「うちの父だったら、ぜったい許さないはずよ」

「ヒースムア伯爵はわたしの夫じゃないわ」サマンサは言いかえした。「父でもないし。いえ、マティルダ、口論はやめましょう。なんて退屈な話題かしら！　わたしには新鮮な空気と気分転換が必要なの。そして、レディ・グラムリーのご親切にお礼を言わなきゃならないの。マシューのお葬式のあとで二度も訪ねてくださったんですもの。しかも、最初のときはお加減が悪かったというのに。とにかく行ってきます。長居はしないつもりよ。呼鈴の紐は手の届くところにありますからね。何か必要になったら、ローズかほかの召使いに頼めば持ってきてくれるわ」

サマンサが立ちあがるのを、義理の妹は唇をきつく結んで不機嫌な顔で見つめた。マティルダが実家に次の手紙を書くとき、父親にこの件を報告するのは間違いない。父親が家族に課したルールのせいで、控えめに言っても中世のような重苦しさが、これだけ離れた土地にまで及んでいるのだ。そんなルールを唯々諾々と受け入れるのはもうやめよう。サマンサはそう決めた。自分の家に閉じこめられて、礼儀作法の基準が社会の要求をはるかに超えた一家に奴隷のごとく従う人生を送らなくても、亡き夫に敬意を払うことはできるはずだ。

この考えに不安を感じたのはほんの一瞬だった。ブランブル館は、いずれ自分が相続するものとマシューが確信していた屋敷だが、いまも伯爵の所有のままだ。とは言え、遺言書の条項によれば、マシューに遺贈されるはずだった。マシューはすでに故人だが、亡くなる少し前に、生涯ここで暮らすことができるとサマンサに約束してくれた。彼女には自身の資産も、ひきとってくれる親戚もないため、舅であるマシューの父親が嫁の生活の面倒をみなくてはならず、しかも、けっして責任を回避するような人物ではない。はるか遠くのイングランド北部へ彼女を追いやり、自身は住んだこともない屋敷に住まわせておけば、父親としては万々歳だろう。気に入らない嫁のサマンサをレイランド・アベイにひきとるなど、まっぴらに決まっている。サマンサの未来は安泰というわけだ。

サマンサがロブランド・パークの玄関扉の前で馬車を止めたそのとき、馬に乗ったサー・ベネディクト・ハーパーが屋敷の角を曲がって姿を見せた。馬上の彼はうっとりするほど男っぽくて障害がまったく目立たないことに、サマンサはいやでも気づかされた。ただ、自分がもっと早く出かけてくれればよかったのに、この人が乗馬から戻る時間がもっと遅くなればよかったのに、と思わずにはいられなかった。

彼が手綱をひいてサマンサの横で馬を止め、帽子を脱いだ。「ようこそ、マッケイ夫人。久しぶりの晴れ間を存分に活用しておられるのですね。じつは、姉もそうなんです。牧師夫人と一緒に病気の人々の見舞いに出かけました」

「まあ」ここに来るに先立ってさんざん揉めたというのに、なんて間の悪いこと。とんでもない肩透かしだ。「いえ、よろしいのよ。少なくとも、こうして出かけてくることができましたから。レディ・グラムリーがお留守だとわかっていたら、出かける口実がなくなっていたでしょう」

「あわててお帰りになる必要はありません。馬を厩に入れてくるので、二、三分待ってくだされば、すぐ戻ってきます。あなたの馬車をお預かりするために、馬番がこちらにやってきます。どうぞ家にお入りください。いや、すみません。それはまずいですね」

サー・ベネディクトはあたりを見まわした。

サマンサのほうから、いますぐ失礼しますと言うべきだった。このまま居残れば、マティルダが恐怖におののくだろう。今度ばかりは義理の妹のほうが正しいかもしれない。それに、この紳士と二人きりで話をするつもりなど、サマンサにはなかった。だが、そうは思いつつも、外にいられる時間を少しでいいから延ばしたかった。

「庭の花々のあいだを散策なさってはいかがですか？」彼が勧めてくれた。「あちらにベンチがありますし」

サー・ベネディクトは帽子をもとどおりにかぶり、乗馬鞭をつばに軽く当てると、サマンサが返事をする暇もないうちに馬で去っていった。彼女はほんの一瞬ためらったが、すぐに馬車を降り、あとは馬番に任せることにした。

せっかく出かけてきたのにレディ・グラムリーが留守だったと知ったら、マティルダは自業自得だと言うだろう。留守だとわかったら、ぐずぐずせずに馬車で帰るべきだと思うに決まっている。

いいえ、マティルダ・マッケイと舅のヒースムア伯爵なんて、もうどうでもいい。二人にどう思われるかを気にしつつ行動することに、サマンサは心底うんざりしていた。マシューが一人前になったとたん家を出ていき、二度と戻らなかった気持ちが、いまは痛いほどよくわかる。瀕死《ひんし》の重傷を負い、あとどれだけ生きられるかわからない状態で半島から帰国したときですら、マシューはレイランド・アベイ以外のところへ運んでほしいと懇願した。父親は息子夫婦をここに住まわせることにした。伯爵家の領地のなかでは小さいほうで、ケント州からもっとも離れたこの場所に。

サー・ベネディクト・ハーパーは馬上の姿がいちばん立派だ。歩く姿がいちばん危なっかしい——数分後、厩から出てきた彼を見てサマンサは思った。杖の助けを借りて歩いているが、松葉杖として使っているのではない。自分の脚で歩いている。ゆっくりと、痛みをこらえ、いささか不格好な姿で。松葉杖を使うほうがずっと楽だし、見た目もましだろうに。ただ、両脚とも不自由な場合、松葉杖を使いこなすのはむずかしい。

本来なら歩けるはずがないのにこうして歩いている男性に対して、サマンサはしぶしぶながら賞賛を覚えずにはいられなかった。生前のマシューは障害を乗り越えようという努力も、さらには不機嫌を抑えようという努力すらしなかった。でも、この人だったら、本当に踊れるようになるかもしれない。

サマンサは彼のそばまで行った。

「庭のベンチにすわりましょう」彼が言った。

「まあ、見て」空を仰いで、サマンサは言った。「お日さまが出ている。家に閉じこもってこの光を逃してしまうなんてもったいないわ。レディ・グラムリーがお留守で、わたしはかえって幸運だったのかもしれません。このところ、日差しがほとんどなかったでしょ」

たとえ、日差しがたっぷりあったとしても、わたしがそれを浴びることはできなかっただろう。何年も地下牢に閉じこめられている囚人の気持ちが、サマンサには痛切によくわかった。分厚いベールをボンネットのつばの上へ衝動的に跳ねあげると、まばゆい陽光と暖かな甘い空気に触れることができた。

「レディ・マティルダは一緒に来るとおっしゃらなかったのですか？」

「ひどい鼻風邪をひいたものですから。風邪の菌をわたしがここに運んできていなければいいのですが。家を出てきたとき、マティルダは居間の暖炉のそばで丸くなっていました。でも、いずれにしろ、こちらに伺うことはなかったでしょう。喪中の者がよそさまを訪問するのはマナー違反だと思っている人なので」

二人は花園に入り、まもなく、サマンサがさきほど目にした錬鉄のベンチに並んで腰を下ろした。サー・ベネディクトはベンチの脇に杖を立てかけた。

「ご主人は士官だった。戦争で負った傷がもとで亡くなられたわけですね」

「傷そのものはほぼ治っていました。ただ、傷跡がいくつか残ってしまって。そのため、夫は暗くした部屋に閉じこもり、従者とわたし以外には誰にも会おうとしなくなりました。端整な容貌が昔から自慢の人でした。ただ、いちばん厄介な問題は心臓の近くに撃ちこまれた弾丸で、摘出しようとすれば命の保証はできないと言われました。心臓ばかりか肺にまで影響が出て、呼吸するのも徐々に辛くなっていきました。回復の見込みはありませんでした」

「お気の毒に。あなたも大変だったでしょうね」

「結婚式の誓いに〝病めるときも、健やかなるときも〟という言葉が入っているのは、けっして意味のないことではありません。その誓いどおりの人生を歩むよう求められる者もいるのです。ええ、大変でした。ただ、そういう女性は何千人もいます。誰かの妻、母親、姉妹たちが。相手の男性にとっても人生は楽ではなかったはずです。マシューのように亡くなった人もいます。永遠の障害と痛みを抱えて生きる人もいます。あなたもきっと大変な思いをしてこられたのでしょうね」

「たとえ悪いのは脚だけだとしても？」

サマンサは鋭く彼のほうを見た。そんな馬鹿げた仮定を持ちだすなんて意地の悪い人。

「軽率なことを申しました。負傷は脚だけではないと、前にご自分でおっしゃいましたわね。ほかにも多くの傷を負ったと」

彼は笑みを浮かべた。さぞハンサムな男だったのだろうと、サマンサにも想像がついた。いまもハンサムだが、かつては若さにあふれた魅力を湛《たた》えていたに違いない顔に、いまはしわが刻まれている。マシューもそうだった。でも、サー・ベネディクトはたぶん、わたしの夫のように息をのむほど端整な顔立ちではなかったのだろう。

「回復に努めた何年間かはぼくの人生で最悪の時期でした。同時に、妙な言い方ですが、最良の時期でもありました。人生とはそういうものです。プラスマイナスゼロ、バランスがとれている。ベアトリスはぼくをここに呼んで、健康になるまで看病する気でしたが、当時は子供たちがまだ幼かったし、ぼくは怪我人の看病まで姉に押しつけては気の毒だと思いました。幸いにも、スタンブルック公爵の世話になることができました。公爵はぼくも含めて多数の負傷した士官を、コーンウォール州にある自宅のペンダリス館に住まわせ、最高の医者と看護婦を雇い、われわれの何人かは三年以上もそこで暮らして治療と回復に専念したのです。六人の親しい仲間ができ、いまも年に二、三週間ずつ、そこに集まることになっています。公爵を含めた男性五人と女性一人は、ぼくにとって世界でもっとも親しい友人です。自分で選んだ家族です。その集まりに、みんなで〈サバイバーズ・クラブ〉という名前をつけました」

「ひょっとすると、そのうちの二人が、拘束衣を着せられて国に連れ戻された決死隊の英雄と、視力をなくした若い方ですの？」サマンサは尋ねた。

「トレンサム卿ヒューゴと、ダーリー子爵ヴィンセントです。ええ」

「仲間のお一人は女性なのね？」

「イモジェン。レディ・バークリーです。夫について半島へ行っていました。夫は偵察士官、すなわちスパイだった。軍服を着ていないときに敵にとらえられ、拷問にかけられ、その一部は妻の目の前でおこなわれた。やがて夫は死亡しました」

「酷いこと」

「そうですね」

「わたしたちの世代に、あるいは、すぐ上下の世代に、戦争に人生を翻弄されずにすんだ人がいるでしょうか。いると思われます？」

「人はつねに歴史上の大きな出来事に翻弄されつつ生きています。避けることはできません。あれは誰の言葉だったかな……」サー・ベネディクトは言葉を切り、眉をひそめて考えこんだ。「そうだ、ジョン・ダンが随筆に書いている。〝何人《なんびと》たりとも孤立した島ではない〟と。そのとおりだ。いつの時代にも、人間という存在の偉大なる真実を短い言葉で生き生きと表現する詩人や哲学者がいるものだ。そう思いませんか？」

「あなたは哲学者なの、サー・ベネディクト？」

「いいえ」彼は笑いだした。「だが、退屈な男であることは確かです。あなたは先週、病気にも、苦しみにも、死にもうんざりだと言われましたね。もしくは、そのような意味のことを。〝生きたい〟、とくに〝踊りたい〟とおっしゃった。最後に踊ってから、もうずいぶんになるのですか？　最後に踊ったときのことを話してください。もしくは、記憶に残っている最後のダンスのことを。どこでした？　いつ？　曲は？　誰と踊ったんです？」

「まあ」サマンサは思わず彼に笑いを返していた。「そんな昔のことが思いだせます？　ええと……いつだったかしら。連隊が半島へ送られる前に、連隊主催の舞踏会が何回かありました。とくに楽しいとも思えなかったけど」

人妻も未婚の娘も含めて女たちと踊るマシューをサマンサが目にしたのは、そうした舞踏会のときだった。しかし、マシューは踊っているだけではなかった。もちろん、どの士官も自分の妻以外の相手と踊っていた。舞踏会では当然のことだ。だが、マシューは公然と相手を口説き、人妻や未婚の娘たちもそれに応えてうれしがり、思わせぶりな態度を見せていた。そうした舞踏会も、笑みを浮かべ、踊り、夫の行動を不快に思っていないふりをしなくてはならないことも、サマンサはいやでたまらなかった。自分と踊る何人かの士官の目に浮かぶ同情の色もいやだった。

「記憶に残っている最後のダンスは、まだ実家にいたころのパーティのときでした。近くの兵舎にいた士官が何人か来ていて、娘たちはみんな胸をときめかせていました。ほかの男たちはきっと、深紅の軍服に腹を立てていたでしょうね。そんなことはこれまで考えたこともなかったけど……。すでに顔見知りだったマシュー・マッケイ中尉がわたしと二曲も踊ってくれました。一曲目は『ロジャー・デ・カヴァリー』でした。天にものぼる心地で踊ったことを覚えています。わたしはたちまち彼に恋をしてしまいました。そして、その夜のうちに、結婚してほしいと言われました。もちろん、正式な求婚の前に、彼からうちの父に話をしてもらう必要がありましたけど」

サー・ベネディクトのほうを向くと、彼は微笑していた。ああ、わたしが最後に幸せな思い出に浸ったのはいつのことだったの？

「あなたが最後に踊ったのはいつでした？」サマンサはサー・ベネディクトに尋ねた。

「あなたにとってはあまり楽しくなかったという、連隊主催の舞踏会のひとつだったような気がします。いえ、間違いなくそうでした。ぼくは大佐の姪と踊りました。生まれて初めての――ただ一度の――ワルツでした。当時、ワルツが流行しはじめていたのです。熱々の恋人たちにとって、あれほど魅惑的な踊りはありません」

「大佐の姪御さんに恋をしていらしたの？」

「ええ、そうです」サー・ベネディクトは柔らかな笑みを浮かべた。すでに彼女から視線をはずし、花壇を見つめていた。彼も幸せなひとときを思いだしているのだろう、とサマンサは察した。「その一カ月前に出会って、運命の人だと直感しました」

「それがなぜ？」

「戦争のせいです」彼は低く笑った。「おたがい、戦争から逃れることはできないようですね。実家のご家族のことを聞かせてください」

「父は紳士階級の人で、本に囲まれた田舎の暮らしに満足していました。前の奥さんを亡くして男手ひとつで息子を育てていて、めったに足を向けないロンドンに出かけたとき、わたしの母と出会ったのです。母のほうが二〇も年下でしたが、二人は結婚し、わたしが生まれました。わたしが一二のときに母が亡くなり、一八のときに父が亡くなりました」

「あなたが結婚されたあとですね？」

「ええ」

サマンサがレイランド・アベイに一年間身を寄せていたとき、実家の父はしばらく患ったのちに亡くなった。父が亡くなるまで、兄のジョンは病気のことを何も知らせてこなかったし、亡くなった知らせですら一日か二日遅れで届いたため、サマンサがいくら急いでも葬儀には間に合わなかった。それでもやはり駆けつけたかった。家が売却され、家財道具はすべて処分されることになっていた。高価な品はもともと何もなかったが、形見としてとっておきたい品がいくつかあった。とくにほしかったのが母の形見の品々で、ジョンにはなんの興味もないはずだった。ところが、兄の手紙にはサマンサが来る必要はないと書いてあり、舅のヒースムア伯爵も彼女に手紙を渡す前にもちろん読んでいて、ジョンの意見に賛成だった。伯爵からすれば、息子の嫁が身分の低い、胡散臭《うさん》いと言ってもいいような実家と縁を切ってくれるほうが、マッケイ一族のためなのだ。

「兄上はどんな方ですか？」サー・ベネディクトが訊いた。

「ジョンのこと？　母親違いの兄で、一八歳年上です。わたしが生まれる前に、すでに家を出ていました。牧師になり、父が住んでいた家から三〇キロほど離れた教会にいます。結婚して子供もいるようです。奥さんと子供たちには会ったことがありませんが」

ジョンは父親の再婚に腹を立てていた。サマンサとその母親の両方を嫌っていた。もちろん、口に出したことはない。なにしろ聖職者だ。聖職者は自分に憎しみの感情があることを認めようとしないものだ。

「今度はそちらの番よ。ご家族のことを聞かせてください」

「うちには子供が四人いました。いちばん上がベアトリス。父が亡くなると、長男のウォレスが準男爵位を継いで貴族院の議員となり、輝かしい未来を約束されていました。ところが、政界の梯子《はしご》を駆けのぼっていたとき、ロンドンの通りで野菜の荷車が横転し、その事故に巻きこまれて死んでしまったのです。兄のあとを継いでぼくが準男爵になりましたが、知らせを受けたわずか数日後に、ぼく自身も半島で重傷を負いました。そのため、弟のカルヴィンが何年ものあいだ、一族の本邸であるケネルストン館を一人で守ることになりました。弟はウォレスに頼まれて、以前からそこの荘園管理人を務めていたのです。妻子と共に屋敷で暮らし、二重の悲劇のあとも管理人として仕事を続けました。負傷したぼくはもう長くないと思われていました。イングランドに帰り着くまで持つかどうかも疑問だったほどです」

「では、弟さんがあとを継ぐつもりでいらしたのね。いまもあなたのお屋敷に？」

「そうです」彼が話を続ける前にかすかなためらいがあった。「優秀な管理人です」

サマンサは首をまわして彼の横顔を見た。「怪我から回復なさって、あなたもだいたいそちらでお暮らしですの？」

「いえ」

詳しい説明はなかった。その必要もなかった。家屋敷を弟に奪われたようなものだし、荘園管理の仕事を立派にこなしている弟にとってかわるのはむずかしいに決まっている。そういう事情があったわけね、とサマンサは察した。

短い沈黙のあとで尋ねた。「世の中にはなんの苦労もない人生を送る人もいると思われます？」

彼がサマンサに顔を向け、興味深そうに彼女を見た。「人間というのはとかく、他人の人生のほうが自分のこれまでの人生よりずっと楽に違いないと思いがちです。そんなことはめったにないのに。人生というのはおそらく、基本的にそう楽なものではないと思いますよ」

「誰が人生を創りだしたのか知らないけど、ずいぶんひどいことをするものね」

二人は微笑を交わし、サマンサは少々礼儀に反するこの訪問を予想もしなかったほど楽しんでいる自分に気づいた。この人と話していると、とても楽しい。

「あなたの人生は長いあいだ苦労の連続だった。ご主人を亡くした悲しみが薄れれば、これから上向きになっていくはずだ。喪が明けたら何をしようと計画しておられますか？」

「近所の人々ともっと親しくなるよう努力するつもりです。その何人かと本当のお友達になりたいし、時間を有意義に使う方法を見つけたいと思っています」

言葉にすると地味に聞こえる。でも、きっと、大人になってから経験したこともないようなすばらしく楽しい日々が待っているはずだ。新婚何カ月間かのくらくらするほど幸せだった日々を別にすれば。

「レディ・マティルダは今後もあなたと同居を続けるのでしょうか？」

「いやです！」サマンサは自分を抑える暇もなく、思わず叫んでいた。片手の指先を唇に当て、後悔の表情で彼を見つめた。「いえ、マティルダはおそらく、お母さまのお世話をするため、実家に戻ることになるでしょう。ヒースムア伯爵夫人は心悸亢進と神経症に悩まされてらっしゃるの。マティルダとわたしはもともと気が合わないのですが、夫の死で麻痺状態にあったわたしが少しずつ立ち直ってきたため、なおさら溝ができそうです。マティルダの意見はつねに正論ですし、行動もつねに正しいため、ときどき、わたしに苛立つことがあるようです」

「そして、あなたもレディ・マティルダに苛立っている？」彼はふたたび微笑していた。

「では、一緒に婚家へ行くつもりはないのですね」

「とんでもない。マシューの連隊が半島へ送られたあと、わたしは一年間あそこで暮らしました」サマンサは黙りこみ、それ以上は言わないことにした。

　サー・ベネディクトは眉を上げた。

「婚家に戻る気はありません。舅もきっと、わたしと同じ気持ちだと思います」

「ぼくは一度もヒースムア伯爵にお目にかかったことがありません」

　驚くほどのことではない。悪徳の巣であるロンドンへ出かけるとき、伯爵が足を運ぶ先は貴族院と社交クラブだけだ。社交シーズンの催しにはめったに顔を出さず、妻や娘にもそういうものへの参加をすべて禁じている。春の議会が終了するなりレイランドに戻り、翌年の議会の開催に合わせてロンドンに出ざるを得なくなるときまで、そちらで過ごす。英国国教会の信者だが、態度と行動を見るかぎり、そんなことは誰にも想像できないだろう。骨の髄まで清教徒だ。伯爵から見れば、わずかでも楽しい要素を持つものは本質的に罪である。彼の謹厳実直な主義と規則に反することは悪魔のしわざであり、彼に逆らう者は悪魔の申し子というわけだ。伯爵は鉄の拳で家族を支配している。ただ、公正を期すために言っておくと、暴力が必要とされるときでも、手を上げることはめったにない。

「そんな家で楽しく暮らせるとは思えません」サマンサは言った。

「いまのお言葉は誰にも口外しませんので、どうぞご安心を」愉快そうに目を輝かせて、サー・ベネディクトは言った。しかし、そのまま彼女を見つめつづけ、微笑が薄れていき、目だけに笑みが残った。「〈サバイバーズ・クラブ〉の仲間とペンダリス館で何年かを過ごしたとき、ぼくには話を聞いてくれる相手が六人いました。同じような経験をしてきた仲間なので、ぼくの考えも気持ちも理解してくれました。いつ助言をすればいいのか、いつぼくをからかったりおだてたりすればいいのか、いつ黙って耳を傾けるべきかを、誰もが心得ていました。寄り添うべきとき、距離を置くべきときも心得ていました。ぼくはあの屋敷を去って初めて、自分がどんなに恵まれていたかを痛感しました。いまも恵まれています。仲間の前ならどんな話でもできます。仲間のほうも、批判を恐れず、話が外へ漏れることはけっしてないという信頼のもとで、なんでも話してくれます。人はみな、自由に話ができる相手が必要なのです。それから、ぼくには姉もいます。姉とは昔から仲良しでした。五歳も離れているのに。でも、年をとるにつれて、年齢差を意識しなくなるものですね」

この人は〝あなたが言葉にしなかったこともすべてわかっている。理解している〟と言ってくれているの？　わたしの孤独と疎外感を理解していると？　わたし自身は部分的にしか理解していないのに。わたしは昔から孤独だったけど、自分に対してそれを否定してきた。孤独を認めたりしたら、自己憐憫《れんびん》を心に植えつけることになってしまう。それに、孤独にはどこか恥ずかしいものがある。まるで、誰にも愛されていないし、愛される性格でもないと言っているようなものだ。

「羨ましいわ」サマンサは言った。「親しい仲間がいたら、きっと楽しいでしょうね」

正直な気持ちを口にしてしまったことに気づいたが、もう手遅れだった。本来なら、マシューがそういう仲間になるはずだったのに。

「あら、いけない。礼儀知らずにも、図々しく長居してしまいました。きっと、一時間近くここにすわっていたでしょうね。マティルダが怒りの発作を四〇回ぐらい起こしていそうだわ。レディ・グラムリーがお留守だったことを知ったら、四四回に増えるかもしれない」

サマンサはベンチから立ち、彼も立ちあがるのを待った。

「乗馬はされますか？」二人でゆっくりテラスのほうへ向かうあいだに、サー・ベネディクトが訊いた。

「少女のころに練習しました。ただ、馬を走らせる機会にはあまり恵まれませんでした。父が所有していたのは年老いたおとなしい雌馬が一頭だけで、馬車をひくときは、人がきびきびと歩く程度のスピードで走るのが精一杯でした。結婚後、マシューからもっと馬に乗るよう勧められ、おかげでずいぶん上達しましたが、レイランド・アベイにいたあいだは、乗馬を遠慮するしかありませんでした。ブランブル館に移ったあとも、馬に乗る機会は一度もなかったし」

「姉の屋敷の厩には、馬が数頭います。つい昨日も、馬を充分に運動させてやっていないと姉が言っていました。姉は冬のあいだずっと体調がすぐれなくて、最近ようやくふつうに生活できるようになったところなのです。近いうちに、ぼくの乗馬につきあってくれませんか？　なんでしたら、あさってはいかがでしょう？」

「まあ。でも、わたし——」

サマンサは断わろうとした。どう考えても断わるべきだ。しかし、少女時代にときたま馬で出かけたときの恐怖と興奮を、そして、結婚後に〝本物の馬〟と呼んでいた馬で遠乗りに出かけたときの驚きと喜びを思いだした。

誘惑に負けた。

なんて言われるかしら。マティル——いえ！　マティルダに何を言われても、気にするのはやめよう。

「もちろん、ぼくの姉にもつきあってほしいと頼むつもりです」

「ぜひご一緒させてください」

二人は同時に言った。

「では、あなたの馬を選んでおきましょう。そして、ブランブル館へお迎えに上がるとき、馬番にその馬をひいていかせます」

「ありがとうございます」サマンサは首をまわして彼の横顔を見た。唇を固く結んだ彼の表情から、歩くのが楽でないことが見てとれた。おそらく、痛みもあるだろうが、ゆっくりと着実なペースで歩いていて、弱音を吐くことはけっしてない。

ほかにどんな傷を負ったのだろうとサマンサは考えた。

やはり訪問してよかった——数分後、馬番がテラスのほうへまわしてくれた馬車に乗りこんでロブランド・パークをあとにしながら、サマンサは思った。レディ・グラムリーの留守までがうれしく思われた。留守でなければ、明るい太陽を浴びて二人で庭のベンチにすわり、顔と全身に太陽の温もりを感じることはなかっただろう。

そして、サー・ベネディクトとの——そしてレディ・グラムリーとの——乗馬に同意する勇気が自分にあったことを、サマンサはうれしく思った。
気力が湧いてきたのを実感した。
ふたたび生き生きと暮らすことができそうだ。
でも、マティルダがなんて言うだろう？

6

「病気から受ける影響が人によってずいぶん違うのを目の当たりにすると、本当にすごいと思うの」遅めのお茶の席でベアトリスが言った。「見習いたい人もいるわ。深刻な病状なのに、いつも笑顔で明るくふるまう人たち。そうかと思うと、黒い穴へわたしを一緒にひきずりこむ気じゃないかと思いたくなる人もいる。気の毒だわ」

「姉さん、ずいぶん疲れた顔だよ」ベンは言った。

「でも、教区と村の仕事にようやく戻れてほっとしているのよ」姉はベンを安心させようとした。「あなたのほうは乗馬を楽しんできた？」

「大いに」ベンは答えた。「ただし、わずか五分間だけ。馬で出かけようとした矢先に、馬車がうちに向かって走ってくるのが見えたんだ。乗っているのは一人だけで、黒で全身を包んでいるように見えた。そこで、ぼくはまわれ右をしてひきかえした」

「マッケイ夫人だったの？　レディ・マティルダ抜きで？」

「レディは鼻風邪だとか」

「だから、マッケイ夫人が一人で抜けだすことができたのね」姉がベンに微笑した。「あなた、まさか、夫人をここに通して一対一でもてなすような、非常識なことはしなかったでしょうね」

「一時間近く二人で庭のベンチにすわっていただけさ」

じつを言うと、乗馬をやめてひきかえしたこと自体、自分でも少々驚いているほどだった。マッケイ夫人に気づかれずにこっそり逃げだすのは簡単だったはずだ。もちろん、夫人をひきとめる必要はどこにもなかった。向こうもその気はなかったのだから。だが、ロブランド・パークに来るよう誘ったのは彼のほうだ。戦闘用の斧みたいな女と一緒に陰気な屋敷に閉じこめられている彼女に同情したからだった。

「あの方もお気の毒に。義理の妹さんって、申し分なく健康なときでも楽しい話し相手にはなりそうもないでしょ。あの方、きっと、ひどく孤独でしょうね。わたしが留守でなければよかったのに」

「そう言えば、ビー、このあいだ文句を言ってただろ。厩の馬たちをもっと運動させなきゃだめだって」

「えっ？」姉は驚いた様子だった。「わたし、馬番たちにそんなひどいことを言ったの？ねえ、そのときのことを詳しく話して、ベネディクト。だって、自分ではぜんぜん覚えてないから。それにしても、どうして馬のことなんか言いだしたの？」

「マッケイ夫人が帰っていく前に、ぼくからその話をしたんだ」ベンは説明した。

「えっ？」姉のカップが受け皿と唇のあいだで止まった。

「あさっての午後、一緒に乗馬に出かけようと誘ってみた。ただ、ブランブル館の厩にはたぶん、ろくな馬がいないと思う」

「そうでしょうね」ベアトリスはカップを受け皿に戻し、両方を脇へどけた。「で、あちらは承知なさったの？」

「うん」

ベアトリスは椅子の肘掛けに肘をのせ、かすかに眉をひそめてベンを見据えた。「義理の妹さんが許可しないいんじゃないかしら。マッケイ夫人に指図する力が妹さんにあるのなら。でも、いずれにしろ、賢明なことだと言える？　夫に先立たれたばかりの未亡人でも、本人が望むなら、馬に乗って新鮮な空気を吸ってはいけない理由はないと思うけど、男性と二人きりで？」

「姉さんに頼みこんで一緒に行ってもらうと言っておいた。つきあってくれないかな、ビー。体調のほうはどう？」

「つきあいますとも。でないと、あなたがレディと二人で乗馬に出かけることになってしまう。たとえ相手が喪中でなくても、礼儀作法に反することだわ」

「姉さんもさっき言ったように、孤独な人なんだ。それに、不安のなかで暮らしている」

もっとも、なぜ自分がその不安を軽くする役目を買って出たのかは、ベン自身にもわからなかった。

「無理もないわね。ブランブル館に越してきたとき以来、監禁同然だったから。あの方がマッケイ大尉の看病に専念したのは、愛情から出たことだったでしょうし、ひどく容態が悪かったのは事実だけど、ずいぶん自分勝手な夫だとわたしはいつも思っていたのよ。たまには外へ出るようにって、奥さんに勧めもしなかったんですもの。近所の人とお茶を飲むだけでもいいのに、そんなことは一度もなかった。最初の悲しみの波がひきはじめたいま、マッケイ夫人が羽ばたきたいと思うようになったのは当然のことだと思うわ」

「そうだね」

姉はベンを真正面から見据えた。「あなた、まさか、マッケイ夫人に言い寄ったりしてないでしょうね。あの方に惹かれているなんて、そんなことないわよね？　女性への関心がよみがえり、交際する気になってくれるよう、わたしは前々から願っていたわ。世捨て人みたいな暮らしが長すぎたもの。三〇になる前に結婚してほしいと思ってた。わたしのその希望を叶えるには、あと二、三カ月しか残ってないけど。でも、夫を亡くしたばかりの女性を選ぶのが賢明なことかどうかは疑問だわ。舅がどういう人物かを考えると、とくに。もちろん、あの方、はっとするほどの美人よ。浅黒い肌からすると、異国の血が混じっているに違いない。だから、ヒースムア伯爵はよけい気に入らないんでしょうね」

「ベアトリス」ベンは少々苛立った口調で言った。「ぼくがマッケイ夫人に会ったのはわずか四回で、草地での不運な出会いと、教会での短時間の顔合わせもそこに含まれている。あさって、乗馬に出かけることにしたけど、姉さんにも一緒に行ってもらう。今週もしくは来週中に教会に結婚予告が出るようなことはないと思うよ」

ベアトリスは笑いだした。「ほんとにきれいな人だけど。ただ、あの喪服は控えめに言っても似合ってないわ」

「同感」

「庭のベンチにすわったのなら、あのぞっとするベールははずしててらしたんでしょうね」

「ボンネットのつばの上へ跳ねあげてた」

ベアトリスは無言で何秒か弟を見つめ、それから肩をすくめた。「なるほど。でも、わざわざ報告しなくていいのよ。もう九歳の子供じゃないんだから。一九歳の坊やでもないし。自分の人生を立派に歩んでいけるわね。もしそうでないとしても、わたしの干渉に感謝する気にはなれないでしょうし。大丈夫よ。干渉なんかしないから。でも、あなた、今後の人生をどんなふうに送るつもり？　コーンウォールを離れてから何年ものあいだ、なんだか……目的もなく漂っていたみたい。何も言うまいと、わたしは心に誓っているけど、結局、こうしてあれこれ言ってあなたを困らせてるわね」

姉の質問にベンは確かに苛立っていた。まだ答えが見つかっていないし、そんな自分にうんざりしているからだ。自分は決断力のあるしっかりした人間だとずっと思っていた。一五歳で人生の設計図を描き、そこからそれたことは一度もなかったが、六年前、一発の弾丸とその他さまざまな悲劇によって、その場で死んだも同然の状態になってしまった。いまの彼は、四方八方に広がる大海原を羅針盤なしで漂流しているようなものだ。ここに来たときは、将来の計画を立てて実行に移そうと固く決心していた。いまもそのつもりだった――明日になったら。明日はけっして来ないことに気づいたのは、つい最近だっただろうか？

　しかし、ベンにはいつも心から愛してくれるベアトリスがいた。彼のことを心配するベアトリスの気持ちは本物だ。だから、彼に立ち入った質問をする権利と、答えを要求する権利がある。

「最初の一年か二年は、命をつないでいくだけで精一杯だった。やがて、ベッドから起きてどうにか動けるようになることだけを考えた。そして、このあいだまで、ふたたび歩けるようになることと、昔の人生をとりもどすことに必死になっていた。そうすれば、以前の計画どおりの幸せな人生が送れるだろうと思って。真実と向きあったのはつい最近のことだ。ぼくの身体も人生も二度と元には戻らないと悟ったんだ。ぼくは行動的な男、兵士、士官だった。いまはもう、そのどれでもない。ところが困ったことに、いまの自分が何者なのか、これから何になるのかがわからない。あるいは、何をするのかも。荒涼たる場所にいるような気がしている。ただ、その場所がどこなのかもわからない」ベンは低く笑った。

「ここを出たあと、ケネルストンに戻るつもり？」ベアトリスが尋ねた。「ようやくあそこに落ち着く気になったの？」

「その前に旅に出ようと思っていた」ベンはふと、これまで漠然と考えていたことを口にした。「昔、二、三年ほど旅をしたことがある。バース、タンブリッジ・ウェルズ、ハロゲート、その他いくつかの場所に滞在した。今度はスコットランドと、湖水地方と、ウェールズをまわってみようと思う。ついでに旅行案内の本を書くことまで考えてるんだ。徒歩旅行者のための本はたくさん出ている。だけど、ぼくの知るかぎりでは、歩くのが不可能な者、困難な者、長い距離を歩けない者のための本は一冊もない。頑健な肉体と健康に恵まれていなくても、旅ができるならぜひ出かけたいと願っている人がずいぶんいるはずだ」

「これまでに何か書いた経験は？」眉を大きく上げて、ベアトリスが訊いた。

「ない」ベンは正直に答えた。「だけど、何かしなくては。住むところも決まらないまま、なんの目的もなく生きているだけだってことを認めたら、満ち足りた人生は送れなくなる。新たに挑戦できることを見つけるべきだし、そのつもりでいる。たとえ脚が悪くても、目と頭と手はちゃんと使える。これまで隠れていた物書きとしての才能が開花するかもしれない。世界中を旅して、ぼくの愛読者のために何十冊もの本を書くことになるかもしれない。革表紙に金色でぼくの名前が大きく書かれているのが見えないかな？」

ベアトリスは首を横にふったが、それでも、弟の微笑に応えて短い笑い声を上げた。「あなたが挑戦すべきはケネルストンを自分で管理することかもしれないのよ。そして、そこに腰を落ち着けるの。もともとあなたの家ですもの。でも、あなたはカルヴィンを追いだす気になれない。そうでしょ？　わたしだったら、あの子を叱りつけて、愚かな身勝手さを捨てさせてやるのに。もっとも、いまはもう、〝あの子〟と呼べる年齢ではないけど。不運なウォレスが事故で亡くなって、あなたがすべてを相続することになったとき、カルヴィンは家族のために大急ぎでほかに生計を見つけるべきだったのよ。父だってあの子に財産分けをしなかったわけじゃないし。ところが、カルヴィンは何もしようとせず、ウォレスが生きていたころと同じ暮らしを続けた。もちろん、あなたの療養が長引いたため、なおさら楽に屋敷に居すわることができた。でも、ケネルストンはカルヴィンのものじゃないし、荘園管理をすべてひきうける権利も、行儀の悪い子供たちが屋敷のなかを駆けまわるのを許す権利もないのよ。子供用の棟がちゃんとあるんですからね。躾もなってないわ。わたしからカルヴィンに話をさせてちょうだい」

自分の戦いを進めるために姉の助けを借りなくてはならないというのは、考えただけでぞっとすることだった。

「気持ちはうれしいけど、ビー、もっと堅実な将来の見通しが立つまでしばらく旅に出るほうが、いまのぼくには合っている。それに、ぼくが留守にするあいだ、ケネルストンには管理人が必要だから、カルヴィンとジュリアと子供たちにはあのまま屋敷にいてもらいたい。弟は有能な管理人だもの。それに、あの仕事を愛しているし」

ベアトリスは舌打ちをして、自分のカップにお茶のおかわりを注いだ。ティーポットをかざしてベンを見たが、ベンは首を横にふった。

じつはぼくがカルヴィンを利用しているのかもしれない、とベンは思った。現状維持のほうが、弟だけでなく自分にとってもたぶん好都合なのだ。田舎紳士ののんびりした人生が自分の好みに合うとはどうしても思えない。これは彼自身にとっても予想外の考えだった。こんなふうに考えたことは、これまで一度もなかった。

「旅に出るのなら、ロンドンから出発したら？　わたし、そちらでヘクターと合流するから。

あなたも一緒にいらっしゃい。若いきれいなお嬢さんを見つけてあげる。数カ月前に夫を亡くしたばかりで、火を噴くドラゴンみたいな舅がいるようなことのない人を」

ベンは笑った。「ご提案に感謝。どちらの提案もね。だけど、ロンドンだけは行きたくない。それから、きれいな女性がほしいなら、いや、きれいでなくてもいいけど、自分で見つけるよ。もっとも、これまでのところ、一人も見つかってないけど」

しかし、ベンは意外なことに、ベアトリスも同行するとは言え、二日後のマッケイ夫人との乗馬を楽しみにしていた。たぶん、喪中の未亡人なら乗馬に誘っても安全だという思いがあるからだろう。彼の人生は六年以上も女っ気なしだった。姉と、弟の嫁と、〈サバイバーズ・クラブ〉の仲間のイモジェン以外に、身近な女性は一人もいなかった。六年以上も禁欲生活が続いていた。

かつての彼だったら、およそ考えられないことだ。何回も恋に夢中になり、やがて大佐の姪に出会って、これこそ本物の恋だと確信した。また、別の世界の女たちとの精力旺盛な性生活を楽しんできた。

だが、それももう昔の話。

しかし、身近に女性がいないのが寂しかった。昔のように誰かいてくれれば楽しいのに。愛を求める気はないけれど。マッケイ夫人が相手なら、そういう煩わしさがない。服喪期間があと八カ月も残っていて、再婚を考えるのは喪が明けてからだ。それに、夫人がたとえ自由の身であっても、自分など問題外だろう。戦争の犠牲となった夫を埋葬したばかりだ。別の犠牲者とつきあう気になるはずがない。

　だから、彼女と出かけても安全だ。それに、彼女の乗馬姿を見るのも楽しみだった。外に出るのを妨げることが何も起きなければ。例えば、悪天候とか。義理の妹の妨害とか。


「今日、父に手紙を書いたんだけど」マティルダが言った。「あなたが昨日ロブランド・パークを訪ねたことは省いておいたわ。ゆうべじっくり考えてみて、先週あちらの伯爵夫人がいらしたことへのお返しにこちらから訪問するのは、許しがたいエチケット違反ではないと結論せざるをえなかったの。ただ、わたしが一緒に出かけられるようになるまで待っててほしかったわ」

　サマンサはうつむいたまま、刺繍の布地に新しい花を刺しはじめた。

「あなたに会って、レディ・グラムリーもさぞお喜びだったでしょうね」マティルダはつけくわえた。

「お義母《かあ》さまにわたしからよろしくと伝えてくださった？」同時にサマンサも言った。

「伝えましたとも。朝食のあとで、風邪の具合を訊きにわたしの部屋に来たとき、あなたがそう命じられたから。ロブランド・パークへの訪問のことを手紙に書かなかったのは、父がそれをわたしの自由な考えとは違う目で見るだろうと思い、あなたが父の不興を買っては大変だと心配したからなのよ」

　サマンサは絹の刺繍糸を布地の裏の刺繍部分に通して隠してからハサミで端を切り、別の色の糸に変えた。マティルダの恩着せがましい言葉が腹立たしくてならなかった。別の話題になるまで黙っているしかなかった。でも、なぜ黙っていなくてはならないの？　どちらにしても、こちらの計画をマティルダに伝えるしかない。

「レディ・グラムリーはお出かけだったわ。ちょうどサー・ベネディクトが乗馬から戻ってらして、わたしがすぐにひきかえさずにすむよう、ご親切に庭でしばらく相手をしてくださったの」

「その姿を誰にも見られなかったのならいいけど、サマンサ。あなたもようやく、夫の妹の助言に逆らって衝動的に行動した愚かしさに気づいたことでしょうね」

「とても楽しくお話しできたわ。明日、一緒に乗馬に出かける約束もしたのよ。ロブランド・パークの厩にいる馬を連れてきてくださるんですって」

軽いいたずら心が起きて、レディ・グラムリーも一緒に行くことは言わずにおいた。しばらく返事がなかったので、サマンサは顔を上げた。義理の妹が赤くなった鼻と、土気色の顔と、冷たい目でサマンサを見つめていた。

「そんなことはやめるよう、断固としてあなたに助言しなくてはだめね。マシューと父にかわってさらに強い言葉で止めるのがわたしの責任だわ。行くことを禁じます」

「マシューはわたしが馬に乗るのを喜んでくれていたのよ」サマンサはふたたび刺繍のほうへ顔を伏せた。「いまマシューに口が利けたなら、行っておいでと言うでしょう。わたしはもう病室にいなくてもいいのよ。わたしには空気と運動が必要なの。どうしても必要なの」

「だったら、庭で散歩につきあってあげる」マティルダは言った。

「いえ、ご心配なく。ひどい風邪なんだから。暖炉の前で暖かくして、外の風に当たらないようにしてらして。それに、わたしは塀に囲まれた庭を散歩するよりも活発な運動がしたいの。散歩だけでは物足りないわ。馬に乗りたい。明日、乗馬に出かけるつもりよ。あら、わたしったら禁句を口にしてしまった？」

窓から射しこむ光の筋のなかに寝そべり、昏睡《こんすい》状態に陥っているかに見えたトランプがのっそり起きあがって、サマンサの椅子の前に立ち、哀れを誘う声で小さくクーンと鳴きながら、期待に満ちた目で彼女をじっと見上げた。

「〝散歩〟という言葉が聞こえたの？」

トランプのしっぽがパタパタ揺れた。やっぱり聞こえたのね。

「はいはい、わかりました」サマンサは立ちあがった。「庭に出ましょう。小枝を見つけてあげるから、追いかけて遊ぶといいわ。でも、公平な遊びとは言えないのよ。だって、おまえがわたしのために小枝を投げてくれたことは一度もないもの」

「サマンサ」兄嫁が部屋から逃げだしてボンネットとマントをとりに行く前に、マティルダが尖《とが》った声で言った。「明日の乗馬は断固として禁じます。わたしにはそんな命令をする権利はないと言いたいなら、言ってもいいけど、じつはあるのよ。わたしは父の代理としてここに来ているの」

サマンサは足を止め、マティルダと向きあった。「はっきり言わせてもらうわ。あなたにはわたしに命令する権利なんてありません、マティルダ。命令しようとするだけでも許せない。あなたの非難と助言にならば、耳を傾けるつもりよ。それを口にする権利はあるんだから。でも、わたしに何をしろとか、何をするなとか命じる権利は、あなたにはいっさいありません。ヒースムア伯爵にもね。わたしの実の父親でもないのに」

とは言え、サマンサが暮らしている屋敷は伯爵の所有物だ。

一時間以上も庭で遊んだおかげで、トランプは大喜びだった。サマンサは我慢の限界に来ていた。これまで辛い五年間を過ごしてきたが、マシューの看病に追われ、しじゅうわがままをぶつけられても、痛みと体調不良のせいだと思って我慢していた。それに、マシューは夫なのだ。看病の日々はけっして幸せではなかったが、忙しすぎたし、いつもひどく疲れていたため、不幸を感じる余裕もなかった。

夫を亡くしてからの四カ月間も、また別の意味で辛いものだった。マシューの生前は親しくつきあう機会がなかった近隣の人々から、誠意のこもった同情の言葉をかけられ、励まされたが、それに応えることができれば、そう辛い思いはせずにすんだかもしれない。

四カ月のあいだに何人かと親しくなれたかもしれない。少なくとも、知り合いになることはできただろう。ところが、隣人たちの誘いを受けることは禁じられ、礼儀作法にこだわるマティルダの命令におとなしく従ってきた。でも、これ以上はもう無理。いまのサマンサはひどく反抗的な気分になっていた。

〝明日の乗馬は断固として禁じます……わたしは父の代理としてここに来ているの〟

ああ、もう我慢がならない。

とうとう、さすがのトランプも遊ぶのに飽きてしまった。サマンサがもう一度小枝を投げようとすると、そばに来て彼女の足元に寝そべり、前肢に顎をのせた。

「恩知らず！　休みたいと言う前に、もう一度ぐらい小枝をとりに行ってもいいでしょ。遊ぶのにぴったりの小枝だったのに。この次、おまえが遊びたいと言ったら、またわたしが小枝探しをしなきゃいけないのよ」

トランプも頑固な犬で、退屈そうにため息をついた。

「じゃ、そろそろなかに戻ったほうがいいわね。戻らなきゃと思ったけど、避けてたの。どうしてあんな厄介な家へ嫁いでしまったのかしら、トランプ。いえ、答えなくていいのよ。理由はわかってる。深紅の軍服とハンサムな顔という危険な組み合わせのせいだったの。すごくハンサムな人で、颯爽としてたわ。当時のマシューのことを、おまえは知らないでしょうけど。それに、家族が厄介なのは、あの人の責任じゃないのだし」

家に戻ったサマンサは居間へ行くのを避けて、マントとボンネットを自分の部屋に持っていき、部屋で何か用事を片づけようかと思った。しかし、永遠にマティルダを避けるわけにはいかないし、自分の家でこそこそと隠れるようなことはしたくなかった。マントとボンネットを玄関ホールに置き、仲直りしようと居間のドアをあけた。

部屋は空っぽだった。

サマンサは安堵のため息をつき、部屋を横切って呼鈴の紐をひいた。

「お茶を持ってきてもらえないかしら、ローズ」呼鈴に応えてやってきたメイドに言った。「レディ・マティルダの具合がまた悪くなったのかどうか知らない？　二階の自分の部屋に戻ったの？」

　ローズは赤くなり、落ち着かない素振りを見せた。

「二階におられると思います、奥さま。でも、お休みになるためではないんです。ランダルを地下室へやって、トランクと大きな旅行カバンをとってこさせ、メイドに荷造りをお命じになりました」

　サマンサは呆然《ぼうぜん》とローズを見た。「わかったわ。ご苦労さま、ローズ。お茶はしばらく用意しなくていいわ。あとでお願いするから」

　メイドは小走りで部屋を出ていった。

　マティルダの部屋はてんやわんやの騒ぎだった。蓋をあけたトランクと、旅行カバン二個と、帽子箱三個が床に置いてあり、マティルダの衣類がひとつ残らず、ベッドと椅子に積みあげられているように見えた。ただし、マティルダが腰を下ろした椅子だけは別で、彼女は背筋をまっすぐに伸ばし、唇を真一文字に結んですわっていた。

「どういうことなの、マティルダ？」サマンサは尋ねた。もちろん、無駄な質問だ。どういうことかは一目瞭然だ。

「明日の朝、レイランド・アベイに帰ることにしました」マティルダはサマンサを見ようともせずに答えた。「旅行用の馬車を借りるわよ。召使いも何人か連れていくわ」

サマンサは部屋の奥へ進んだ。「こんなことになって残念だわ。旅をしても、ほんとにもう大丈夫なの？」

「ここに残るなんてまっぴら」マティルダは言った。「うちの一族と兄の思い出に何がふさわしいのか、わたしはよくわかっているから、それがわからない人のそばに残って、その二つを汚すようなことはしたくないの」

「それもみんな、わたしが隣人に答礼の訪問をしようと決めたからなの？」

「近所の屋敷に滞在中の独身男性と乗馬に出かけることを、わたしなら〝訪問〟とは呼ばないわ、サマンサ。たとえあなたが喪中でなくても、はしたなくて外聞が悪いことだと言うでしょうね」

「はしたなくて外聞が悪い……」サマンサはため息をついた。「レディ・グラムリーも一緒に乗馬に出かけることを、あなたに言い忘れたかしら」

「たとえそうだとしても、同じことだわ。良心の声に耳を傾けて、明日は家でじっとしててもらいたいものね、サマンサ。でも、そうなっても、ならなくても、あなたが出かけるつもりだったことと、わたしが父にかわってきびしく諭してもあなたの決心が変わらなかったことは事実だわ。そこまで侮辱されて、この家に残ることはできません。あなたが侮辱したのはわたしじゃなくて、いいこと、ヒースムア伯爵なのよ。あなたの夫の父親なのよ」

「わかったわ。これ以上何を言っても無駄なようね。明日の朝、馬車と御者を手配して、召使い何人かに旅支度をさせておくわ」

「もうやったわよ。わたしのためによけいな手間をかけてくださらなくてもけっこうよ」

サマンサはしばらくしてから居間に戻り、すわり心地のいい椅子がひとつもないかのように室内をうろつきながら思った——困ったものだわ。わたしったら、疚しさを感じている。まっとうな人々から白い目で見られても仕方がないほど極悪非道なことをしてしまったかのように。

はしたなくて外聞が悪いですって——失礼な！

またしても怒りがこみあげてきた。腹が立ってならなかった。ほんのわずかなきっかけさえあれば、炉棚に並んだ趣味の悪い装飾品をひとつ残らず暖炉に投げつけて、粉々に砕いていただろう。しかし、それで気分がすっきりするとは思えなかった。

未亡人になったばかりの者が光を遮った家に丸一年も閉じこもり、弔問を断わり、訪問を受けたとしても答礼は省略するなんて、ぜったい——そう、ぜったいにありえない。パーティやピクニックのような軽薄な娯楽は避けるとしても、散歩や社会活動まで断ち切ってしまうなんてありえない。

この屋敷でマティルダと送った日々のほうが、ぜったいに尋常ではなかったのだ。いいえ、わたしが間違っているのかもしれない。なんとなく落ち着かないのは、わたしがわがままだから、七年のあいだ夫だった男性と、その死を悲しむ家族への敬意が欠けているからかもしれない。でも、あの人たちは本当に悲しんでいるの？　うわべはマシューの死を悼んでいるように見えるけど、マシューがブランブル館で療養していた五年のあいだ、家族はただの一度もお見舞いに来なかった。最後のころにマティルダがやってきただけ。お葬式にも誰も来なかった。ケント州からダラム州まではかなりの距離で、家族の到着を待てば式に遅れが生じて大変だっただろう。それでも、サマンサは使いの者を特別に雇って伯爵夫妻に連絡した。式を遅らせるよう、向こうから急いで連絡が来てもよかったはずだ。だが、知らん顔をされた。

マシューは一族のはみだし者だったのだ。

もういいわ——呼鈴の紐を強くひっぱりながら、サマンサは決心した——罪悪感に苛まれるのはもうやめよう。マティルダを説得して思いとどまらせようとするのもやめよう。いい厄介払いができた。明日の乗馬を辞退する旨をロブランド・パークに連絡するのもやめよう。

罪悪感は捨てよう。

しかし、もちろん、捨てきれなかった。

「お茶をお願い、ローズ」呼鈴に応えてやってきたメイドに、サマンサは言った。

しかし、空腹ではなかった。喉も渇いていなかった。

7

「雨になりそうね」翌朝、朝食の席でベアトリスが言った。読んでいた手紙から一瞬だけ顔を上げた。

ベンも窓のほうへ目をやり、間違いなく雨のようだと同意した。イングランドの少なくともこの地方では、春だというのに悪天候が続いている。マッケイ夫人と乗馬に出かけるのは、結局あきらめるしかなさそうだ。そのほうがよかったのかもしれない。戦闘用の斧みたいなあの女が許さないに決まっている。なにしろ、近所の家を目立たないように訪問するのさえ、社交マナーに反すると思いこんでいる女だ。しかし、ベンが思うに、マッケイ夫人も彼女に課せられた重い制約をそろそろ投げ捨ててもいいころだ。

もしかしたら、雨にはならないかもしれない。

「息子たちは学校で未来の学者になるための勉強をしているはずなのに、どうすればこんなに散財できるの？」手紙に視線を戻しながら、ベアトリスが尋ねた。「そして、お小遣いの追加が必要になると、どうして父親ではなく母親に頼んでくるの？　父親に頼むと、お金を何に使ったか説明しろって言われるから？」

「まさにそのとおり。ぼくの学生時代に比べると、砂糖菓子の値段もたぶん上がっているだろうし」

「まあね。でも、虫歯を抜いてもらうときの痛みは昔と変わっていないはずよ」

午前中の遅い時間に雨が降りだした。最初は小雨で、本格的な降りになるかどうか、まだはっきりしなかった。しかし、午餐が終わるころには、本格的な雨になることをベンも認めるしかなかった。こんなに降っていては、乗馬は無理だ。

がっかりした。二階へ行って日々の鍛錬をこなすことにした。どうにか歩ける以上の回復は望めないという現実を受け入れはしたが、鍛錬を怠るつもりはなかった。これまでの成果はわずかなものだが、それを失う危険は冒せない。少なくとも自分の脚で歩けるようになったのだ。それに、運動機能を維持しておきたい部分は脚以外にもたくさんある。

きびしい鍛錬を終えても、不安をふりはらうことはできなかった。人生の危機に直面していることを実感した。

姉を捜しに行くと、客間の書き物机の前にすわり、夫と息子たちに手紙を書いているところだった。

「ブランブル館に何も連絡しないのは悪いような気がする」ベンは姉に言った。

「でも、マッケイ夫人だって、まさかこのお天気でわたしたちが迎えに行くなんて思ってらっしゃらないわよ」顔も上げずに、ベアトリスは言った。

「まあね」ベンはうなずいた。「だけど、とにかくあちらに顔を出して、行けなくなったことをじかに謝ろうと思うんだ。姉さんも一緒に来る？」

ベアトリスはペンの羽根で顎を軽くなで、窓のほうへ目を向けた。「その言葉に誘惑されそうだわ、ベン。手紙を書くのは昔からどうも苦手なの。そんなこと言うなんて、貴婦人失格ね。でも、書きはじめたからには終わらせてしまわなきゃ。でないと、書くのを永遠に先延ばしにしそうだから。わたしが一緒でなくても構わないでしょ？　マッケイ家のレディたちがおたがいのお目付け役になるわけだし」

「まるでぼくが大きな悪い狼みたいな言い方だな」

「少なくとも片方のレディにはそう見えるでしょうね。あら、いやだわ。よく知りもしない人のことをそこまで嫌うなんて、ふだんのわたしなら考えられないことなのに。お二人によろしく伝えてね、ベン」

「わかった」ベンは身をかがめて姉の頬にキスをした。「甥っ子たちによろしく言ってくれ。それから、ぼくが学生時代にやった以上の悪さはしないよう伝えてほしい」

ベアトリスは優雅とはほど遠い態度で鼻を鳴らした。「ベネディクトおじさまの言葉を息子たちに伝えておくわ。〝いい子にしなさい。無駄遣いはやめるんだ〟って」

ベンは笑い、いつものゆっくりした歩調で部屋を出た。


サマンサは夜の時間の半分ほどは、眠れないまま横になっていた。マティルダと一緒に朝食をとり、礼儀正しく送りだそうと思って、早めに起きた。ところが、義理の妹は食事に下りてくることも、お茶のトレイを部屋に運ばせることもなかった。ようやく下りてきたときには旅行の身支度を整えていて、すでに荷物を積みこんだ馬車が玄関の外で待っていた。

「雨になりそうよ」サマンサは言った。「考え直して、出発をせめて二、三日遅らせてくれるといいんだけど」

マティルダは青い顔をしていて、具合が悪そうだった。

「たとえ雪になりそうでも、あと一時間もここに残るなんてまっぴらだわ」マティルダは手の甲をなでて革手袋のしわを消そうとした。しわなどひとつもないというのに。「父はあなたのことを不快に思い、母は失望するでしょう。でも、悲しいことに、二人とも驚きはしないはずよ。ジプシーと結婚するというような低俗な行動に走ったらどういう結果になるか、父がマシューに警告していたんですもの」

幸いと言うべきか、サマンサが返事を考える暇もないうちに、マティルダはいくつものドアを通り抜けて玄関前の石段を下りていった。従僕が彼女に手を貸して馬車に乗せた。座席に腰を下ろしたマティルダは、ふりむきもしなければ、窓に顔を向けようともしなかった。かえって幸いだった。サマンサの堪忍袋の緒がすでに切れていたからだ。そばに誰かがいたら、怒りをぶちまけていただろう。だが一人きりだったため、玄関先に立ち、抑えた怒りに打ち震えながら、長旅に出発する馬車を見送った。

「ジプシーの血は四分の一しか流れてないわ」馬車の姿が消えた空間に向かって、サマンサはつぶやいた。「マッケイ一族の血が百パーセントというよりましよ」

祖父はウェールズ人で、サマンサは祖父に関してそれ以上のことは知らないが、ジプシーの女と結婚し、彼女はサマンサの母親を産んだあとでジプシー仲間のところに戻ってしまい、以後の消息は不明だという。そして、曖昧模糊《もこ》とした悲しい過去のその出来事が、不幸な夫婦の孫娘にまで影響を及ぼすことになった。また、夫婦の娘、すなわちサマンサの母親が一七の年にウェールズから、そして、彼女を育ててくれたおばから逃げだし、ロンドンで暮らすようになったという事実も、サマンサに影響を及ぼしていた。母親はロンドンで女優になり、貧しい暮らしをしていたときにサマンサの父親と出会って結婚したのだ。

「わたしは四分の一がジプシー、四分の一がウェールズ人、そして、二分の一が家柄のはっきりしないイングランドの紳士階級。ウェールズ人の女優から生まれた娘。女優とウェールズ人はみんなそうだけど、母も邪悪な点にかけては悪魔とほとんど変わりがない。以前、お義父さまが母のことをそう言っていた」

空には分厚い雲が垂れこめていた。正午までに降りださなかったら奇跡というものだ。なんとも皮肉なことだが、結局、午後の乗馬には出かけられそうもない。今日も世間体を気にして家に閉じこもったまま過ごさなくてはならないのかと思うと、サマンサはすっかり落ちこんでしまった。

しかし、邸内に戻って彼女が最初にやったのは、つかつかと居間に入り、分厚いカーテンを思いきり大きくあけることだった。とりかえよう。生地も色合いももっと軽いものにしよう。眉をひそめて部屋のなかを見まわした。すべてとりかえなくては。五年のあいだ、ここがどんなに陰気な家かということをあまり意識せずに過ごしてきた。

いまこの瞬間、サマンサがどんなに邪悪な女かという話をするために、マティルダがレイランド・アベイへ向かっている。邪悪ですって！　わたしは五年のあいだ、毎日一分一秒に至るまで、ヒースムア伯爵の息子の看病に専念してきた。五年のあいだ、ろくに睡眠もとれなくても愚痴ひとつこぼさずに耐えてきた。活力と忍耐心のすべてを捧げてきた。マシューが亡くなったときには、消耗しつくしていた。だからすべてを虚しく感じたのだろう。それなのに、伯爵とその大切な娘の目に、わたしは邪悪で価値のない女と映っていたのだ。それはわたしの生まれのせいだ。また、四カ月のあいだ心から夫の死を悼んだあとで、隣人に励ましと友情を求め、戸外での静かな運動に加わろうとしたせいでもある。

サマンサは腹を立てていた。激怒のあまり、炉棚に並んだ趣味の悪い装飾品にふたたび目をやって、少しでも気分がすっきりするなら、全部放り投げてやりたくなった。怒りをぶつけるだけの値打ちもない――マッケイ一族には。しかし、いくら自分にきっぱり言い聞かせても、傷ついたことに変わりはなかった。

あの一族から遠く離れていることに感謝した。向こうもきっと、わたしに負けないぐらいほっとしているだろう。

そして、やはり雨になっていた。

最初は小雨で、このままひどい降りにはならず、午後になる前にやむかもしれないという残酷な期待を残していた。ところが、どんどん雨脚がひどくなり、一日中降りつづきそうな気配になってきた。

マティルダなら、当然の報いだと言うだろう。

食欲がないまま午餐の席についたあと、サマンサは居間に戻り、刺繍をしようとした。ところが、絹糸がもつれ、いつもの辛抱強さを忘れて糸をひっぱったため、もつれがさらにひどくなり、糸を切って、すでに刺繍の終わったところをやり直すしかなくなった。刺繍布を脇に置いた。読書にも挑戦したが、丸々二ページに頑固に視線を走らせたあとで、内容をひと言も思いだせないことに気づいた。トランプが彼女の膝に顎をのせて悲しげに見つめるあいだ、涙をこらえるのはやめて少しだけ泣いた。しかし、泣けば気分が楽になるなどと誰が言ったのか知らないが、その人はきっと、自分で試したことがなかったに違いない。結局は鼻が詰まり、目が腫れ、ハンカチがぐしょ濡れになり、前よりさらに落ちこんだだけだった。

自分を哀れんでもよけい惨めになるだけだわ――犬の頭に唇をつけながら、サマンサは自分自身に苛立った。一人でめそめそするのはもうやめよう。涙を拭き、大きな音で洟をかみ、刺繍布をにらみつけてから手にとり、断固たる勢いでふたたび刺繍にとりかかった。

一五分後、正面玄関にノッカーが打ちつけられる音がして、サマンサの物思いは中断した。刺繍針を布の上で止めたまま、驚いて顔を上げた。マティルダ？　いえ、そんなわけはない。レディ・グラムリーとサー・ベネディクト・ハーパー？　まさか。この悪天候のなかを馬に乗ってくるはずがない。それに、出かけられなくなったことを断わりに来る必要もない。この雨降りにわたしが気づかないわけはないのだから。牧師さま？　でも、前にマティルダが玄関前の石段で牧師と立ち話を続けて、身を切るような冷たい風が彼を追い払った午後以来、牧師が訪ねてくることは二度となかった。

「サー・ベネディクト・ハーパーがおみえです、奥さま」ドアをあけた執事が告げた。執事はいささか気遣わしげな声だったが、通すのが礼儀に適ったことかどうか、いや、もっと正確に言うなら、自分が礼儀を気にかけるかどうかをサマンサが判断する暇もないうちに、サー・ベネディクトが執事の横を通り抜けて入ってきた。

「サー・ベネディクト」サマンサは刺繍を脇に置いて立ちあがった。「まさか馬でいらしたんじゃないでしょうね」

彼に会えて、泣きたいほどうれしかった。

「馬車で来ました」しっぽをふるトランプに、静かにしろという視線を向けて、サー・ベネディクトは言った。「ご機嫌いかがですか、マッケイ夫人。妹さんはまだ臥せっておられるようですね。お気の毒に。そうとわかっていれば――」

「出ていきました。けさ、ここを出ていったんです。邪悪なわたしのせいで自分まで汚れてしまうから、ここにはもう一刻もいられないと言って」

ああ、なんてことを。こんな言い方をすべきではなかった。家族に病人が出たため、マティルダが実家に帰ることになった、という作り話ですませればよかったのだ。嘘をつくのはむずかしくなかったはず。実家の母親がふだんから病弱なのだから。でも、もう遅すぎる。

サー・ベネディクトはじっと立ったまま、執事がドアを閉めるあいだサマンサを見つめていた。彼が窓にちらっと目をやったことに、サマンサは気がついた。何カ月ぶりかで窓が姿を現わしていた。

「出ていった？　もう戻らないという意味ですか？　ぼくと乗馬に出かけることとは無関係ですよね？　ベアトリスが一緒に来るのだから」

話をはぐらかしたくても、もう手遅れだ。

「あと八カ月のあいだ、喪服の黒いベールの陰で誰にも会わずに過ごす以外、マティルダが考える礼儀作法にふさわしいものはないのです、サー・ベネディクト。マティルダと舅がどんな規則に従っているのかわかりませんが、そういう生き方をしている人を、わたしはほかに見たことがありません。そんな人がいなくて幸いだと心から思っています。ヒースム伯爵は何事も自分の思いどおりにしなくては気のすまない人で、昔からずっとそうでした。服喪の規則というのも、勝手にお考えになったのかもしれません。きっとそうですわ」

自分の声がうわずっていることにサマンサは気がついた。いまにもヒステリーを起こしそうだ。サー・ベネディクトがこのまま帰ってしまうのではないかと不安になった。もちろん、それがいちばんいいことだ――両方にとって。自己憐憫の言葉が彼女の口から吐きだされるのに耳を傾けなければならないのは、彼にとって迷惑な話だろう。また、サマンサのほうは、誰かと会話をする前に自分を落ち着かせる時間が必要だった。

「乗馬に出かけられない理由を説明しに伺ったのです」サー・ベネディクトは言った。「もっとも、理由は明白と思いますが。また、レディ・マティルダの風邪がよくなったかどうかをお尋ねし、お大事にという姉の言葉を伝えるために伺いました。では、これで失礼します。ここにはあなたの付き添いもお目付け役もおられないし、先日のロブランドのように庭に出るわけにもいきませんから」

もちろん、そうするのが当然だ。しかし、サマンサはふたたび一人きりになることに耐えられなかった。いまはまだ。マティルダのような人間のせいで落ち着きを失うとは、わたしはなんて愚かなんだろう。

「ここにいてください。おすわりになって。礼儀作法にはうんざりだし、一人きりでいることにはさらにうんざりです。それに、土砂降りにもかかわらず訪ねてくださった親切なお客さまをもてなすことが、どうしていけませんの?」

「それはたぶん、その客が独身の紳士で、あなたが付き添いのいない貴婦人だからです」

サマンサはため息をついた。杖にすがってその場に立っている彼は落ち着かない様子だった。帰りたくてうずうずしているに違いない。しかし、サマンサは孤独と憂鬱のせいで利己的になっていた。もちろん、無分別でもあった。

「では、雨が降っていることをわたしに伝え、マティルダの具合を尋ねるためだけにいらしたの?」

サー・ベネディクトは返事をためらった。次にサマンサを仰天させた。「レディ・マティルダの具合などどうでもいい。それに、この家には窓がある。今日はカーテンで隠されてはいない。ぼくはあなたに会いに来たのです」

ついさっき、彼を見て落ち着かない様子だと思ったが、それもいまのサマンリとは比較にならなかった。室内の空気に何か危険なものが満ちているような気がした。

でも――〝レディ・マティルダの具合などどうでもいい〟だなんて。思わず笑みがこぼれた。

「とにかく、おすわりになって。マティルダがここにいないというだけで、どうしてお帰りにならなきゃいけないの？」

サー・ベネディクトは彼女が勧めた椅子のところまでゆっくり歩いた。サマンサもふたたび腰を下ろし、彼と見つめあった。

さあ、どうするの？　おとといレディ・グラムリーの屋敷の庭で会ったときは、少なくとも花や空や屋敷を眺めることができた。それに、あのときは意識しなかったが、さまざまな音もあった。小鳥の声、虫の音、風の音、厩で馬番たちが立ち働く音。いまはトランプまでが沈黙している。サー・ベネディクトの前で身体を伸ばし、彼のブーツに顎をのせている。

「愛していたのですか？」唐突に彼が訊いた。

サマンサは眉を上げた。お天気の話題を予想していたのに。この人が言ってるのはアシュレーのこと？　ずいぶん無遠慮な質問だ。たしなめなくては。

「結婚したときは夫に夢中でした。もちろん、そんな陶酔が永遠に続くはずはありません。〝いついつまでも幸せに〟なんて、現実にはありえないことですわ、サー・ベネディクト」

「ご主人が負傷されたのは、結婚後どれぐらいたったときでしたか？」

「二年目でした。一年間の新婚生活ののち、夫の連隊がイベリア半島へ送られたので、わたしはレイランド・アベイの婚家に身を寄せました」

「ご主人の怪我で愛は冷めてしまったのでしょうか？」

「いいえ」サマンサはしばらくのあいだ陰鬱な顔で彼を見つめた。立ち入った無神経な質問だと言って、この人を追い払わなくてはならない。「新婚間もないころ、結婚前に気づくべきだったことが、わたしにもようやくわかったのです。夫は男たちの賛辞と女たちの媚《こび》なしでは生きていけない人でした。ハンサムで、颯爽としていて、魅力的でした。みんなの憧れの的でした。でも、あの人にとって――」

ああ、自分の夫のことをこんなふうに言ってはいけないのに。

「ご主人にとって大切なのは自分自身だけだった？」

なぜそこまで推測できるの？　でも、ええ、そのとおりよ。マシューから見れば、周囲の者はみな、彼を崇め奉る賛美者に過ぎなかった。マシューの人生に、彼が本当に理解した相手もしくは理解したいと望んだ相手が自分も含めて誰かいたのかどうか、サマンサには疑問だった。最後の五年間でさえ、マシューは妻のことを、看病に励む従順な存在、夫に尽くすのがその役目という、彼の望む姿でしか見ていなかった。妻を理解したことは一度もなかった。半分も理解していなかった。

「負傷して人間が変わってしまったということは？」

「ええ、ありました。というか、人が変わったわけではなく、生活環境が変わったと言うべきかしら」サマンサは暖炉の火に視線を向けた。「サーベルで鼻を切られたうえに、骨が折れてしまった。傷が治ったあと、世にも醜い顔になったわけではないのに、従者とわたし以外の誰にも会おうとしなくなりました。部屋に鏡を置くことを拒みました。端整な容貌を失ったという思いに押しつぶされてしまったのです。外見が夫の人生のすべてだったかのように。些細《ささい》なその傷以外は健康体だったなら、かつての自信と偉そうな態度をいくらかとりもどすことができたでしょう。でも、健康も損ねていたのです」

「あなたが看病に専念されたと、ベアトリスから聞きました」

「放っておけるわけがないでしょう？」サマンサは彼に視線を戻した。「わたしの夫であり、大切な人だったのですから。あんなふうに悪く言ってはいけなかったわね。この世を去った夫はもう反論できないし、わたしの欠点を並べ立てて反撃することもできないのに」

「二、三日前にぼくが言ったように、あなたの気持ちを理解し、けっして口外する心配のない相手がいれば、本音を打ち明けたほうがいい」

「で、あなたなら口外する心配はないと思っていいの？　ほとんど知らない人なのに」

「口の堅さは信用してもらって大丈夫です」

彼なら信じられると思った。ペンダリス館の仲間に関する話を思いだした。

「あんなに長く苦しんで最期を迎えた夫が気の毒でした。わたし、そんなことは望みもしなかったのに」

「自分だけがいまも生きていることに罪悪感を持つ必要はないんですよ。ぼくが前にトレンサム卿ヒューゴの話をしましたね。スペインで決死隊を率いて勝利を収めたのちに、心がこわれてしまった男。彼をもっとも苦しめたのは——その苦しみが何年もヒューゴにつきまとい、いまも多少残っているのですが——兵士がみな戦死したり重傷を負ったりしたのに、自分だけが無事に生き残ったという思いでした。だが、やつは志願兵の一団を率いて、尋常ならざる豪胆さで先頭に立って突撃したのです。マッケイ夫人、いまこうして生きていること、人生を続けたいと望んでいることで、ご自分を責めてはいけません」

「ダンスをしたがっていることも？」サマンサはかすかな笑みを彼に向けた。

「それから、乗馬をしたがっていることも」

「わたしの話や、つまらない悩みの話はもうやめましょう」サマンサは軽く頭をふって言った。「あなたのほうは？　なぜイングランドのこんな片田舎でお姉さまのところに滞在してらっしゃるの？　あなたの年齢の紳士には似合わない隠遁《いんとん》生活のように思えますけど」

「ぼくの年齢？」サー・ベネディクトは眉を上げた。

「苦悩があなたの表情に刻みこまれています」そう言いながら、サマンサは頬が熱く燃えるのを感じた。「二五歳から三五歳のあいだといったところかしら。あるいは、もっと——」

「二九歳です。姉が冬のあいだに体調を崩し、回復するまであと何週間か自宅で静養する必要があったが、夫のほうは貴族院に出るためロンドンへ行かなくてはならなかった。息子たちは遠くの学校へ行っている。ぼくは暇を持て余していた。だから、姉の話し相手をするためにこちらに来たのです」

「そんな優しい弟さんがいらして、レディ・グラムリーはお幸せね」

「あなたの兄上はそこまで優しくないのかな？　腹違いの兄上は」

「ジョンは聖職者で、教区の仕事が忙しいうえに、奥さんと三人の子供がいます。それに、自分の父がわたしの母と再婚することに反対でした」

「なぜ？　自分の母親ではないというだけで？」

「少なくとも、それも理由のひとつでしょうね。兄の母親は周囲の人々にとても尊敬され、愛されていたそうです」

サー・ベネディクトが彼女をじっと見た。「しかし、あなたの母上はそうではなかった？」

サマンサは〝ええ〟か〝いいえ〟だけを答えて、話を終わらせるべきだった。

「父がロンドンで母と出会ったとき、母は女優をしていました。また、ウェールズ人とジプシーの血をひいていました。そんな女に先妻の息子が好意を持つはずはありません。父の周囲にいる上流階級の人たちだって。夫よりずっと若くて、美人で、派手となればとくに」

「なるほど」サー・ベネディクトがしばらく無言でこちらを見つめるあいだ、サマンサは彼が自分の話に戻るのを待った。この人はここで礼儀作法を思いだし、急いで暇乞いをするかもしれない。嫌悪の気持ちを表に出さないよう気をつけつつ、できるだけ急いで。「そう伺って、あなたの肌が浅黒く艶やかな理由がわかりました。どこで外国の血が混じったのだろうと思っていたのです。ジプシーだったおばあさまから来ているのですね」

「でも、厳密に言えば外国の血じゃないわ。そうでしょ？　英国には何世代も前からジプシーが住んでいましたもの。ただ、英国人と結婚することはなく、独特の容貌を保ってきたのです」

彼はふたたび無言でサマンサを見つめたが、今度はかすかな笑みを浮かべていた。サマンサは微笑の意味を測りかねた。

「いまもご存命なのですか、おばあさまは。あるいは、おじいさまは」

「祖母は母がまだ幼かったころに家を出て、ジプシー仲間のところへ戻っていきました。祖父については、ウェールズ人ということしか知りません。母は一七の年にウェールズを出たきり故郷に戻りませんでした。過去のことはほとんど話さない人でした。もっと長生きすれば、話してくれたでしょうけど」

二人のあいだにふたたび沈黙が広がった。

「あの、そろそろ帰る必要を感じておいでなのでは、サー・ベネディクト？」

「あなたの名誉を汚すことになるからですか？　それとも、あなたにジプシーの血が半分混じっていて、ぼくの名誉を汚すことになるから？」

「四分の一です」サマンサはつっけんどんに言った。「ジプシーの血は四分の一だけです」

「ああ、そうでしたか。安心しました。半分となると、大目に見ることはできないので」

サマンサは険悪な目を彼に向けた。彼の顔は大真面目だったが、目に笑いが浮かんでいた。

「これまでずっと、悩んでいたのですか？　ジプシーの血が混じっていることに。そして、それを隠しきれないことに。四分の一だけかもしれないが、それであなたの容貌に納得がいきました」

サマンサは顎をつんと上げただけで何も言わなかった。

「すばらしい美貌という意味です。申しわけありません。神経質になっておられる点に関して、あなたを困惑させてしまいました。ええ、マッケイ夫人、そろそろ失礼しなくてはと思っています。しかし、体面を守るためですよ。あなたの体面を」

彼と二人でいるのがサマンサには気詰まりだったし、彼に誘導されるかのように過去の個人的な事柄を打ち明けてしまったことに苛立っていた。どうしてこんなことに？　誰が相手にしろ、わたしが社交的な会話に慣れていないから？　でも、まだ一人になりたくなかった。

「どうしてわたしに会おうとお思いになったの？　何分か前におっしゃったでしょ――あなたに会いに来たのです〟と」

〝あなたが一人きりだとは思わなかった」彼は反論した。

「「でも、訪ねていらした。そして、しばらくゆっくりなさった」

「ええ」彼はうなずいた。片手を上げて、鼻の脇をさすった。「先週はあなたに会うのが気詰まりでした。あなたにひどい仕打ちをしてしまい、その謝罪をしなくてはならないのが気の重いことだったのです。二日前もあまり会いたくなかったのですが、ぼくのほうから〝姉に会いにいらしてはどうでしょう？〟と提案した以上、馬でこっそり逃げだして、姉もぼくも留守ということになっては、あなたに申しわけないと思ったのです」

「では、わたしが来たのをごらんになったの？」サマンサは彼に訊いた。「乗馬をやめて戻ってらしたの？」

「じつは、ちょうど馬で出かける矢先でした。ええ、あなたの姿を見たのです。庭での会話を楽しみました。女性の話し相手に飢えていたのかもしれません。すべてぼく自身の責任ですが。あなたなら安全な相手だと思いました」

「安全？」

「ご主人を亡くされ、まだ喪が明けていない」サー・ベネディクトは顔をしかめた。「すみません。どうもうまく言葉にできない。女性を口説くことには興味がありません。結婚相手を求めているのではないのです。ぼくは――」

「たとえ結婚する気がおありだとしても、求める場所が違っていますわ。わたしも夫をつかまえる気はありませんから」

「ええ。もちろんそうですよね。ただ、二日前にあなたとお話しできて、とても楽しかったのです、マッケイ夫人。身内以外の異性を前にしてくつろげるなんて、そうしばしばあることではありません」

「わたしが夫を亡くしたばかりだから、安全な相手だとおっしゃるの？　では、わたしが喪中でなかったとしたら？」

　サー・ベネディクトはしばらく彼女を見つめた。

「その場合は、安全な相手とは言えないでしょう」

「どうして？」

「思わず……あなたの関心を惹きたくなるから」

「わたしの愛情という意味？」

「愛情が必要とはかぎりません」

サマンサはクッションにもたれた。「わたしを誘惑したくなるという意味でしょうか？」

「違います」サー・ベネディクトは眉をひそめた。「誘惑というのは一方的な行為です。多少強引さを伴い、少なくとも、策を弄するものです」

サマンサは胸のなかで心臓が高鳴っているのをじかに感じた。耳に動悸が響いている。

「サー・ベネディクト、どうして話がこんな方向へ進んでしまったの？」

不意に彼が笑顔になり、その瞬間、サマンサの下腹部に奇妙な疼《うず》きが走った。うっとりするほど魅力的な笑顔だった。少年っぽいと言ってもいいほどだ。じっさいの彼は少年と呼べる年齢ではないのに。

ああ、とうてい安全とは言えない！　ずいぶん大胆な人！　わたしがひきとめたのが間違いだった。

「レディ・マティルダが出ていかれた影響が大きいと思います。もしここにおられたなら、ぼくたちの会話に天気とおたがいの健康状態以外の話が出たかどうか疑問ですね」

「ええ、確かに」サマンサは全面的に同意した。「でも、二人とも心配する必要はありませんわ。そうでしょう？　わたしは夫を亡くしたばかり。ですから、安全な相手です」

「おいくつですか？」

「まあ、不躾なご質問ね。女が年齢を口にすることはけっしてありません。でも、あなたより年下です。あなたはやはり、初めてお会いしたときの印象どおりの方ですね。無遠慮な物言いと失礼な態度！　紳士にはほど遠いわ」

しかし、笑ったために、言葉の効果が薄れてしまった。向こうも笑みを返してきた。

「呼鈴を鳴らしてお茶を運ばせることにします」サマンサはそう言って立ちあがった。「お茶以外のものになさいます？」

「ご迷惑でなければ、シェリーを」

サマンサは呼鈴の紐をひいた。トランプがちらっと顎を上げたが、遊んでもらえそうにないと悟って、ふたたびサー・ベネディクトの右のブーツに顎を戻した。馬鹿な犬。可愛がってもらえないことに気づいていないの？

サマンサはローズにお茶の支度を命じたが、すぐに腰を下ろそうとはしなかった。なんとなく気まずくて、窓辺へ行き、外を眺めた。雨脚はいっこうに衰えていなかった。

あなたが夫を亡くしたばかりの女性でなければ、あなたの関心を惹こうとしただろう――彼は率直にそう認めた。サマンサはそこで二人のあいだの距離を詰めて、彼の頬をひっぱたくべきだった。もしくは、出ていくよう命じるべきだった。

でも、こんなすてきなことを言ってくれた人は、長いあいだ一人もいなかった。

ああ、どうしよう。これから何日も、この人の図々しい言葉を胸に抱きしめそうな気がする。わたしって、なんて哀れな女なの！

8

ベンは部屋に入った瞬間から、マッケイ夫人が泣いていたことを察していた。涙の跡こそなかったものの、目がわずかに充血し、腫れぼったくなっていたのがその証拠だった。会話で彼女の気分をひきたてようと努め、最後は、口説きに近いところまで行ってしまった。

夫人の屋敷を訪ねようと決めたときは、そんなつもりはなかった。当然だ。一人ではなく、二人のレディを前にして、きわめて退屈な、きわめて堅苦しい訪問になるものと思っていた。夫人のそばに誰もいないとわかった時点で、すぐさま辞去すべきだった。

しかし、夫人はそれまで泣いていたのだ。それに、一人になりたくないと思っているのは明らかだった。部屋のなかで夫人と二人だけになるのは、二日前にベアトリスの花園で話をしたときとはずいぶん感じが違っていた。

くそっ。

この六年間、女を求めたことはなかった。女全般というものも、特定の女というものも。かすかな不安を抱いたほどだった。怪我のせいで性的な欲望まで消えてしまったのではないか、と。しかし、あくまでもかすかな不安に過ぎなかった。こんな障害を抱えていては、相手が誰であれ結婚の申込みなどできないし、完全な治癒も望めないとわかっていたからだ。結婚以外の場で女性と関係することも、考えただけで耐えられなかった。どれだけ金を積んだとしても、無理に相手をさせられる女が抱くに違いない肉体的な嫌悪感を埋めあわせることはできない。

窓辺に立つ夫人を、ベンは黙って見つめた。黒に近い髪はうなじでまとめて簡単なシニョンにしてある。両脇の髪が少しほつれている。カールさせないまま、まっすぐな長い髪が肩に垂れている。それでもやはり美しい顔だ。装飾など必要ない。ぞんざいな仕立ての黒いクレープ地の喪服も、身体の豊かな曲線や優美な立ち姿を隠しきれていない。

夫人にはジプシーの血が流れていて、そのことを気にしている。それを知ったとたん彼が帰ってしまうだろうと、半ば覚悟していたようだ。

友達を切実に必要としている女性なのだ、とベンは思った。友達づきあいなら、ベンも気軽にできる。少なくとも、この土地を離れるまでのわずかなあいだ。

メイドがお茶を運んできて、テーブルに置いてから立ち去った。マッケイ夫人がふりむいてお茶が来たことを確認した。ただ、すぐに窓辺を離れようとはしなかった。

「外は陰気なお天気ね。暖炉で火が燃えている室内にいられるのが、やっぱりありがたいわ」

「陰気ではありませんよ」ベンは彼女が窓の外を眺めているあいだに杖をひきよせ、ゆっくり立ちあがった。犬も起きあがって彼を見つめ、期待に満ちた顔でしっぽをふった。ベンは部屋を横切ってマッケイ夫人のそばまで行った。「雲の上にはかならず青空と太陽があるのです」

「すてきな慰めのお言葉ですこと」マッケイ夫人は窓のほうへ顔を戻して空を見上げた。「雲の上までのぼってこの目で見ることもできないのに」

「熱気球に乗ったら？」

「まあ！」夫人は身を震わせた。「雲に行き着くまでは雨でしょう？　それから、雲そのものは靄と湿気のかたまりだし」

「しかし、ぼくたちが雲を突き抜ければ、太陽が輝いています」

「ぼくたち？　じゃ、二人で一緒に？」

「ええ、そのつもりです。ぼくはもちろん、陸軍士官でしたが、地上で〝だから言ったでしょう〟とどなっても、あなたのところまでは声が届かないから」

「太陽が照っていようと、凍えそうな寒さでしょうね。平地は暖かくても山頂には雪が積もっているのを、ごらんになったことはありません？」

「悲観的な態度を通すおつもりのようですね。毛皮のコートを持っていき、二人で一緒にくるまることにしましょう」

「一緒に？」

マッケイ夫人がふたたび彼のほうを見た。すぐそばに彼女の顔があった。

「最高の熱源のひとつが」ベンは説明した。「人の身体の温もりです。空の上は確かにひどく寒いことでしょう」

「でも、二人で毛皮のコートにくるまれば、寒さがしのげるわけね」

「そう。身体を寄せて温めあえばいい」

ベンは頬にかかる彼女の息が感じられるような気がした。そして、彼女の身体の温もりも。ああ、またふざけ半分の口説き文句を並べてしまった。だが、いまのは前よりはるかに露骨だ。本気ではなかったが。彼女を元気づけたい、微笑か笑いをひきだしたいという、それだけの思いからだった。

「どこまで行くの？」マッケイ夫人が訊いた。

「ずっとずっと遠くまで」彼女が舌で唇を湿した瞬間、ベンの目が唇に釘付けになった。

「そうね」彼女の声がかすれていた。「遠くへ行けるなら最高だわ」

「ええ」

「一緒に」

「ええ」

夫人がベンの顔に目を向けた。濃い色をしたつぶらな瞳で、睫毛が長く、底なし沼のような深さを湛えていた。

「本格的なキスをされたのは、もう六年以上も前のことだわ」

「本格的……」ベンは唾をのみこんだ。「ぼくもです。あなたと同じぐらいの年月がたっている。もしかしたら、ぼくたちが最後のキスをしたのは、六年以上前の同じ日、同じ時刻だったかもしれない。ただし、それぞれ別の相手と」

「あなたは大佐の姪御さんと？」

「あなたはご主人と？」

「はるか昔の話ね」

「そうですね」

「二人でしてみましょうか」

ベンは二人でキスをしてはならない理由を見つけようとした。もしくは、彼からキスをしてはならない理由を。

「すみません」マッケイ夫人は頬を赤く染め、首をぎこちなくまわして、ふたたび窓の外を見つめた。

ベンは顔を軽く傾けて彼女にキスをした。瞬時にして、ひとつのことが確信できた。性欲は消えていないし、衰えてもいない。彼女の唇は柔らかくて温かく、しっとりしていた。軽く開かれ、震えていた。彼女がまっすぐ彼のほうを向き、両手を彼の肩に置いた。

ベンは自分の唇で彼女の唇を開かせ、舌を差しこんだ。その舌を彼女が吸って、自分の舌で上顎に押しつけた。ベンは得も言われぬ快感に包まれ、いまいましい杖のことを忘れそうになった。

やがて、彼女が何センチか顔を離して、両手でベンの頬をはさみ、指を彼の髪のなかに這《は》わせた。潤んだ目がじっと彼を見つめた。唇はふっくらとバラ色で、いまもしっとり濡れて彼を誘っていた。

「すまない」ベンは言った。「ぼくは脚が悪い。あなたを抱きしめることができない」

「いまはこれだけで充分に幸せよ」彼女が不意に笑みを浮かべると、若々しく愛らしい雰囲気になった。「二人とも久しぶりだから、どんなキスでも幸せになれるのかもしれないわね」

「そう言われたらがっかりだな」

マッケイ夫人が両手を脇に下ろした。いまも笑顔のままだ。しかし、ベンは現実にひきもどされた。

「レディ・マティルダが出ていったことを知ったとき、ぐずぐず居残ったぼくが悪かったんだ。ぼくが帰ったあとで、この午後を思いだして、あなたは後悔することでしょう」

「わたしの考えがわかるとおっしゃるの？　わたしの未来の考えが？　あなたがおいでになるまでは陰鬱な一日でした、サー・ベネディクト。マティルダが出ていったことは少しも残念じゃありませんけど、わたしに責任があるような気にさせられたのが腹立たしくてならなかったのです。おまけに雨が降りだして乗馬は無理だとわかったし。ひどい雨になったので、なんだか落ち着かなくて、孤独で、自分を哀れんでいました。自己憐憫に浸る人間というのは、当人にとってさえうっとうしいものです。ひどく落ちこんでいたら、そこにあなたが来てくださった。わたしはあなたの言葉に誘われて、信頼できる相談相手を得たかのように話を始めた。それから、あなたはふざけ半分に口説き文句を並べた。しばらくのあいだ、わたしを熱気球に乗せて、雲の上の太陽のところまで連れていってくれた。二人で温かな毛皮にくるまり、はるか遠くまで飛んでいった。それから、あなたがキスをしてくれた。いまのわたしはもう、落ちこんではいません。お帰りになったあとでわたしがどんな気持ちになるか、あなたには想像もつかないでしょうね。でも、後悔しないことだけは断言できます」

やれやれ！　彼女も今日の夕方ぐらいになれば、自分の心に嘘をついていたことに気づくだろう。ベンはひどくきまりが悪かった。紳士たる者のとるべき態度ではなかった。

「あなたのシェリーは冷めないでしょうけど」彼女がそう言ってベンの横を通り過ぎた。「わたしのお茶が冷めてしまうわ。お皿にビスケットをおとりしましょうか？」

「では、一枚だけ」ベンはそう言うと、彼女のあとからのろい足どりで部屋を横切った。

「ありがとうございます」

マッケイ夫人がビスケットとシェリーを運んでくると、犬がふたたび彼の足元にうずくまった。

「何歳で結婚されたんですか？」ベンは尋ねた。

彼女は笑顔を見せてから腰を下ろし、受け皿にのった自分のカップをとった。「算数はお得意のはずね、サー・ベネディクト。でも、暗算する手間を省いて差しあげましょう。一七歳でした。新婚一年目で、夫の連隊がイベリア半島へ送られました。それから、年間、わたしはレイランド・アベイで暮らしました。マシューが国に送り返されたあと、二人でこちらに移って五年ほど暮らし、四カ月少し前に夫が亡くなったのです。ですから、わたしはいま二四歳になります」

「ぼくの策略はお見通しだったのですね」ベンは笑った。「つまり、あなたは一八の年からキスもせずに禁欲生活を続けてきたわけだ」

「わたしも算数ぐらいできます」そう言いながら、彼女の頬がさらに赤くなった。「あなたは二三の年からキスもせずに禁欲生活を続けてらした」

ベンはシェリーを少し飲んだ。「格調高い客間にふさわしい会話とは言えそうもありませんね」

「ここが客間と呼ばれたことは一度もありませんでした。でも、確かにおっしゃるとおりよ。マティルダがいまのやりとりを耳にしたら、脳卒中を起こすことでしょう。たぶん、レディ・グラムリーも」

「ええ、おそらく」ベンは皿を傍らのテーブルに置いた。ビスケットには手をつけていなかった。ふた口ほど飲んだだけのシェリーのグラスをその横に置き、ふたたび立ちあがった。

「さきほどこのブランブル館に入ってきたとき、礼儀作法は言うに及ばず、常識までも雨のなかに置いてきてしまったようです、マッケイ夫人。あなたと二人だけでここにいたのは非常識なことで、誰かに知られたら噂になるに決まっています。スキャンダルにも発展しかねない。二度とこんなことが起きないようにしなくては。あなたが近所のゴシップの種になるようなことは避けたいのです」

彼女の微笑に棘《とげ》のようなものがちらついた。軽蔑？　悲しみ？

「おっしゃるとおりよ。でも、そうであっても、今日の午後のことを後悔するつもりはありませんし、あなたにも後悔してほしくありません。どん底まで気分が落ちこんでいましたが、あなたのおかげで元気が出て、自分が女であることを数年ぶりに実感しました。あなたとの会話とキスを記憶に刻みつけておきます。きっと、折りに触れて思いだすことでしょう。でも、やはり、あなたのおっしゃるとおりね。くりかえしてはならないことだわ。お姉さまによろしくお伝えくださいます？」

「承知しました」彼が約束すると、夫人は呼鈴の紐をひき、サー・ベネディクト・ハーパーの馬車を玄関先にまわすようメイドに命じた。

「乗馬ができなくて残念でした。天気のいい日に出直しましょう。もちろん、ベアトリスも誘って」

ベンが手を差しだすと、彼女がその手をとった。

「寂しくなったら、いつでも姉に会いにいらしてください。きっと喜びますよ。なんでしたら、姉が病気の人々を見舞いに行くとき、たまに一緒にいらしてはどうでしょう？　喪中の未亡人にふさわしい活動ではないなどという非難は誰からも出ないはずです」

「ありがとうございます。ご親切に」だが、夫人の声にはやはり、彼には正体のつかめない棘のようなものがあった。

ベンは向きを変えてドアのほうへ歩いた。夫人の視線を意識し、醜悪と言ってもいいような自分の不器用さを痛感した。

数分後、馬車の座席に腰を下ろして、屋敷の玄関先に立った夫人のほうへ片手を上げた。

犬が彼女の横でしっぽをふっていた。

友情を差しだすのは当分お預けだ。自分勝手にふるまい、ふざけ半分の口説き文句を並べ、おまけにキスまでしたせいで、友情はもう望めなくなった。マッケイ夫人が一人暮らしになったことを知った以上、ベンが今後も訪問を続けるのは論外だ。不埒《ふらち》なことだ。彼女は友達づきあいを必要としている。彼のほうも。しかし、独身の男と独身の女が友達づきあいをすれば、スキャンダルになってしまう。仕方のないことだ。

友達づきあいのできる相手を、こちらで見つけてあげられるかもしれない。独身でもなく、男性でもない相手を。


二日後の午後、レディ・グラムリーがアンドリューズ牧師の夫人を伴ってサマンサを訪ねてきた。楽しくおしゃべりをし、どうすれば夫を亡くしたばかりの女性という立場を守りながらマッケイ夫人が村の暮らしに溶けこめるかについて、現実的な提案をあれこれおこなった。二人が暇を告げる前に、病人を見舞う正式メンバーのリストにサマンサの名前が加わり、ついでに、その他二つの委員会のメンバーにもなっていた。ひとつは教会の夏のバザー準備委員会、もうひとつは祭壇を整える委員会。気が向いたらいつでもロブランド・パークと牧師館を訪ねるよう勧められ、それ以外の家へもじきに招かれるようになるだろうと言われた。

「あなたのお立場について、夫に話してみました、マッケイ夫人」牧師夫人が言った。「すると、夫がはっきり申しました。喪に服してまだ日の浅い未亡人であっても、善行を施し、村人と静かなつきあいをすることに、教会や社会が眉をひそめることはけっしてない、と。念のために申しあげておきますと、夫は品行方正な生き方にひどくこだわる人ですのよ」

サマンサはこの訪問の陰にサー・ベネディクト・ハーパーがいることを察し、ありがたく思った。村人の役に立つ仕事をして忙しく過ごしていれば、不安な気持ちは消え、無為に日々を送るのではなく、人生をやり直そうという夢を実現する手助けになる。それに、この村で新しい友人を作るのも、そうむずかしいことではないだろう。

しかし、サー・ベネディクトが訪ねてくることは二度となかった。サマンサがロブランド・パークへお茶に出かけたときも、彼の姿はなかった。たぶん、彼女が招待されたことをあらかじめ知っていたのだろう。教会で出会ったときは、向こうから軽く会釈をしただけで、声をかけてくることも、まともに視線を合わせることもなかった。

彼が帰っていったあの日、サマンサは夜まで何度も二人の会話と彼のキスを思いだした。とくに、彼のキスを。夜は寝つけないまま、キスを夢に見た。寝つけないのに夢を見るというのも妙な話だが。翌日の午前中は彼が訪ねてこないかと窓の外を見つめ、午後になるとようやく雨がやんでトランプを散歩させられるようになったので、庭で彼を待ちつづけた。

しかし、彼はもう来ないと確信するずっと前から、サマンサは罪悪感に苛まれていた。マティルダが出ていってしまった。故意にやったことではないが。キスはサマンサのほうから露骨な態度をとって帰ろうとした彼を、無理にひきとめたのだ。思わせぶりに誘ったものだった。

なんとも淫らなことをしてしまった。向こうが二度と会う気にならなかったのも無理はない。サマンサ自身も、こんなに孤独で不安な気分でなければ、彼には二度と会いたくないと思っただろう。

顔を合わせないのがいちばんいい。そう決めた。やがて、彼が近々本当に去ってしまうことを知った。レディ・グラムリーがもうじきロンドンの夫のもとへ行く予定らしい。彼がブランブル館を訪ねてきたあの雨の午後から二週間たったころ、牧師館に集まった女性たちにレディ・グラムリーが語ったところによると、彼女の弟はスコットランドを皮切りにブリテン諸島を旅してまわるという。

別に落ちこむような知らせではない、とサマンサは自分にきっぱりと言い聞かせた。わたしには関係のないこと。あの午後の思い出は過去へ置き去りにしよう。あの人はもうじきいなくなり、わたしはどこへ出かけようと、彼に会えるのではという期待で心を乱すことなく、このブランブル館で新たな人生を楽しむことができる。喪が明けるまでのあいだ、奉仕活動で忙しく過ごすことにしよう。

もしかしたら、幸せを感じることすらできるかもしれない。

9

一週間と少し過ぎたころ、マティルダがレイランド・アベイに帰るのに使った馬車がブランブル館に戻ってきた。御者席には別の人物がすわり、騎馬従者たちも別の者になっていた。御者には五年前に会った記憶があるが、あとは知らない男ばかりだった。旅の安全を守るために雇われる召使いの例に漏れず、大柄なたくましい連中だった。また、全員、ひどく性格が悪そうだった。ヒースムア伯爵に仕えていると、そうなってしまうのね——サマンサは思った。

なかの一人が伯爵家の封蠟《ふうろう》つきの手紙を差しだした。

それを受けとった瞬間、サマンサは背筋が寒くなった。マシューの一族とはもういっさい関わりたくなかった。これが友好的な書状だとはとうてい思えない。それになぜ、マティルダの供をしてここを去った者たちのかわりに、別の召使いたちがやってきたのだろう？　手紙を持って居間へ行き、ドアを閉めた。彼女のお気に入りの椅子にはぜったい乗らないよう、トランプにきびしく言ってあるにもかかわらず、犬がそこに寝そべっていたので追い払い——かつては邸内に入ることも禁じていたほどだ——かわりに自分がすわった。

手紙の封蠟をはがす気にはなれなかった。このところ、まずまず幸せに暮らしてきた。親しい知り合いが何人かできた。一年間の喪が明けるときまで、体面と義務を保ちつつ、あちこちへ出かけてさまざまな活動ができることになった。憂鬱と罪悪感のなかに戻るのはいやだった。一瞬、手紙を火に投げこんでそのまま忘れてしまおうかと思った。マシューならきっとそうしただろう。しかし、困ったことに、サマンサは忘れてしまうことができない。だったら、いますぐ手紙を読んで、あとは考えないようにしたほうがいい。

不吉な予感を覚えつつ、封蠟をはがした。

最後までいっきに手紙を読み、次に深くうなだれて、目をきつく閉じた。しばらくすると、トランプがそばでゼイゼイいっているのが聞こえ、かぐわしいとはとても言えない口臭が漂ってきた。サマンサは犬の頭に手をのせた。

「ああ、トランプ」予想もしなかった手紙の内容に愕然とし、絶望に包まれていた。レディ・マティルダから息子の嫁の恥ずべき行動について報告を受けて、ヒースムア伯爵が機嫌を損ねていた。そのことは意外でもなんでもなかった。また、長々と雄弁に続く伯爵の叱責の文面も予想されたことだった。みぞおちに強烈なパンチを食らった気がしたのは、彼女に対する懲罰のせいだった。もっとも、伯爵はそれを懲罰とは呼ばないだろう。うちの嫁はどうも、男性のしっかりした手で導いてやらないことには、まともな行動もとれないようだから、ただちにレイランド・アベイに移るよう強く言わねばならない。嫁に必要な規律をこの自分がじきじきに叩きこんで、非常識な行動をやめさせることにする。いまのような状態が続けば、伯爵家が非難され、名声が汚されるに決まっている。

手紙がここで終わっていれば、サマンサはやはり手紙を焼き捨てて、煮えたぎる怒りを精一杯抑えようとしていただろう。しかし、手紙には続きがあった。

当然のことながら――ああ、マシューの言葉を鵜呑《うの》みにしてたなんて、愚かな、愚かな、ほんとに愚かなわたし――ブランブル館はサマンサのものではない。所有権はまだマシューに移っていなかったし、遺言書によってマシューが相続する予定だったとしても、父親より先に亡くなった時点で相続は無効となっている。ブランブル館は家具も召使いもすべて含めてヒースムア伯爵のもので、次男が亡くなり、あとに残された嫁は信用できないため、伯爵は三男をここに住まわせることにした。ルドルフと妻のペイシェンスが二週間以内に到着してこちらで暮らしはじめる。それまでに、三男夫妻に合わせて屋敷を整えさせるとのこと。伯爵家の御者頭と、馬番頭と、残りの信頼できる召使いたちは、ブランブル館到着と出発のあいだに一日だけ休憩をとり、そののちにサマンサをレイランド・アベイに連れ帰ることになっている。サマンサに対しても、一緒に出発する準備を整えておくようにとの命令が出ていた。

手紙の文面からすると、男たちはなんだか牢番のようだ。外見も牢番のような雰囲気だ。

「トランプ、こうなることがどうして予測できなかったのかしら。わたしってどうしようもない馬鹿なの？　夢にも思わなかったわ。わたしをここに置いておけば、姿を見る必要も、わたしに苛立つ必要もなくて、伯爵家の人たちは満足だろうと思ってたのに」

サマンサは目をきつく閉じ、しばらくすわったままでいた。トランプがクーンと鳴いて顔をなめてくれた。やがて、サマンサは顔を上げ、わずか数センチしか離れていない悲しげな犬の目を覗《のぞ》きこんだ。

「もう一度レイランド・アベイで暮らすぐらいなら、自殺したほうがましだわ」犬に語りかけた。おおげさに言っているだけだった。

不意に立ちあがり、手紙を片手に握りしめたまま室内を歩きまわった。どうすればいいの？　レイランドへ行けば、完全に囚《とら》われの身だ。自由を奪われてしまう。でも、ほかにどんな方法があるというの？　そんなことを考える必要はこれまで一度もなかった。生涯ここで暮らせばいいとマシューが断言し、サマンサはそれを信じた。ああ、もっと利口になるべきだった……。

しばらくすると、サマンサは歩きまわるのをやめて、倒れそうな身体を支えるために、空いたほうの手で窓枠をつかんだ。息を吸ったが、その息を吐くことができず、やがてようやく、とぎれとぎれにゆっくり震えながら吐きだしたが、今度はふたたび空気を吸いこむ方法を忘れてしまった気がした。視野の端が暗くなった。次の瞬間、ゼイゼイいう音と共に空気が流れこんできた。必死に目をさまそうとした。いますぐ。きっと悪い夢を見てるのよ。しかし、もちろん、夢ではなかった。

外に出なくてはと思った。何かの力が働いて邸内の空気を吸いとってしまったに違いない。天井が頭にのしかかっていた。この屋敷はもはやサマンサのものではない。二週間以内にルドルフとペイシェンスがやってくる。サマンサはボンネットとマントと戸外用の靴をとってくるため、向きを変えて階段を駆けのぼり、そのすぐあとにトランプが騒々しく続いた。

庭に出ても充分な空気はなかった。ためらうことなく庭の端の小道を進んで門を抜け、その向こうの細い道を歩いていくと、干し草を大量に積んだ荷馬車が揺れながら近づいてくるのが見えた。あわてて畑を横切り、草地に入った。ずっと以前にサー・ベネディクト・ハーパーと出会った、まさにその場所だった。

サマンサはどんどん歩きつづけ、そのうしろでトランプが跳ねまわり、ときたま野生動物を見つけて追いかけていった。野生の生きもののほうが俊足なので、怖がる様子もなく顔を覗かせる。トランプにはそれがどうしてもわからない。困ったお馬鹿さん。

犬はいったいどうなるの？　レイランド・アベイへ連れていくのはぜったい無理。

ああ、この犬とひき離されたら、わたしは死んでしまう。もう生きてはいられない。

同じ日の朝、この界隈《かいわい》で重大な手紙を受けとったのはサマンサだけではなかった。ベンとベアトリスのところにも手紙が届いていた。二人が朝食の席についたとき、それぞれの皿の横に手紙が置いてあった。

ベアトリス宛の手紙は夫より一五歳年下の義理の妹キャロラインからだった。称号はレディ・ヴィア。初めての子供がもうじき産まれる予定で、姑がお産の手伝いに来てくれるのをじれったい思いで待っていた。ところが先日、その姑が原因不明の神経の不調で寝込んでしまったため、姑のかわりにベアトリスに来てほしいと懇願してきた。しきりと線をひいて単語が消してあり、いまにもヒステリーを起こしそうな文面だった。夫に声の届くところで誰かがお産を話題にするたびに、夫がおろおろするし、年老いた乳母以外に頼れる相手はいないというのに、その乳母がまたがみがみと口うるさく、おまけに、軽い中風で手が震えがちだというのだ。「ロンドンへ行く前に、少なくともあと一、二週間はこちらにいる予定だったけど」ベアトリスは手紙の内容をベンに伝えたあとで、ため息をついて言った。「大至急バークシャーへ発《た》たなきゃいけなくなったみたい。できれば今日中に。予想外の遅れが生じなければ、あさってには向こうに着けるわ。役立たずの夫と口うるさいだけの乳母以外に頼る相手もなく一人ぼっちでいる恐怖を、気の毒なキャロラインに味わわせるわけにはいかないもの。こういう状況になると、男性はほんとに役立たずなのよ。父親になるのを待ってる男性はとくに。自分こそ危機の中心に置かれた大いなる受難者だ、なんて勘違いしているんですもの」

「じゃ、やっぱり姉さんが行かなきゃ」ベンは笑いながら言った。

「でも、あなたはどうする？」ベアトリスは眉をひそめて尋ねた。「話し相手になってほしくて、わたしのほうから呼び寄せておきながら、すぐにロブランドから出ていくようになんて、とても頼めないわ。もちろん、一人でここに残ってくれて構わないのよ。でも、あなたを置いて出ていくのも申しわけない気がするし」

「ぼくはなんとも思ってないよ」ベンは姉を安心させようとした。「ぼくよりレディ・ヴィアのほうが姉さんを必要としているようだもの。ここに一人で残されても平気だよ。それに、遅くとも一週間以内にぼくもここを発つつもりだし」

「行き先はケネルストン？」ベアトリスは期待をこめて尋ねた。

「ケネルストンにはまだ帰らない。たぶんスコットランドへ行くだろう。一度も行ったことがないから。風光明媚なことで有名だ。アイルランドや、ウェールズや、イングランドの無数の場所と同じように。いずれは、ぼくの本の愛読者にせがまれて、海外まで足を延ばすことになるかもしれない」

「そして、いつまでたっても身を固めようとしないのね」眉をひそめたままで、ベアトリスが言った。「そわそわと落ち着かない原因がそこにあるということに、これまで気がつかなかったの、ベネディクト？」

「身を固めないことに？　まあ、わかりきった結論だね」ベンは認めた。「身を固めれば、落ち着かない暮らしは終わる。落ち着かない暮らしを続ければ、身を固めることはできない」

「馬鹿なまねはやめておけばよかった」ベアトリスはナプキンを皿の上に置いてから立ちあがった。「あなたの私生活について議論しても無駄なだけね」

「悲しいかな、ぼくには議論するような私生活《アフェア》がないんだ」

「アフェアには〝情事〟という意味もあるのよ。いったい誰が英語という言語を発明したのかしら。どんな男が発明したにしろ、あまりいい出来じゃなかったわね」

「もしかしたら、男じゃなくて女だったのかも」

ベアトリスは噴きだした。「女はもともと頭がよくないという前提に基づくご意見？　ゆっくり議論したいけど無理だわ。正午過ぎに出発しようと思ったら、いまからせっせと準備しなくちゃ。荷物の大部分は、もちろん、二、三週間のうちにロンドンへ直接送るつもりよ」

姉が朝食の間を出ていったあとで、ベンは自分宛の手紙を読みかえした。〈サバイバーズ・クラブ〉の仲間の一人であるトレンサム卿ヒューゴ・イームズからだった。レディ・ミュアと結婚すると書かれていた。この知らせをベンは心から喜んだ。全員がペンダリス館を出たあとでヒューゴがレディ・ミュアを追いかけていったかどうか、気になっていたのだ。コーンウォールに滞在していたとき、浜辺で足首をくじいた彼女をヒューゴが見つけ、たくましい巨人のごとくその腕で抱きあげて屋敷まで運んできた。そのあいだずっとしかめっ面だったに違いない、とベンは思っている。ヒューゴはレディ・ミュアに熱烈な恋をした。ベンに女心が理解できるとすれば、彼女のほうも同じく恋に落ちたはずだ。しかし、ヒューゴは称号と莫大な財産があるにもかかわらず、自分が中流階級の出身という事実にこだわっていた。それに対して、彼女はキルボーン伯爵の妹だし、亡くなった夫は子爵だった。何日かしてレディ・ミュアの兄が彼女を迎えに来ると、愚かなヒューゴは黙って彼女を行かせてしまった。しかし、ついにあとを追うことにしたのだ。ロンドンのハノーヴァー広場に立つ聖ジョージ教会で挙式するという。

手紙は結婚式の招待状だった。しかし、ベンの参列にヒューゴはあまり期待をかけていない様子だった。こう書かれていた。

〝わたしはレディ・グラムリーの住所を知らず、ほかのみんなも知らなかった。ケネルストンのほうへ問いあわせたが、きみの弟さんの返事が届いたときは、日にちがたちすぎていた。わたしの結婚式に出るために、きみが国の半分を横断する気になったとしても、もう間に合いそうにない。だが、イモジェンがコーンウォールから来てくれるし、フラヴィアンとラルフとジョージはすでにこちらに着いている。ヴィンセントからはまだ連絡がない〟

ロンドンは遠すぎるが、それでも、自分も参列できればいいのにとベンは強く思った。ヒューゴの結婚式に出られないのは、〈サバイバーズ・クラブ〉のなかで自分だけになるかもしれない。仲間内で初めての結婚だというのに。これが唯一の結婚となるのだろうか？　仲間はみな、自分が健康をとりもどしてふたたび外の世界と向きあえるようになった、と思いたがっているが、じつのところは、誰もがいまも深く傷ついている。ただし、自己憐憫に浸りはしない。そうならないよう、全員が必死に戦ってきたのだ。

結婚式は一週間後の予定だった。いますぐ出発すれば間に合うかもしれない。仲間に別れを告げたのはそれほど前のことではないし、来年まで集まることができないのは承知していたが、ふたたびみんなに会えるという誘惑には抵抗できなかった。しかも、幸せな式のために集まるのだ。まことに喜ばしい。ベンはレディ・ミュアのことが大好きだし、身分や性格が大きく違っていても、彼女とヒューゴはまさに似合いのカップルだ。

一瞬、羨望の波に包まれた。嫉妬ではない。レディ・ミュアへの恋心はまったくなかった。

ただ、誠実な二人が出会って心を通わせたことが羨ましいだけだった。恋によって結ばれたことは誰の目にも明らかだ。だから二人は式を挙げ、愛に満ちた生涯を送ることにしたのだ。

やはり行くことにしようとベンは決めた。しかし、今日中に出発するのは無理だった。彼とベアトリスの両方が大急ぎで旅立ちの支度を始めたら、屋敷のなかが大騒ぎになってしまう。明朝の出発でも式には間に合うはずだ。もっとも、かなり身体にこたえる旅程を組むことになるが。ロンドンに長く滞在する必要はない。式に出て、友人たちと旧交を温めるだけでいい。そのあとでスコットランドへ向かい、北の地方を気の向くままにのんびりまわって、旅の印象を書きとめることにしよう。

自分に物書きの才能があると思うのは自惚《うぬぼ》れだろうか？　そうかもしれない。だが、挑戦するだけなら自由だ。とにかく何かせずにはいられなかった。

ベアトリスは一時少し前に出発した。ベンは姉に別れの手をふり、旅行用の馬車に荷物がうずたかく積みこまれたうえに、あとに続く小型の馬車にもさらに荷物が詰めこまれているのを見て微笑した。しかも、大半の荷物はロンドンへじかに運ばれるというのか？

屋敷に戻って二階へ行き、自室のとなりの部屋に入った。日々の鍛錬をするための部屋だ。今日の鍛錬を終えたときには、ロンドンへ行く決心を固めていた。土壇場で姿を見せてヒューゴを驚かせてやろう。もしヴィンセントも参列できるなら、〈サバイバーズ・クラブ〉の仲間が全員そろうことになる。決心の裏には旅行を先延ばしにしたい気持ちがあることも、ベンは自覚していた。スコットランド旅行に出かけるという思いつきに漠然と興奮してはいたが、とくに目的地もないまま一人でじっさいに旅立つことを思うと、二の足を踏むところがあった。ラルフかフラヴィアンを誘えば一緒に来てくれるかもしれない。いや、ヴィンスにしようか。盲目の旅行者の感想を本に入れるのもおもしろそうだ。

身体を洗い、汗に濡れた運動着を脱いで着替えてから部屋を出ようとしたとき、階下の玄関ホールに人の声がした。ベアトリスの執事が「奥さまはおいでになりません」と誰かに告げている。

「まあ」相手が言った。しばしの沈黙ののちに、「いつごろお戻りでしょう?」と尋ねた。女性の声だった。マッケイ夫人だ。ベンは従者が彼の荷造りを始めている部屋に戻ろうとした。この二、三週間、彼女を避けよう、彼女がこの界隈でゴシップの種にされるのを防ごうと努力して、どうにか成功していた。ベンが以前のように訪問を続ければ、噂になるに決まっているからだ。

「こちらをひき払われたのです」執事が説明した。「来年の夏までお戻りになりません」

「まあ」どういうわけか、このひと言が平坦《へいたん》な口調になっていた。

ベンは部屋のドアのノブに手をかけたまま躊躇した。

「サー・ベネディクトがご在宅かどうか、見てまいりましょうか?」執事が尋ねた。

ベンは渋い顔になり、頭をふった。

「まあ……どうすればいいのかしら。いえ、やはりこのまま失礼して……」

社交的な訪問のつもりで来たのではなさそうだ。マッケイ夫人の声の調子からベンはそう察した。平坦な口調の陰に苦悩が感じられた。

「お客さまかい、ロジャーズ？」ベンは階下に充分に届く大きな声で尋ね、自分の目で様子を見るために階段のてっぺんまで行った。

「マッケイ夫人がおみえです」執事が告げた。「レディ・グラムリーを訪ねてこられました」

犬も一緒だった。ワンと吠え、ベンに向かってしっぽをふった。こんな駄犬がなぜ自分になついているのか、ベンにはどうしても理解できない。たぶん、ブーツに犬が顎をのせても、一度も蹴飛ばしたことがないからだろう。

マッケイ夫人がベンのほうを見上げた。黒いベールを上げてボンネットのつばにかけているので、真っ青な顔がのぞいていた。黒が肌の色を消してしまうという事実をさしひいてもなお、顔色が悪すぎる。

「申しわけありません。お姉さまがお発ちになったことを知らなかったものですから。あの——あの、このまま失礼いたします。すみません。行きましょう、トランプ」

「歩いてこられたのですか？」

「ええ。散歩に出ていて、ご挨拶に寄ろうとふと思いたったのです」

「お茶も差しあげずにお帰しするわけにはいきません」ベンはそう言って、階段をゆっくり下りはじめた。「そうだよね、ロジャーズ。マッケイ夫人を小さな客間のほうへお通しして、お茶のトレイを持ってきてくれないか。それから、ブランディも少し」

「いえ……」夫人は何か言いかけたが、途中で黙りこんだ。「ありがとうございます。お茶だけいただいて失礼することにします。ご迷惑をおかけして申しわけありません」

ベンが客間に入っていったとき、夫人は火が入っていない暖炉の横に立ち、ボンネットをはずしているところだった。犬がベンに挨拶にやってきて、しっぽをふり、尻をくねらせた。ベンは迷惑そうに犬を見て、顎の下をなでてやった。

「申しわけありません……」夫人が口を開いた。

「ええ」ベンは背後のドアを閉めた。「すでに何度も謝っておられますよ、マッケイ夫人。いったい何があったんです？」

ベンは腹立たしさを覚えていた。訪ねてくるのを明日にしてくれれば、こちらはすでに旅立ったあとで、訪問のことなど何も知らずにすんだだろう。何で悩んでいるにせよ、夫人が一人で対処するしかなかっただろう。

「いいえ、別に何も」マッケイ夫人は微笑した。生気のない笑みで、唇から上はこわばったままだった。「レディ・グラムリーがこれほど急にロンドンへお発ちになるとは知らなかったものですから」

「じつは、バークシャーへ向かったのです。グラムリーの妹がいまにも出産しそうなので。姑が付き添う予定でしたが、体調を崩して行けなくなったのです。姉は正午過ぎにここを発ちました。義理の妹の手紙を受けとった数時間後のことです。いまごろはきっと、馬車に揺られながら、この村の人々に宛てて事情を説明した手紙を大急ぎで書くべきだったと思っているころでしょう。ところで、どうなさったのです？」

何かがあったのは明白だった。彼女自身は冷静に見せようと努めているが、いまにもくずおれてしまいそうだ。それでも気丈に立っている。

「なんでもありません」

ベンの背後のドアが開き、従僕が大きなトレイをテーブルに置いた。ベンは身をかがめて、グラスにブランディを少し注いだ。一本の杖だけで身体を支えて、彼女のところにグラスを運んだ。

「さあ、飲んで」

「これは？」

「ブランディです。椅子にすわって飲んでください。歩いてきて身体が冷えているはずだ」

「自分では気づきませんでした」夫人はそう言いながら、崩れるようにソファにすわりこんだ。

「さあ、飲んで」

彼女はグラスを受けとると、ブランディを少しだけ飲み、まずそうな顔をした。

「いっきに飲むといい」

彼女はグラスの酒をいっきにあけて咳きこんだ。「ああ、ひどい味」

「だが、あとの効果に期待してもらいたい」

夫人はしばし目を閉じた。頬にかすかな血の色が戻ってきた。

「あの方がわたしをブランブル館から追いだすつもりなんです。そして、自分の息子を住まわせようとしています」

筋道の通った話し方ではなかったが、意味を推測するのにたいした努力は必要なかった。ベンは空《から》になったグラスを彼女の手からとってトレイに戻した。お茶を注いで運んだ。〝あの方〟というのはたぶん、ヒースムア伯爵のことだろう。

10

サマンサは必死に手の震えを止め、受け皿にのったカップを彼から受けとった。横にトランプが行儀よくおすわりして、耳をぴんと立て、彼女を凝視している。何か変だと察しているのだ。いじらしい。

「ありがとうございます」サマンサは言った。

レディ・グラムリーがもう屋敷にいないことを知って、サマンサはひどく動揺した。困ったときに相談できそうな女性なら、ほかにも近所に何人かいるが、友達として信頼できる相手は一人もいない。単なる顔見知りというだけでは頼っていけない。もっとも、レディ・グラムリーにどんな助けを求めればいいのか、サマンサ自身にもわかっていないのだが。

「ヒースムア伯爵があなたを無一文で放りだすというのですか?」彼女の向かいに腰を下ろして、サー・ベネディクト・ハーパーが尋ねた。「文字どおり、追いだすわけですか?」

「いいえ。家長としての誇りがおありですから、そういうことはしない人です。ケント州のレイランド・アベイにわたしを呼ぶ気でいるのです。マティルダが乗っていった馬車に伯爵家の御者と騎馬従者を乗せてこちらによこしました。わたしをレイランド・アベイに連れてくるよう命令して。わたしは明後日出発するように言われています。わたしがおとなしく従わなかったり、出発を遅らせようとしたりした場合は強引に連れてくるよう、その人たちが命じられているのかどうかはわかりませんが、もしそうだとしても、少しも意外だとは思いません。わたし宛の手紙に舅がはっきり書いています――おまえは一族の面汚しだから、きびしく監視できる場所に置いて、不埒な態度を矯正する必要がある、と」

「あなたが姉の訪問へのお返しとして、ある日の午後わが家を訪れ、その二、三日後に姉とぼくと一緒に乗馬に出かけることを承知したからですか?」サー・ベネディクトは自分の耳が信じられないと言いたげに、眉をひそめてサマンサを見た。

「マティルダから見れば、些細な問題ではなかったのです。マティルダの父親から見ても。わたしをここで好き勝手にさせておいたら、何をしでかすかわからない、というのでしょうね。もしかしたら、病人のお見舞いにまわったり、教会の祭壇に花を活けたりしようと思いつくかもしれませんもの」

サマンサはお茶をひと口飲み、濃くて甘いことに感謝した。

「ひょっとすると、あなたの思い違いかもしれない。あちらの父上があなたのことで困惑しておられるのは、話し相手だった自分の娘がいなくなったため、一人残されたあなたが寂しく暮らしているのではないかという、純粋な懸念からかもしれませんよ。亡くなったご主人の一族に囲まれているほうが、あなたも幸せだろうと思っておられるのかもしれない」

サマンサはお茶をもうひと口飲んだ。「いいえ、それは違うと思います。でも、ご迷惑をおかけして申しわけありません。こちらにお邪魔したのは、レディ・グラムリーに悩みを聞いていただきたかったからなんです。もっとも、あとのことまでは考えておりませんでした。ほかにどうすればいいのか、わからなかったんです。いまもわからないままです」

「レイランドで満ち足りた日々が送れるとは思えませんか？　喪が明けるまでの一時期だけのことにしても」

「牢獄で満ち足りた日々が送れるとお思いですか、サー・ベネディクト」サマンサは訊き返した。「微笑でさえ罪とみなされ、笑い声が響いたこともない場所で」

「兄上のところに身を寄せるのも無理ですか？」

「はい」

兄のジョンを頼っていけば、牧師館に通すのを拒むことまではしないだろうが、迷惑な気持ちを露骨に示して、せいぜい数日しか泊められないとはっきり言うに決まっている。

「立ち入った質問で申しわけないが、ご自身の資産をお持ちではないのですか？　どこかに家を構えることはできないでしょうか？」

サマンサは虚《うつ》ろな表情で彼を見た。亡くなった父がささやかな財産を遺《のこ》してくれたが、それはマシューの所有となった。マシューの死後もサマンサにはわずかな収入が保証されていて、けっして贅沢ではない日々の暮らしを支えるにはそれで充分だった。しかし、その収入で自分の家を構えることができるだろうか？　サマンサにはわからないし、考えてみたこともなかった。サマンサをブランブル館へ遠ざけておけば、うちの父親はそれで満足だろう、というマシューの言葉を鵜呑みにしてきた。ああ、なんて愚かなわたし。なんて愚かな！計画を立てておくべきだった。でも、どんな計画を？

「この界隈で暮らすことはできません。親しくおつきあいできる人が何人かできて、ようやく地元になじんできたところでしたが。二週間以内にルドルフとペイシェンスがブランブル館に越してくる予定です。舅の強い希望に逆らってここに残れば、わたしは惨めな暮らしを強いられることになるでしょう。また、生まれ育った村に戻ることもできません。友達がほとんどいませんし、母の評判が悪かったせいで、わたしもあの村に溶けこめなかったのです。それ以外の土地といっても、知っているところはどこにもありません」

サマンサはぎこちなく唾をのみこんだ。不意にひどく怖くなった。この世界が敵意に満ちた広大な場所のように思えてきた。いったいどうすればいいの？

「新しい人生を始めるのは、けっして簡単なことではありません」彼が言った。「生活の基盤となる場所がない場合はとくに。今日の残りと明日がありますから、レイランド・アベイにかわる場所をどこか考えましょう」

「あそこへは行けません」サマンサはカップと受け皿を置き、ソファの肘掛けを握りしめた。「ぜったいいやです。ただ、舅が送りこんできた男たちに対するわたしの印象が正しければ、こちらに選択の余地はないでしょう。大柄で獰猛そうな連中です。でも、いずれにしても、わたしはブランブル館を出るしかありません。一生あそこで暮らすつもりだったのに。夫がそう約束してくれたのに」

サマンサは気を失うまいとして、深くうなだれた。トランプが哀れな声で鳴いた。家がなくなってしまう。友達もいなくなる。

「いいえ、恵まれた点に目を向けなくては」犬の頭をなでながら、サマンサは言った。犬をなでることで自分を元気づけようとするかのように。「無一文ではありませんもの。いまこの瞬間だって、家もお金もない人々が何千人もいるのよね。ああ、どんなに辛いことでしょう。いったいどうやって生きていけるの？　わたしも落ちこんでる場合じゃないわ。罰が当たってしまう。お金には困ってないんですもの。どこかで暮らせるはずだわ。わたしにも買えそうな小さな田舎家を見つけて」

サマンサはしばらく顔をしかめて考えこんだが、彼が立ちあがり、ソファの向こう側に杖を立てかけてから横に来てすわったことに気づいたため、何も考えられなくなった。彼がサマンサの手を両手で握りしめ、トランプが二人の足元で寝そべった。彼の手の温もりが彼女を癒してくれた。

「家を失うのがどういう気持ちか、ぼくにもわかります。現実にそういう経験をしたことはないけれど。途方に暮れてしまい、心細いことでしょう。だが、おっしゃるとおり、あなたは金に困ってはいない」

サマンサは首をまわして、輪郭のくっきりした彼の顔を見た。ややこけた頬、不思議な魅力を湛えた顔立ち。正統派のハンサムとは言えないが、目は鮮やかな青い色をしている。一カ月近く前にキスをしたが、彼はそれ以来、彼女の人生から遠ざかってしまった。ただ、サマンサがその姉と親しくなり、近所づきあいや教会の活動に参加できるようになったのは、彼の心遣いのおかげに違いない。

「兄上のほかに身内はいないのですか?」彼が訊いた。

「おじ、おば、いとこが何人かいます。でも、親しくつきあったことはありません。わたしの父がどこの馬の骨ともわからない、年齢も父の半分しかない若い女優と結婚したことで、その人たちも兄と同じく腹を立てていましたから」

「それ以外には誰もいませんか?」

彼に手を握られていると、心が安らぐように思われた。

「結婚して一年間は、友達やほかの奥さんたちがいました。でも、長く続く友情が芽生える前に、連隊が半島へ出征することになり、わたしは夫についていくかわりにレイランド・アベイへ行かされました。ええ、ほかにはもう誰もいません」

なんて惨めなの。二四年も生きてきたのに、助けを求められる相手が誰もいないなんて。

彼がサマンサの手を持ちあげた。一瞬、手の甲に彼の唇と息の温もりを感じた。

「でも、あなたのお時間をずいぶん奪ってしまいました、サー・ベネディクト。親切にしていただきましたが、きっと、うんざりなさってることでしょうね。あなたにご心配いただくことではありませんし、話が長びくにつれて、哀れっぽい口調になってしまいそうです」

サマンサはきびきびと話し、それと同時に手を離そうとした。ところが、彼の手にさらに力がこもった。

「ねえ、ぼくと結婚してはどうでしょう、マッケイ夫人」

サマンサは乱暴に手をひっこめ、あわてて立ちあがった。「とんでもない」ひどく困惑して叫んだ。「だめ、だめ、だめです。ああ、なんて優しい方なの。しかも、人をどぎまぎさせることをおっしゃる方ね。そんなつもりでご相談したんじゃないのに」サマンサは頬にてのひらを当てた。思ったとおり、恥ずかしさで頬が燃えていた。

「それはよくわかっています。しかし、ぼくと結婚すれば、あなたの問題は解決する。そして、たぶんぼくの問題も解決するでしょう」

「あなたの問題？」サマンサは眉をひそめて彼を見下ろした。

「ぼくの屋敷に居すわっている弟一家を、心を鬼にして追いだすことが、ぼくにはどうしてもできないのです」微笑を浮かべて彼は言った。少しばかりゆがんだ笑みだった。「だが、弟たちとの同居も無理な話だ。かつての活動的な自分に戻ることは二度とできないと悟って、ぼくは不安に駆られ、落ちこんでいます。自分のために新たな実り多き人生を築いて堅実に生きていくこともできません。ベアトリスに言わせれば、それもこれもみんな、ぼくの人生に女性がいないせいらしい」

「でも、新しい人生を築こうとしても、問題の解決にはならないわ――わたしたちのどちらにとっても」

「二人の結婚が新たな問題を生むから？」彼が訊いた。

「当然でしょ」サマンサは指を伸ばし、それから両脇で握りこぶしにした。指が熱く疼いていた。「夫が亡くなってわずか五カ月で再婚するなんて非常識すぎます。それに、わたしは再婚する気などありません。少なくとも、いまのところは。最初の結婚でひどく束縛されたから、とにかく自由になりたいんです。もし結婚する気になったとしても、そのときは……戦争と関わりのない人を選ぶつもりです。申しわけありません。でも、戦争にも、戦争が多くの人に与えた不幸にも、もううんざりなのです。それに、結婚しようというあなたのお言葉は、純粋な騎士道精神から出たものに過ぎません。ご自身でおっしゃったように、いまのところ、自分のために人生を築こうという心境ではないはず。ましてや、他人の人生の重荷を背負うなんて無理に決まっています。結婚する心の準備は、あなたにはまだできていない。もちろん、わたしもそうです。あなたと同じく不安に駆られ、必死に何かを求めているのです。二人が結婚したりしたら、終わりのない絶望のなかへおたがいをひきずりこむことになるでしょう」

「そうでしょうか」サー・ベネディクトはいまもあのゆがんだ笑みを浮かべていた。「あなたはとても魅力的だ。そんなものは結婚の強い動機にはならないとあなたに思われては困るので、さらに言っておくと、あなたはこの六年間で初めてぼくの心を奪った女性です」

「わたしも……感じのいい方だと思っています」サマンサは正直に言った。だって、どうして否定できて？　キスまでしたというのに。そうでしょ？「でも、心を奪われたというだけで結婚を決めるわけにはいきません。もっと慎重にならなくては。わたしもマシューに心を奪われました……ああ、サー・ベネディクト、おたがいに心を奪われたのなら、二人でべッドに入って存分に喜びを味わえばすむことだわ。結婚なんてしないほうがいいんです」

彼の微笑が消え、頬が紅潮していた。ああ、なんてことを。わたしったら、本当にいまの言葉を口にしてしまったの？

「情事？　それではあなたの問題の解決にはならない。ただし、あなたを愛人にしてどこかに囲うよう、ぼくに提案しておられるのなら、話は別だが」

こんなに恥ずかしい思いをしたことがこれまでの人生にあったかしら。サマンサは彼をじっと見て、それから――笑いだした。彼もじっと視線を返し、同じように笑いだした。

「わたし専用の馬車と、それをひく四頭の白馬を用意してくださるの？　それから、わたしの耳と首筋を飾るための鳥の卵ほどの大きなダイヤ、深紅のサテンのシーツを敷いたベッド、ベッドの周囲と窓には真紅のベルベットとか？　それだけのもので誘惑なされば、わたしもその気になるかもしれないわ」

「いや、四頭の白馬はいささか俗悪ではないだろうか」

信じられないことに、二人とも楽しくてたまらなくなり、またしても笑いだした。

やがて、二分ほど前にふと考えたことが、ふたたびサマンサの心に浮かんだ。

〝わたしにも買えそうな小さな田舎家……〟

サマンサは不意に暖炉のほうを向き、炉棚に両手をかけて、火のついていない石炭を何も見ていない目で見つめた。

「ちょっと待って」片手を上げた。

小さなコテージがある。

たぶん。

サマンサの母親は、一七歳で家を飛びだしてロンドンで女優になるまで、父方のおばのもとで大きくなった。サマンサが一二歳のときに母は亡くなっているが、その少し前におばの訃報が届き、海辺のコテージが母に遺贈されたとの知らせが添えてあった。コテージは母親の死によってサマンサのものになった。彼女が初めてそれを知ったのは、父親が亡くなったあとで、コテージの管理に当たっていたウェールズの弁護士からの手紙を兄のジョンが転送してくれたときだった。弁護士のリース氏は次のように書いていた――長年にわたってコテージを借りていた一家が出ていきましたので、あとの維持管理につきましては、これまでの家賃をその費用にあて、ひきつづきこちらで担当いたしますが、あらためて人に貸すか、それとも売却するかについて、ご指示をいただきたいと存じます、と。ジョンからは〝弁護士にはわたしが返事を出し、そちらが適当と判断した方法で進めてほしいと頼んでおく〟と言ってきた。当時は、マシューが半島から戻ってきて、夫婦でブランブル館に越したところだった。マシューの容体はかなり悪く、サマンサはまだ看病に慣れていなかった。手紙をしまいこみ、ジョンに干渉される苛立ちは忘れることにした。いずれにしても、重要な問題だとは思えなかった。リース弁護士に自分で手紙を書くという方法もあっただろうが、もちろん、サマンサは何もしなかった。本当は書くべきだったのだろう。

サマンサの母は遺贈のことを知ったとき、コテージのことを、あからさまな軽蔑の口調で

〝ぼろ家〟だの、〝あばら家〟だのと呼び、朽ち果てるに任せるのがいちばんだと言った。それは遠い昔の話で、たぶん一四年ぐらい前のことだっただろう。しかも、母親もその何年も前のことを思いだしてそう言ったのだ。すでに倒壊して何も残っていないかもしれない。まめに手入れをしてくれる借家人もいないのでは、なおさらだ。それに、たとえ住めるとしても、そこはおそらく世界の果てだろう。ウェールズだもの！　おまけにウェールズの西のほうだ。イングランドとの国境から遠く離れている。サマンサが一度も行ったことのない土地だ。知り合いなど誰もいない。おそらく、知りあう価値のある相手もいないだろう。とにかく、身内は一人もいない。

でも、そこに家がある。たぶん。まだ倒壊していなければ。しかし、五年ほど前までは無事な姿で立っていたはずだ。でなければ、サマンサの望みに応じて、売却するか、人に貸すかしようと、弁護士が手紙に書いてくることはなかっただろう。

いまのサマンサにはどうしても家が必要だった。その家がすでにあるのだ。いまも無事な姿で立っていれば。そして、住める状態であれば。

不意に、ひどく辺鄙な場所であることが逆に大きな魅力に変わった。レイランド・アベイから遠く離れることができる。

サマンサがふりむいてサー・ベネディクトを見たとき、彼は依然としてソファにすわっていた。静かに彼女を見ていた。どうしよう、ついさっき、結婚しようと言ってくれた。なんて優しい人なの。最初に出会ったときの印象とはずいぶん違う。

「行き先が決まりました」サマンサは彼に言った。「とりあえず、そこで暮らしてみます。もしかしたら、この先もずっと」

この先もずっと？　サマンサの胃が締めつけられた。

彼が両方の眉を上げた。

「わたし名義のコテージがあるんです。大おばが母に遺してくれたものです。母はその人に育てられたの。コテージは当時からもう古びていて、荒廃していたと思います。いまはさらに荒れ果てているでしょうが、倒壊したとか、解体されたといった話は聞いていません。いまはわたしが所有者なので、そこへ行くことにしました。崩れそうなあばら家でも、レイランドで暮らすのに比べればましです」

「ウェールズにコテージが？」

「南西の海岸に。ええ」

「そこまで一人で行くつもりですか？」サー・ベネディクトは眉をひそめた。「落ち着いてよく考えてください。人の往来もない未開の荒野を、しかも危険に満ちた場所を、はるばる旅しなくてはならないのですよ。旅の終わりに何が待っているのかわからないのに。コテージはおそらく、住めたものではないでしょう」

「だったら、住めそうな家を見つけて借りることにします。少なくとも、わたしのルーツの半分が残っている世界で暮らしていけます。そこなら誰にも見つかる心配はありません。追いかけてくる人などいないはずです。もう一度、自分らしく生きることができます」

「ダンスをすることも？」しかし、彼は眉をひそめたままだった。

「浜辺でね。もし浜辺があれば。きっとあるはずだわ。世界の果てで、大海原の荒々しい力に見守られて」

「一人でそこまで旅をして、一人で暮らそうというのですね」サー・ベネディクトがゆっくり立ちあがると、トランプもおすわりをして、期待に満ちた目で見守った。「とんでもない愚行だ。あなたの目には魅力的に映るでしょうし、その気持ちもわかります。あなたの勇気を称えたいぐらいだ。しかし、ブランブル館をあとにして、付き添う者もなく一人でそんな遠くの未知の土地へ旅をするという現実を、よく考えてみなくては」

サマンサは考えてみた――しばらくのあいだ。そして、怖くなった。だが、くじけなかった。もうひとつの運命のほうがはるかに苛酷だ。

「だったら、一緒に来てください」サマンサは言った。

ベンが誰かからみぞおちにパンチを食らったとしても、こうまで徹底的に息が止まりかけることはなかっただろう。

〝だったら、一緒に来てください〟

二人は一メートルほどの距離でおたがいを見つめて立っていた。彼女の頬が紅潮しているのに対して、ベンは、自分の頬から血の気がひいてしまったに違いないと思った。

「できるわけがない。誰がお目付け役になるのです？」

「あなたよ」

「だが、ぼくはあなたの父親でも、兄でも、夫でも、婚約者でもない。女性でもない」

「それで？」マッケイ夫人が眉を上げた。

「あなたの評判がずたずたになってしまう」

彼女の唇がゆがんでかすかな微笑に変わった。「それで？」

まいったな。

別の角度から説得することにした。「危険が迫ったときに、ぼくではあなたを守り通すことができない」ベンはわざとらしく杖に視線を落とした。「襲いかかってきた山賊どもが、杖でぶちのめせるぐらい近くまで寄ってくるなら、話は違いますが」

「弾丸をこめた拳銃を持っていきましょう」口元にかすかな笑みを浮かべ、頬を紅潮させたまま、彼女は言った。「そして、あなたが遠くから撃てばいいのよ――すわったままで」

「眉間を狙えばいいんだろうな、たぶん」

「ほかにどこがあって？」

ベンは彼女がはしゃいでいるのを感じた。母親の少女時代からすでに荒れ果てていたコテージのおかげで窮地を脱することができると、突然気がついて、安堵のあまり有頂天になっているのだろう。

「マッケイ夫人、よく考えなくては」

「どうして？　わたしはこの七年間、何もできないまま、社会のしきたりに縛られて生きてきたのよ、サー・ベネディクト。なんのために？　永遠の幸せを手にできると思って結婚し、式を挙げたとたん失望と悲嘆に襲われたけど、そのあとも貞淑な妻でありつづけたのよ。レイランド・アベイに一年間身を寄せたときは、舅に嫌われ、見下されても、あちらの希望どおりの立派な貴婦人になろうと必死に努力したわ。こちらに移ってからは、五年もの長く暗い歳月をわがままで怒りっぽい病人の看病に費やしました。だって、わたしの夫だし、式を挙げた日に、病めるときも健やかなるときも夫を愛し、夫に従うと誓ったんですもの。喪に服してからは、あらゆるしきたりを守ってきました。ただ、それでも義理の妹やヒースムア伯爵を満足させることはできなかった。これから何年もレイランド・アベイで暮らすことになれば、残された若さを失って中年になり、年をとり、死んでいくのよ。よく考えろとおっしゃるけど、それでどうなるの？　たぶん、何も考えずに衝動的に行動するときが来たんだわ。人生を自分の手にとりもどし、自由に生きるときが」

彼女の目が輝き、全身に情熱がみなぎっていた。それは間違いだなどと、どうして彼の口から言えるだろう？　しかも、間違っていないのかもしれない。

「残りの生涯を左右する決断を下すのに、あと一日あるわ。それがどんな決断になるとしても。逃げだすにしても、避けがたい運命に降参するにしても、あと一日あるの。逃げてどうなるかはわからない。でも、その一方、運命に降参したらどうなるかはわかっています。逃げるチャンスをつかもうとしないなんて、愚か者のすることだわ。やはりこうなるはずだったのよ、サー・ベネディクト。コテージを残しておいた理由が、それ以外にあるかしら。コテージが自分のものだと知ったときから、わたしには無用の長物だと思われたので、思いだすこともめったになかった。ところが、いまになって、わたしの将来を左右する重大なものになったのです。人生というのはときとして、進むべき道をわたしたちに示してくれる――そんな気がしません？　無理にそちらへ進む必要はないとしても。でも、わたしは人生が示してくれた方向へ進もうと思います。あなたまで巻きこもうとしたことをお詫びします。もちろん、一緒に行く気にはなれませんよね。当然ですわ。わたしに対してなんの義理もない方なのに。話を聞いていただくことができて助かりました。自分で解決法を見つけることができたんですもの。そちらへ行くことにします」

なんてことだ。この人の姿はまるで、堂々たる復讐《ふくしゅう》の天使のようだ。まさか、ウェールズがあるおおよその方角に向かって、自分の足で歩きだすつもりではないだろうな。

この人の声を耳にした瞬間、ぼくはどうして自分の部屋にひっこんでしまわなかったんだ？　この人も頭を冷やせば、ぼくの手助けがなくともコテージのことを思いだしていただろう。どうやってそこにたどり着くかは、ぼくが心配することではなかっただろう。

いまだって、ぼくが心配することではない。

〝やはりこうなるはずだったのよ、サー・ベネディクト〟

〝人生というのはときとして、進むべき道をわたしたちに示してくれる――そんな気がしません？〟

くそ、くそ、くそ。ベアトリスがバークシャーへ発ったときに、どうしてぼくもヒューゴの結婚式に出るためにロンドンへ向かわなかったんだ？

「たとえ、ぼくがあなたの旅に同行したとしても、向こうに着いてからどうするつもりです？　メイドの一人ぐらいは雇えるでしょうが、それ以外の召使いはいない。友達も、貴婦人の付き添いを務めるコンパニオンもいない。コテージを人が住める状態にするために、かなり修理が必要だとしたら？　どうにか住めると仮定してですが」

どこかに家を借りることになるだろう。彼女のルーツの半分が残っている世界で。本人がすでにそう言っている。

「召使いは向こうで何人か雇えると思います。友達もできるでしょう。それに、わたしは孤独を恐れてはいません。七年のあいだずっと孤独で、それを乗り越えてきたんですもの。あの……同行しようと思ってらっしゃるの？」

同じ姿勢で長いあいだ立っていたため、ベンは脚が疼いていた。

「あなたが一人で旅立つのを、どうして許すことができます？」

彼女の眉が上がった。「わたしの行動を許すなどとおっしゃる権利は、あなたにはありません、サー・ベネディクト。あるいは、許さないとおっしゃる権利も。夫でもないのに」

「幸いなことに」ベンは嫌みを言った。

彼女はつんと顎を上げたが、悪かったと思ったらしく、もとに戻した。「すみません、失礼なことを申しあげて。いきなり押しかけてきて、勝手に悩みを打ち明けておきながら、今度は、わたしの安全を心配してくださるあなたに腹を立てている。親切にご心配いただいたたちが友人になり、わたしは大丈夫です。家に戻ったほうがよさそうだわ。おもてなしに感謝します。気の重いことだったでしょうに。ずっとわたしを避けてらしたでしょ。でも、それをとやかく言うつもりはありません」

「あなたのためを思ってしたことです」ベンはむっとして答えた。「ぼくたちが友人になり、お目付け役もいないまま、おたがいに訪問を続けていたら、近隣のゴシップの種になるまでにどれだけ時間がかかったと思います?」

「あっというまだったでしょうね。とやかく言うつもりはないと、いましがた申しあげました。それに、牧師夫人をわが家にお連れするようレディ・グラムリーに提案なさったのがあなただということも、わたしは承知しています。そうすれば、わたしも教区や村の活動に参加できますものね。そのことには感謝しております」

ベンは彼女の言葉をろくに聞いていなかった。馬車という閉鎖された空間で一週間以上も終日旅を続けることについて考えていた。二人で食事をとり、毎晩同じ宿に泊まるのだ。ベンはまた、理不尽な怒りを感じていた。一緒に来てほしいと彼女のほうから衝動的に口走っただけで、あとはもう何も頼んでこないのだから。

困ったな。この人の評判はずたずたになってしまう。たぶん、それすら控えめな表現だ。

「心苦しいかぎりだが、失礼をお許し願いたい、マッケイ夫人。せっかく姉の家にお入りいただいたのに、お客さまを立たせたままで、ぼくだけがすわらせてもらわなくてはなりません」

「立っているのがお辛いことを察するべきでした」夫人はそう言いながら、ベンが彼の椅子に戻るあいだに、ソファの端に腰を下ろした。「申しわけありません。いきなりお邪魔した瞬間から、迷惑のかけどおしでしたわね。そろそろ失礼します。わたしがここに来たことは、どうぞお忘れください。スコットランドへいらっしゃるんでしょう？　すてきなところだと聞いております」

彼女がさっと立ちあがったので、犬も期待をこめてしっぽをふりながら横に立った。

ベンは苛立ちのなかで彼女を見た。「いまは亡きマシュー・マッケイ大尉とぼくが親しい友人だったということにしましょう。死の床にあった大尉に、残された奥さんをウェールズに送り届けると約束した。奥さんが結婚前に相続したコテージがそちらにあり、そこで暮らしてほしいというのが大尉の願いだったから。ぼくは今後、かつての経歴を存分に活用して、サー・ベネディクト・ハーパー少佐と名乗ることにします」

夫人が彼を見下ろした。表情の読めない目をしていた。

「それでなんとかなるでしょう。あなたの評判も地に落ちるところまでは行かないはずです」

「来てくださるの？」ささやくような声だった。

「ぼくの馬車を使うことにしましょう。だが、明日の朝、召使いたちに、とくに例の筋骨たくましい連中に大騒ぎされることなくあなたをブランブル館から連れだすにはどうすればいいか、決めておく必要があります」

犬が床に伏せ、前肢をなめはじめた。まだしばらくかかりそうだと察したのだ。マッツイ夫人の両手がウェストのところで固く握りあわされ、白くなった関節がベンの目に入った。だが、やがて彼女の目が明るくなった。きらめいていた。

「極秘で行動するのね」夫人は言った。

11

サマンサに長く仕えていたメイドは、マシューが亡くなったあとで彼の従者だった男と結婚して屋敷を去った。そのあとに来たのは屋敷の料理番の末娘で、明るい性格から、ほかの召使い全員に可愛がられていた。サマンサもこの子が気に入っていたが、計画を打ち明けることも、自分がブランブル館を出るときに一緒に来るよう声をかけることもできなかった。数分もしないうちに、屋敷の全員に知れ渡ってしまう。

もちろん、わたしを力ずくで止めることは誰にもできない――サマンサは自分に言い聞かせた。自宅に幽閉されてる囚人じゃないんだから。レイランドから来たあの召使いたちだって、わたしの抗議を無視して強引に馬車に押しこみ、ケント州まではるばる連れていくことはできない。しかし、いくら常識的に考えようとしても、連中がそこまでやるはずはないという確信は持てなかった。

屋敷にいるあとの召使いたちも、厳密に言えば伯爵に仕える身だ。そちらから給金が出ている。

自分がここを出ていくことも、どこへ行くのかも、誰と行くのかも――とくに誰と行くのかを――誰にも知らせないのがいちばんだ、とサマンサは決めた。不要なスキャンダルを招く必要はない。サー・ベネディクトがマシューの親しい友人だったなどという作り話は、ここでは通用しない。

荷造りにとりかかる前に、メイドがおやすみの挨拶をして出ていくまで待たなくてはならなかった。レイランド・アベイから男性の召使いが何人も到着したため、軽薄なメイドはすっかりのぼせあがってしまい、一人一人の美点をマッケイ夫人と延々と議論したり、いちばんハンサムなのは誰か、いちばん男らしい体格をしているのは誰か、容貌も体格も見劣りするのに歯の浮くようなお世辞を言うのは誰かといったことについて、自分の意見を述べずにはいられない有様だった。

メイドがいつまでも出ていかないのではないかと、サマンサはやきもきしていた。ようやく大型の旅行カバン一個と、それより小さめのカバン一個に荷物を詰めはじめたのは、真夜中近くになってからだった。しかし、カバンのスペースが足りなくて困るということはいっさいなかった。惜しげもなく置いていこうとする品の多さに、自分でもびっくりした。喪服も、出発のときに着る一枚を除いて、すべて置いていくつもりだった。マシューの生前、彼女は貞淑な妻だった。五カ月のあいだ喪に服してきた。後悔すべき点は何もない。

朝の五時に、サー・ベネディクトが二輪馬車に従者を乗せてこちらにまわしてくれる手筈《てはず》になっていた。従者は横手の門の外に馬車を置き、サマンサがあらかじめ錠をはずしておいた通用口から屋敷に入って、彼女のカバンを運びだす。サマンサは従者と一緒にロブランド・パークへ行く。そこでサー・ベネディクトと旅行用馬車が待っているという段取りだ。

人目を忍んだこんな計画が成功するとは思えなかった。とくに、ときどき手に負えなくなってしまう大型犬を荷物と一緒に運びださなくてはならないのだから。ルドルフとペイシェンスにトランプを飼ってもらうなど、もちろん論外だ。それに、自分に子供がいたらぜったい置いていけないのと同じく、犬を置いていくこともできるはずがない。家族なのだから。

しかし、計画は首尾よく成功した。五時一〇分、サマンサはトランプがゼイゼイいいながら小道の脇で用足しを終えるのを持ち、カバンと一緒に犬を馬車に押しこんでから、自分も寡黙で大柄な男性のとなりにすわった。男性は「サー・ベネディクトの従者のクインです」と自己紹介しただけだった。六時一五分前、サマンサはロブランドの厩の前庭で従者の手を借りて豪華な旅行用馬車に乗りこんだ。

トランプもあとからのそのそと乗ってきて、向かいの座席に寝そべった。座席のスペースを当然の権利のように占領した。

サマンサの旅行カバンやその他の品々を、クイン氏と御者がほぼ無言で馬車に積みこんだ。馬番の姿はどこにもなかった。数分後、ふたたび馬車の扉が開き、サー・ベネディクトが姿を見せた。馬車のなかを見まわした。

「メイドは連れていないのですか？」

「来てくれそうにないと思ったので。けっして口外しないようわたしが頼んだとしても、ほかの召使いたちに話すに決まっていますし」

「弱ったな」サー・ベネディクトは言ったが、しばしその場に立ちつくしたあとで、ゆっくりと、だが、巧みな身のこなしで馬車に乗りこみ、サマンサのとなりにすわった。

不意に、馬車のなかが半分のサイズに縮んでしまったかに思われた。確かに〝弱った〟ものだ。やはり、サマンサが一人でこっそり逃げだし、乗合馬車か、場合によっては郵便馬車を使うべきだった。

「おはようございます」サマンサは快活に挨拶した。

「おはよう、マッケイ夫人。クインはどうやら、あのたくましい召使い連中を撃退する必要もなく、あなたをブランブル館から無事に連れだすことができたようですね。この屋敷ではすでに召使いが何人か起きていますが、ぼくが朝食もとらずにこんな早朝に旅立つ気でいると知っても、狼狽の声を上げる者は誰もおりません。あなたの姿は誰にも見られていないはずです。ぼくたちの朝食は、馬を替えるために最初に寄った宿でとることにしましょう。それでかまいませんか？　やあ、おはよう、みすぼらしいワン公。しっぽをパタパタさせて、クッションの詰め物を叩きだしたりしなくてもいいんだよ。きみの姿はちゃんと目に入っているから。おや、その座席を自分だけで使うことにしたようだね。きみの飼い主がメイドを連れてきていたら、メイドはたぶん、ぼくの従者や御者と一緒に御者台にすわるしかなかっただろう」

彼の声は、サマンサがさきほど朝の挨拶をしたときと同じく、不自然なほど陽気な響きを帯びていた。昨日の彼は信頼できる友人に思われた。けさはまるで見知らぬ他人のようだ。

確かに他人ではあるが。

昨日はこの大胆な逃避行に熱っぽい興奮を覚えたサマンサだが、それがゆうべのうちに、吐きそうな不安に変わっていた。眠りが浅いのに加えて、不気味な悪夢にうなされどおしだった。けさは恐怖に押しつぶされそうで、自分が現実に囚人となり、一〇人以上の獰猛な牢番の目を盗んで脱獄しようとしているような気分だった。そして、紳士と二人きりで馬車の座席に腰を下ろしたいまは、ろくに口も利けず、彼の目が強く意識された。

どうしよう、ウェールズ南西部の海岸に出てわたしのコテージに着くまで、これから何日も二人だけで過ごすことになる。それと同じ数だけの夜が待っている。サー・ベネディクトはわたしがメイドを連れてくるものと思っていた。メイドがいれば、多少は世間体をとりつくろうことができる。彼にはもちろん、従者がついている。

サマンサはまたしても吐きそうになった。

「空腹ではありません、サー・ベネディクト」両手を膝の上で重ね、背筋をまっすぐ伸ばし、背中のクッションにはもたれずに、サマンサはきっぱりと言った。貴婦人にふさわしい姿勢と態度で通せば、奇跡が起きて、はしたない点をすべて消し去ってくれるかのように。

御者がステップを片づけ、カチャッと音を立てて扉を閉めてから御者台にのぼった。クイン氏も反対側から乗りこんで、ほどなく、馬車が揺れながら動きだした。

それはサマンサが人生最大のパニックに襲われた瞬間だった。「止めて」と御者に叫びたいのをこらえるために、唇をきつく噛まなくてはならなかった。

サー・ベネディクトが首をまわして彼女をじっと見ていた。馬車の座席がこんなに狭いなんて、サマンサはこれまで一度も意識したことがなかった。二人の肩が触れそうだ。おたがいの顔が近すぎて落ち着かない。しかも、ブランブル館を出たときに比べると、あたりが明るくなっている。身を隠す暗がりはどこにもない。

「考え直す気になったのでは？」サー・ベネディクトが訊いた。「ひきかえしたいなら、まだ遅くはありませんよ。ブランブル館にあなたをこっそり送り届けても、召使いたちはあなたが犬と早朝の散歩をしていたのだろうと思うだけで、まさかこんな大胆な行動に出る気だったとは考えもしないでしょう。このまま戻ることにしますか？」

この言葉にサマンサは分別をとりもどした。

「ぜったいいやです」断言した。「何があっても戻りません。自由になるために、わたしが行けるただひとつの場所へ行くつもりです。舅の意のままにおとなしく暮らすのではなく、自由に生きていきたいんです。同行するのを躊躇なさっているのなら、もちろん――」

「いや、それはありません」

「申しわけなくて」サマンサは彼に言った。「スコットランドへ行くご予定だったのに」

「旅に出る予定だったのです。そして、こうして旅に出ようとしている。はるかなウェールズまであなたを一人で行かせることはできないし、そのつもりもありません」

「またそれね。わたしに向かって〝……してもいい〟とか、〝……するな〟とか。あなたと夫婦でなくてよかった。横暴な夫になりそうですもの」

「自分の妻をどうやって守るかぐらいは知っておきたい」サー・ベネディクトはこわばった声で言った。「たとえ妻の意に反することであろうとも。それから、夫婦でなくてよかったという思いは、ぼくのほうがはるかに強い」

サマンサは唇をすぼめた。

「ウェールズまでずっと口論が続くとしたら」彼がさらに続けた。「じつに興味深い旅になるだろう。とくに、ロブランド・パークを出て、まだ一キロか二キロしか進んでいないのだから」

「たぶん、言葉を交わさなければ、口論にもならないと思います」

そう言うと、サマンサは顔を背け、身体も軽くまわして、窓の外を過ぎていく景色を眺めることにした。背後の沈黙からすると、彼もたぶんそちら側の窓で同じようにしているのだろう。

三〇分ほど過ぎたようだ。もっとも一時間ぐらいに感じられたが。あるいは、三時間ぐらいにも。同じ姿勢を維持し、顎が下がったり目が閉じたりしないようにするのが、だんだんむずかしくなってきた。思いきり身体を伸ばして熟睡し、たまにいびきまでかいているトランプが羨ましかった。やがて、集中力がとぎれた瞬間にサマンサは思わず大きなあくびをし、たちまち恥ずかしくなった。

「どうやら、ゆうべはあまり眠れなかったようですね」

「少しうとうとした程度で……。心に重くのしかかることがありすぎたものですから。人生を一変させる大きな冒険に出るなんて、日常的に起きることではありませんもの。とにかく、女にとっては」

「また、あらゆる男がほかの誰かの未亡人を連れて、家族と友人にひと言の断わりもなくこっそり逃げだすわけでもありません」サー・ベネディクトがそっけなく言った。「ボンネットをはずしてクッションに頭を預けてはどうでしょう？　ついでに背中も預けてみては？　ぼくがさっき馬車に乗りこんだとき、あなたがつんとすまして堅苦しい雰囲気だったので、一瞬、ご自分のかわりに義理の妹さんを乗せたのではないかと思ったほどでした。馬けまだまだ元気いっぱいですから、交換の必要が生じる前に、かなりの距離を走ることができるでしょう。あなたの犬が美容のための睡眠を奪われる心配はありません」

「ただ、〝さ〟で始まる言葉はおっしゃらないでください。そのあとに〝ん〟と〝ぽ〟が続く言葉はとくに。犬がどれだけ耳聡《ざと》いか、すぐに思い知らされることになるでしょう」

サマンサは彼の助言を受け入れることにした。目をさましているのがますますむずかしくなってきたため、そうするしかなかった。顎の下で結んでいたリボンをほどき、ボンネットを脱いで膝に置いた。心ひそかに安堵のため息をつきながら座席にもたれた。二、三分だけ目を閉じることにしよう。

目を閉じた瞬間、彼の存在がさらに強く意識された。肌が触れあっているわけではないのに、身体の片側に彼の温もりを感じた。まさに男そのものの香りを感じた。革か、髭剃《ひげそ》り用石鹸《せっけん》か、そのほかの何か。ひとつひとつの香りを区別するのは困難だったが、すべてが混ざりあって、誘惑的な禁断の香りが生まれていた。前に一度だけキスをした。舌をからめる熱いキスで、うっとりさせられた。いや、その言い方では控えめすぎる。夢のようにうっとりさせられた。この人は覚えているだろうか。あれから一カ月近くになる。いえ、忘れたとは思えない。だって、この人もわたしと同じく、キスもそれ以外の機会もないまま長い歳月を過ごしてきたのだから。

いいえ、いまそんなことを考えてはならない。とくに〝それ以外の機会〟については。

気を紛らすために、よそへ考えを向けることにした。できることなら、追いかけられるのを承知している腕白坊主のようにこっそり抜けだすのではなく、舅宛にメモを残してくるべきだった。追っ手がかかるだろうか？　でも、わたしがどこへ行くのか、どんな手段で旅をするのか、誰にもわからないはずだ。できることなら、兄のジョンにだけは手紙を出して、自分が元気にしていることと、あらためて長い手紙を出すことを知らせておけばよかったかもしれない。ただ、なぜそこまでしなくてはならないのか、よくわからない。ジョンが手紙をくれたことは一度もなかった。わたしが北極へ行ったとしても、ジョンはたぶん無関心だろう。できることなら、アンドリュー牧師の奥さん宛にメモを書き、教会の委員会からあわただしく抜けなくてはならない理由と、病人の見舞いに行けなくなった理由を伝えておくべきだったかもしれない。できることなら……。

このあたりで睡魔との戦いに負けてしまった。考えていたことが遠くへ流れ去り、頭が徐々に傾いて、がっしりした温かな肩に受け止められた。サマンサはそれをぼんやりと意識した。誰の肩なのかもわかっていた。そこに頭を預けてはまずいこともわかっていたが、眠くてたまらないため、そこまで考えられなかった。たくましいが心地のいい肩だった。頭をもう少し奥へ進めて彼の肩とクッションでうまく支え、あとは馬車が走りつづけるあいだぐっすり眠りこんだ。

ベンは身じろぎもせずにすわったまま、男女の仲になることなく彼女の新しい家まで無事に行き着けるだろうかと考えていた。昨日の午後から同じことを考えつづけていた。ゆうべも眠ろうと努めながら、やはりそれを考えた。

〝……おたがいに心を奪われたのなら、二人でベッドに入って存分に喜びを味わえばすむことだわ〟

彼女がじっさいにこう言ったのだ。ベンが愚かにも結婚の申込みをしたあと、自分名義のコテージがあることを彼女が思いだす前に。しかし、自分に家があることを忘れてしまう者が世の中にいるのだろうか？

男女の関係にはなりたくなかった。いや、本当はなりたかった。なりたいに決まっている。いまこの瞬間に服をすべて脱いで凍えそうな湖に飛びこんだとしたら、湖の水が蒸気に変わっても、少しも驚きはしないだろう。考えてみれば六年以上になる。しかも、彼女は美人で、豊満で、手を伸ばせば届くところにいる。

しかし、男女の関係にはなりたくなかった。まず、一緒に行くことにしたのは彼女を危険から守るためであって、彼自身が誘惑するためではないからだ。それに、誰かと深い関係になるのを恐れる気持ちもあった。自分のありのままの姿を女性に見られるのはいやだし、不自由な点が多々あるに決まっているから、それを見られるのもいやだった。だが、一カ月前のキスで性の欲望がいっきによみがえって以来、生涯にわたって禁欲を貫くことが自分にできるかどうか疑問に思いはじめていた。しかし、彼女にだけは自分の姿を見られたくなかった。向こうは完璧な肉体を備えているのに、この自分は……そう、完璧にはほど遠い。それだけではない。夫を亡くしたばかりの女性とこんなに早く関係を持つなんて、正しいこととは言いがたい。

だが、ここに彼女がいる。温かな肌に無防備な寝顔。こちらの肩と座席のクッションのあいだに頭を埋め、片方の腕をぼくの腕に通し、手袋をはめていない手をぼくの腿に置き、指を開いている。小指がぼくの股間すれすれのところにある。誰かが熱帯の空気を馬車に送りこんできたような気がする。しかも、彼女のほうは何も気づいていない。

ベンはほかのことを考えようと努め、不意に、今日の午前中にロンドンへ発つつもりでいたことを思いだした。ヒューゴの結婚式には結局出られない運命だったのだ。招待状の返事も出していなかった。六人の仲間がロンドンに集まる光景を思い浮かべて、孤独感に近い後悔の波に襲われた。ベンの欠席を誰もが残念がるだろうが、イングランド北部でベアトリスの屋敷に滞在中だと思うはずだ。

マッケイ夫人はどことなく甘い香りがした。クチナシの香り？　じつを言うと、ベンは女性の香水にあまり詳しくないが、これは独身男の五感を惑わすために特別に調合されたものに違いないと思った。

ベンの視線が下に落ち、すんなりした彼女の手を通り過ぎた。ズボンとヘシアンブーツに包まれた彼の脚はごくふつうに見える。しかし、馬を替えるために馬車が止まったら――もうじきそのときが来るが――ふつうではないことが明らかになる。砂利敷きの宿の前庭に降り立つのに、ふつうの男より長い時間がかかり、次に、痛みをこらえ騎士道精神を発揮して、馬車を降りるマッケイ夫人に手を貸そうとする。これがもし、ご自由にどうぞと夫人に言うとしたら、彼女はきっと彼の助けを借りずに馬車を降り、さっさと宿の喫茶室に腰を下ろすことだろう。宿に入るときも、ベンは彼女に腕を差しだすことができない。杖で脚を支えるために両方の腕が必要だから。彼女はきっと、のろい足どりをベンが意識せずにすむよう、自分の歩調をゆるめることだろう。

旅のあいだ、いったいどちらがどちらの付き添いになるのだろう？

だが、それが現実で、変わることはけっしてない。ぼくは現実を受け入れようと自分に誓った。そうだろう？　脚が不自由だ。わずかに歩ける程度だ。だが、脚が自分のすべてではない。昔と違い、ほかの男たちと違って、自由に動くことはできないが、それだけで自分の人生の価値がなくなったわけではない。この事実を全面的に受け入れるまでにどれぐらいかかるのだろう？

向かいの座席に目をやった。不細工な犬が不格好に身体を伸ばして眠っている。彼女はこの犬を愛している。不細工でも、不格好でも構わずに。

ベンは一人で低く笑った。

どういう風の吹きまわしでこんな厄介なことになってしまったのか？　来年の春になって、この冒険のことを――と言うか、災難のことを――語ったら、〈サバイバーズ・クラブ〉の仲間はなんと言うだろう？

彼をからかうのを今後一〇年ぐらいやめないだろう。


旅をするのはベンにとってもっとも苛酷なことのひとつだった。それなのに、人生の生き甲斐が見つかるまでしばらくのあいだ旅に出ようと決心したのだから、皮肉なものだ。ただ、自分の身体の状態をよく承知しているので、どこまで無理が利くかも勘でわかる。いつもなら、一度に移動する距離を短くし、目的地に着くのにほかの者の倍の時間をかける。観光だけが目的で旅をするときは――もうじきそうする予定でいるが――身体を休める日をひんぱんにはさむことにしている。

だが、今回の旅行は違っていた。まさか追っ手がかかるようなことはないだろうが、それでも、最初の一日か二日のうちにブランブル館からできるだけ遠ざかっておくのが賢明だと思われた。いつなんどき、マッケイ夫人の顔を見知っている相手に出会うかわからない。それに、一刻も早くこの旅を終わらせることが彼自身のためでもあった。石でできている男ではないのだから。

一日目が終わるころには、どうすればじっとすわっていられるか、どうすれば言葉を交わすときに笑みを絶やさずにいられるか、もしくは、少なくとも興味ある表情を浮かべていられるか、ベンにはわからなくなっていた。また、最後にどうやって馬車を降りればいいのかもわからなかった。だが、どうにかやってのけ、御者が選んだ宿の帳場で宿泊代を払うあいだ、立っていることもできた。部屋はひとつがサー・ベネディクト・ハーパー少佐、もうひとつが彼の戦友の妻で未亡人になったばかりのマッケイ夫人のためだった。それから、二人の召使いが泊まる部屋と、トランプのための犬小屋も頼んだ。

別に説明する必要もなかったのにと思った。宿の主人にとっては、宿泊客二人の関係などどうでもいいことだ。ベンは黒いベールをかぶったマッケイ夫人を彼女の部屋までエスコートし、予約しておいた個室でこのあと一緒に食事をとることにしてから、彼の部屋のベッドに倒れこんで片方の腕で目を覆った。

痛みに耐えることにかけては年季が入っていた。痛み止めはめったにのまないし、痛みに負けてぐったりしたり、ベッドにひきこもったりすることもない。これが彼の運命で、この先もずっと変わらない。痛みを抑えるために彼にできるのは、激痛をもたらす行動を避けることだけだ。例えば、馬車に揺られて長時間の旅をするとか。

五分もしないうちにクインがやってきて、無言でベンのブーツを脱がせ、こわばった筋肉のマッサージと関節をほぐす作業にとりかかったので、やがて、ベンもほっと息がつけるようになった。

「あちらはこのことをご存じなのですか」クインが訊いた。

「まさか。知るわけないだろ」

サマンサとベンは今日一日、無理にでも会話を続けようとした。じつのところ、しばらくすると、そう苦労せずに言葉が交わせるようになった。それはベンが前にも気づいたことだった。彼女は話のしやすい相手だ。彼が質問すればかならず答え、次に彼女のほうから質問する。会話を独占することもなければ、彼一人にずっとしゃべらせることもない。おたがいの子供時代の思い出を話した。マッケイ夫人は母親と一緒に草むらで裸足になって踊ったことや、村の子供たちと川で水しぶきをかけあったり泳いだりしたことを思いだした。ベンはケネルストンの湖で泳いだことや、猟番のところの息子二人と木登りをしたり、猟番がベンも含めてみんなに作ってくれたおもちゃの木刀で剣戟《けんげき》ごっこをしたりしたことを思いだした。

ときには心地よい沈黙に包まれたまま、自分だけの思いに浸り、左右の窓を流れていく景色をそれぞれ見ていることもあった。

「馬車の速度を少し落とすよう提案なさってもいいのではないでしょうか？」クインが言った。「いまのような急ぎ方を見たら誰だって、夫人が未成年の乙女で、無一文の男がその乙女を誘拐して、グレトナ・グリーンへ連れていこうとしているのだと思いこむでしょう。あそこなら簡単に式が挙げられますからね」

「で、ぼくは頭が悪すぎるため、乙女を逆方向へ連れていこうとしているわけかい？」

「あちらの荒野に着く前に、脚がだめになってしまいますよ」クインはそう言って、顔の向きをさっと変えた。ベンが推測するに、たぶん、ウェールズ南西部の海岸地方を示しているつもりなのだろう。

「大丈夫だよ」ベンは言った。「三〇分だけ休ませてくれ、クイン。そのあとで晩餐の着替えを手伝ってほしい」

従者はぶつぶつ言いながら出ていった。ベンが初めて出会ったとき、彼はスタンブルック公爵が住むペンダリス館で馬番として働いていた。激痛のなかにあった最初の日々のあいだ、必要な洗顔や着替えや治療のためにベンを別の場所へ運んだり、身体の向きを変えさせたりするときに、痛みのあまり彼を失神させるような事態を招く心配がないのは、この馬番だけだった。ベンがクインを自分の看護係にし、次に従者にしたとき、公爵はわざとぼやいてみせた。

一時間後、まずまず元気を回復したベンは階段を下りて食事用の個室へ向かった。ドアをあけた瞬間、きっと部屋を間違えたのだと思った。食事のために用意されたテーブルの脇にマッケイ夫人が立っていた。水色のモスリンで仕立てた袖の短いハイウェストのイブニングドレス姿だった。黒に近い髪は凝った形にして高く結いあげてあった。

ベンはその場に釘付けになり、呆然と彼女を見つめた。

「ど、どういうことです？」用心も忘れてあわてて一歩踏みだし、背後のドアをしっかり閉めた。

マッケイ夫人は両方の眉を上げた。「喪服はすべてブランブル館に置いてきました。今日着ていたものを除いて。二度と着るつもりはありません。レイランド・アベイのほうで勝手に誂えてブランブル館に送ってきたのです。わたしにひと言の相談もなく、仕立屋の仮縫いも省略して。趣味が悪くて、個性がなくて、サイズも合わず、しかも、若くして亡くなった夫に対するわたしの深い悲しみを表わすものではありませんでした。世間体をとりつくろうための、わざとらしい飾りに過ぎなかったのです。無意味なお芝居をこれ以上続ける気はありません。わたしの人生のその部分はすでに終わり、次の人生が始まったのです」

ベンはもう一歩前に出た。「忘れたのですか？　ぼくたちは軍の少佐とその戦友の未亡人として旅をしているのですよ。そんな装いを宿のなかで誰に見られたのです？」

「そんな装いとは？　娼婦のようだとおっしゃりたいのね」

ベンは不機嫌に答えた。「夫ではない紳士と旅をしている若い貴婦人のようだという意味です。さあ、誰に見られたのです？」

夫人の頬が紅潮していた。「宿の主人がこの個室に案内してくれました。ほかにも二、三人いました。とくに注意して見たわけではありませんけど」

「宿の主人の注意をひいたに違いない。困ったものだ。あなたはメイドを連れてもいない」

「もう一緒に行くのはいやだとお思いなら、サー・ベネディクト……」夫人が言いかけた。

「馬鹿なことは言わないでほしい」ベンは彼女にぴしっと言った。「とりあえず明日からは、夫婦として旅をすることにしましょう。解決法はそれしかない」

「ふざけないで」

「あなたは明日からレディ・ハーパーになる。いや、貞操についてはご心配なく。宿に泊まるときは部屋を別々にとりますから。怪我のせいでぼくが不眠症に悩んでいるため、寝るときは一人でないとだめだと言って。もっとも、部屋を別にとる理由を説明するよう求められることはないと思いますが」

「サー・ベネディクト、ずいぶん堅苦しい方なのね。もちろん、横暴でもいらっしゃるし」

「ぼくがそのようにふるまうのは、あなたの評判を考えてのことです。それと、明日からはベネディクトとサマンサと呼びあうことにしましょう。夫と妻として」

「わたしが一生涯喪服をまとっていれば、あなたはご満足なのね」

「八〇歳になるまで毎日真っ赤な服を着てもかまいません。あなたが無事にコテージへ運ばれ、ぼくが一人で旅立ったあとであれば」

「運ばれる？　まるで厄介な荷物みたい」

ベンの背後のドアが開いて、宿のメイドが夕食をのせた大きなトレイを運んできた。

「ねえ、こちらに来ておすわりになって」マッケイ夫人がベンに言った。「ずいぶん痛そうだわ」

ふん、それもみな、ドアを一歩入ったところで、彼女の姿を見て思わず足を止めたせいだ。しかし、一時間前に比べると、痛みはかなり和らいでいた。

ベンは返事もせずにテーブルのほうへ行った。

「午後からずっと痛みをこらえてらしたでしょ？」二人で食事の席につき、メイドが出ていったあとで、彼女が言った。「わたしは何も言わなかったけど。だって、あなたのプライバシーに土足で踏みこむような気がしたから。でも、言葉をかけたほうがよかったかもしれないわね。いつも痛みをこらえてらっしゃるの？」

「痛みを訴えるつもりはない。だから心配しないでもらいたい」

夫人は眉をひそめた。「マシューはいつも痛みを訴えてたわ。ときどき、もう少し我慢してくれてもいいのにと思ったほどよ。あなたはけっして痛いと言わない人のようね。その雄々しい忍耐力にも、同じように苛立ちを感じることになりそうだわ」

ベンは思わず笑いだした。

「馬車に長時間乗りつづけるのは、頑健そのものの人々にとっても、あまり快適なこととは言えないでしょ。あなたにとってはたぶん、この世で最悪のことなのね」

「最低最悪とまではいかないと思う」

「あなたの前だと、自分が利己的で思いやりのない人間のような気がしてくるわ。最初はわたしの服装、そして今度はこれ。明日はあまり遠くまで行かないようにしましょう。そのあともずっと。目的地に着くのに二週間、いえ、三週間ほどかかるとしても、仕方のないことだわ。とくに急ぐ旅でもありませんもの。そうでしょう？」

この人はそうかもしれないが……。

「ぼくに合わせてもらっては申しわけない。自分の症状にはもう慣れています。ほかの人に迷惑をかけるつもりはありません」

マッケイ夫人が彼の皿を手にして、本当の妻のように料理を盛りあわせ、二人は自分たちだけの食事のテーブルで心地よく向かいあった。

「明日からはもっとゆっくり旅をしましょう」彼女が言った。「新婚旅行ということにしてもいいわね。いかが？」

不意に彼女が浮かべた笑みには、いたずらっぽさが感じられた。だが、ベンは冗談を言うならほかの話題にしてくれればよかったのにと思った。新婚旅行だと！　やめてくれ。

「今日、馬車のなかで言われましたね、マッケイ夫人。ぼくと夫婦でなくてよかった、と。ぼくも似たような言葉を返しました。ここでもう一度申しあげておきましょう。あなたを妻にしたら苦労させられそうだ」

「苦労させられそう？」夫人はナイフとフォークを置き、テーブルに肘を突いて、握りこぶしに顎をのせた。「本気でおっしゃってるの、サー・ベネディクト？　どんなふうに？」

彼女の声は低くささやくようだったが、唇の両端がきゅっと上がり、目にはいたずらっぽい光が躍っていた。

「食事にしよう」ベンは彼女に言った。またしても全身がカッと熱くなっていた。暖炉には火も入っていないというのに。

12

　二日目から、二人は夫婦ということにして旅を続けた。このほうがいいわ、とサマンサは思った。ふたたび自分の服を身にまとい、喪服のぞっとする圧迫感を忘れられるからだった。新たに誂えた服も、最新流行の服もないが、すべて自分の好みで選んだもので、自ら仕立てたものも何枚かあり、どれもよく似合っている。ふたたびそれらを身に着けると、若さと希望をとりもどしたような気分になれた。本来の自分に戻った気がした。

　彼をベンと呼ぶことにした。その前にいつもの口喧嘩《げんか》が始まって、ベネディクトという名前には修道僧か聖人のような響きがあり、これほど不似合いな名前を持つ者はどこにもいない、と言ってしまったのだ。意外なことに、彼のほうも同意して、この名前には昔からなじむことができず、短縮形のほうがはるかに好きだと答えた。サマンサのほうは、自分が〝サム〟などという短縮形で呼ばれたら癇癪を起こすだろうと言った。彼はすぐさま、彼女を〝サミー〟と呼んで、眉をぴくっと動かした。サマンサはお返しに舌を出し、左右の目を寄せてみせた。

　子供っぽいことをすると、ひどく浮かれた気分になるものだ。二人とも最後は笑いころげていた。

旅の四日目、ワイ川を渡ってウェールズに入った。母方の先祖が暮らしてきた土地だ。血筋の半分が自分にとって意味あるものだとは思ったこともなかったのに、ついにこの地に入ったことを知った瞬間、胸に熱いものがこみあげてきて、サマンサは自分でも驚いた。

母方の身内のことはいっさい知らず、ただ、亡くなった大おばがミス・ディリス・ベヴァンという名前だったことを、母親から聞かされただけだった。身内はその人だけだと、ずっと思ってきた。

でも、もしかしたら、ほかにも誰かいるかもしれない。

いてほしいの？　だが、自分の心にそう問いかけるまでもなく、答えがノーであることはわかっていた。誰かいるとすれば、その人たちは母親のことを、そして、さらにはサマンサのことまで冷たく無視していたことになる。身内が誰もいないより、そのほうが残酷だ。

住む場所を求めてコテージへ行くことが、不意に新たな意味を帯びた。そこで彼女を待ち受けているのは、荒廃したぼろ家だけではないはずだ。長い物語があるはずだ。サマンサがあけるのをためらうパンドラの箱が。そんな箱は存在しないことを願うしかない。

ティンターン修道院のそばを通った日、サマンサは少しばかり感傷的になった。彼女も、ベンも、ワーズワースがこの修道院を長い詩にしたのを読んで感動したことがあるので、馬車を止めて廃墟を見物することにした。荒れ果てた建物も、文明に毒されていない周囲の鄙びた景色も、その詩に詠《うた》われているとおりに美しく、ロマンティックだった。谷間の両側に緑豊かな丘がそびえ、そのあいだをワイ川が流れ、西側の川岸に修道院が立っていた。

旅の日々はいつしか同じ日課のくりかえしになっていた。サマンサは毎朝早く起きて、朝食前にトランプを散歩に連れていき、そのあと、疲れた馬を交換もしくは少なくとも休息させる必要に迫られるまで、二人で馬車の旅を続ける。午後の残りは、泊まる予定の宿の周囲を散策したり、地元の観光名所を見物に出かけたりする。居心地のいい店を見つけてお茶にする。それから、ベンがペンとインクを用意させて日記に細々としたことを書き記すあいだ、サマンサはトランプを連れてふたたび散歩に出かける。そのあとは一緒に夕食をとる時刻になるまで、それぞれの部屋で休息する。翌日の旅のことを考えて早めにベッドに入る。

この日はティンターン修道院を見物したあとで、ゆうべ勧められた丘の上の宿に部屋をとるため、ふたたび馬車を走らせた。ところが宿に着いてみると、困ったことに、空いている部屋がひとつしかなかった。広くて居心地のいい部屋ですよ――ベンのためらいを見て、宿の主人が保証した。張出し窓から谷と向かいの丘の景観が楽しめるという。

「もう少し先まで行ってみることにする。ぼくの身体が不自由なので、同じ部屋だと妻がゆっくり休めないんだ」

しかし、宿の主人の話だと、いちばん近い宿屋があるのはチェプストウとのこと。そこまで行くとなると、今日はすでにいつもより長い距離を旅してきたのに、疲れた身体でさらに進まなくてはならないわけだ。

馬車の旅がベンにはこたえることを、サマンサも承知していた。けっして弱音は吐かないベンだが、サマンサは彼の顔色や身体のこわばりを、さらには微笑までも読みとれるようになっていた。この人はどういうわけで、各地を旅して旅行記を書くなどという人生を送る気になったのだろう？　しかし、ここしばらく旅の日々が続いているのは、ひとえにサマンサのせいだった。

「今日はずいぶん馬車を走らせたわ。その部屋をとることにしましょうよ、ベン。ひと晩だけのことですもの」

「きっとご満足いただけます」宿の主人が請けあった。「チェプストウからロスまでにある宿のなかでは、うちが最高の料理人を雇ってます。誰に訊いてもらってもいいです」

ベンは反論するかに見えた。だが同時に、疲労がひどく、顔色が悪かった。たぶん、修道院の廃墟を歩きまわった時間が長すぎたのだろう。

「わかった。ここに泊まるとしよう」

掃除の行き届いた趣味のいい部屋で、窓からの眺めは確かにすばらしかったが、そう広いわけではなかった。サマンサの期待に反して、肘掛け椅子も、二人用のラブシートも、ソファもなかった。そのどれかがあれば、サマンサは喜んでそこで寝るつもりだったのに。高さのある大きなベッドがでんと置かれ、床の大部分を占領していた。

でも、仕方がないわ、ひと晩だけだから——部屋に入ってすぐのところに立ち、ひどく気まずい思いで室内を見まわしながら、サマンサは思った。快活な口調で言った。「わたしがこちら側のいちばん端に寝て、あなたが向こう側のいちばん端に寝れば、あいだに象が入れるぐらいスペースができるわね」

「夜中に寝返りを打つときは、正しい方向へころがるよう気をつけないと」

「どっちの方向なの？」

サマンサが彼のほうを向いて微笑すると同時に、彼もサマンサに顔を向けて笑みを浮かべた。不意に、彼女のいまの言葉が火の文字となって二人のあいだの宙に浮かんでいるかに思われた。

冷静さをとりもどして、彼が言った。「夜中に起こされたら、象が怒りだすだろうな」

「そうね」サマンサは窓辺へ行った。部屋のなかで最高にすばらしいのはこの窓だ。

「やっぱりチェプストウまで行ったほうがよかったかな？　いまからでも遅くないぞ」

「いいえ、無理よ。いまにも倒れそうなお顔だわ。今日は強行軍だったから。わたし、下へ行って、トランプの寝る場所をちゃんと用意してもらえたかどうか見てくるわ。クインさんに声をかけて、ここに来るよう言っておくわね」

ベンは反論しなかった。

サマンサは犬と一時間ほど過ごした。最初は清潔な藁《わら》の上で顎につくぐらい膝を曲げて両腕で抱えこみ、犬と一緒にすわりこんだ。次に、寝る前の用足しをさせるために、犬を散歩に連れて出た。

どうにか仲良く旅ができるようになってきた――サー・ベネディクトと。いえ、ベンと。二人で語りあい、笑い、沈黙に浸ることができる。彼には機敏に歩けず遠くへも行けないというハンディがあるが、それでも二人で少しは観光を楽しむことができる。でも、彼は男。その事実にわたしが無頓着だとしたら、生身の人間とは言えないだろう。一度はキスをし、想像の世界で熱気球に乗って空へ舞いあがり、上空の冷気から身を守るために二人で毛皮にくるまった仲なのだから。

日中、狭い馬車のなかで一緒にすわっていると、彼の男っぽさを無視するのがときに困難になる。朝までベッドを共にしたら、どんな気持ちになるだろう？

階段の踊り場で必要もないのに大きな音を立て、ドアの取っ手をまわすのにゆっくり時間をかけて、サマンサが部屋に戻ったときには、ベンはすでに晩餐のための着替えをすませ、ベッドの端に腰かけて読書をしていた。本を脇に置いて腰を上げた。いつもより楽に立ちあがったことにサマンサは気がついた。たぶん、ベッドの位置が高いからだろう。

「きみに部屋を明け渡して、階下《した》のダイニングルームで会うとしよう」

「ええ、そうね」

ベンは黒と白の格調高い晩餐用の装いだった。こんなに魅力的でなければいいのにとサマンサが思いたくなるほどだった。

サマンサは緑色の絹のドレスに着替え、実家の父が結婚祝いに贈ってくれた真珠のネックレスをかけた。

二人が一階に下りたとき、宿にひとつしかない食事用の個室にはすでに先客がいた。しかしながら、広いほうのダイニングルームにいる客はわずかで、しかもテーブルが離れているため、会話に神経を遣う必要はなかった。料理はすばらしかった。少なくとも、そんな気がした。じつを言うと、料理に注意を向ける余裕がなかった。会話をうまく進めるのに必死だったのだ。油断するとすぐに話がとぎれてしまい、いくら話題を考えだしても、片方が質問し、相手がひと言で答えるのが精一杯だった。

ああ、寝室を共にしなくてはいけないだけで、なんと大きな違いが生じるのだろう。こんな悩みを抱えた夜はこれまで一度もなかった。ここまで深刻に悩んだことはなかった。

「食事用の個室が空いていれば」ついに彼が言った。「椅子があるはずだから、ぼくがそこで一夜を明かせばよかったのだが」

「あなたにそんなことをさせるぐらいなら、あのままチェプストウまで行ったほうがましだったわ。椅子で寝るのはわたしに任せて」

「馬鹿な。そんなことはぼくが許さない」

「じゃ、わたしもあなたがこちらの行動に口出しするのは許さない」

「またしても口論かい？　だけどね、サマンサ、レディを食事用の個室の椅子で寝させて、自分は景色のいい部屋の贅沢なベッドで眠るなどという紳士はどこにもいないんだよ」

「ああ、景色ね。忘れてたわ。では、今回にかぎって、あなたの好きなようにさせてあげます。ただし、理論的な点をひとつ。食事用の個室は空いていないから、そこの椅子で夜を明かすなどという気高い行動に出ることは、二人のどちらにもできないのよ」

「では、二人で景色を楽しむことにしよう」

サマンサは微笑し、彼はくすっと笑った。一瞬、その顔にサマンサは見とれた。実の父親のことは大好きだったが、冗談を言ったり、ふざけあったりしたことは一度もなかった。口論したことすらない。また、婚約時代と新婚数カ月のあいだはマシューと一緒に笑ったはずなのに、二人で楽しむためにわざとくだらないことを言いあった記憶がまったくない。

ベン・ハーパーのことが好きだとふと思った。ときたま、この人への怒りが爆発することもあるし、せつない思いに胸が熱くなることもあるけれど。彼が去ったあとで、たぶん恋しくなるだろう。

「夫には愛人がいたの」サマンサは唐突につぶやき、自分でも驚いてベンを見つめた。なぜこんなことを口走ってしまったの？　ナイフとフォークを置き、テーブルに前腕をのせて、彼のほうへ身を乗りだした。「わたしと出会って結婚したときには、愛人とのあいだにすでに子供が一人いた。そして、新婚一カ月のあいだに、次の子ができた。それを知ったわたしは、夫に愛されていないからだと思ったわ。新婚の床で夫を満足させられなかったんだって」

サマンサは自分の言葉に愕然として、彼を見つめた。ほかの食事客に聞かれる心配がないかどうか確かめるために、あたりをこっそり見まわした。

彼はナイフからフォークへ視線を移し、その視線をナイフに戻してから、両方を皿の上に置いてサマンサと同じ姿勢をとった。おたがいの顔の距離が近くなった。

「すると、きみは六年以上も、自分が性的に未熟だと思いこんできたわけだね」

サマンサは自分の頬から炎が立ちのぼるのを薄々覚悟した。

「いいえ」と答えた。「どうして尊敬もできない男にわたしの魂を押しつぶされなくてはならないの？　結婚して四カ月目には、夫に対する尊敬の念は消えていたわ。赤の他人にこんな告白をするなんて、ずいぶんはしたないことね。そう思いません？」

「ぼくは赤の他人じゃないつもりだが。しかも、さらに他人ではなくなろうとしている。同じベッドの両端から落ちそうになりながら、いまから一夜を過ごすのだから」

「愛人をお作りになったことはあるの？」

「長続きする愛人を？　一度もない。子供を持ったこともない。たとえ愛人がいるとしても、ほかの誰かと結婚することになったら、愛人との仲は清算するだろう。そして、妻以外の女と関係を持つことはないだろう。けっして」

「大佐の姪御さんって、きれいな方だったの？」

ベンは考えこんだ。「可憐なタイプだった。小柄で、優美で、にこやかで、えくぼが可愛くて、波打つ金髪を縦ロールにし、大きな青い目をしていた」

「そういうお嬢さんならきっと、あなたについて戦地へ行くのをいやがったでしょうね」

「いや、すでにおじさんと戦地へ行った経験があった。見た目は陶製の人形のような人だったが、じっさいには男勝りの性格だった」

「その人を失って悲しい思いをなさったの？」

「いや、少なくとも二年のあいだ、彼女のことはほとんど考えなかった。すでに、結婚しなくてよかったという気になってたんだ」

「たぶん、その方がぽっちゃり太ってしまったのね。小柄な金髪美人はそうなりがちだわ」

ベンは笑いを含んだ視線をサマンサに向け、テーブルの向こうから手を伸ばして、彼女の手の片方を両手で包んだ。

「サミー、きっと嫉妬してるんだね」

「嫉妬？」サマンサは手をひっこめようとしたが、ベンにさらに強く握りしめられた。「なんて馬鹿なことを。それから、名前を縮めて呼ぶのはやめてほしいとわざわざお願いしたのに、どうしてサミーなんてお呼びになるの？」

「ぼくがほしいんだね」

「ふざけないで」

彼の目は笑っていたが、サマンサは胃がきりきりと締めつけられるのを感じた。そんなの嘘よ。ええ、もちろん嘘。でも、この人も本気で言ってるわけではない。わたしをからかってるだけ。わざと怒らせようとして——そして、成功している。

「きみはきっと、ベッドのなかで自分が巧みだということを証明したいんだ」

「まあっ！」サマンサは礼儀も忘れて思わずあえぎ、握られていた手を乱暴にひっこめるなり立ちあがった。「失礼な。まったくもう、なんて失礼な人なの」

声を低く抑えることだけはどうにか忘れずにすんだ。

「亡くなったご主人に対する尊敬の念は消えたかもしれない。また、ご主人の裏切りに魂を押しつぶされることを拒んできたかもしれない。だが、ご主人のせいで、きみは自分の想像以上に傷ついてしまった、サマンサ。ろくでもない夫だね。いつの日かきっと、女としてのきみの魅力が証明されるだろう。だが、今夜ではない。同じベッドで寝ることになったが、ぼくはぜったい手を出さないから安心してほしい。約束する。きみに襲いかかるようなことはしない」

サマンサは落胆したと言ってもいいほどだった。

「そろそろ二階の部屋に戻ったらどうだい？　きみは食事を終えたようだから。ぼくはもうしばらくここにいる」

サマンサは反論もせずにダイニングルームを出た。またしても彼が命令したと言って文句を並べてもよかったのだが。

〝ろくでもない夫だね〟

〝女としてのきみの魅力が証明されるだろう〟

〝きみはきっと、ベッドのなかで自分が巧みだということを証明したいんだ〟

〝ぼくがほしいんだね〟

二人はこれから同じ部屋で一夜を明かす。

ポートワインを飲みながら、ベンは考えた――ヒューゴに手紙を出しておくべきだった。それから、ケネルストンに住む弟のカルヴィンにも。できれば姉のベアトリスにも。サマンサがブランブル館から姿を消したことと、彼が同じ日の早朝にロブランド・パークを去ったことは、すぐさまベアトリスの耳に入るはずだ。姉は二つを結びつけて考えるだろうか？　だが、たとえ結びつけたとしても、姉がその疑惑を人に話すことはないだろう。

姉のほかにも、結びつけて考える者はいるだろうか？　おそらくいないはず。サマンサと一緒のところを人に見られないよう、極力気をつけてきたのだから。通りいっぺんの顔見知りという以上の関係だったことは誰も知らないし、ぼくがもうじきロブランドを去る予定だったことは村のみんなが知っていた。

もちろん、いまから手紙を書いてもいい。宿の者に便箋とペンを頼み、二階へ行く前に、三人に宛てて書けばいいのだ。しかし、気が進まなかった。煙のように消えてしまうことにはどことなく誘惑的なものがあった。誰にも説明する必要がないまま、好きなところへ行き、好きなことをすればいい。もちろん、これまでもずっとそうしてきた。しかし……完全に自由になって、この冒険に身を委ねたかった。友人や身内に背後で激励もしくは非難の言葉をつぶやかれるのはごめんだった。

ダイニングルームでぐずぐずと時間をつぶし、ベッドにもぐりこんで少なくとも眠ったふりをする機会をサマンサに提供したつもりだったのに、部屋に戻ってみると、彼女はまだ起きていた。眠ったふりをしているよう、ベンは願っていたのだが。

彼女はネグリジェ姿でベッドの上に膝を崩してすわり、裾から素足だけをのぞかせながら、両腕を上げてヘアピンを抜いているところだった。別に誘惑的なポーズではない。それなのに、ベンは呼吸が乱れてきた。

「もう眠っただろうと思っていた」

「もしくは、狸寝入《たぬき》りね。わたしが身体を丸めて、深く規則正しい息遣いを心がけていれば、あなたはわたしのそばを忍び足で通り過ぎてベッドの反対側にもぐりこみ、同じことをするつもりだったんでしょ？」

ベンはドアを閉め、錠をかけた。

「それも考えたのよ」サマンサは正直に言った。「でも、本当は眠っていないことをあなたに見抜かれ、わたしもあなたが眠っていないことを承知したまま、おたがいに相手より上手に狸寝入りをしようと必死になって、一睡もできずに朝を迎えることになりそうだったから」

ベンは笑った。

「手伝ってあげよう」ベンはそう言ってサマンサに近づき、ベッドの裾側に杖を立てかけてからとなりにすわった。「髪が鳥の巣みたいになってるよ。いや、それでは鳥を侮辱することになる」

「だって」腕を下ろしながら、サマンサは言った。「あなたのおかげで神経がピリピリして、最後の二、三本のピンがどうしてもうまく抜けないの。きっと永遠に行方不明だわ」

ベンが残ったヘアピンを捜しあててはずすと、髪が彼女の肩に流れ落ち、背中に垂れた。豊かで、艶やかで、ジプシーを思わせる黒に近い色だった。

「あなたが戻ってくる前に、きちんと三つ編みにしておくつもりだったの。食後に何をお飲みになるのか知らないけど、とにかく、宿にあるジンかポートをすべて飲んでしまうまで階下に腰を据えていることはできなかったの？」

「ぼくが飲むのはポートだ」ベンは言った。「ブラシは？」片手を出すと、彼女がベッドの横の小さなテーブルからブラシをとって渡した。ベンは指をくるっとまわしてみせた。「さあ、向きを変えて」

彼女の髪は腰までの長さで、いまにもベッドに届きそうだった。ほのかにクチナシの香りが感じられる。ネグリジェは白い木綿で、日中のドレスと同じく上品に肌を覆っていた。ただ、眠るための衣類なので、もちろんコルセットは着けていない。おそらく、それ以外のものも。そして、素足だ。ベッドの上にすわっている。

ベンはブラッシングを始めた。髪の根元から先端に向かってブラシをすべらせた。

「二〇〇回《ストローク》よ」彼女が言った。

ベンはたちまち股間がこわばるのを感じた。二〇〇回？

「毎晩」彼女がつけくわえた。

「数えながら？」

「ええ。わたしに数を教えるときに、母がこの方法を使ったの」

〝ストローク〟という言葉に〝愛撫〟という意味もあることに、サマンサはまったく気づいていない様子だった。

ベンは心のなかで回数を数えた。

「わたしは一八歳だったわ」ベンが三九回まで数えたところで、彼女が言った。「一八になったばかり。誕生日を迎えたところだったの。結婚して四カ月にもならなかった」

ベンは話の先を促そうとはしなかった。彼女が階下で始めた話の続きをしたいのなら、黙って耳を傾けるつもりだった。朝までたっぷり時間がある。それに、ペンダリス館での経験から、好きなように話をさせることの大切さを知っていた。

四五回。四六回。

「夫を熱烈に愛するあまり、わたしの愛はこの世界に収まりきらないと思ったほどよ。若いときって、ずいぶん危険な時代ね」

うん、そうかもしれない。

五一回。五二回。五三回。

「夫の愛も同じように熱烈だと思ってたわ。二人でいつまでも幸せに暮らせると思っていた。若い人間はなんて愚かなんでしょう。あの人がなぜわたしと結婚したか聞いてくれる？」

「お望みなら」五九回。六〇回。

「夫は昔から伯爵家の反逆児だったの。家族全員を憎んでたわ。とくに父親を。でも、父親のほうは息子の人生に干渉せずにはいられなかった。家柄にふさわしい嫁をもらうようにと息子に強く言っていた。伯爵から見てふさわしい嫁という意味よ。花嫁候補を何人か選んだほどなの。マシューはわたしより一一歳年上だったわ。あるパーティでわたしを紹介され、わたしが美人で、彼にのぼせあがったのを見てとった。ええ、鋭い観察眼よね！　わたしったら、情けないほど、のぼせあがってしまったの。その思いを表情だけでなく、全身で訴えかけてたようなものだった……ひと言だけ言っておくと、とにかく、憧れの念を隠そうともしなかった。情けないわね」

「きみはまだとても若かった」そうとも、いまだって二四歳になったばかりだ。「ハンサムな陸軍士官に言い寄られたんだ」

「どこまで話したかしら？」彼女が言った。ベンのほうもどこまでいったかわからなくなっていた。ブラシの回数がわからなくなったのだ。六九回？　七〇回？　「あの人はもちろん、わたしに恋をしたと思っていた。そうでなければ、わたしと結婚するはずはないもの。ただ、それと同時に、わたしと結婚すれば、父親を思いきり愚弄できると思ったのね。わたしの父は紳士階級だったけど、とくに名士でもなかった。それだけでも彼の父親は気に入らないはず。でも、マシューはわたしの母が女優で、祖父は名もなきウェールズ人、祖母はジプシー女だったことまで知った。だから、わたしと結婚したの。それが結婚の動機だったことは彼もさすがに黙っていたけど、わたしが彼の愛人の存在を知ったときに、何もかもぶちまけたわ——たぶん、悪意からだったのね。ただ、その話をしたとき、マシューは笑っていて、わたしにも一緒に笑うように言ったわ。そりゃ、マシューには愉快だったでしょう。望みがすべて叶ったんですもの。ヒースムア伯爵が激怒したんですもの。愛人のことを知ったあと、わたしがマシューを拒むようになると、彼は連隊と一緒にわたしを半島へ連れていくのを拒み、かわりにレイランド・アベイへ行かせたの。これも悪意からだった。あの屋敷にいるあいだ、わたしは下っ端の召使いよりさらに身分が低いような気にさせられたわ。でも、伯爵家の嫁として、きびしい躾を受けなくてはならなかった。当時はまだ一九にもなっていなかったのに」

ベンはブラシをベッドに置いた。

「あなたの同情を求めようとは思わない。ぜったいに。これがわたしの人生なの。もっと悲惨な人生もあるわ。わたしは飢えたこともないし、宿無しになったこともない。暴力を受けたこともないわ。子供のころ、たまに指の関節やお尻を軽く叩かれた程度で。そしていまは、自由と、おんぼろコテージと、自由を楽しむためのわずかなお金を手に入れた。それが女にとってどんなにすてきなことかわかる、ベン？　わたしは新しい人間になれるのよ」

サマンサはベッドの上で彼のほうを向き、足先をネグリジェの下に隠した。

「だったら、なぜそんな悲しそうな顔をしてるのかな？」

「悲しそうに見える？」

「たぶん、古いきみを一緒にひきずってくるしかなかったからだろう」

サマンサは眉をひそめた。「そんなことするわけないでしょ。面倒なだけなのに」

「だけど、悲しみと苦悩を知らない人間に、喜びを感じることがどうしてできる？」

「人生に喜びなんてあるの？」彼女の黒い目がベンの顔を探った。そこに答えが書かれているかのように。

ベンはもちろんあると断言しようとして口を開いた。だが、本当にあるのだろうか？　最後に喜びを感じたのはいつだった？　二、三カ月前、毎年恒例の仲間との集まりのためにペンダリス館に到着したとき？　幸せな瞬間だったが、あれを喜びと呼べるだろうか？　彼女の前でこんな言葉を使わなければよかった。心を乱す言葉だ。

自分自身の問題でもあるのだろうか？　どこへ行くにしても、古い自分をひきずっていくしかないというのは。旅に出ようと決心したのは、その事実を否定するためだったのか？　自分自身から、機敏な動きを妨げる自分の肉体から逃げだそうとあがきつづけるうちに、奇怪で不格好な人間になってしまい、自分の望む生き方ができなくなってしまったのだろうか？

「喜びはあると信じるべきだ」ベンは言った。「それと同時に、人生には生きる価値があることも信じなくてはならない」

彼女が片手を上げて彼の頬に当て、指を彼の髪にすべりこませた。ひんやりとなめらかな手だった。

「わたしったら自分勝手ね。自由と新しい人生を手にしながら、落ちこんでしまうなんて。あなたならきっと、人生に意味を見つけることができるわ」

「世界的に有名な旅行作家になりたいと思っている」ベンは微笑した。

「願いはかならず叶うわ、ベン。親切な方ですもの」

「善良で親切な人間は、その褒美に願いを叶えられ、幸せになるというのかい？」

サマンサの目に涙が光っているのを見て、ベンは驚いた。ただ、涙は頬に流れ落ちるところまではいかなかった。

「それが理想ね。人はそういう人生を歩むべきだわ。なかなかそうはいかないことぐらい、誰もが知っているけど」

ベンはブラシから手を離すと、彼女のウェストを抱いてひきよせ、キスをした。彼女もベンに腕をまわしてキスを返した。

唇がぴったり重なった。二人の息が混ざりあった。サマンサの身体は温かく、柔らかく、いい香りがして、とても女らしかった。ベンは目を閉じていても、彼女のネグリジェと、素足と、背中に流れる髪と、二人の下のベッドを意識した。全身が熱くなり、股間がふたたびこわばった。

彼女がネグリジェに隠していた足をそっと出し、ベンはいつのまにか両脚をベッドに上げて、ネグリジェの木綿地の下で豊かに盛りあがった乳房を自分の手で包んでいた。彼女の手がベンの上着の下にすべりこみ、チョッキのなかまで入ってきた。シャツの背中にその手が温もりをもたらした。

サマンサがベッドに横たわったので、彼も横になり、熱を帯びた彼女の内腿に手をすべらせた。男が女に対しておこなうのと同じ動きを、彼女の口に差し入れた舌がまねていた。乳房に彼の重みがかかっていた。

ほんの一時間前、階下で彼女に約束したばかりだ。

〝だが、今夜ではない。同じベッドで寝ることになったが、ぼくはぜったい手を出さないから安心してほしい。約束する。きみに襲いかかるようなことはしない〟と。

頭のなかに響く声を無視しようとした。〝そんな関係になってはならない〟という彼自身の声を。

顔を上げ、情熱に潤んだ彼女の瞳を見つめた。

「こんなことはやめないと」

サマンサは無言だった。

「後悔することになる」ベンは彼女に言って聞かせた。「この部屋に刺激されただけなんだ。きっと後悔する」

愚か者——彼は思った。馬鹿。

「そうかしら」彼女はため息をついた。しかし、分別をとりもどしつつあるのが、彼にも感じとれた。

「きみにもわかっているはずだ」ベンは身体を起こして、それと同時に彼女のネグリジェの裾を下ろし、杖を使わずに立ちあがった。高さのあるマットレスはじつにありがたい。

「でも、未亡人が男性と関係を持つのは、極秘にしさえすれば、世間で認められていることなのよ。マシューの連隊の方たちとおつきあいがあったころに、それを知ったの。自由というもののすばらしい使い方だと思うわ——関係を持つのは」

「ぼくと？」ベンは彼女のほうを見ようとしなかった。

「関係を持つことをわたしと同じぐらい熱く望んでいる男性と。たぶん、あなたかしら、ベン。いずれそのうちに。でも、今夜はやめておきましょう。おっしゃるとおりよ。なんだか惨めな気分になりそう」

ベンはゆっくりと息を吸った。「では、きみがベッドにもぐりこみ、ぼくが恥ずかしがらずに服を脱げるよう、すぐさま寝入ったふりをしてくれるなら、ぼくは着ているものを何枚か脱いで反対側からベッドに入ることにしよう。そして、明日からは、別々の部屋がちゃんととれる宿が見つかるまで、たとえ百キロ以上旅をするしかないとしても、延々と馬車を走らせることにしよう」

サマンサは布団にもぐりこみ、床にころげ落ちないのが不思議なぐらい端のほうに身を寄せてから、頭の上まで布団をひっぱりあげて、軽くいびきをかいてみせた。

ベンは笑みを浮かべてベッドの反対側へまわった。

「ひとつだけ問題があるわ」チョッキを脱いでいる彼にサマンサが言った。「〝いずれそのうちに〟なんて言ってたら、あなたはわたしの人生から消えてしまう」

「シーッ」彼に言われて、サマンサはふたたびいびきをかくふりを始めた。

彼がろうそくを吹き消してベッドにもぐりこみ、サマンサの反対側でできるだけ端に身を寄せた。

もし軍の士官たちの食事用テントで、今夜の行為を——というか、行為がなかったことを——うっかりしゃべってしまったなら、おそらく、大笑いされることだろう。

もっとも、彼が軍の食事用テントに足を踏み入れることは二度とない。
ベンはうっすら浮かびあがった張出し窓の輪郭を見つめた。
〝自分が軍の食事用テントに足を踏み入れることは二度とない〟
障害のある者は軍に入ることができない。

13

目をさましたサマンサがまず感じたのは暖かさと心地よさだった。久しぶりによく眠れた。やがて、眠りからさめるにつれて、それ以外のことも意識のなかに入ってきた。規則正しい呼吸のリズムに合わせて上下するむきだしの胸に、彼女の鼻が押しつけられていた。彼の身体の温もりに全身を包みこまれ、二人の身体がすでに危険なほど接近しているにもかかわらず、さらに全身をすり寄せたくなった。布団の下で、彼の片腕がサマンサにまわされていた。

二人がそれぞれベッドの端にしがみついて眠れぬ一夜を過ごすようなことは、結局なかったわけだ。

サマンサが男性と一緒に寝たのはこれが初めてだった。この〝寝る〟は、夫婦関係を持つというのとは意味が違う。マシューとのときは、結婚してから四カ月近く毎晩のように彼がサマンサのベッドにやってきたが、終わればいつも自分のベッドに戻っていったものだった。どういうわけか、いまのこの瞬間にはそうした短い交わりに劣らぬ親密さがあるように思われた。結婚生活を送ったのはずいぶん昔のことなので、本物の親密さがどういうものかを、たぶん忘れてしまったのだろう。

ゆうべはもう少しで愛を交わすところだった。最後は彼が冷静になって思いとどまった。喜んでいいのか、悲しんでいいのか、サマンサにはわからなかった。

彼は眠っていた。深い呼吸とゆったりした温かな彼の身体から、サマンサはそれを感じとった。自分ももう一度眠りたくなった。しかし、良識が邪魔をした。いま本当に必要なのは、彼が目をさます前にベッドを出ること、もしくは少なくとも、場所を移動することだ。わざと彼に身を寄せたと思われかねない。

どうすればいいか考えた。彼の腕がサマンサにしっかりまわされている。彼女の脚の片方が彼の脚の下敷きになっている。サマンサの片方の手が彼の胸を覆っている。反対の手は彼のウェストの脇にある。いま初めてそれに気がついた。外はすっかり明るくなっている。何時なのかまったくわからない。早朝かもしれないし、正午かもしれない。よほどぐっすり眠っていたのだろう。

片方の脚をどうにか自由にした。彼のウェストに置いていた手を持ちあげ、彼の胸に押しつけていた鼻をどけ、次に片手をどけた。少しずつうしろに下がって彼の腕から抜けだした。全部で五分から一〇分ぐらいしかかからなかった。彼が深く息を吸い、大きく吐きだし、それから静かになった。サマンサはもう少しうしろに下がった。ここで向きを変えれば、ベッドの端から両脚を下ろして上体を起こし、床に立つことができる。たとえ彼が目をさまして、ネグリジェがくしゃくしゃになり、三つ編みがほどけて、もつれた髪が肩から背中へ垂れている姿を見られたとしても、もう大丈夫。きっと、何も気づかれずにすんで……。

サマンサが身体を起こしたそのとき、日々の会話をするようなごくふつうの声で彼が言った。「一睡もできなかったのかい？」

「ううん、ちゃんと眠ったわ」サマンサは相手と同じく、ふつうの声で答えた。ふりむいて彼を見るようなことはしなかった。

「ぼくのせいで窮屈な思いをしたりしなかった？　ぼくが無意識にきみに触れるようなことはなかっただろうか？」

「大丈夫よ。ベッドの上は広々としてたから」

「サマンサ・マッケイ、きみは地獄で永遠の業火に焼かれるに違いない。しらじらしく嘘などついて」

サマンサは怒りの金切り声を上げ、勢いよくふりむいて彼をにらんだ。自分の枕をつかむなり投げつけた。

「紳士の風上にも置けない人ね。せめて、それぞれがベッドの両端でじっとしてたんだって信じるふりぐらい、してくれてもいいでしょ」

彼は枕を自分の胸に抱えこんだ。「夜中にふと目がさめたら、ぼくはいつのまにかベッドの真ん中に寝ていて、きみも同じようにしていた。念のために言っておくと、どちらも相手の領分を侵略したわけではないと思う。ぼくが退却して端に戻ろうとすると、きみが何やらぶつぶつ言ってぼくの腕をつかんだ。きみはぼくのことを紳士ではないと理不尽にも非難するが、じっさいのぼくはちゃんとした紳士だから、その場にとどまり、きみがぼくに身をすり寄せるのを許すことにした」

サマンサはふたたび金切り声を上げ、自分の枕を奪いかえそうとした。そうすれば、もう一度彼の頭にぶつけてやれる。

「あなたは地獄の釜でぐつぐつ煮られることになるわ。わたし、身をすり寄せてなんかいないもの。それから、ご自分でおっしゃるとおりの紳士なら、ベッドの端まで戻るどころか、枕と一緒に床に落ちてくれればよかったのに」

「きみがぼくの枕を半分占領していた。ぼくは紳士だから……」あとを続けるかわりに、ベンはニッと笑ってみせた。

サマンサは上から彼をにらみつけた。この人ったら、楽しんでる。不思議なことに、わたしも。ほんの一分ほど前には、ひどく気まずくてどぎまぎしたのに、それが……楽しみに変わっている。でも、あら、この人ったら髪がくしゃくしゃになって、小さな男の子みたい。魅力的だし。この人と愛しあったら、とってもすてきでしょうね。

「おや？」ベンが言った。「返事はないのかい？」

「だったら、わたしの枕をとればよかったのに」

「だけど、それもきみが半分占領していた」

「それは悪かったわね」サマンサはそう言って目を細めた。「だから、あなたはベッドの真ん中に横たわり、枕を半分しか使えずに、夜の残りを過ごす運命だったのね」

「文句を言ってるわけじゃない」ベンは頭のうしろで手を組んで、満ち足りた表情だった。

「枕がなくても困りはしないから」

「あら、そう」サマンサは立ちあがった。「背中を向けて、布団を頭の上までひっぱりあげてちょうだい。いまから着替えたいの。けさトランプに餌と水をやったり、庭に放したりしてくれた人は、まだ誰もいないでしょうから」

　ベンがおおげさな身振りで言われたとおりにしたので、サマンサは苦笑しながら急いで着替えをすませ、髪にブラシを当て、うなじでねじってひとつにまとめた。

「三〇分ほどしたら朝食の席で会いましょう」部屋を出ながら言った。

　ゆうべの彼女と同じように、ベンも布団の下で低くいびきをかくふりをしていた。サマンサはドアを閉めようとして思わず笑いだした。一週間のうちに人生がなんと大きく変わったことか。〝古いきみを一緒にひきずってくるしかなかったからだろう〟と、ゆうべ言われたが、いまの自分が以前と同じだとはとても思えなかった。人と一緒にいて楽しいと思ったことが、これまでのサマンサにはなかった。一緒に笑ったり、冗談を言ったりしたことも、枕を投げつけたこともなかった。

　そして、同じベッドで寝たことも。

　そして、膝の力が抜けてしまいそうな欲望を感じたことも。

　目的地のコテージに到着して彼がふたたび旅立ってしまったら、寂しくてたまらなくなるだろう。でも、それはそのときが来たら考えることにしよう。

　トランプが最高に居心地のいい小屋に少なくとも一週間ほど孤独に閉じこめられていたよ

うな顔で、サマンサに飛びついた。

二人は天候と景色の話をした。本の話をした。サマンサは夫の看病に明け暮れた五年のあいだにずいぶん本を読んだし、彼のほうも、療養に専念した歳月以来、かなりの数の本を読んでいた。また、家族や、生まれ育った家や、子供時代や、友達や、遊びや、胸に抱いていた夢の話をした。音楽の話をした。もっとも、楽器が得意だという話はどちらからも出なかった。

二人が惹かれあっているのは確かだが、その思いに火をつけるような状況や話題は用心深く避けていた。

ときには、ふざけたことを言って、無邪気な子供みたいに笑うこともあった。信じられないほど楽しかった。口喧嘩をすることもあったが、最後はたいてい冗談と笑いに変わるのだった。

泊まった宿や訪れた名所旧跡では、ほかの旅人たちと話をした。ベンは自分も旅行を楽しめそうだと思いはじめていた。これが一人旅だったら、もっと時間をかけてウェールズの南東部をまわっていただろう。炭鉱業、それに関連した運送業、金属加工業など、この地に芽生えつつある新たな産業に、ベンは大きな関心を寄せていた。いくつかまわり道をして、例えば、ロンダやスウォンジー峡谷などを訪れて、産業の実態を見てみたかった。いつの日か、もう一度この地を訪れ、絵のような美しさが中心ではない章を、自分の著書に加えることにしようと思った。だが、しばらくは無理だ。サマンサが新たな住まいに落ち着くのを見届けたら、彼女からできるだけ遠ざかるつもりだった。

「ずっと考えてたんだが」スウォンジーをあとにして西ウェールズへ向かった日の朝、ベンは言った。「きみがコテージに落ち着いたら、ぼくは来た道を戻るのをやめて、ウェールズの西海岸に沿って北上しようと思う。アベリストウィスとハーレフとスノードン山を見てから、北の海岸沿いに旅を続けるつもりだ」

彼女の黒い目が――愛らしくて表情豊かな目、ダラム州を離れてから日増しに輝きを増してきたように思われる目が――ベンの目をじっと見つめかえした。今日の彼女は春らしい淡い緑色のドレスを着ていて、若々しく、健康的で、愛らしく見える。そして、男を惹きつける魅力にあふれている。もっとも、ベンはその思いを無視しようと努めたが。

あの晩、男と女の関係にならなかったことに、ベンは感謝していた。彼女との関係に溺れたら事がややこしくなるだけでなく、自分一人が馬車で去っていくときに、大きな孤独を感じるだろう。

それとも、差しだされた喜びをつかもうとしなかったことを、後悔するのだろうか？

「北のほうの海岸でもきっと、うっとりする景色が見られるでしょうね」サマンサは顔を軽く横に向けて窓の景色を見つめた。「これまでもかなり見てきたでしょ？　海が見えてくると、そのたびにここが熱くなるのよ」握りこぶしの外側で胸のあたりを軽く叩いた。「それとも、ウェールズという土地に影響を受けているのかしら。ほとんどの人が英語を使ってるのに、まるで異国に来たような気がするの。あ、そうだわ、アクセントのせいよ、ベン。まるで音楽みたい」

「ペンダリス館も海辺にある。きみに話したことがあったかな？　コーンウォールの高い崖の上に屋敷が立っている」

「浜辺の砂は金色なの？　このあたりの海岸と同じように」サマンサは訊いた。

「そう。険しい崖の下に砂浜が広がっている。ペンダリス館に滞在しているときは、上から浜辺を眺めることしかできない。だけど、いい景色だ」

「じゃ、泳いだりしないの？」

「昔は泳いだものだ。魚のように。いや、ウナギのように。とくに、水泳禁止の場所で。ケネルストンの湖で泳ぐときは、川に近い側より奥のほうがいつもはるかに魅力的だった。川に近いほうは、子供の腰ぐらいの深さしかないんだ。そんな場所でどうして立派な魚みたいに泳げる？　いや、話がそれてしまったね」

　サマンサは彼のほうに顔を向け、一方、向かいの座席では、居眠り中の犬が鼻をくんくんさせながら、もっと居心地のいい場所を求めて顎を動かした。ベンはサマンサの表情を見て、二人の旅が終わりに近づいていることを彼女も意識しているのだと思った。

「テンビーに着いたら、いくつか変更すべき点がある」

　コテージの管理を担当している弁護士、リース氏の事務所がテンビーにあるのだ。サマンサはコテージの鍵を持っていないし、正確な場所すら知らないので、まずその弁護士を見つけなくてはならない。そのあとはすべてが変わってしまうだろう。コテージが住める状態かどうかもわからない。先へ進む前にまずその点を確認だ。だが、住める状態でなかった場合にどうするかは、いまここで考えても意味がない。

サマンサが眉を上げた。「兵士に命令を下そうとする士官みたいな言い方ね。何を変更しろとおっしゃるの？」

「向こうに着いたら、きみは夫を亡くしたマッケイ夫人に戻り、ぼくは、いまは亡きマシュー・マッケイ大尉の戦友だったサー・ベネディクト・ハーパー少佐になり、死の床にあった大尉との約束によってきみのエスコート役を務めていることにしなくてはならない。それから、きみにはメイドが必要だ。二人ではるか遠くまで旅をしてきたことに対して、多少なりとも世間体をとりつくろうために」

ベンがむずかしい顔で考えこむあいだ、サマンサの眉は上がったままだった。「メイドはきみに付き従ってテンビーまで来たが、それ以上イングランドから遠くなるのはいやだと言いだした。テンビーにとどまることすら拒否した。ぼくたちが弁護士を訪ねるその日に、きみはしぶしぶながら、メイドを乗合馬車に乗せてイングランドに帰らせることにした。もちろん、コテージに越す前に急いでかわりのメイドを見つける必要がある。それから、ほかにも召使いが一人か二人必要になるだろう。家政婦、料理人、もしくは、両方の役割を兼ねる者が。小さなコテージだったら、そのほうがよさそうだな。それから、雑用係。話し相手を務めるコンパニオン」

「そんな細々したことに気を配ってくださらなくてもいいのよ、ハーパー少佐」リマンサは言った。いまは窓に背を向けて、彼をじっと見ていた。「自分でなんとかします。それに、リース弁護士が喜んで助言してくれるでしょうし」

ベンは詫びるように微笑した。「いや、やはり気を配りたい」

「どうして？　わたしが女だから？」

「ここのすべてがきみにとって新しく、なじみのないものだから。きみが一人になってしまうから」

「そして、わたしが女だからでしょ？」

ベンは反論しなかった。しかし、それだけが理由ではなかった。気を配ることが彼の務めだからだ。人を集め、計画を立て、それを指揮することが。いや、士官だった当時の務めだったと言うべきか。楽しかったし、いまでは恋しく思っている。もっとも、三年前に、もしくはそのあといつなりとも、自分自身の家屋敷の管理運営に乗りだせばよかったはずだ。

「お別れを言うときが来たみたいね」サマンサが低くつぶやいた。

「ここでなら、きみはきっと幸せになれる。早くも故郷のように思いはじめているようだし」

「そうね」しかし、彼女の目には悲しみが浮かんでいる様子だった。

〝お別れを言うときが来たみたいね〟

そう、コテージが住める状態だったら、彼女はここに落ち着くだろう。近所の家が何軒かあるはずだし、友達もできる。然るべき期間を経たのちに、善良なウェールズの男と出会って結婚し、子供を持つ。幸せに暮らしていく。ヒースムア伯爵とその一族の悪しき影響から永遠に自由になれる。

だが、ぼくがそれを知ることはいっさいない。

いや、それで構わない。彼女のことはじきに忘れてしまうだろう。向こうもぼくのことを忘れてしまうように。

ただ、いまこの瞬間は、けっして忘れられないような気がしていた。

14

　風が強くひんやりして、白い雲が青空を流れていく昼下がりに、二人はテンビーに到着した。高い崖の上にある、丘の起伏に飛んだ愛らしい町で、表通りの多くの場所から海を眺めることができる。いちばん小高い場所にあるホテルに部屋をとり、丘を下って〈リース＆ルウェリン法律事務所〉へ出かけた。二人が部屋をとっているあいだに、御者が事務所の場所を調べておいたのだ。

　ルウェリン弁護士は外出中ですが、リース弁護士でしたら、少々お待ちいただければ喜んでお目にかかります、と言われた。

　サマンサは歯医者の診察室にたったいま足を踏み入れたかのように怯えていた。彼女の人生の多くが――いや、残りの人生のたぶんすべてが――このあとわずかのあいだに起きることによって決まる。コテージが住める状態でなかったら、そのあとどうすればいいのかわからない。だが、住める状態だったら、すぐにベンが去っていく。

　なるべく考えないようにしたが、もちろん、それ以外のことはほとんど考えられなかった。彼がいないと寂しくなる。そう、ごく自然なことだ。しかし、そんな単純な理屈では、ベンの馬車が彼女を乗せずに——永遠に——去っていくのを見送ったときに襲ってくるであろう、心に大きな穴があいたような空虚な思いの説明にはならない。

再会できる機会はおそらくないだろう。

この憂鬱な思いのせいで、二度と着ないと誓った喪服にふたたび身を包んだ重苦しさがさらに強くなった。だが、顔を覆うベールは省略した。

サマンサたちが腰を下ろして三分もたたないうちに、リース弁護士が自分の部屋から出てきた。何年も前に引退していても不思議はなさそうな感じの小柄な白髪の男性で、服装もきちんとしていて、満面に笑みを湛えていた。サマンサに向かって右手を差しだした。

「マッケイ夫人ですね？　いやいや、うれしい驚きだ。それから、サー・ベネディクト・ハーパー少佐？　お初にお目にかかります」

弁護士は心のこもった握手をし、事務員にお茶のポットを運んでくるよう指示してから、彼の部屋に二人を招き入れた。それぞれに椅子を勧め、自分は大きなデスクの向こうの椅子にすわった。そちらのほうが二人の椅子よりやや高さがあることに気づいて、サマンサはなんとなく微笑ましく思った。

「大おばさまのミス・ベヴァンにはあまり似ておられませんな、マッケイ夫人」リース弁護士はサマンサに言った。「しかしながら、その姪御さんの、すなわちあなたの母上のミス・グウィネス・ベヴァンの面差しが感じられる。わたしが最後にお会いしたとき、母上はまだ少女だったが、きっと絶世の美女になるだろうと思ったものです。わざわざお越しいただけて光栄です。ミス・ベヴァンのコテージは——もちろん、現在はあなたのものですが——何年も空き家になっていて、新たな指示をいただけないものかとここしばらく考えていたのです。兄上のソール牧師から最後に連絡があったのは一年前のことでした。いつものように、あなたにかわって兄上が手紙をくださったのです。早く返事を差しあげようと思っておりましたが、お目にかかれて何よりです」

サマンサは眉をひそめた。兄がわたしのかわりにリース弁護士と事務的な連絡をとっていたというの？　父親の死後ほどなく、弁護士の手紙が兄から転送されてきたが、それを別にすれば、以後一度もそのようなことはなかった。あのとき、わたしが沈黙したままだったから、事務的な事柄を一任されたのだと、兄が勝手に解釈したのだろうか？

「コテージは住める状態でしょうか、リースさま」サマンサはここに着いてからずっと息を止めていたような気がした。

「多少は埃がたまっているかもしれません」弁護士は答えた。「掃除の者を入れるのは月に一度だけなのです。食料貯蔵室に結露が見られたので、二、三カ月前に修理の職人を行かせましたが、そう深刻な問題ではありませんでした。庭のほうは、ミス・ベヴァンが手入れしておられたころに比べると、あまり美しいとは言えません。花壇もほったらかしですが、芝生は年に何回か刈らせています。家具は少々古めかしいと思われるでしょうな。だが、最高級の材料を使った頑丈なものばかりで、覆いをかけて傷まないようにしてあります。だが、家のなかはペンキを塗り直す必要があるでしょうし、敷物はかなりすりきれています。だが、もし家の売却をお望みでしたら、現状のままでもかなりいい値で売れると思います」

「まあ。でも、わたし、そこに住みたいと思っています」

弁護士はにこやかに微笑して両手をこすりあわせた。「なんともうれしいお言葉だ。家は人に住んでもらうために造られたものだと、わたしはつねづね言っております。できれば、所有者が長年にわたって住んでくれるのが望ましい。こちらの口座に入った家賃がまだ少し残っています。家の維持管理に必要な分だけ、その口座からひきださせてもらいました。それ以外はそっくり残してあります」

「家賃の残りということですか？」サマンサは問いかけるように相手を見た。

「ミス・ベヴァンは大金持ちではありませんでした」リース弁護士はいかにもウェールズっぽい魅力的な訛《なま》りで説明した。「しかし、その父上のベヴァン氏が亡くなったとき、ほどほどの額の財産が入ったのです。それにはほとんど手がつけられていません。質素倹約を旨として生涯を送った人で、いまのままで充分だといつも言っておられました。また、あなたの母上のソール夫人は口座の金をいっさいひきだしておられません。何年ものあいだ、そのままになっていて、利子もかなりの額になると思われます」

住むことができるコテージのほかに、お金まであるの？　どうしてこれまで知らされていなかったの？　誰が知ってたの？　お父さん？　ジョン？

金額については、サマンサからは尋ねなかった。また、コテージに関する詳しいことも訊かなかった。どちらにもたいした期待はしていなかった。しかし、何も知らずにいたことが悔やまれ、悪いのは自分だろうかと考えた。自分からは何も尋ねたことがなかった。母がコテージの話をするとき、その口調が軽蔑に満ちていたため、粗末なあばら家だろうとサマンサが勝手に思いこんでしまったのだ。

しかし、コテージのほかに多少の現金もあると知って、うれしくなった。マシューが亡くなったとき、けっして無一文になったわけではないが、贅沢に暮らせる境遇ではなかった。余分なお金が何ポンドかあるなら大歓迎だ。コテージに新しい敷物とペンキの塗り直しが必要となればとくに。ベンと視線を交わすと、彼がにっこりした。

しかし、これでもちろん、ベンにいてもらう理由がなくなってしまう。彼のほうはさぞかしほっとするだろう。そもそも、わたしに責任を負う必要などなかったのだから。

事務員がお茶と皿にのったビスケットを運んできたあとで、リース弁護士からあれこれ説明があった――〝コテージは海岸を五キロほど行った先にある。フィッシャーマンズ・ブリッジという村のそばだが、あいだに砂丘があってコテージの姿を隠している。コテージの前にある浜辺は昔から敷地の一部とみなされていて、住人以外は使ったことがない。今日はコテージへ行くのをやめておくよう、マッケイ夫人に助言したい。明日もやめたほうがいい。その前に、コテージを掃除させ、芝生を刈りこませ、石炭と必要最小限の食料を運びこんでおきたいので〟

ベンのほうから弁護士に、自分は亡くなったマッケイ大尉の戦友で、サマンサのメイドは今日の朝、イングランド行きの乗合馬車で去っていった、という作り話をした。

「それはあいにくなことで」リース弁護士は言った。「では、二日ほどテンビーに泊まっていただけますか。ホテルに。ただ、マッケイ夫人の立場がいささか微妙なことになりますなあ。いくらあなたが夫人に付き添い、警護の役を務めておられても。貴婦人の体面を保つためには、紳士だけでなくメイドも必要です。わたしのほうで新しいメイドが見つけられないか、やってみましょう。大急ぎで雇い入れるのはそうむずかしくないはずです。このあたりでは、いい働き口はなかなかありませんから。とくに、若い娘にとっては」

「かたじけない、リースさん。これでぼくも気が楽になります。ご想像がつくと思いますが、あの恩知らずのメイドが、イングランドに向かうのではなくどんどん遠ざかっていくのはもう一日も我慢できないと言い張ったとき、ぼくは心配でたまらなかったのです」

嘘の上手な人ね――サマンサは思った。それにしても、〝これでぼくも気が楽になります〟ってどういう意味なの？

「ウェールズは野蛮な異教徒の住む僻地《へきち》だと思われがちです」リース弁護士がにこやかな笑顔で言った。「ときに、われわれウェールズ人もそのイメージのままで満足しています。しかし、南西部のこの地方はしばしば〝リトル・イングランド〟と呼ばれておるのです。ウェールズ語以外は使わず理解もできないという人間は、このあたりにはあまりおりません」

「でも、音楽みたいな愛らしい言語ですね」サマンサは反論した。「わたしもぜひ習いたいと思っています」

「すばらしい」リース弁護士は二人のそれぞれに笑顔を向けて、ふたたび両手をこすりあわせた。

　お茶を飲みおえると、二人はすぐに暇を告げた。

「住める状態なのよ、ベン」丘の急な坂をゆっくりのぼってホテルへ向かう馬車のなかで、サマンサは言った。「それに、お金のことを知らされて頭がくらくらしたわ。わずかな額でしょうけど。でも、〝わずかな額〟ってどれぐらい？　わたし、ひょっとして、すごいお金持ちになるの？」

「それはないだろうな。しかし、冬のあいだ暖炉で燃やす石炭を買うには充分な額だと思うよ。ウェールズのほかの地域に比べると、このあたりは温暖だという話だが、コーンウォールでのぼくの経験を参考にするなら、雨が多くて陰気な日が続くことだろう。風も強そうだし」

　今日も確かに風が強い。

「海の近くで暮らす者は、それを我慢するしかないんでしょうね」サマンサは言った。「ねえ、ベン。リース弁護士って、すごく……立派な人だわ。そう思わない？」

「もちろんさ。何を期待してたんだい？　野蛮な異教徒？　丘と同じぐらい年をとってる人でもある」

「わたしの大おばをご存じだったんだわ」

「きみはそのおばさんの名前以外、何も知らないのかい？　おばさんのことを知りたいと思わない？　それ以外の身内のことも」

「ここで暮らした日々のことを、母はほとんど話してくれなかったの。たぶん幸せじゃなかったんでしょうね。あるいは、ここの暮らしに満足できなかったのかもしれない。一七の年に家を飛びだしてロンドンへ行き、故郷には二度と戻らなかった。わたしが大きくなったら、もっと話すつもりだったのかもしれないけど、わたしが一二のときに、母は突然死んでしまったの」

しかし、知りたいと思わないのかというベンの質問に、彼女は答えていなかった。正直に言うと、知るのが少し怖かった。どんな発見があるのかと思うと怖かったのだ。母は両親に、つまり、サマンサの祖父母に見捨てられた。それだけはサマンサも知っている。もっと詳しいことを知りたいのかどうか、彼女自身にもよくわからない。

ただ、大おばは自分のコテージを所有していた。そこから少なくともひとつのことがわかる。無一文ではなかったわけだ。また、その父親が、つまりサマンサの曾祖父が〝ほどほどの額の財産〟を遺したとすれば、具体的な額はわからないながら、曾祖父もやはり無一文ではなかったことになる。しかし、大おばがコテージを購入したのは遺産相続の前のことだが、そのお金はどこから出たのだろう？　結婚は一度もしていないようだ。父親の遺産がなくても、楽に暮らしていけるだけのお金があった。コテージだけでなく、遺産の大半もしくは全額を、姪に、つまりサマンサの母親に遺すことができた。

サマンサはウェールズの親戚のことを、貧しい人たちだとずっと思ってきた。しかし、少し考えれば、大おばが無一文だったとは思えないし、何か収入があったに違いない、と気づいたはずだ。

「そうね」ため息をついて、サマンサは言った。「やっぱり、少しは知りたいのかもしれない」

しかし、馬車はすでにホテルの玄関先に着いていた。

「今日はもう休息をとって、探検は明日にしようか」ベンは提案した。「それとも――」

サマンサが彼の言葉を遮った。「あなたは自分の部屋へ行って、しばらく横になったほうがいいわ。あなたの脚が痛くなると、わたしにはすぐわかるのよ。やたらと笑顔になるから」

「獰猛なしかめっ面をしなきゃいけないようだな」ベンはそう言って、言葉どおりの顔をしてみせた。「ぼくがきわめて元気なことをきみに納得してもらうためには」

しかし、自分の部屋で休むことについては、抵抗しようとしなかった。

あさってには――自分の部屋のドアを閉めながら、サマンサは思った――自分の家に移ることができる。新たな人生が本格的に始まる。そして、ベンはウェールズの西海岸を北へ向かって出発し、彼自身の新たな人生をスタートさせる。

ああ、魂がこれほど高揚すると同時に、これほど落ちこむことが、果たしてあるのだろうか？　トランプを散歩に連れていって、そうしたことから心を切り離したほうがいい。

二時間後、部屋に戻ったサマンサが窓辺に腰を下ろして、海を眺めるのと本を読もうとするのを交互にやっていたとき、ドアにノックが響いた。ドアをあけ、向こう側にベンがいるものと思って笑みを浮かべた。ところが、そこに立っていたのは、濃い色の髪と青い目をした痩せっぽちの少女だった。

「リースさんとこの事務員の人から、ここに来るように言われました。マッケイ夫人のメイドになって、着るもののお世話をしたり、洗顔用の水を運んだり、髪を梳《す》いたり、とにかく命じられたことはなんでもやるようにって。もし雇ってもらえるのなら。でも、あたし、働き者だし、それはリースさんも保証してくれます。だって、うちの母さんの妹がリースさんの奥さんのいとこの家で働いて五年になるけど、問題を起こしたことはいっぺんもないですから。お願いだから雇ってください。後悔はさせません。お望みどおりなんでもします。それに、雇ってもらえなくても、とにかく今夜だけは奥さまのお世話をするようにって事務員の人に言われてるんです。だって、これまでメイドをやってたイングランド人の馬鹿な女の子が、ウェールズが好きになれないからって、今日の朝、奥さまを見捨てて乗合馬車で向こうに帰ってしまったんでしょ。けど、ウェールズのどこが気に入らないんでしょうね。まったくもう。イングランドよりこっちのほうが百倍もいいに決まってるのに。あっちには景色を楽しめるような山もモグラ塚もないし、みんな、歌は下手くそだし。でも、とにかく、奥さまがメイドも連れずにホテルに一人で泊まるなんてよくないですよ。いくら、亡くなったご主人の友達で、サーの称号のある少佐さまが護衛のために付き添ってて、もちろん部屋は別々にとってらっしゃるとしても……あの、どうか雇ってもらえませんか？　お願いします」

少女が一度でも言葉を切って息継ぎをしたのかどうか、サマンサにはよくわからなかった。熱意と不安で少女の目が大きくなっていた。

「あなたのほうが有利な立場にあるわけね」サマンサは言った。「わたしの名前をご存じですもの」

「あ、いけない。グラディスっていいます、奥さま。グラディス・ジョーンズ」

「で、お年は、グラディス？」

「一四です、奥さま」少女は答えた。「長女なんです。下に七人いて、まだ誰も働いていません。奥さまに雇ってもらって、食費の足しにって父さんに少しでもお金を渡すことができたら、すごくありがたいです。あたし、働き者なんですよ。母さんがそう言ってて、あたしが奉公に出たら寂しくなるとも言ってますけど、あたしのかわりはセリスがちゃんとやってくれると思います。いい子で、一三になったばかりで、あたしと同じぐらい背丈があるんです。でも、住込みのメイドはいまのところ必要じゃないかもしれないから、通いで来てほしいとおっしゃるなら簡単にできます。あたし、家がフィッシャーマンズ・ブリッジにあって、奥さまが引っ越される予定のコテージまで歩いてすぐですもん。うちの母さんがあと二、三週間でお産だから、ゆりかごに赤ちゃんが寝るようになるまで、あたし、夜はとにかく母さんについててあげたいんです。そのあとなら喜んで住込みのメイドになれます。けど、奥さまがお望みなら、いますぐ住込みになってもいいですよ。ただ、毎日、一日の半分だけ時間をもらって、母さんに会いに行って、できるだけセリスを手伝ってやりたいです」

サマンサは少女を部屋に通すためにあとずさった。

「じゃ、試しにしばらく働いてもらうわ、グラディス。あなたのほうも気持ちよく働けるかどうか、様子を見てちょうだい。それから、当分は夜までいてもらわなくても大丈夫だと思うわ」

ブランブル館で使っていたメイドのことを思いだした。夜遅くまでその子のおしゃべりにつきあわされたことがよくあった。グラディスが住込みで働くようになったら、徹夜させられることになりかねない。

「わあ、ありがとうございます、奥さま」少女はそう言うなり、サマンサの旅行カバンに駆け寄った。あさっての朝にはふたたび荷造りをしなくてはならないのに、せっせと中身を出しはじめた。

翌日の朝、ホテルのほうに、フィッシャーマンズ・ブリッジに住む鍛冶屋の母親でプライスという未亡人がコテージへ行っているという連絡があった。清掃業者を指図し、窓をあけて空気を入れ替え、家具の覆い布をはずし、買物をし、窓を閉めたあとですべての暖炉に火を入れて、その翌日にマッケイ夫人が到着したときには、室内が暖まって何もかも心地よく整えられているように準備をしているという。マッケイ夫人が希望するなら、本格的に雇ってもらえるかどうか、ぜひ面接してもらいたい、とのことだった。とても料理上手だし、料理番兼家政婦として働いた経験があり、それを証明する推薦状も持っているという。

わたしの人生が次の段階に入ろうとしている――ベンとトランプと一緒に午後を過ごし、

テンビー湾を見下ろす崖の上で腰を下ろしたり、散歩をしたりしながら、サマンサは思った。

そこにはもうベンの存在はない。

「ベン」腰を下ろしてしばらく無言で景色を眺めたあとで、サマンサは思わず言った。「一、三日、ここにいてくれない？　明日は出発せずに」

ベンは海を見ていた。海面に躍る光のまばゆさに目を細めている。

「いやだわ、わたしったら勝手なことばっかり。いまの頼みは無視してね。あなたはきっと、早く出発したくてうずうずしてるでしょうから」

「フィッシャーマンズ・ブリッジに宿屋があれば、二、三日泊まっていくとしよう。きみの引っ越しが無事にすんだことを見届けるまで」

「図々しく押しつけてしまったようね。わたしに責任を感じる必要はないのに」

「いや、責任はある。戦友に、つまり、きみの夫に、死の床で約束したんだ。きみをここまでエスコートして、無事に落ち着くのを見届けると。覚えてるだろ？　ぼくはかならず約束を守る人間だ」

やがて、サマンサが泣き崩れそうになった瞬間、彼がにこやかに笑いかけた。

彼が去ったあとも、この笑顔が絶えず心に浮かぶことだろう。彼の笑顔にはいつも、サマンサの膝から力を奪ってしまう力がある。

「トランプを急いで散歩させてくるわ」サマンサはそう言うなり、あわてて立ちあがった。

翌日、二人が海岸沿いに西へ馬車を走らせるにつれて、崖が低くなってきた。しかし、少し前方を見ると、ふたたび海の上に崖が高くそびえている。フィッシャーマンズ・ブリッジの村と、村のこちら側のコテージは、崖がいちばん低くなった窪地《くぼち》にあるのだと、二人は聞かされていた。

コテージといっても母親が言っていたとおりのあばら家に過ぎないだろうと、サマンサは思いこんでいた。でも、がっかりしてはいけないと自分に言い聞かせた。とりあえず住める状態なのだ。永久には無理としても、しばらくはそれで我慢するしかない。それに風光明媚な土地だから、ここに越してきたのを後悔することはけっしてないだろう。

やがて、なだらかに起伏する砂丘に近づいたとき、突然、一部が草むらの陰になった建物が見えてきた。あれに違いない。見渡すかぎりほかに建物はないし、村は砂丘の向こう側にあるはずだから。

ただ、コテージではなかった。というか、サマンサが想像していたようなコテージではなかった。

「え、嘘でしょ」サマンサは言った。

ベンは斜めに身を乗りだし、サマンサの肩に自分の肩を押しつけて、彼女の側の窓からその建物を見ようとした。

灰色の石造りで、屋根は灰色のスレート葺《ぶ》き、がっしりした正方形の建物だった。二階に寝室が少なくとも四つ、階下にも同じ数の部屋があるようだ。正面にポーチがあり、上の階には屋根窓がついている。建物の周囲は正方形の庭で、漆喰《しっくい》仕上げの白い木の柵が庭を囲んでいる。隅のほうに手ごろな大きさの納屋がある。かつて花壇だったとおぼしき場所には雑草がわずかに生えているだけだが、芝生は最近刈ったばかりだ。緑色に広がるその芝生には、ひな菊やキンポウゲといった目障りなものは生えていない。

「これがコテージ？」

「うーん、大邸宅ではないが、世捨て人の小屋でもなさそうだね」

「ちゃんとした家だわ。母ったらどうして、あばら家なんて言ったのかしら。わたしたら、場所を間違えてる？」

「いや。馬車はそちらへ向かっている。間違いなら、きみに雇われたばかりのメイドが何か言うはずだ。もっとも、けさ、宿の厩の前庭でクインの姿を見たとたん、あの子は口が利けなくなったようで、御者台に乗ってってもまったく声が聞こえてこない。そうだろ？」

「大おばさんって人は、ほんとは貧乏じゃなかったのね。貧しい人だと、ずっと思ってたのに」

焦げ茶のドレスに布地をたっぷり使った白いエプロンをかけ、おそろいの室内用帽子をかぶった大柄な女性がポーチの外の石段に出てきて、歓迎の笑みを浮かべた。この人がプライス夫人だろうとサマンサは推測した。彼女が膝を折って挨拶をするあいだに、庭の門のところで御者がステップを下ろし、馬車を降りるサマンサに手を貸した。クイン氏が門をあけた。グラディスは誰の手も借りずに御者台から降りてきた。

「ようこそ、奥さま」プライス夫人が言った。「短い時間しかなかったけど、すべてちゃんと準備させてもらいました。昨日、みんなをせっせと働かせて、何もかも光り輝き、塵《ちり》ひとつ落ちていないようにしたんですよ。けさは早めに来て、朝食に召しあがってもらうのに、ケーキを少し焼いておきました。家のなかにおいしそうな匂いが広がりますでしょ。これほど家庭的な匂いはありませんものね。あら、グラディス・ジョーンズ。お母さんから聞いたよ。マッケイ夫人のメイドに雇ってもらえるかどうか、面接に出かけたって。さ、お入りくださいい、奥さま。そちらの紳士はお怪我をなさったんですね」

それから三〇分のあいだに、家のなかも外見と同じく立派であることをサマンサは知った。一階には正方形の広い部屋が四つ。居間、ダイニングルーム、台所、図書室。二階には大きな寝室が四つと、階段をのぼったところに小さな寝室がひとつ。それから、屋根窓のある屋根裏部屋がついている。一階は廊下で二分され、奥に階段があって、そのまま上の踊り場に続いている。

誰がこの家を設計したのか知らないが、想像力に欠ける人物だったようだ。しかし、サマンサはどの部屋も正方形なのを微笑ましく思った。家具はリース弁護士から聞いていたとおり、古くて、どっしりしていて、大部分が暗い色調だが、それでも使いやすそうな感じだった。昨日はきっと、歳月の臭いが充満して、黴《かび》臭さまで漂っていただろうが、窓をあけ、暖炉に火を入れ、ケーキを焼いたおかげで、そうしたものはすっかり消えていた。

最後に、プライス夫人が焼きたてのケーキとポットに入ったお茶を運ぶために、台所へあたふたと駆けていった。サマンサがベンと二人で腰を下ろした居間の上階では、グラディスが主寝室のなかを走りまわっていた。

「まだ信じられないわ」サマンサはそう言って、椅子の肘掛けの柔らかな古い革に手をすべらせた。

「コテージが本当にあったことが？　それとも、住める状態だったことが？　それとも、こんな大きな家だったことが？　それとも、現実にきみの家だということが？　それとも、ついにここまで来たことが？　それとも、砂浜と、この先ずっと窓辺に立って眺めていたい景色を独り占めできることが？　それとも、こんな短いあいだにきみの人生が激変したことが？」

「あらあら、もうやめて」サマンサは笑いだした。椅子の背に頭を預けて、しばらく目を閉じた。「その全部よ。ああ、ベン。自分がこれまでの人生からつまみあげられ、この天国に運ばれたような気分だわ。ほんとにもう天国」

「あえて言うなら、ヒースムア伯爵がブランブル館をとりあげて、きみをレイランド・アベイに移そうとしたおかげだね。きみが必死に逃げだそうとしないかぎり、このコテージのことを真剣に考えたりしなかったはずだ。いや、考えたとしても、ここまで来ようとはけっして思わなかっただろう」

「じゃ、これは運命だったの？」サマンサは目をあけて彼を見た。「こうなることに決まっていたの？」

しかし、彼が返事をする暇もないうちに、プライス夫人が大きなトレイを持ってせかせかと戻ってきた。

「カラントケーキと、シードケーキと、バラブリスのどれがいちばんお好きかわからなかったので、奥さま、三種類とも焼いておきましたから、好きなのをおとりください。少佐さまはきっと、全部お好きだと思いますよ。殿方はたいていそうですもの。お二人とも、おいしいお茶でよろしいですよね？　まさか、コーヒーのほうがいいなんておっしゃらないでしょ？　わたしに言わせれば、苦くてまずいです。わが家ではけっして飲みません。夫は好きじゃなかったし、息子も同じです。でも、奥さまがお好きなら、少し手に入れて明日お持ちします。あ、ひきつづき伺ってもよければですけど。毎日こちらに通って奥さまの朝食を用意し、夕食の調理がすむまでいるのは、ちっとも構わないんですけど、住込みはできれば勘弁してください。息子がまだ嫁をもらってないんで、わたしがいないと飢え死にしてしまいますし、わたしも自分のベッドじゃないとぐっすり眠れないもんですから」

「しばらくのあいだ、あなたの希望どおりにやってみましょうか」サマンサは言った。「それから、お茶でいいですとも。バラ……ブリス、そうおっしゃった？」

「この黒っぽい色をしたフルーツぎっしりのケーキです」プライス夫人はそう言って、運んできたケーキ皿にのっている薄切りのケーキを指さし、それから、二人のカップにお茶を注いだ。「香りの豊かさでこれに勝るケーキはありません。あの犬は台所でスープの出汁をとるのに使った骨をかじったり、水を飲んだりしてます。家のなかに犬がいるのは、わたし、大好きです。猫がいるのも。ただ、あんな犬はいままで見たことがありません」

「これからもないよう切に願いたいものだ、プライス夫人」ベンが言った。

プライス夫人は笑いだした。「台所に戻る前に、ほかにも何かお持ちしましょうか？」

「昔からこの土地に住んでらしたの？」サマンサは尋ねた。「村はそんなに遠くないんでしょ？」

「あの砂丘を越えたとこにあります」西のほうを指さして、プライス夫人は言った。「それから、この裏手にはベヴァンさんの土地と大きなお屋敷があります。ここからは見えませんけど」

〝ベヴァンさんの土地〟

〝大きなお屋敷〟

「確か、奥さまのおじいさん。ですよね？　どなたがここに来られるのか、わたし、知らなかったんです。ただ、ここの所有者だということは聞いてました。でも、奥さまのお顔を見て、確かにベヴァンさんのお孫さんだと思いました。ベヴァンさんはジプシーの女性と結婚なさったんです。あ、もちろん、ご存じですよね。奥さまにもその面影があります。もちろん、奥さまの個性とうまく溶けあってますけど。さて、わたしは台所に戻ることにします。スープを煮込んでる途中だし、パンの種も膨らんできたから」

「村に宿屋はあるかな、プライス夫人」出ていこうとする彼女にベンが尋ねた。

「ええ、ありますとも。こぢんまりした居心地のいい宿ですよ。高級なとこではないけど、おいしい料理を出してくれるし、掃除が行き届いてます。厩も清潔です。うちの兄がやってるんです」

「ありがとう。マッケイ夫人がここに落ち着くのを確認するまで、たぶん何日かそちらに泊まることになるだろう。亡くなったご主人がぼくの戦友でね、彼にそう約束したんだ」

ベンと二人になってから、サマンサはバラブリスをひと口食べた。なるほど、おいしいケーキだが、いまひとつ食欲がなかった。皿を脇へどけて彼を見た。向こうも彼女をじっと見つめかえした。

「わたしのおじいさん、土地を持ってるのね。大きな家も。いまも生きてるんだわ」

「そうだね」

「でも、母をここに追いやって、自分の妹に育てさせたのよ。母が一七の年にロンドンへ出ても、祖父は知らん顔で、あとを追おうともしなかった。母の結婚式にも、わたしの洗礼式にも、母のお葬式にも来なかった。貧しいからじゃなかったんだわ。そうでしょ？」

「おじいさんは貧乏なんだと想像して、この何年間か、きみは心の慰めにしてきたんだね？」

「慰めなんか必要なかったわ。おじいさんのことなんて考えもしなかったし、どんな人だろうって想像することもなかった」

しかし、彼を見つめ、すわった彼から無言で見つめられるあいだに、意識はしていなかったとしても、祖父はどんな人だろうと想像していたことに気がついた。そして、貧乏な人だったのだと思いこむことが、父方の一族と同時に母方の一族からも切り捨てられた傷を癒す唯一の方法だったことにも気がついた。

「たぶん、祖父を捨てたジプシー女の娘だったからでしょうね。あ、わたしの母のことよ。そして、わたしがその母の娘だったから。祖父がわたしのことを知っていたとすればね」

「ここに来たのを後悔することになりそうかな？」ベンが訊いた。

サマンサの視線が彼を素通りして、南に面した窓のほうを向いた。庭の柵の向こうに、西へ向かって低く伸び、砂丘を越えたところでふたたび小高くなっている土地が見える。窪地の先には海と金色の砂浜。コテージからすぐのところだ。このコテージそのものは暖かくて居心地がいい。炉棚の時計がたゆみなく時を刻んでいる。一人ですわってくつろぐことができるだろう。開いた窓のそばに腰を下ろせば、潮の香が漂ってくるだろう。波の音も聞こえてきそうだ。

すべてがわたしのもの。

わたしが受け継いだもの。

「後悔なんかしないわ」サマンサはさらに何か言おうと口を開いたが、その口をふたたび閉じた。

「だけど――？」

「ちょっと怖いのね、たぶん」サマンサは正直に言った。「パンドラの箱をあけるのが」

ベンがゆっくり立ちあがり、片方の杖を放して、空いたほうの手を差しだした。サマンサがそこに自分の手を重ねると、彼が窓辺まで連れていった。

「海を見てごらん、サマンサ。ぼくはペンダリス館で海のことを学んだ。海はぼくたちが誕生するはるか以前から存在していた。ぼくたちが忘れられたあともずっと存在しつづけるだろう。潮汐《ちょうせき》の法則に従って満ち干をくりかえすだろう」

「人間のちっぽけな営みなんて無意味だということ?」

「とんでもない。苦痛は無意味ではない。困惑や恐怖も無意味ではない。あるいは、貧乏や宿無しといった境遇も。しかし、どこかに——どこかにかならず——安らぎがある。それも、はるか遠くではない。ぼくたちの心の奥深くにあるんだ。つねにそこに潜んでいて、ぼくたちが心を覗きこんで見つけだすのを待ってるんだ」

サマンサはベンのほうを向き、彼のほっそりした横顔を見つめた。

「あなたはそうやって痛みを乗り越えてきたのね」不意に閃《ひらめ》いて、そう言った。

「結局はそれが唯一の方法だった」ベンは正直に認めた。「だけど、ときどき忘れてしまう。人はみんなそうだ。その安らぎに目を向けることなく、自分自身で生き方を決めようとするのが人間の性《さが》なんだ……いや、すまない。こんな曖昧な言い方をするつもりはなかった。ただ、怖がらないでほしい。ここで何が見つかるかわからないが、真実を知って胸が痛むとしても、本当の害にはならないはずだ。なぜなら、きみが知ろうと知るまいと、真実とは痛みを伴うものなんだ。そして、知ることによってたぶん、何かを理解し、おそらく安らぎを得ることができるだろう」

彼は窓の外を見つめつづけ、サマンサは彼を見つめつづけた。

この人の痛みは底なし沼のように深いものだった。それを克服することを学んだ。でも、いまも漂泊の人生を送っている。わたしと違って、住むべき家がまだ見つからない。でも、わたしと違って、怖がらないことを学んだのだ。

「しばらくここにいてくれる？」サマンサは彼に尋ねた。ああ、こんな自分勝手な人間にはなりたくないのに。でも、せめて二、三日だけでも……。

「いいよ」彼女のほうに視線を下げて、ベンは言った。「しばらくのあいだ」

15

フィッシャーマンズ・ブリッジの村には、ちゃんとした通りが一本あるだけだった。海岸沿いに一キロ半ぐらい続いている。このあたりには高い崖はなく、防波堤が作られて、そこから波打ち際まで金色の砂浜が広がっているだけだ。

宿屋は通りを半分ほど行った海側にあり、厩は宿の裏手ではなく横に並んでいた。裏手にあったら、ダイニングルームと酒場の窓からの景色が遮られてしまうだろう。空いている部屋があり、宿の主人はその部屋を喜んでサー・ベネディクト・ハーパー少佐に提供した。ベンがすぐに気づいたとおり、宿の主人は彼が誰なのかをちゃんと知っていた。小さな村では、噂はあっというまに広がるものだ。砂丘の向こうにあるミス・ベヴァンのコテージに住む予定のマッケイ夫人に付き添って、彼がここまで来たことも、宿の主人は知っていた。その夫人がベヴァン氏の孫娘というのは本当なのかと主人に訊かれて、ベンはそうだと答えた。否定する必要はない。秘密でもなんでもないのだから。

しかし、ベヴァン氏とは何者なのだ？　地主のような存在らしいが。

宿の部屋は快適で、砂浜と海の眺めがよかった。夕食は宿の女将の手料理で、プライス夫人から聞いていたとおり、おいしくて量もたっぷりだった。ダイニングルームで食事をしているのはベン一人だったが、騒々しい話し声と笑い声からすると、ドアの向こうの酒場は大入り満員のようだ。宿の主人はそちらで給仕をしているに違いない。ベンの料理を運んできて、しばらく話しこんでいったのは女将のほうだった。

「ミス・ベヴァンのコテージにふたたび人が住むようになって、ほっとしてるんですよ」女将は言った。「すてきな家なのに、ずっと空いたままなのを見て、残念に思ってたんです」

ベンは探りを入れずにはいられなかった。「ベヴァン氏という人はこの近くに住んでるんだね、デイヴィス夫人」

「あっちの大きな家に。ええ」女将は丘のほうへ向かって片手をふってみせた。「通りを歩いて橋まで行けば、木立のあいだに、丘の上のお屋敷が見えますよ。景色のいい場所でね。ベヴァンさんのお父さんが家を建てようと決めたとき、最上の場所を選んだんです」

「それまで、丘の上には家がなかったのかい?」

「農家が一軒ありました。でも、ベヴァンさんが住むのにふさわしい広さじゃなかったし、立派でもなかったから。まあ、当然ですよね。炭鉱で財をなした人ですもの。大きな家がほしくて、とにかくこの土地を住まいと定めて、紳士の暮らしを始めたんです。でも、それはそれは立派なお屋敷ができました。うちの娘のマルギードがメイドとして奉公にあがり、いいお給金をもらってます」

「このローストビーフは柔らかくて、フォークでも切れそうだ」ベンは言った。「それに、ローストポテトは外側がカリッとして、なかは柔らかい。ぼくの好みにぴったりだ」

「殿方がもりもり召しあがるのを見てると気持ちがいいです」女将は見るからに喜んでいる様子だった。

「現在のベヴァン氏はいまも炭鉱を所有してるのかい？」

「スウォンジーの近くの峡谷に炭鉱と製鉄所をお持ちです。うちの長男はそっちへ働きに行ってます。けっこうな稼ぎになりましてね。このへんの若い子の多くが炭鉱で働いてます。それから製鉄所でも。いい雇い主ですよ、ベヴァンさんは。労働者を大事にしてくれて。ただ、だんだん年をとってきたけど、あとを継ぐ息子さんがいなくてお気の毒です。奥さんは――あ、二番目の奥さんですけど――子供ができないまま亡くなってしまわれて」

ベンは罪悪感に襲われた。自分にはこんなことまで聞きだす権利はない。とは言え、まったくの部外者としてこの地を訪れていても、たぶん、同じやりとりをしたことだろう。本を書くためにあれこれ質問して、興味深い情報を手に入れていただろう。それどころか、もっと深く探りを入れていたはずだ。

こうした事実をサマンサが知ったら、どう反応するだろう？　さっき、この自分になんて言っていた？

〝ちょっと怖いのね、たぶん。パンドラの箱をあけるのが〟

箱には何が？

「お孫さんに会われたら、ベヴァンさんも慰められるかもしれませんね」デイヴィス夫人はつけくわえた。「そのお孫さん、未亡人なんですって?」

「亡くなった夫がぼくの戦友だった」ベンは説明した。「亡くなる前に、奥さんを無事にここまで連れてくると、ぼくは友に約束した」

誰かが厨房から呼んだので、デイヴィス夫人は客をほったらかしにするのを詫びながら、急いで出ていった。

孫娘が目と鼻の先に住むことを知ったら、ベヴァン氏は喜ぶだろうか? 彼女がこちらに来たことをもう耳にしているだろうか?

ただ、ひとつだけ確かなことがある——パンで皿のソースを拭いながら、ベンは思った。自分の疑問のいくつかに答えが出るまで、ここにとどまるとしよう。サマンサにはまだこのぼくが必要だ。

それに気づいたとたん、大きな安堵を覚えた。

翌朝、ベンは宿の厩からコテージまで馬で出かけた。彼が馬から降りるのを手伝い、帰りにふたたび騎乗するのに手を貸そうとして、クインがうしろにつき従った。

馬で砂丘を越えるころには、太陽の光が海面にきらめき、大気が暖かく感じられた。コテージに着くと、二階の正面の窓があけられ、カーテンがそよ風に揺れていた。玄関もあいたままで、サマンサが——そう、彼女に間違いない——居間の窓の下で、何も植えられていない花壇のひとつにかがみこみ、草むしりをしていた。手袋をはめ、エプロンを着け、ベンが一度も見たことのない、つばの部分がくたびれた古い麦わら帽子をかぶっている。ふたたび喪服を脱ぎ捨てていた。今日のドレスは淡いレモン色のモスリンで、たぶん、昔はもっと鮮やかな色だったのだろう。

ベンは彼女の姿をもうしばらく眺めていたくなり、手綱をひいて馬を止めた。くつろいだ様子だし、顔色もよく、ずっと昔からここで暮らしてきたかに見える。そう思った瞬間、胸がズキンとした。疎外感？　孤独感？　彼が去ったあともたぶん、サマンサはここの人間として長く暮らしていくのだろう。

砂混じりの草地に馬の蹄《ひづめ》の音はそれほど響かなかったはずなのに、彼女が何か気配を察したようだった。身を起こし、小さな移植ごてを手にしたまま、彼のいるほうに顔を向けた。笑顔になった。ポーチの石段の下で身体を伸ばして日向ぼっこをしていた犬も立ちあがり、しっぽをふってクーンと鳴いた。

「庭仕事がしたいとずっと思ってたの」庭の柵まで馬を近づけたベンにサマンサは言った。「子供のころはよく土いじりをしたものだけど、ブランブル館では機会がなかったわ。マシューの病室で看病ばかりしてたから。いまようやく機会ができたのよ。リース弁護士がおっしゃったでしょ。わたしの大おばがここですてきな花壇を作ってたって。だから、わたしの手で復活させようと思うの。破壊行為から始めなきゃいけないのがいやだけど。雑草もほんとは抜きたくない。だって、同じ植物でしょ。命あるものなのよ。これは花、これは雑草だなんて、誰が決めるの？　わたしはひな菊もキンポウゲもタンポポも好き。でも、みんなは芝生に生えた雑草を、疫病を運んでくると思ってるみたいに抜いてしまう」

「たぶん、成長してはびこるのを放っておいたら、芝生がだめになってしまうからだろう。よく眠れた？」

メイドもプライス夫人も当分のあいだ通いのため、ゆうべはコテージに彼女一人だった。不安ではなかったかとベンは気になっていた。夜のあいだ、彼女のことが心配だった。

「寝るとき、窓をあけたままにしておいたのよ。波の音が聞こえて、潮の香が感じられたわ。でも、正直に言うと、わずかなあいだだけね。ぐっすり眠りこみ、ベーコンを炒める匂いで初めて目がさめたの。プライス夫人には負けたわ。すごく早く来てくれたの。宿のほうはお気に召した？」

「すこぶる快適だ。この家の裏手に納屋があるから、ぼくがこちらにいるあいだ、馬を置かせてもらいたい。承知してもらえるなら、クインと一緒に納屋まで行って、あらためて戻ってくる」

ベンが納屋からコテージへ歩いて戻ったときには、エプロンも手袋も移植ごても消えていたが、サマンサ自身は外にいて、あいかわらず、つばの部分がくたびれた古い麦わら帽子をかぶっていた。この帽子は丘に負けないぐらい古そうで、彼女をやたらと可愛く見せていた。横に犬がいて、遊んでもらえるのを期待する様子でしっぽをふっていた。世界はこのみっともない大きな犬を中心にまわっているのだと、ベンはしみじみ思った。

「ペンダリス館では一度も浜辺を歩くことができなかった。浜辺があるのは高い崖の下だったから——そうおっしゃったのを覚えてるわ。下りる道はなかったの？」

「急な小道がいくつかあった。仲間の連中はいつも浜辺に下りていた。目の見えないヴィンセントまでが」

「ここの浜辺なら、歩くのを阻むものは何もないわ。そんなに遠くないし、浜辺に下りる坂もゆるやかよ。砂地は平坦でなめらかだし。行ってみない？」

「いま？」

ベンがずっと昔に悟ったことだが、手にできないものをほしがるのが人間の性というものだ。たとえあり余るほどの幸福に恵まれていようとも。ベンはペンダリス館のあの浜辺に下りることにいつも恋い焦がれていた。ヒューゴが一度、抱いていこうと言ってくれたが、ベンが強い口調で断わったため、それきりになってしまった。ヒューゴに無理だというわけではない。なにしろ、雄牛にも劣らぬ屈強な男だ。だが、ベンにとっては屈辱だった。浜辺に下りたところで砂しかなく、髪と口が砂だらけになるだけだ、と思って自分を慰めた。

「朝早くいらっしゃればいいなと思ってたのよ」背中で手を組み、ベンと並んで歩調を合わせながら、サマンサは言った。トランプが二人の前を駆けていく。「浜辺を歩きたくてたまらなかったんだけど、初めてのときはあなたと一緒に行きたかったの。それをずっと覚えていたいから」

それを？　初めてのときにぼくと一緒だったということを？

「白状しなきゃいけないことがあるわ。わたし、浜辺を歩いたことが生まれてから一度もないのよ。母がここで育った人なのに変でしょ？」

ベンは首をまわしてサマンサを見た。庭仕事と海風のおかげで、彼女の頰が健康的なバラ色に染まっている。目が輝いている。

「助言してもいいかな。砂浜を歩く前に、靴とストッキングを脱いだほうがいい。でないと、何歩も行かないうちに、靴のなかが砂だらけになって、夜になるまで、あらゆるものから砂を払い落とし、水ぶくれの手当てをすることになってしまう」

サマンサは笑った。「あなたも脱ぐの？」

「ぼくはブーツをはいている」ベンは言った。それに、たとえ脚の一部だろうと、彼女の前にさらすつもりはなかった。

「とても淫らな提案のように聞こえるわ。でも、ほんとは、とても思慮深い提案ね」

サマンサはあたりを見まわし、坂を下りたところにある平らな岩を選んで、そこに腰かけることにした。彼が見ている前で靴とストッキングを脱いだ。背中を向けたほうがはるかに紳士らしい態度だとベンは気づいたが、もう遅すぎた。彼女の脚はすらりとしていて、足首がひきしまり、足先はほっそりと可憐だった――ベンは以前、ワイ渓谷の丘の上に立つ宿屋で足先だけを見ている。サマンサはストッキングをきちんと丸めて靴のなかに入れ、それから立ちあがって靴を岩の上に置いた。

「わあ」二人が立っている草と砂の入り混じった場所で爪先を動かして、サマンサは言った。「いい気持ち。でも、外で靴を脱ぐのって、ひどくはしたない気がするわ」

二人は岩のあいだを抜けて広い平らな浜辺に出た。右にも左にも砂が広がり、それぞれ岩場まで続いている。これらの岩場のおかげで、浜辺がコテージの住人だけのものになったわけだ。潮がひいていた。ただし、沖の白波からすると、もうじき満ち潮に変わりそうだ。ここにいると風が爽やかに感じられる。だが、その一方で、太陽の温もりが強く伝わってくる。上のほうでカモメが鳴きかわしていた。

ベンの杖が砂に沈んだが、硬い地面よりこちらのほうが幾分歩きやすい感じだった。彼の少し前を走っていたサマンサが立ち止まってふりむき、両腕を左右に大きく広げた。

「自由よ！」元気いっぱいの子供のように叫んだ。「ああ、幻ではないと言って、ベン」

犬が吠えながら彼女のまわりで飛び跳ねていた。

「まさにこれが自由だ」ベンが彼女の願いどおりにそう言って、満面の笑みを見せると、彼女は頭をのけぞらせて空を仰ぎ、笑っている彼の前で三回完璧にまわってみせた。ドレスが左右にひるがえり、麦わら帽子のつばが顔のまわりではためいた。

これがダラム州で初めて出会ったときの、つんとすましたあの黒衣のレディだろうか？

「こんな瞬間もあるのね。ああ、ずっと忘れてたわ。長いあいだ忘れていた。でも、純粋な幸福の瞬間というのがあるものなのね。いまがまさにそれだわ。あなたがいらっしゃるのを待っててよかった。だって、こういう瞬間は人と分かちあうべきですもの。あなたも感じているとと言って——自由を。幸福を」彼女がまわるのをやめてベンにまっすぐ視線を向けた。彼女の顔に急に戸惑いが浮かんだのを、ベンは見てとった。

しかし、彼自身も戸惑いを感じていた。まるで、この瞬間に世界が止まって二人だけの時間が流れはじめ、静止したこの世界以外はどうでもよくなったかのようだった。

「待っててくれてよかった」ベンは言った。

サマンサは腕を両脇に下ろし、生き生きと輝く顔で彼を見つめた。

「どっちへ行く?」ベンは尋ねた。「東? 西? 南?」

「南にしましょう。潮がひいているところまで。かなり遠いけど、歩いていけそう?」

犬がすでにそちらへ駆けだしていた。

「ようやく浜辺に出られたんだ。せめて、杖の先だけでも水につけさせてくれ」

潮は思った以上に遠くまでひいていた。しかし、砂の上を歩くのはわりに簡単だったし、ベンはこうして歩けるのがうれしくて、多少の辛さは我慢するつもりだった。未来の糧になるはずだ。砂浜を歩くのは、彼女にとって生まれて初めてのこと、彼にとっては何年ぶりかのことだ。そして、二人で一緒に歩いている。

犬が水しぶきを上げて波打ち際を走っていた。

「わたしも水に入っていい?」サマンサが言った。じっさいには質問ではなかった。「すごく冷たいでしょうね」

そう言いながらドレスの両脇をたくしあげて、砂がわずかに濡れただけの浅瀬に立ち、次に、打ち寄せる波の端まで進んで、やがて足首まで水に浸かった。

「うわ、ほんとに冷たい」思わず大きく息をのんで、サマンサは言った。「足が砂に沈んでいく。わあ、いい気持ちよ、ベン」顔を上げて彼を見た。目を輝かせていた。「一緒に水に浸かりましょうよ」

本当はやめるべきだった。彼女の足が砂に沈むとしたら、杖はどうなるのだろう？　しかも、ブーツが乾いたら海水のせいで白くなり、クインが非難と忍耐の表情を浮かべるに決まっている。バランスを失って倒れたらどうする？　どうやって起きあがればいい？

彼女が動きを止めていた。

「冷たく感じるのは最初だけよ。ブーツのままなら、冷たいなんてまったく思わないんじゃないかしら」

「そこまで言われたら仕方がないな」ベンはそう言うと、楽しげに笑う彼女の前で水に入っていった。

ブーツと靴下を通して水の冷たさが伝わってきた。しかも恐ろしいことに、杖が本当に濡れた砂のなかへ沈んでいく。しかし、乾いた砂地から一メートルも離れていないのに、違う世界に足を踏み入れたような気がした。太陽が二人に暖かく降りそそいでいた。海が二人のまわりできらめいていた。

不意に、ジョージか、ヒューゴか、仲間の誰かに、この姿を見せたいと強く思った。笑いがこみあげてきた。

サマンサがスカートを片手でまとめ、彼に近づいてくると、その手で彼の杖の片方をつかんでさらに近づいた。

「わたしの肩に腕をかけて」

「ぼくの体重は、きみには支えきれない」ベンは抵抗した。

「とにかく、やってみて。よろけたりしないって約束するから」

ベンは困惑し、多少屈辱まで感じたが、杖を奪いかえしてサマンサの気を悪くさせるか、バランスを崩して倒れる以外になすすべがなかった。これまではずっと、できるだけ人に頼らないことを心がけてきた。サマンサのほっそりした肩に腕をかけると、彼女はベンの脇にぴったり寄り添い、空いたほうの腕を彼の腰にまわした。

おお。

「わたしたちは障害者と看病疲れの哀れな女じゃないわ」サマンサが笑顔で彼を見上げた。頬を紅潮させ、目を輝かせた顔がドキッとするほど近くにあった。「身を寄せあうのにぴったりの口実を見つけた男と女なのよ」

ベンは自分の頬もたぶん紅潮しているだろうと思った。

「口実が必要なのかい？」

「たぶんね」サマンサはそう言うと、彼と一緒に波打ち際を歩きはじめた。「同じ部屋で眠ったあの夜以来、おたがいにあまり接近しないよう気を遣ってきたでしょ。あなた、細いけど、けっして華奢ではないのね。まさに逆だわ」

ベンのほうは、彼女の身体について感想を述べるつもりはなかった。

「きみに寄りかかりすぎてるかな？」体重をなるべく杖にかけようとするのだが、それだと杖がさらに深く沈んでしまう。

　彼女の身体の豊満な曲線が、彼の身体の脇全体に感じられた。ひきしまった豊かな乳房の片方が彼の上着に押しつけられていた。背の高い女性だが、彼よりはやや低い。潮の香に混じって、クチナシのかすかな香りが漂った。ドレスとコルセットの薄い布地を通して、彼女の身体の熱が伝わってきた。

　ああ、自分の身体も同じだ。熱くなっている。熱いうえにもさらに熱い。

「大事なことを避けようとしてるのね」

「なんのことだい？」

「わたしたちには身を寄せあう口実が必要だということ」

「約束しただろ」ベンは彼女に思いださせた。「ぼくと一緒にいても、きみの身は安全だと」

「ときどき思うのよ」サマンサは海のほうへ顔を向けて言った。「安全というのは退屈で冒険心に欠けるものだと」

　確かに彼女の言うとおりだ。

「ここを去ったあと、わたしの前でつねに完璧な紳士で通したことを後悔するんじゃない？いえ、〝ほぼつねに〟と言うべきかしら」

「紳士としてふるまうことをどうして後悔しなきゃいけない？　ぼくは紳士なんだ」

　彼女は後悔するだろうか？

　二人は足を止めていた。彼は心を乱され、軽い苛立ちすら覚えていた。紳士であることを大切にしてきた。それなのに……できることなら、彼女を放して二人のあいだに距離を置きたかったが、いまも彼女が杖を握ったままだ。

「ただ、自由は貴重な贈物なのよ。それを生かして、自分がいちばん望むことをすべきだわ。そのせいで誰かほかの人を傷つけるようなことさえなければね。でも、人が自由な行動を許されることはめったにない。そうでしょ？　つねに、誰かが、何かの規則が、しきたりがあって、〝いや、そのようなことをするものではない〟と制止する。そこで、わたしたちは礼儀作法に従い、差しだされた自由を拒み、幸せなひとときを持つ機会を逃してしまう」

ぼくが去っていく前に結ばれたい――彼女はそう言っているのだ。二人でこうして浜辺にいれば、ごく自然なことに思われる。なぜ……なぜ、自由にふるまってはならないのだ？　両方が望んでいることなのに。ただ、ここは――この浜辺は、現実の世界ではない。永遠にここで生きていくことはできない。

後悔するだろう。愛の営みなど自分には無理に決まっている。彼女と自分自身の両方を失望させてしまう。性欲という眠れる悪魔を起こせば、きっと後悔するだろう。ただ、すでに起こしてしまった。そうだろう？　情事の終わりを後悔する。彼女のもとを去らなくてはならないことを後悔する。ここにとどまることはできないし、向こうも望んではいないのだから。そして、たとえ彼女がぼくの行為に失望しなかったとしても、結ばれたことを後悔するはずだ。これまでの彼女の人生には、ずっとそばにいてくれる相手が一人もいなかった。母親でさえ、若くして死んでしまった。一時的な関係で終わることはない男性が必要だ。

辛い思いをするだろう。

人生には辛さがつきものだ。

サマンサが彼の目を見つめていた。今度は彼のほうが海へ目を向けた。

「ずいぶん歩いたから疲れたでしょ。波打ち際を歩きはじめたときから、わたし、向こうにあるあの大きな岩に目をつけてたのよ。あそこまで行って、しばらく腰を下ろしましょう」

ベンは反論しなかった。確かに、脚にかかる負担を軽くする必要があった。サマンサが指さした岩は低い部分が平らになっていて椅子がわりにできそうだし、幅も高さも二人がすわるのにぴったりだった。犬は砂浜のずっと先の波打ち際に舞い降りた数羽のカモメを追いかけて走り去った。

「きみが初めて経験した砂浜の散歩を、ぼくが台無しにしたんじゃないかい?」

「疲れてしまってすわることにしたから? いいえ、そんなことないわ」

ベンは彼女の手をとり、指をからめた――軽率なことだったかもしれない。彼女が彼の肩に頭をもたせかけた。それに合わせて、麦わら帽子の柔らかなつばが簡単に曲がった。

「ここは楽園ね。今日のことはいつまでも忘れない。あら、見て、気の毒なブーツが砂まみれよ」

「気の毒なブーツより、クインのほうがもっと気の毒だ」

「わたし、ここで泳ぐことにするわ」しばらく無言で岩にすわってから、サマンサは言った。

「いまは無理だけど、近いうちに。あの海に入って泳いでみせる。つきあってね、ベン。あじゃない」

診察したお医者さまのすべてが、二度と歩けないだろうと言ったのに、歩けるようになったなたは泳げるんですもの。そう言ったでしょ」

「泳ぎ方は忘れてないはずよ」サマンサは彼を見上げようとして首をねじった。「あなたを

「子供のころの話だ。二本の脚がまともだったころの」

「まともな歩き方ではないけどね」ベンは反論した。

「ちゃんと歩いてるわ」サマンサは顔を上げ、きびしい顔で彼をにらんだ。「泳ぐほうが楽なはずよ。違う？　脚に体重をかけなくてもいいんですもの」

「たぶん、石みたいに沈んでしまって、二度と浮かんでこないだろう」

ベンはニッと笑ってみせた。しかし、彼女の言葉を信じてもいいのだろうか？　泳ごうとしても泳げず、二度と立てなくなってしまったらどうする？　しかし、かつて歩こうとしていたときに、〝……だったら、どうする？〟という自分自身への問いかけに耳を傾けていたら、どんな結果になっていただろう？　寝たきりか、椅子にすわったきりの人生を送ることになったはずだ。上手に歩くのは無理かもしれないが、それでも、いまはとにかく歩いている。コテージからずいぶん離れた浜辺の真ん中で、こうして岩にすわっている。そうだろう？

「弱虫」サマンサが言った。

ベンは彼女にキスをした。

温かくてしょっぱい味がしたので、舌を深く差しこんで、もっと彼女を味わおうとした。

さらに強く抱き寄せると、彼女は両腕をベンの首筋にまわした。

ベンが顔を離したときは、二人とも息を切らしていた。

「いつ?」サマンサに訊いた。

「明日」彼女が答えた。「午後」

二人はじっと見つめあった。

「プライス夫人に、帰る前に二人分の夕食の支度をするよう頼んでおくわ。泳いだあとはきっと食欲が増すだろうから」

食欲が増す。

コテージには自分たち二人だけ。

彼女が視線をそらした。もしくは、彼のほうがそらしたのか。

「きっと、テーブルに出された料理を残らず平らげるだろうな」

「溺れ死んでなければね」サマンサはまばゆい笑みを浮かべた。

彼女の祖父についてわかった事柄をまだ話していなかったことに、ベンは不意に気づいた。すでに誰かほかの者から聞いているだろうか? いや、それはない。聞いていれば、会ったときにまず、彼女のほうから話を出したはずだ。

だが、いまここで話すのはまずい。

明日、一緒に泳ぎに行く約束になっている。そして、コテージで二人だけの夕食をとる。

家政婦もメイドもすでに自宅に帰っているだろう。

〝約束しただろ。ぼくと一緒にいても、きみの身は安全だと〟

〝ときどき思うのよ。安全というのは退屈で冒険心に欠けるものだと〟

16

コテージで一緒に午餐をとったあと、二人は馬で村へ出かけた。サマンサが乗っているのは、午前中にクイン氏が乗ってきた馬だった。この日の朝、納屋で女性用の片鞍が見つかったので、クイン氏が二時間ほどかけて手入れをし、安全に使えるかどうかを確認し、何カ所か修理してから、汚れを落とし、艶出し剤で磨いて、立派な鞍に仕上げた。わたしは村まで歩いて帰れますから、とサマンサに言った。それほど遠くはない。

こうして、サマンサはようやくベンと二人で馬を走らせることができた。マティルダが知ったら、ヒステリーの発作を四〇回ぐらい起こすことだろう。サマンサが古ぼけた青の乗馬服を着ているのを見たらとくに。しかし、マティルダのことはもう、前世で出会った誰かのようにしか思えなくなっていた。

「馬に乗るのはごく短時間なんだ」ベンが言った。詫びるような口調だった。「村まであっというまだからね」

ただ、彼が歩くには遠すぎる。サマンサはそれを理解している。ベンの少しうしろを馬で進みながら、彼を見つめていた。馬上の彼はいつも水を得た魚のようで、とても男っぽい雰囲気になる。この日の朝、思わず彼に抱きつきそうになったことを、サマンサは思いだした。どうしてあんな気になったの？　しかし、あのとき、不意に思ったのだ——この人が去っていき、おたがいに恋心を抱いて二、三回キスしただけで終わったら、自分はきっと後悔するだろう、と。

ひとときの情事を楽しんだところで、別に悪いことではない。配偶者のいない人人どうし。おたがいに好意を持っている。惹かれあっている。わたしがいずれ再婚するとしても、まだ早すぎてその気になれない。彼のほうは結婚など考えられないと言っている。人生に求めるものを見つけだし、腰を落ち着けるまで、たぶん結婚しないだろう——もし結婚することがあるとしても。

だったら、何がいけないの？

明日、二人で泳ぎに行けるかしら。それとも、乗馬を予定していたあの悲惨な日と同じように、また雨になるの？　あの人は泳げるの？　そして、コテージで二人だけになったら、そのあと何が起きるの？

そんなことを長々と考えている暇はなかった。フィッシャーマンズ・ブリッジは本当に砂丘を越えてすぐのところにあった。

サマンサは村を見たくてたまらなかったが、一方、少々不安でもあった。この村も、村人たちも、わたしの人生の一部になる。たぶん、生涯にわたって。ここで受け入れてもらい、友達と知人を作り、すべきことを見つけなくてはならない。一瞬、自分のことを知っている村人はいるのだろうかと思ったが、もちろん誰もが知っているに決まっている。プライス夫人の家は村の鍛冶屋だし、グラディスもこの村に住んでいる。二人とも話好きで社交的だ。しかも、ベンが村の宿屋に泊まっている。

「村の人たちはどうやって生計を立てているのかしら」興味深く周囲を見ながら、サマンサは言った。

「一部は村で働いている。また、村の名前から想像がつくように、漁師もいる。朝の食事のときに、ここことテンビーの両方で夏の観光客に陶器を売っているという陶芸職人と少し話をした。だが、大部分はキャルトレヴに雇われて、さまざまな仕事をしているものと思われる」

「キャル――?」

「キャル。運《キャリー》ぶと同じ発音で、次は人名のトレヴァーと同じだ。アクセントは第一音節にあり、どちらの音節も軽い巻き舌で発音する。これはぼくが最初に覚えたウェールズ語で、たぶん最後になるだろうから、正しい発音をしようと決心した。〝家庭〟という意味だ」

「あなたったら、大部分の村人が家庭で仕事をしていることをわたしに言うために、長々と説明をして、なじみのない外国語の単語をひとつ覚えたわけ?」

「違うよ。キャルトレヴというのは、ある家についた名前なんだ。通りの端まで馬で行こう。川があって橋がかかっている。村の名前のもととなった橋だ。橋の下を流れる川のすぐそばに海があるのに、川で釣りをする者がいるのかどうか、ぼくにはわからないが」

「たぶん、いないわ。橋にそんな名前がついたのは、その先に漁船の船溜《だ》まりがあるからじゃないかしら」

通りで何人かとすれ違い、サマンサは頭を軽く下げて笑みを浮かべた。こうして村を訪れたことが、村人たちの今日一日の噂になりそうだ。どんな会話になるのか想像してみた。ジプシーの血をひいた少女をサマンサの大おばが育てたことと、その少女がわたしの母だったことを、村の人たちは覚えているだろうか。当然、覚えているはずだ。プライス大人も知っている。わたしがコテージを相続してここで暮らそうと決めたことに、みんな、腹を立ててるんじゃない？　それとも、わたしの取り越し苦労？

たぶん、すぐにわかるだろう。

灰色の石でできた絵のようにきれいな太鼓橋だった。橋の下を浅い川が流れて海へ向かっている。前方の海面で上下に揺れている何隻もの小さな船を見つめて、こんな愛らしい景色を見たのは生まれて初めてだと思った。ああいう船で海に出る機会があるだろうか？

「あれか」ベンが言った。「ここから見えると話に聞いていた」

「なんのこと？」

彼が見ているのは船ではなかった。馬を反対側に向け、丘のほうの何かに視線を据えていた。サマンサもそちらを見ようとして向きを変えた。

ベンが彼女の質問に答える必要はなかった。海から二キロほど離れたところに低い丘が連なっている。そのひとつの中腹に、馬蹄《ばてい》形の木立に囲まれるようにして大きな屋敷があり、日差しを受けて白く輝いていた。こんな遠くからでも、三つの階のすべてに大きな窓があり、上の階へ行くにつれて床面積が小さくなっているのがわかる。きっと、どの窓からもみごとな景色が眺められることだろう。見るからに手入れの行き届いた青々とした芝生が丘の斜面に広がり、下まで続いている。庭園の残りの部分は木々の奥に隠れている。

「あれがキャルトレヴなの？」サマンサは尋ねた。「ずいぶん立派なお屋敷ね。イングランド以外の場所にあんな大邸宅があるなんて思いもしなかった。誰のお屋敷？ 知ってる？」

ベンは答えなかった。馬が急に落ち着きを失ったため、おとなしくさせるのに忙しかった。

次の瞬間、サマンサの頭に真実がひらめいた。みぞおちをこぶしで殴られたような衝撃だった。

「そんな……嘘でしょ」

ベンは詫びるような顔でサマンサを見た。答えに責任を感じているかのようだった。

「わたしのおじいさんの家なのね？」

「おじいさんはインドの太守みたいに大金持ちなんだ、サマンサ。ウェールズ東部の採炭業が盛んな峡谷に炭鉱を所有している。複数の炭鉱を。父親から受け継いだものだ。また、スウォンジーに近い峡谷には製鉄所を持っている。製鉄業が盛んになりつつある地域だ」

馬に乗っているのでなければ、サマンサはきっと卒倒していただろう。

上空ではカモメが人間そっくりの声で鳴きかわしていた。

「それなのに、わたしはおじいさんが労働者か放浪者で、人生の負け犬で、本物の放浪の民と結婚し、妻に捨てられたあと、あばら家を買いとって暮らしていた自分の姉にわが子を押しつけたんだと、ずっと思いこんでた。母はどうして何も言ってくれなかったの？」

「いずれ話してくれただろう。きみがもっと大きくなるまでお母さんが生きていたなら」

「ほんとのことを知ってたら、わたし、ここにはぜったい来なかったわ」

「なぜ？」

サマンサは馬を方向転換させて彼と向きあった。「母を捨ててもいい理由なんてどこにもなかったはずよ。屋敷があり、自分で娘を育てるだけの財力もあった。お金持ちなんだから、母がロンドンへ家出したときに追いかけていくことも、母の結婚式に出ることも、結婚後の母を訪ねることもできたはずだわ。わたしに会いに来ることだってできたでしょう？　ねえ、大おばが受けとった〝ほどほどの額の〟遺産って、いくらぐらいだと思う？　それにかなりの利子がついたものを母がもらい、次にわたしがもらうことになった。ベン、わたしの財産はどれぐらいあると思う？　お金持ちにはなりたくない。遺産なんていらない。お金はいっさい受けとりたくない」

「ちょっと考えてごらん」ベンは腹立たしいほど冷静だった。「どれほど莫大な額なのか、それとも少額なのかわからないが、その金はきみのひいおじいさんから大おばさんに渡されたものなんだよ。おじいさんから出た金ではない」

サマンサは眉をひそめてしばらく彼を見た。確かにそうだ。だけど、それでもやはり……ああ、午後のきらめきと喜びがすべて消えてしまった。

「知らなければよかった。ここに来なければよかった」

「ほかに行くところがあったかい？」

「あなたと結婚するという手もあったわ。そして、生涯、気ままに旅をして過ごせばよかった」彼の表情を見たサマンサは少し元気が出てきて、笑みを浮かべた。「ここに来たらパンドラの箱をあけることになりそうな予感がしてたの。神話では確か、箱をあけたが最後、苦しみを箱のなかに押しもどすことはできなくなった。そうよね？　ここを去って、知ったことを忘れてしまうなんて、もうできないわ。わたしの言うこと、間違ってる？」

母もわたしも祖父から疎んじられた。ジョンからも疎んじられた。わたしを愛してくれたのは父と母だけだったけど、二人とも死んでしまった。サマンサは恐ろしいほどの孤独を感じた。でも、何も変わっていない。ベンが言ったとおり、すべてが一〇分前と同じ、先週と同じなのだ。

ああ、でも、すべてが変わってしまった。

「間違ってないよ。宿に寄ってお茶を飲もう」

ところが、馬の向きを変えて村に戻ろうとしたとき、銀髪の優しそうな紳士と、笑みを浮かべたふくよかな女性に呼び止められた。

「マッケイ夫人ですね？」紳士はそう言って、シルクハットを軽く持ちあげた。

サマンサは会釈をした。

「乗馬を楽しんでおられるところをお邪魔して申しわけありません。だが、あなたと、宿にお泊まりの紳士に違いないと思ったものですから。ハーパー少佐でしたね、確か。わたしはアイヴァー・ジェンキンズ。村で牧師をしております。それから、うちの家内です。いい天気だし、日曜の説教の原稿はすでに書き終えたので、船でも眺めようかと海辺に散歩に来たのです。われらの村にあなたをお迎えできるのはわが喜びとするところです、マッケイ大人。日曜に教会でお目にかかれるのを期待してよろしいでしょうな？」

ジェンキンズ夫人は何も言わなかったが、にこやかにサマンサを見上げて会釈をした。

「かならずまいります」サマンサは約束した。「ありがとうございます、ジェンキンズ牧師さま。楽しみにしております」

「それは何より。わたしの説教を楽しんでいただけるといいのですが。ことのほかみごとな説教だと思っております。わたしはいつもそう思うのに、教区民はあまり同意してくれないのですよ。だが、音楽を楽しんでもらえることには自信があります。会衆が声を合わせて歌いだすと屋根が一センチか二センチ浮きあがる、などと言われるほどです。どうにも信じられませんが。そうでしょう？　もし事実なら、屋根は強風にあおられて遠くへ飛んでいってしまう。しかし、讃美歌が本来の形で歌われるのを聞きたければウェールズに来るべし、というのは、間違いなく真実です」

牧師はサマンサとベンの笑いに加わった。

「アイヴァー」夫人が牧師の腕に手をかけた。

「これ以上おひきとめするのはやめましょう」牧師は言った。「家内がわたしの横についていていて、村のみなさんにはわたしと立ち話をする以外に多くの用事があることを思いださせてくれないと、つい長話になってしまうのです。牧師としてあなたのお役に立てるよう願っております、マッケイ夫人。ここでの滞在をどうか楽しんでください、少佐。景色以外にはおもてなしできるものもありませんが、ここの景色は比類なきものだと、わたしはいつも思っております」

牧師はシルクハットを頭に戻し、妻と一緒に橋を渡って船を見に行った。

「歓迎の言葉をもらったね」ベンが優しく言った。「きみはここを故郷にできるだろう」

「できると思う？」サマンサは一瞬、不安そうな目をベンに向け、それから微笑した。「ジェンキンズ牧師は親切な人みたいだし、奥さんは優しそう。でも、夫の操縦法を心得てるようね。さて、お茶を飲みに行きましょう、ベン」

翌朝サマンサが目をさますと、空は鉛色だった。ベッドに起き上がったとき、海がそれよりさらに濃い鉛色をしているのが見えた。窓に雨粒がついていた。景色を妨げるほどではないし、窓ガラスを叩く雨音も聞こえない。しかし、理想的な一日の始まりではなかった。

ひどく落胆した。今日泳ぎに行けなかったら、ベンはたぶん旅立ってしまう。村の宿屋にこれ以上泊まる理由はないんだし。そうでしょ？　わたしには立派すぎる住まいがある。召使いもいる。暮らしていけるだけのお金があり、テンビーの銀行にさらに多くの預金がある。昨日は村で何人かが会釈をしてくれたし、牧師夫妻が足を止めて挨拶し、歓迎の言葉を述べてくれた。宿の主人夫妻はお茶のときに愛想よくおしゃべりをしてくれた。そう、ベンがこれ以上村にとどまる理由はない。

もう一度ベッドにもぐりこんで眠りたくなった。しかし、無理だとわかっていた。それに、トランプが散歩に行きたがっているはずだ。化粧室からはグラディスの、台所からはプライス夫人の立ち働く物音が聞こえてくる。料理の匂いが流れてきた。あの二人から見たら、わたしはひどい怠け者ね。二人とも朝早くに村から歩いてきたのだ。

ベンは昼まで宿にいて、日記に記録してある事柄を整理し、いずれ書きたいと思っている本のいくつかの章として使えるかどうか検討するつもりだと言っていた。コテージに来るのは午後からの予定だった。だから、午前中の半ばに馬の蹄の音が聞こえたとき、サマンサはずいぶん驚いた。図書室で本の整理をしている最中だったので、窓辺へ行ってみた。

リース弁護士だった。

「コテージの状態に満足してもらえたかどうか、事務員が奥さまのために選んだ召使いたちを気に入ってもらえたかどうかを知りたくて、こうしてお邪魔しました。ほかにも何かお役に立てることがあれば、遠慮なくお申しつけください」弁護士は言った。

正直なところ、サマンサは質問をためらった。質問することを考えただけで叶き気がしそうだった。しかし、イングランドにとどまっていれば、幸いなことに、生涯にわたってその答えを知ることはなかっただろうが、こちらに来た以上、永遠に避けて通るわけにはいかない。

「リースさま、大おばの遺産が母に渡され、それを母がわたしに遺したと言われましたね。わたしは二日前に初めてそれを知りました。大きな額なのでしょうか？」

「銀行の明細書をここにお持ちしました」弁護士はそう言って、椅子の横に置いてあった革カバンに手を入れた。「確認なさりたいだろうと思いまして。最初の預金額はわたしも知っていますが、利子がどれほどついているのか、正確なところはわかりません。自分でご覧になってください。たぶん、満足なさることでしょう」

弁護士はサマンサに書類の束を渡した。

サマンサは最初のページに視線を落とした。神さま、どうか控えめな額でありますように。わたし自身のささやかな資産が少し増えたことに感謝する程度のことで、けっして莫大な額ではなくて――彼女の目が預金総額に釘付けになり、それから目を閉じ、急に乾いてしまった唇をなめた。

「ほどほどの額だと思いますが」弁護士が言った。

「ええ。そうですわね、リースさま」

「がっかりなさらないよう願っております。先代のベヴァン氏は不動産と現金の大半を実の息子に遺したのです。当然のことと言えましょう。息子が事業を継ぐのですから」

「わたしが期待していたのはコテージだけでした」サマンサは弁護士に言った。「母はなぜ預金をひきださなかったのでしょう？」どうして預金のことをひと言も話してくれなかったの？　お父さんは知らなかったの？　いえ、知ったはずだわ。お母さんの生前は知らなかったとしても、亡くなったあとで。お父さんが何も言ってくれなかったのはなぜ？　お兄さんよりわたしのほうが裕福になってしまうから？　過去と縁を切りたいというお母さんの気持ちを尊重したから？　たぶんそうね。お母さんが過去を拒絶していたから、たぶん、死後もその気持ちを尊重しようとしたんだわ。二人のあいだにできた娘を犠牲にしてまでも。

リース弁護士は落ち着かない様子だった。「ミス・ベヴァンが姪御さんをたいそう可愛がっておられたことは存じています。姪御さんをひきとって、食事と着るものの世話をし、勉強を教えました。しかし、いつも恐れておられました。ミス・ベヴァンがわたしと友達づきあいをするようになったあとで、二、三度打ち明けてくれたのですが、姪御さんに野蛮な性格が表われ、母親の仲間を追って出ていくのではないかと恐れていたのです。確かに、裸足で外を歩きまわったり、浜辺を走ったり、海で泳いだりするのが好きな子でした。子供はみんなそういうものだと、わたしはミス・ベヴァンに言って聞かせました。うちの子たちも似たようなものだった。だが、ミス・ベヴァンは恐れていた。そのため、姪御さんへの躾がとてもきびしかった。叱り方もたぶん、きつすぎたでしょう。あなたの母上が家を飛びだした原因がそこにあったのかどうか、わたしにはわかりません。ミス・ベヴァンとあなたのおじいさまのあいだに口論のようなものがあったのかもしれません。もっとも、二人はそのころ、ほとんど口も利かない仲でした。口論があったかどうかも定かではないのです。それはともかく、母上は家を出ていかれた。まだとても若かった。たぶん、口論しても頭を冷やせばすぐ仲直りできることを、ご存じなかったのでしょう。家族のあいだでは、とくに仲直りも早いものですが」

じゃ、お母さんは拒否されたと思ってたのね——実の母親に。だって、母親はわが子を置いて仲間のところに戻っていったんですもの。それから、実の父親にも拒否された。おばさんのところに預けられたわけですもの。でも、そのおばさんにも拒否された。ジプシーの血が半分混じっていたお母さんを、おばさんはきびしくしつけ、叱ってばかりいたわけだから。お母さんは一七で家を飛びだし、お父さんとめぐりあった。お母さんが亡くなるまで、静かに、優しく、変わることなく愛してくれた人。お母さんが年の離れた人と結婚したのには意味があったのかもしれない。たぶん、父親を求めていたのね。お母さんがお父さんを愛していたのは確かだけど、いま考えてみると、燃えるような愛ではなかったのかもしれない。

「亡くなった人を、しかも、かつての依頼人であり、友人でもあった人のことを悪く言うのは気が咎めますが、ミス・ベヴァンにはひどく頑固なところがありました。姪御さんが家を出ていっても追いかけようとせず、帰ってくるよう手紙で頼むことも、不自由していないかと尋ねたりすることもなかったのです。また、結婚のことを知ってもあなたの父上に会おうとはせず、あなたが生まれたことを知っても会いに行こうとはしませんでした。二回とも、母上が手紙でミス・ベヴァンに知らせたのですよ。たぶん、仲直りを願っておられたのでしょう。ところが、姪を立派な貴婦人に育てようと努力したのに、家を飛びだし、女優になってしまったことが、ミス・ベヴァンにはどうしても許せなかったのです」

「それなのに、大おばは母に全財産を遺したのですね」

「そして、それをあなたが相続したのです」リース弁護士は言った。「こちらにおいでいただけて喜んでいます」

「ありがとうございます。ただ、わたしは何も知りませんでした」

「ここに来たことを後悔なさらなければいいのですが」

サマンサは答える前に弁護士をしばらく見つめた。

わたしがここに来たのは逃げだすため。身を隠すため。厳格すぎる礼儀作法の圧迫から自由になるため。重苦しい喪服を脱ぎ捨てて、七年のあいだ夫だった人との穏やかな思い出を守るため。安らぎを見つけるため。自由を見つけるため。新たなスタートを切るためだった。

このようなことは想像もしていなかった。

「後悔してはおりません」サマンサは答えた。

「ありがたい」リース弁護士は両手をこすりあわせながら言った。もっとも、サマンサの返事を喜んだのか、それとも、プライス夫人がトレイにのせて運んできたお茶とウェルシュケーキを歓迎したのかは、はっきりしなかったが。たぶん、両方だったのだろう。

弁護士は一時間ほどゆっくりしていった。帰るときはすでに雨が上がっていたので、サマンサは庭の門まで送っていった。彼の馬車が走り去るときに空を見上げると、雲の位置が前より高くなり、色も白く変わり、雲間にいくつか切れ目ができてそこから青空がのぞいていた。午後はよく晴れて暖かくなるかもしれない。

トランプが横に立ち、荒い息をしていた。

「はいはい、わかったわ。でも、ボンネットをとってきてハーフブーツにはき替えるから、ちょっと待っててね。地面が濡れてるでしょ」

わたしはお金持ちなんだわ――家に入りながらそう思い、胃がよじれそうになった。でも、〝お金持ち〟という言葉ではまだ弱い。大金持ちになったのだ。

母親が受けとろうとしなかった不動産と現金のおかげで。


借りた馬車の手綱をとって午後からコテージへ向かいながら、ベンは思った――どう考えても、ぼくに作家の才能はなさそうだ。景色や興味深い場所を頭に思い浮かべることはできる。それぞれの場面に興味深い登場人物を配してストーリーを作ることはできる。それに対する自分の反応を明確に示すこともできる。さらに、すべてを紙に書き記すこともさほど苦ではない。ただ、頭のなかで見たり聞いたりしたことや心に感じたことと、三冊のノートにびっしり書きこんだことのあいだには、大きな隔たりがある。どこかで生気と色彩と興奮が消えてしまい、あとには冷静で堅苦しくておもしろみのない事実だけが残される。

だめだ、作家にはなれない。一度挑戦しただけであきらめるのは負け犬根性かもしれない。しかし、毎日メモをとることから、頭のなかのアイデアをまとめて最初の章を下書きすることに至るまで、作業のすべてが退屈でたまらなかった。まるで学校時代に戻って、埃のごとく無味乾燥なテーマで作文を書くよう強いられている気分だった。これは断じて生涯をかけてやりたいと思うようなものではない。

そのあとに残されたのは——またしても——彼の心を乱す虚無感だけだった。馬車のとなりの座席にはクインがすわっていた。ついてこなくてもいいとベンが文句を言ったのだが。だが、クインは、鞍をはずした馬を納屋に入れてから歩いて村まで戻ると言った。本当はそのまま馬車で戻って、あとでベンを迎えに来るつもりでいたのだが、ベンはきっぱり断わった。何時に宿に戻るかを決めていなかったからだ。七時か八時かもしれないし、真夜中になるかもしれない。外聞の悪い時間に、コテージの庭の門の外までクインが馬車で迎えに来たりするのはまずい。

真夜中まで長居する可能性については考えないようにした。また、泳ぎに行って恥をかく危険や、溺れる危険についても考えないようにした。雲が消えて太陽が輝いていた。暖かくなってきた。泳ぎを避けるための口実が何もない。彼女を一人で泳ぎに行かせ、自分はタオルと衣類の番をしていると言うしかない。

弱虫。昨日、彼女にそう言われた。キスをする直前に。

いや、その非難を現実にするわけにはいかない——納屋からコテージのほうへ歩きながら、ベンは思った。弱虫だったことは一度もなかった。つい最近までは。

「ベン」

今日も彼女が犬を連れて庭に出ていた。つばの部分がくたびれた麦わら帽子をかぶり、ハイウエストの半袖のドレスを着ている。ドレスの生地は白いモスリンで、ピンクのバラのつぼみの刺繍が散らしてある。裾に幅の広いフリルがついている。コルセットを着けていないことは彼の目にも明らかだった。両手を差しだして急ぎ足で彼のほうにやってきた。しかし、すぐそばまで来ると、彼の杖に目を向け、伸ばしていた手を顎の下で組んだ。興奮している表情だ。

「ベン、わたし、怖いほどお金持ちになったのよ」

「怖いほど？」ベンは笑いそうになったが、彼女の表情に気づいて思いとどまった。

「けさ、リース弁護士がいらしたの。銀行の報告書を届けてくださったの。わたし、イングランドの半分を買うこともできそうよ」

「だけど、買う気はあるかい？」

「夢にも思わなかった。母は何も話してくれなかったから。父も話してくれなかった。母が亡くなったあとも、わたしが結婚したときも。話してくれればよかったのに。兄からも何も聞いてないのよ」

「どうするつもりだい？　おじいさんのことだけど。目下、自宅を留守にしているそうだ。だが、もうじき帰ってくる」

「ずっと帰ってこなきゃいいんだわ」サマンサは激しい口調で言った。「一生涯、わたしに近づかないでもらいたい。大おばのことは許せる気がするのよ。母にきびしかったそうだけど、悪意はなかったわけだし。でも、祖父のことはぜったい許せない」

「だけど、話ぐらい聞いてあげてもいいんじゃないかな」

「祖父がわたしと話そうとしたことがあった？」サマンサはいまにも怒りを爆発させそうだ

った。「あなたはやっぱり男の味方ね」

「泳ぎに行こうか」

サマンサはしばらく不機嫌な顔だったが、やがて表情をゆるめた。「そうね。行きましょう。でないと、あなたのせいじゃないのに、口喧嘩ばかりすることになってしまう。何もかも忘れて、砂と、海と、よく晴れた午後の自由と幸福だけを考えましょう」

ときには、覚えておくべきことを忘れて、一瞬のためだけに生きるのがいいことなのかもしれない。

ときには、その一瞬だけが本当に大切なものなのかもしれない。

17

サマンサは靴とストッキングを昨日と同じ岩の上に置いた。身に着けているのはドレスと帽子とシュミーズだけ。自分がひどく大胆で淫らな女になったような気がした。しかし、レディのきちんとした装いのまま砂浜まで歩いたところで意味がない。泳ぐ前に脱がなくてはならないのだから。

昨日、砂浜を初めて歩いたときに、サマンサは決心した——この浜辺はわたしが自由を謳《おう》歌《か》する場所にしよう。ここにいるときは、自分がいま生きている瞬間と周囲の美しさだけを大切にしよう。

今日は砂浜に足を踏み入れた瞬間、富という重荷を背後に置き去りにした。家族の過去を垣間《かいま》見た辛さも、サマンサの母親を見捨てた祖父が、ベンの表現を借りるなら〝インドの太守みたいに大金持ち〟で〝家庭〟という意味の皮肉な名前がついた丘の上の豪華な大邸宅に住んでいるのを知ったことも、忘れることにした。何カ月か前に夫を亡くした悲しみも、夫の一族からひどく中傷されたことも、一族の誰からも同情や支えや愛情を得られなかったことも、すべて忘れ去った。もう少ししたらベンが旅を続けるために去っていき、二度と会えなくなるだろうという事実も、無視することにした。

いま彼がそばにいる。大事なのはそれだけだ。

二人は浜辺に出た。この瞬間を楽しむ自由のほかは何も意味を持たない場所に。どんな人にもこういう避難所が必要ね、とサマンサは思った。わたしはなんて幸運だったのかしら。

「海で泳ぐのは生まれて初めてなのよ」浜辺を大股で歩き、本当は走りだしたいのを我慢してベンと歩調を合わせながら、そして、希望を捨てないトランプがカモメを追って駆けていくのを見守りながら、サマンサは言った。「湖で泳ぐのとはずいぶん違うんでしょうね」

「違う点はいくつかある。海水は塩分を含んでいるから浮きやすい。しかし、水を飲みこむと塩辛くて大変だし、目もしくしくする。波をかぶらないよう気をつけなきゃいけない。腰の深さのところまで歩いていって、そのあたりで五分ほど泳いでから足をつけると、顎の深さになっていることもあるし、膝までの浅さに変わっていることもある。ときには足が届かないこともある」

「もし泳げなかったら？」

ベンが足を止めて彼女を見た。

「思いだしてほしいな。つい昨日、泳ぎ方は忘れてないはずよ、とぼくに言ったのは誰だった？」

そう言われて、サマンサは笑いだした。

午前中の陰鬱な天気は跡形もなく消え去って、青空と、太陽の光と、その下できらめく海だけが残されていた。昨日の朝に比べるとかなり潮が満ちていて、ほぼ満潮に近かった。二人が腰を下ろした岩も波打ち際にけっこう近くなっている。ただ、周囲の砂が乾いていることからすると、満潮になってもこの岩までは水が来ないわけだ。

「ここにタオルを置いていけばいいわね」サマンサは岩を指さして提案した。

ベンは肩にバッグをかけていた。そこに入っているのはタオルだけではなさそうだとサマンサは思った。彼女のほうは、いま身に着けているもの以外、何も持ってきていなかった。

自分のタオルを置いて麦わら帽子を脱いだ。髪がうなじできつく結ってあることと、ヘアピンでしっかり留めてあることを確認した。グラディスの仕事ぶりは完璧だった。サマンサがコルセットを着けないつもりだと知ったとき、グラディスはくすくす笑いが止まらなくなった。

「シュミーズ一枚で海に入るんですか、奥さま。羨ましいです。すごくいいお天気になったことだし。あの少佐さまも泳ぐんですよね？　脚が少し悪いけど、めちゃめちゃすてきな人だと思いません？　少佐さまが泳ごうとして服を脱ぐのなら、ちょっと見てみたい気がします」

「グラディス！」

「わ、すいません、奥さま」グラディスは赤くなって謝った。

いまそれを思いだして、サマンサは口元をほころばせた。膝丈のシュミーズ一枚になるのは肌を露出しすぎのような気がしたが、覚悟を決めて頭からドレスを脱いだ。服を着たままでは泳げない。そうでしょ?

　ベンはすでに帽子と上着とチョッキとネッククロスをはずしていて、サマンサはふりむいたときにそれを目にした。いまは岩に腰を下ろしてブーツと靴下を脱いでいるところだった。簡単にはできないことがサマンサにも見てとれた。

「手伝いましょうか?」

　ベンが顔を上げ、目の上に片手をかざした。彼女の頭から爪先まで視線を走らせるあいだ、彼はずっと無言だった。

「せっかくだが」長く感じられる瞬間が過ぎて、彼はつぶやくように答え、手を下ろした。「遠慮しておこう。一人でできる」

　サマンサは彼の視線に焼き尽くされそうな気がした。

　彼がブーツと靴下を脱ぐのにしばらくかかった。マシューとはずいぶん違う——ベンを見ながら思った。頑固なぐらい自立心が強い。

　彼の片方の足首あたりに無残な傷跡があり、彼が靴下を脱いだときにサマンサはそれを目にした。もしかして、あぶみが突き刺さった跡なの? 足首を完全に切断されずにすんで幸運だったわけだ。ズボンを脱ぐつもりはなさそうだった。しかし、シャツの裾をズボンから出して、腕を交差させ、頭から脱いだ。

　サマンサが立ったまま見ていると、ベンがふと視線を上げて彼女を見た。宿屋の同じベッドで眠った夜、サマンサは彼の裸体に身を寄せて横たわっていたが、あのときは目で見ることも、両手で探ることもなかった。心臓から肩にかけて、むごたらしくひきつれた傷跡があった。

「撃たれたの？」サマンサは訊いた。

「マッケイ大尉よりぼくのほうが幸運だった。医者が弾丸を摘出できたからね」

サマンサはすくみあがった。

彼の胸にも傷跡があり、そのうちいくつかはひどい傷だった。両腕も似たようなものだった。このどれかが命取りになった可能性は充分にある。サマンサは彼のほうへ視線を上げ、唇をなめた。

「戦場に出たのは一回だけじゃなかったの？」

「八回だ。それと、小競り合いなら数えきれないほど経験した。騎兵隊はつねに小競り合いに巻きこまれる」

いくつもの傷跡は彼の外見を損なうどころか、逆に男っぽさをひきたてていた。また、彼が肉体作りに励んでいることはひと目でわかった。筋肉が硬くひきしまっている。突然、彼が屈強な情け知らずの兵士のように見えた。戦場においては情け知らず。でも、こんな人に抱かれたらすてきでしょうね
サマンサは一歩下がって向きを変え、海のほうを見た。身体の奥が妙に疼き、太陽が数分前より熱く感じられた。

「波打ち際はすぐそこよ。わたしの肩に腕をかけて、杖なしでそこまで歩いていける？」

「きみはぼくの召使いではない」

「そんなに屈辱的なことなの？　短い距離を歩くあいだ、わたしの肩に腕をかけてもたれかかるのが？　あなたの男らしさを損ねることになるの？」

彼女がふりむくと、ベンは顎をこわばらせていた。しかし、うなずいて微笑した。

「ぼくの男らしさへの試練になりそうだ。きみ、ほとんど何も身に着けてないじゃないか」

だから、わたしに手を触れるのをためらったの？

「あなたって気どり屋さんなの、ハーパー少佐？」

「血気盛んなふつうの男に過ぎません、マダム」ベンはぶっきらぼうに言うと、杖の助けを借りて立ちあがり、それから杖をもとのように岩に立てかけ、自分の足で二歩進んでサマンサのほうへ手を伸ばした。「冷たい水のところへ連れてってくれ。なるべく急いで」

わずかに重ねた衣類が――もしくは、重ねた衣類のないことが――どれほど大きな違いを生むかを知って、サマンサは驚いた。昨日、二人で水のなかを歩いたときは、彼のほっそりした強靭《きょうじん》な体格を意識した。今日は自分の肩にかかった彼のむきだしの腕の力を感じ、自分の脇腹に押しつけられた彼の胸の波打つ筋肉を意識した。筋肉質のヒップを、肌の温もりを意識した。彼の背の高さを意識した。サマンサより数センチ高い。そして、彼と並んだ自分が裸に近い姿であることを意識した。

しぼみかけていた自分の若さが生気をとりもどして蕾《つぼみ》になり、ふたたび花開く準備をしているような気がした。

波打ち際まで来たとき、サマンサは彼の顔を見上げて笑い声を上げた。

「つ、つ、冷たい」水のなかに入った瞬間、わざとぎこちなく言った。足先で水しぶきを上げて、二人の全身に冷たい水滴を浴びせた。「こ、凍えそう」

トランプがうしろから波打ち際を走ってきて、興奮した声で吠え、さらに水しぶきを上げた。

「考え直そうとしても、もう遅いぞ」サマンサに笑みを返して、ベンは言った。「ぼくが水に入れば、きみもついてこなきゃいけない。ほんの少し進むにも、きみが必要なんだ」

寄せてきた波が二人の膝の上で砕け、サマンサは思わずあえいだ。

「こんなくだらないこと、誰が思いついたの？」

「答えを言うつもりはない。ぼくはいかなるときも紳士だから」

水がすでにウェストまで来て、さらに深くなるころには、サマンサは単にくだらないというより、最悪の思いつきだったと後悔していた。肩にかかる彼の腕の重さが少し消えたことに気づいた。やがて、完全に消えたと思ったら、ベンは海に潜っていた。彼が首をふりながら浮かびあがったため、サマンサにも水しぶきが飛んできた。ベンは水面に両腕を広げていた。彼が一人で立っていることにサマンサは気がついた。茶色い髪が頭に張りついている。顔にも、睫毛にも、ビーズのような水滴がついている。

ベンは端整な顔立ちで、男らしい生気にあふれていた。杖にもサマンサの肩にもすがることなく、まっすぐ立っていた。ああ、以前はどれほど華やかな輝きを放つ人だったのだろう。

彼に笑みを向けられたので、サマンサは親指と人差し指で自分の鼻をつまんで水に潜った。あえぎ、しぶきを上げて浮かびあがった。

「ふーっ。浮きやすいとか、塩辛いって言われた意味がわかったわ。あ、大きな波が来る」

しかし、岸からずいぶん離れていたため、波が二人の上で砕けることはなかった。サマンサが足を浮かせて波をやり過ごすと同時に、ベンは仰向けになって浮かんだ。石のように沈んで溺れたりはしなかった。

彼が身体を反転させてクロールでゆっくり泳ぎだすのを、サマンサは見守った。使っているのは主にたくましい腕だが、両脚も動かして推進力にしている。彼に追いつくためにサマンサも泳ぎはじめ、昨日の自分の言葉が正しかったことを知った。泳ぎ方を忘れてはいなかった。彼も忘れていない。サマンサが楽に呼吸できたなら、うれしさのあまり歓声を上げていただろう。

彼に追いつき、横に並んで同じリズムで泳ぎはじめた。

こんなに幸せな時間は生まれて初めてのような気がした。永遠に泳いでいられて、一度と浜辺に戻らなくてすめばいいのに。

ベンは涙が出そうだった。泳ぎ方を覚えていたばかりか、ちゃんと泳ぐことができた。両脚を動かしても痛みはなかった。

動ける。

痛みから解放されて。

自由だ。

どれぐらい泳いだのかわからないが、知らぬ間にサマンサが並んで泳いでいた。不思議な気がした。コテージで姿を目にして以来、全身の神経で彼女を意識しつづけていたというのに。彼女が服を脱いでシュミーズ一枚になったときには……ああ、言葉が見つからなかった。そして、彼女の傍らまで行き、その肩に腕をかけたときには……。

黒に近い彼女の髪はぴったりなでつけて、うなじできつく結ってあった。すらりとした二本の腕が交互に海面に現われて優雅なリズムを刻み、ふたたび水のなかに消えていく。揺らめく水を通して、シュミーズが第二の皮膚のように張りついた全身の輪郭が見える。水を蹴る脚は長くて、力強く、形がよく、腿のあたりまでむきだしになっている。ほっそりしたタイプではないが、みごとに均整のとれた美しい身体をしている。すべての男にとって、まさに夢の女だ。

彼の視線に気づいてサマンサが微笑した。彼も笑みを返した。

サマンサが仰向けになり、両腕を左右に広げて水に浮かんだ。ベンもその横で浮かんだ。空には雲ひとつなかった。

ベンは思った――めったに経験することがない至福のひとときだ。このひとときをとらえ、しまいこみ、大切に残しておきたい。そうすれば、ときどき眺めて、いまの幸せをよみがえらせることができる。しかし、もちろん、できるのはそこまでだ。それは〝思い出〟と呼ばれるものだ。

「あなた、泳いでたわね」

「きみも」

「ほんとに泳いでたわ、ベン」

ベンは首をまわして彼女を見た。「きみの言うとおりだ。泳ぐことができた」

ペンダリス館の浜辺に下りることができたら、たぶん、ずっと前にそれに気づいていただろう。ペンダリス館を去ったあと、ケネルストンでもっと多くの時間を過ごしていたら、たぶん湖まで出かけて、そのときに気づいていただろう。しかし、障害を意識しなくてすむ世界が、もしくは、障害から解放される世界があろうとは考えもしなかった。今日はクロールでゆっくり泳いだだけだ。しかし、もっと力強いストロークに挑戦すれば、海中で筋力を鍛えることができるかもしれない。肉体の能力の限界にはまだ到達していなかったのかもしれない。

サマンサがふりむいて彼を見た。「わたしもたまには正しいことを言うでしょ」

水面に浮かんでいたとき、二人の指が偶然に触れ、次は両方から進んで触れあわせた。ベンが彼女の手に自分の手を重ねると、彼女は手を表に返して、二人のてのひらを合わせた。

「今日みたいな日が過ごせてうれしいわ」

「ぼくもだ」

「あなたが遠く広く旅をして、本が一〇冊書けるぐらいの材料を集めても、今日のことを忘れずにいてくれる？　すごく有名な作家になったあとも」

「忘れるものか」ベンは断言した。「きみのほうも、ここで友達と崇拝者が山ほどできて、村と教会の活動で忙しくなっても、忘れずにいてくれるかい？　そして、ウェールズ語を習って、教会の屋根が浮きあがるほどの声で歌えるようになってからも」

サマンサは微笑した。「忘れないわ」

二人はもうしばらく水に浮いていた。犬の姿を捜すと、岩とタオルと二人が脱ぎ捨てた服のそばで寝そべっていた。太陽が暖かかった。

イングランドには彼女のための場所がなかった。ここにはぼくのための場所がない。イングランドに帰ったとしても、ケネルストンの主《あるじ》として居すわるか、もしくは、ロンドンかバースかそれ以外のどこかへ移り、一定の生活パターンを作って社会生活が営めるところに家を構えるかしないかぎり、ぼくのための場所はない。ずっと旅を続けるわけにはいかない。一人旅なんて考えただけで耐えられない。日記や何も書かれていない真っ白な紙は二度と見たくない。仕事についたほうがいいのかもしれない。実業界か、商取引の世界か、もしくは、法律の世界で。または、外交関係の仕事とか。領地の地主としての務めを果たす以外に、働くということを真剣に考えた経験はこれまで一度もなかった。莫大な財産があるから、結局のところ、働かなくても食べていける。

いや、いまは未来のことを考えるときではない。

現在のことだけを考えよう。いまのこの時間は、ときたま天が与えてくれる稀有《けう》なひととときだ。それだけのこと。ほんの一瞬のこと。しかし、その一瞬を心ゆくまで楽しんで、あとは一生の大切な思い出にすればいい。

「でも、今日という日はまだ終わってないのよ」彼の心を読んだかのように、サマンサが言った。

「そうだね」

コテージで夕食を楽しむひとときが残っている。そして、そのあと……。

賢明なことかどうか、ベンは判断しかねていた。その気になれば、賢明とは言えない理由を心のなかでいくつも挙げられるだろう。しかし、考えるつもりはなかった。この瞬間だけを大切にしたかった。今日これからどうなるかは、成り行きに任せればいいことだ。

サマンサはすでに身体を反転させ、浜辺に向かってゆっくり泳ぎはじめていた。ベンもあとに続いた。

「ここにいて」足の立つところまで行くと、サマンサは言った。

潮がわずかにひいていることにベンは気づいた。海に入ったときに比べると、岩までの距離が長くなっている。

ベンは立ち泳ぎをしながら、片手に杖を握りしめて砂浜を戻ってくる彼女を見つめた。シュミーズが身体にぴったり張りつき、想像をめぐらす余地がほとんどない。それなのに、当人はまったく意識していないらしい。

信じられないほどきれいな人だ。そして、言葉にできないほど官能的だ。

「人生って思いどおりにならないものね」しぶきを上げて海のなかに戻りながら、サマンサは叫んだ。「水に入ったとたん凍えそうだったのに、今度は水から出たとたん凍えそう」

「人生が思いどおりになるなんて、誰が言ったんだい？」

ベンは彼女から杖を受けとった。陸の上に戻るときが来た。

犬が波打ち際で跳ねまわり、二人が水から出てくるのが待ちきれないという顔で吠えていた。

岩にたどり着くと、ベンは片方の肩を岩に預けて、上半身と髪をタオルで拭いた。サマンサが背を向けたら、持参している乾いたズボンにはきかえるつもりだった。

「わたし、シュミーズの替えを持ってこなかったの」サマンサのその言葉に、タオルを持った彼の手が頭の横で静止した。「お日さまで乾かそうと思って」

しかし、彼女が砂の上にタオルを広げるのを見て、ベンはいまの言葉が自分の想像したような意味ではなかったことを知った。シュミーズを脱ぐつもりではなかったのだ。

「横になって、コテージに戻る前に少し日光浴しない？」サマンサが提案した。

「浜に打ちあげられたクジラという言葉を聞いたことはないかい？」

サマンサは怪訝《けげん》な顔で彼を見た。

「二度と起きあがれない。そうなのね？」そう言って笑いだした。「ほんとにごめんなさい。そこまで考えなかったわ。馬鹿ね、わたしって」

「横になってくれ。ぼくはここにすわるから」

サマンサは昨日二人ですわった岩に目をやった。

「あの岩なら横になっても大丈夫よ。そのほうが楽だわ。あそこだったら、立ちあがることもできる。ねっ？」

そこで二人はそれぞれタオルの上に横たわった。もっとも、サマンサは砂の上なのでベンより一メートルほど低い位置にいる。ベンは片方の前腕で太陽から目を守った。

「貴婦人というのは、ほんのわずかな陽光からも肌を守るものじゃないのかい？」

「わたしは肌の色がジプシーと同じなの。太陽を浴びたあとでなくても、人から眉をひそめられるわ。だって、磁器の肌、桃の頬、バラの唇なんて無縁ですもの。だったら、太陽の温もりと光を顔に感じるのをわざわざ避ける必要はないでしょ？　玄関から出るたびに――出る機会があればという意味よ――黒いベールを着けなきゃいけない暮らしが四カ月近く続くのが、どんなにうんざりするものか、あなたには想像もつかないでしょうね。ああ、ベン、家のなかには日の光もなかったわ。すべての窓のカーテンをほぼ閉じておくようにとマティルダがうるさく言ったから。ときどき、マティルダが部屋にいないとき、わたしは細く射しこむ光のなかに立って、大きく息を吸ったものだった。呼吸困難に陥った人間みたいに」

「そういう日々は終わったんだよ」

「そうね」サマンサはうなずいた。「神さまに感謝だわ」

たぶん、二人とも日焼けするだろう。ベンはそれで構わなかった。

「わたしって、どうしようもない悪女――？」

「違う」ベンは最後まで言わせなかった。

「五カ月ちょっと前には、マシューは生きてたのよ」

「そして、五カ月ちょっと前には、きみは一分一秒に至るまで夫のそばにいて、力のかぎり看病し、夫を元気づけていた」

「現実の世界を遠ざけておくのはむずかしいわね。ここにいるあいだは、ここにいるという純粋な喜びのことしか考えないって誓ったのに」

ベンが思わずサマンサのほうへ片手を下ろすと、彼女がその手をとって握りしめた。

「きみはこれから一生涯、好きなときにここに来られるんだよ」

「でも、あなたと一緒ではないわ」

ベンはそれに対する返事が浮かばず、彼女のほうはそれ以上何も言いたくない様子だった。二人で手をつないだまま、しばらく横になっていた。やがて彼女が起きあがり、ベンを見下ろした。シュミーズの前の部分が乾いていた。身体にぴったり張りついて男心をそそることはなかった。

「わたしは一生涯、あなたのことを考えつづけるでしょう。あなたがどうしているか、求めていたものが見つかったかどうかを考えるでしょう。わたしがそれを知ることはけっしてないけど」

「そのうち、ぼくの姉に手紙を書いたらどうだい？　ここの暮らしにもう少しなじんでから」

「ええ、そうね。もちろん書くわ。お姉さまがあなたの消息を教えてくださるでしょう。そして、たぶん、あなたもわたしの様子を知ることができる。あなたにその気があれば」

ベンはふたたび彼女の片手をとり、唇に持っていった。

「それだけでは、おたがいに物足りないだろうな」

「ええ」サマンサもうなずいた。「心を惹かれあうだけでは充分じゃない。そうよね？」

ベンは彼女の指の関節に唇をつけた。

「でも、たぶん」二人の手をじっと見つめて、サマンサが言った。「あと一日だけ――あるいは、二日か三日。ううん、一週間ほど。ここに一週間いることはできない？」

ベンはゆっくり息を吸った。「きみのおじいさんが二、三日中に戻ってくる予定だ。きみがこちらに移ってきたことを知るだろう。もしかしたら、無視しようとするかもしれない。あるいは、無視しないことにするかもしれない。もしかしたら、きみのほうがおじいさんを無視するかもしれない。いずれにしても、ぼくもここを去る気にはなれない……きみがもう少しこの土地に慣れるまでは。男の指図を受けるのをきみが嫌っていることは知っている。きみが一人でやっていけることも知っている。だけど……」

「だけど、とにかく、しばらくいてくださるのね？」

「うん。あと二、三日。いや、一週間ほど」

「あら、トランプ」サマンサは犬を見下ろした。大きな音を立ててサマンサの脚をなめている。「わたしの脚が塩辛いから、なめてきれいにしたいの？　馬鹿な犬ね」

「みんなに羨ましがられる犬だ」ベンに言われて、サマンサは驚いて彼のほうを向き、笑いだした。

ベンは岩の縁から慎重に両脚を下ろして上体を起こした。シャツを頭からかぶった。サマンサのほうを見て、そう遠くない以前に自分が馬で突き飛ばしそうになった、あの陰気な黒ずくめの人物と同じ女性であることに気づき、あらためて驚きの目をみはった。うなじでシニョンにまとめた髪はほとんど乱れていないのに、なんとなくしどけない雰囲気だった。焼けた肌、目の輝き、幸せそうな表情に、思わずドキッとさせられた。鼻先が艶やかに光っていた。

ベンは彼女のウェストの両脇に手をかけて自分の脚のあいだにひきよせ、唇を重ねた。潮風と夏の太陽の味がした。

「あなたの唇、塩辛い。トランプがわたしの脚をうれしそうになめてた理由がいまわかったわ」

二人は笑みを交わし、目をあけたままキスをした。

「ラテン語の語句があるわね。鯉《カープ》がどうとかっていう。うろ覚えだけど」

「いまを楽しめ《カルペ・ディエム》？」

「そう、それ。日はあっというまに過ぎていく。いまの時間を最大限に生かさなきゃ。だって、すぐに消えてしまうもの」サマンサは彼の額に自分の額をつけた。

「きみを傷つけないかと心配なんだ、サマンサ」ベンはため息と共に言った。「あるいは、ぼく自身が傷つかないかと」

「肉体的に？　いえ、そういう意味じゃないわね。あなたが黙って……去ってしまったら、わたしはよけい傷つくと思うわ。そうなってもいいの？」

ベンは目を閉じ、息を吸いこんだ。「よくない」

「コテージに戻りましょう。お湯で海水を洗い流して着替えればいいわ。わたしはトランプを少し走らせてくるから」

そう言うと、サマンサはドレスを着て麦わら帽子をかぶり、うれしそうに追いかける犬を連れて浜辺を走り去った。コルセット、絹のストッキングと靴、手袋と日傘、そして、上流の貴婦人にふさわしい上品な歩き方はどこへ消えてしまったのだろう？　ベンは口元をほころばせ、砂にまみれた彼女のむきだしの足首と、生気あふれる姿を賞賛の目で見送った。

彼女がぼくを求めている。失望させてしまうのか――それとも、もっと悲惨な結果になるのか？

いや、くよくよ考えるのはよそう。生涯にわたってこの身を捧げるわけではない。そうだろう？　二人の喜びのために、自分にできることをするだけだ。そして、喜びの向こう側にある痛みが大きすぎないよう、神に祈るしかない。

自分たちが火を弄んでいるような怯えを、ベンは感じていた。

18

プライス夫人が二人のためにチキンと野菜のパイを作ってくれた。息子の大好物で、亡くなった夫の大好物でもあったという。前菜がわりにニラネギのスープ、デザートにはゼリーとカスタードクリームが用意されていた。夫人はティーカップと受け皿に砂糖とミルクを添え、布をかけたケーキの皿をトレイにのせて、台所に置いておいた。やかんが火にかけられて静かに沸騰し、その横でティーポットが温められていた。

グラディスがサマンサのコルセットの紐を締め、バラ色の絹のイブニングドレスに着替えるのを手伝った。丹念にアイロンをかけておいたので、裾の二段のフリルにも、袖を縁どる小さなフリルにも、しわひとつなかった。まだわずかに湿っているサマンサの髪をカールさせ、優美に結いあげた。サマンサの首に真珠のネックレスをかけ、耳にも真珠を着けてから、一歩下がって出来栄えを確かめた。

「わあ、ほんとにおきれいです、奥さま。ロンドンの街で盛大な舞踏会に出たって、ぜったい注目の的ですよ」

「すべてあなたのおかげだわ、グラディス」サマンサは笑顔で言った。「でも、今夜は階下で夕食の席につくだけなのよ」

「けど、少佐さまとでしょ」メイドはため息をついた。どうやら、ベンにお熱のようだ。

「きっと、少佐さまの注目の的になります」

「そしたら」化粧テーブルの前の椅子から立ちあがりながら、サマンサは言った。「すべてあなたのおかげだって、かならず言っておくわ」

「やだ、やめてくださいよ」頬をバラ色に染めて、グラディスは言った。「少佐さまが奥さまをひと目見れば、それが馬鹿げた意見だってわかるはずです。奥さまだったら、袋を身にまとっても、周囲数キロに住むどのレディよりおきれいです」

サマンサはうれしくなった。はしゃぎたいほどだった。娘時代や新婚のころ、パーティや舞踏会の身支度をしていると、やはりこんな気分になったものだった。でも――ふと思った――今夜のために念入りにおしゃれをするなんて、ベンに悪いかもしれない。だって、ベンは午後に村からやってきたときの服をそのまま着るしかないんだもの。と言うか、泳いだあとで乾かしてふたたび身に着けたわけだもの。

しかし、居間で待つ彼のもとへ行ったとき、その目に浮かんだ賞賛の色を見て、サマンサのうしろめたさは消えた。それに、彼自身もとてもすてきだった。ブラシを見つけて上着とブーツの砂をきれいに払い落としたに違いない。しかも磨いてあり、ブーツが光り輝いている。上着の下のチョッキはきちんとボタンがかけてあり、新しいネッククロスを夜にふさわしい形に結んでいた。髪は櫛《くし》を入れて古代ローマのブルータスのようなスタイルにしてあり、それがよく似合っていた。

サマンサが片手で〝どうぞそのまま〟と合図をしたにもかかわらず、ベンは立ちあがり、宮廷ふうのお辞儀をした。

「きれいだ」と言った。

「日に焼けてても？」

ベン自身の顔も日焼けで赤らんでいたが、魅力的だった。健康的で生き生きしていた。

「太陽に当たると、きみの肌は赤くなるかわりに、ブロンズ色になるんだね。うん、日に焼けててもきれいだ」

そのとき、プライス夫人がドアのところに姿を見せ、「できたての温かな料理をテーブルに出しましたから、冷めてまずくなるのがおいやなら、いますぐいらしてください」と頼んだ。そして、「奥さまさえ構わなければ、エプロンをはずし、グラディスと一緒に歩いて村に戻ることにします」と言った。

というわけで、サマンサとベンは二人だけで食事をすることになった。ただし、トランプが台所からよたよたやってきて、火が入っていない暖炉の前にすわりこみ、食べるものが何か落ちてこないかと目を光らせていた。何も落ちてこなかったが、ベンがサマンサを笑わせようと思って少し食べさせてやった。犬嫌いのふりをしている彼だが、サマンサは信じなかった。トランプが彼になついているし、犬嫌いの人間に犬がなつくことはない。

料理は素朴なものだったが、栄養たっぷりでおいしかった。

ベンは軍隊時代の話をした。戦闘や暴力の話は避けて、愉快な逸話ばかりを選んだ。サマンサはマシューが連隊にいたころの話をした。ちょっとしたおもしろい出来事が中心で、なかにはよその人妻がからんだ話もあった。もう何年も忘れていたことだった。ベンはペンダリス館で過ごしたころのことも話した。やはり、仲間の面々が登場する軽く楽しい話が中心だった。サマンサはレイランド・アベイにいた子猫たちの話をした。馬番の一人が納屋の屋根裏で生まれた子猫たちを見つけ、溺れさせられたりしないよう、隠してこっそり世話をしていたが、やがてサマンサがそれを知った。しかし、馬番のことを言いつけたりはしなかった。それどころか、進んで協力し、子猫たちを可愛がった。子猫はやがて一人前に成長し、ネズミをとらえて日々の餌にし、自活するために納屋を出ていった。

「恩知らずな猫たちでしょ」サマンサは柔らかな笑い声を上げた。

ケント州で過ごしたあの一年間に多少なりとも楽しいことがあったなんて、いままでずっと忘れていた。

「だけど、猫たちの面倒を一生見てやろうなんて気はなかっただろ？」

「そうね、それは困るわ。八匹もいたんですもの」

「犬にとっては大迷惑だと思うよ」

「ええ」サマンサはうなずいた。「哀れなトランプ。トランプがあそこにいたら、きっと数で圧倒されて、自分の大きさを誇示するかわりに、列のうしろにすごすごとひっこんだでしょうね。大型犬だという自覚がないの。子犬のままだと思いこんでるの」

二人は笑い、トランプはおすわりしたまましっぽで床を叩いた。

サマンサはテーブルの上を片づけて食器を台所に運び、調理台に積んでおいた。お茶を淹《い》れ、トレイにのせて居間に運び、ランプに火を入れた。そして、二人で腰を下ろして、お茶を飲みながらさらに話を続けた。今度は本が話題の中心だった。そうこうするあいだに、窓の外の空が深い青に変わっていった。やがて濃紺に染まった。

そして、暗くなった。

サマンサは立ちあがってカーテンを閉めに行った。

突然、会話を続けることができなくなった。窓辺まで行ったのをきっかけに、夜が訪れたことを、そして、コテージの二人にはお目付け役もいないことを痛感したのだった。カーテンを閉めたあともしばらく窓のほうを向いて立っていた。

「帰ったほうがいいかな？」ベンが訊いた。「帰ってほしい？」

〝ええ〟と答えるべきだっただろう。これまでのところ、二人のあいだには何も起きていない。長い旅をしておたがいの距離が縮まっただけだ。あと何日かしたら、彼は去っていく。いまのままにしておいたほうがいい。さまざまな理由から、二人が共に過ごす未来はない。ここから一歩踏みだして、予測のつかない未知の世界に入るのは、やめたほうが賢明だろう。

このまま進めば失望が待っているかもしれない。いや、サマンサが躊躇している理由はそれではなかった。たぶん、痛みを感じるだろう。行為そのものではなく、そのあとのことに。彼が去ってしまうからだ。別れが待っている。どちらの痛みが大きいだろう？　彼と寝るのをやめて一生後悔すること？　それとも、彼と寝て一生……後悔すること？

いま彼から質問された。正確には二つ質問された。

ふりむいたサマンサは首を横にふった。「いいえ、帰らないで」

これが彼女の下した決断だった。

彼が杖を使って椅子から立つのを見守り、それから彼のほうへ近づいて正面に立った。

「帰らないで」もう一度言い、両手を上げてベンの頬をはさんだ。彼が髭剃りまでしていることに気づいた。剃刀を持参したに違いない。泊まっていくつもりだったに違いない。

「本当に後悔しない？」ベンが尋ねた。「きみを連れていくことはできないんだ、サマンサ。少なくとも当分は放浪生活を続けるつもりだから。また、ここに残ることもできない。ぼくにとって、ここは何もないところだ。おまけに、きみが再婚するには早すぎる。そして、ぼくは……結婚するのも無理だ。夫になる資格がない」

脚が悪いから？　妙なことだが、二、三週間前ならサマンサも彼の言葉に同意していただろう。負傷や障害とは二度と関わりたくなかったからだ。しかし、いくら動作が遅くても、彼のことを障害者とは思えなくなっていた。いまのように、両手が杖でふさがっているため、彼女を抱きしめることができないときは別だが。

「わたしは以前、一生幸せにすると約束してもらい、四カ月間は幸せに暮らしたわ。いえ、じつはそれも錯覚だった。だって、最初から幻想に過ぎなかったんですもの。何もかも嘘だった。今日の午後、ここに一週間いるってあなたは約束してくれた。その一週間を思い出に残るものにしましょうよ」

「思い出に残る恋に？」

「喜びと愛情に満ちたものに。後悔のないものに。あなたは後悔するかもしれない？　宿に戻ったほうがいいと思ってる？」

サマンサはしばらくのあいだ、彼がイエスと答えるのではないかと思った。やがて彼がサマンサに顔を近づけ、目を閉じて、額と額をつけた。

「ぼくには満足なことができないかもしれない」

男の能力に欠けるということ？　それを心配してるの？

「きみを失望させるかもしれない」

サマンサは一歩あとずさって微笑し、ランプをとりに行った。

「二階に来て。あなたに抱きしめてもらうだけで終わっても、失望なんかしないわ。いちばん幸せな思い出のひとつが、宿の同じ部屋で寝るしかなかったあの翌朝のことなの。目がさめたら、あなたがわたしに片方の腕をまわし、抱きしめてくれていた。誰かと肌を触れあわせたのは、ほんとに久しぶりのことだった。ブランブル館でキスされたことは別にして」

プライス夫人が台所の隅に作ってくれた寝床のほうへ、トランプがよたよた歩いていった。寝床があるのは料理用ストーブのそばで、犬用の水入れも置いてある。そこで、サマンサはランプをかざし、ベンにも前方が見えるようにして、先に立って二階へ行った。寝室のカーテンを閉め、上着とチョッキを脱いでネッククロスをほどく彼を見守った。やがて彼がシャツも脱ぎ、傷跡に覆われている日に焼けた筋肉質の胸をあらわにした。そこで初めて、サマンサは化粧テーブルのほうへ行った。

「ちょっといいかな」彼はそう言うと部屋を横切り、化粧テーブルの横に杖を立てかけてから、ベンチに腰を下ろし、脚を大きく広げて、そこに彼女をうしろ向きにすわらせた。

彼の指がサマンサの髪に伸びたので、彼女はうつむき、前にまわされた彼の手がヘアピンを抜いていくのを見つめた。やがて髪が肩に流れ落ちた。彼はブラシを手にとり、グラディスが丹念にカールさせておいた髪を梳きはじめた。

「二〇〇回？」耳もとで低く、彼が訊いた。

サマンサは軽く身を震わせた。「一〇〇回でいいわ」

「急いでるのかい？」

「いいえ」サマンサはため息をついて目を閉じた。「時間は存在しないわ。存在してほしくない」

「だったら、存在しない」ベンはそう言いながら髪を梳き、サマンサはやがて、髪のもつれがほどけていくのを感じた。カールも消えてしまった。

ブラッシングの回数をサマンサは数えなかったが、しばらくすると、彼がブラシを化粧テーブルに置き、真珠のネックレスの留め金をはずした。耳の真珠もはずした。指でドレスの背中のファスナーを下ろし、左右へ広げて、肩甲骨の片方ずつに唇をつけた。サマンサはドレスを胸に押しあてていたが、彼が前のほうへ手を伸ばして彼女の手をどけ、袖を腕からはずしてドレスを胸の下までひきおろしたため、シュミーズとコルセットだけになってしまった。

コルセットに押しあげられた乳房をベンの手が包んだ。彼女の肌を軽く愛撫する手は温かく、やがて、サマンサは身体の奥に、そして内腿に沿って、刺すような疼きが生まれるのを感じた。ベンが左右の親指と人差し指でそれぞれ乳首をつまんでころがし、やがて親指で先端をなでた。サマンサは彼の肩に頭を押しつけ、目をあけた。ランプの揺らめく光を受けて、鏡のなかの彼と視線が合った。

彼が何をしているかを、自分も見ることができるのだと気づいた。

ああ、どうしよう。

サマンサは手を両脇にやって、ズボンをはいたままの彼の腿の上で指を広げた。ただし、彼に痛みを与えないようごく軽く。

ベンがコルセットの紐をほどいて彼女を前に立たせ、服を脱がせた。衣類がすべり落ちて彼女の足元にたまった。彼は次にふたたび、サマンサを自分の前にすわらせた。

わたしは絹のストッキングとピンクのガーターを着けたまま——肌をなでる彼の手を見つめ、同時にそれを感じながら、サマンサは思った。彼女の腕も、肩も、乳房の深い谷間も、午後から太陽を浴びたせいでブロンズ色に焼けていた。あとの部分は対照的に白かった。両手もブロンズ色だった。

禁欲生活を送ってきた期間は二人とも同じぐらいだ。しかし、彼のほうがサマンサには及びもつかない豊富な経験を積んでいるはずだ。水泳と同じく、こちらのほうも忘れていない様子だった。サマンサのどこに触れればいいのか、てのひら、指、指先、親指、指の爪のどれを使えばいいのかを心得ていた。ついに、片手の指がサマンサの腿の付け根にある三角形の茂みにすべりこんでなかに入り、熱い部分を覆ってから、さらなる秘部に押し入って、そこを探り、そっとなでた。彼の親指が少し上で軽く円を描くと、サマンサは生々しい疼きに襲われて思わず声を上げ、身を震わせて彼にもたれかかった。彼の空いたほうの手でその胸にきつく抱き寄せられなかったら、身体を二つ折りにしていただろう。

「ああ」サマンサは空気を求めてあえいだ。身体が熱く、じっとり濡れて、全身の力が不意に抜けてしまったように感じた。うっとりする心地よさだった。「謝らなきゃ」

耳元で彼の笑いと声が低く響いた。「謝る？　そんなことはしてほしくないな」

しかし、サマンサは自分がひどく未熟なことを自覚し、彼が手で愛撫を続けて、指の技巧だけであのめくるめく喜びをもたらしたことに気づいていた。

「でも、わたしはあなたになんの喜びもあげられない」サマンサは反論した。

「本気で言ってるのかい？」彼がふたたび耳元で笑ったので、サマンサは鏡のなかの彼に目をやり、彼の瞳を見た。熱く潤んでいる——どうして？　欲望のせい？　情熱？　純粋な喜び？

信じられないほどハンサムな人。

「あなたったら、ほとんど服を脱いでないのね」サマンサはすねてみせた。

「なんとかしよう」ベンはふたたび彼女を立たせて、自分の杖に手を伸ばした。「ベッドに横になってごらん」

サマンサはベッドカバーを折り返してマットレスの端にすわり、彼が見ている前でストッキングを脱いだ。男性の前に裸身をさらすのは生まれて初めてだった。だが、恥ずかしさはなかった。たぶん、ランプの光が柔らかく揺らめいているからだろう。もしくは、彼の目に浮かんだ表情のおかげかもしれない。もしくは、彼に手で愛されて、いまも身体が喜びに火照っているからかもしれない。

サマンサは横になり、ベッドの裾に腰かけた彼がブーツと靴下を脱ぐのを見守った。気の毒に。従者の手を借りずに一日に二度もこんなことをしなきゃいけないなんて。楽な作業でないことは見ただけでわかる。

やがて彼が立ちあがり、ベッド脇のテーブルに置かれたランプの火を消した。彼が下穿《ばき》きを脱ぐ音が聞こえた。サマンサはがっかりした。見ていたかった。愛しあうときも、おたがいの姿を見たいと思った。しかし、ズボンをはいているときでさえ、彼の脚にゆがみが生じていて、上半身ほど筋肉が発達していないのがはっきりわかった。彼女と違って、裸の姿を見られるのに抵抗があるのは無理もない。

「できることなら――」サマンサの傍らに身を横たえながら彼が言いかけた。

しかし、サマンサは暗いなかで彼の唇をどうにか探りあて、片手でふさいだ。

「ベン」横向きになって言った。「わたしは怪我をする前のあなたを知らない。わたしにとって、かつてのあなたは存在しないのよ。わたしの前にいるのはいまのあなただけ。そして、わたしはその人と愛を交わそうと決めた。巧みな愛撫ができない人でも構わない。わたしは技巧なんて何も知らない。男の人もほかに一人しか知らないし。それも七年前の一七歳だったころの、ほんの短いあいだのことよ」

「横になったときでさえ、ぼくは巧みに動くことができない。水のなかだけは別のようだが。水中に場所を移したほうがいいかもしれないね」

サマンサは肘をついて上体を起こし、彼の肩を押して横たわらせた。

唇を寄せながら言った。「じゃ、わたしが巧みに動けばいいんだわ」

「おやおや」ベンの低い笑い声が聞こえ、彼が手を伸ばして彼女のヒップをつかんだ。

サマンサはベンの上へ身体をずらして折り重なると、彼に痛い思いをさせないよう、自分の脚を左右に広げた。そして、彼の温もりと、麝香《じゃこう》に似たかすかな匂いに潮の香が混じったものを吸いこんだ。海から戻ったあとで湯を浴びて、海水は洗い流したはずなのに。彼の胸の暖かく強靭な筋肉に乳房を押しつけた。唇を重ね、彼の舌に押されて口を開いた。

ベンの腰にまたがって膝を突いた。こうすれば、両手を彼の肌に這わせて、みごとな体格を感じることができる。彼の手の愛撫に身を委ねることができる。サマンサの胸に触れた彼の手が上に移って肩を抱き、背中を下り、ヒップを過ぎ、腿の外側を通って膝まで行ってから、ふたたび上がってヒップを包みこんだ。サマンサは顔を低くして彼の胸に唇をつけると、乳首をなめ、歯で軽く嚙み、彼のウェストとヒップの細さと、腿のあいだの温もりと、興奮を示すたくましい硬さを両手で感じとった。

それを手で包みこむと、ベンがゆっくり息を吸いこむ気配と音が伝わってきた。サマンサがてのひらと指先で愛撫するにつれて、それはまた一段と硬さを増した。

サマンサは膝を突いたまま身体を浮かせ、脚をさらに広げて、自分のもっとも柔らかな部分に彼をあてがい、伸びてきた彼の手にヒップを強くつかまれると同時に、彼の上に身を沈めた。

深く貫かれた瞬間、身体の奥の筋肉を収縮させ、頭を垂れて目をきつく閉じたまま静止した。これ以上にうっとりする感覚がこの世にあるとは思えない。あるはずがない。この人はベン。わたしの恋人。

サマンサは心のなかでこの言葉を意識的につぶやき、響きを楽しんだ。

わたしの恋人。

夫よりすてきだ。ええ、はるかにすてき。恋人という関係には自由がある。喜びを自由に与え、自由に受けとることができる。

彼の手がサマンサのヒップを支えて彼女の身体をわずかに持ちあげた。不意に彼が主導権をとってサマンサのなかで動きはじめ、奥深くまで貫く激しい律動をくりかえしたので、彼女は自分の身体を支えようとしてベンの胸に指先を伸ばし、頭をのけぞらせて快感をむさぼった。ベンの動きは速く激しかったが、一定のリズムを刻んでいたので、サマンサはそれに誘われるようにして、いつしかヒップを軽くくねらせていた。身体の奥の筋肉を収縮させてはゆるめ、彼をさらに奥まで誘いこんでおいて束縛を解く。彼女が膝に力を入れて行為に没頭するうちに、内腿に触れている彼のヒップが収縮と弛緩《しかん》をくりかえし、息遣いが荒くなり、彼の胸とそこに当てたサマンサの手が熱くなってじっとり汗ばんできた。彼が絶えず押し入ろうとしていた……どこへ？

これ以上どこに押し入るつもりなの？　すでにこれ以上は無理というほど奥深くまで入っているのに。

しかし、そのとき何かが大きく開いた。身体の奥にある何かが、柔らかな、苦痛と言ってもいいような言葉にできない何かが開いて、彼が強烈な勢いでそこに深く押し入った。サマンサは彼を締めつけ、その未知の場所に秘められた驚異のすべてを差しだして、彼の名をささやいた。

その柔らかな魅惑の場所に、彼がさらに二回、三回、四回と入ってきて、強引に何かを追い求め、ついに彼自身の場所を見つけだした。サマンサは熱を感じ、ベンの吐息を耳にし、彼の全身から徐々に力が抜けていくのを感じ、そして、差しのべられた彼の腕のなかに倒れこんだ。やがて、彼の横に脚を伸ばして、寄り添うようにふたたび身体を重ねた。いまも彼とひとつになったままだった。

この人が心配していたのは、不能に陥っているのではないかということだったの？　わたしも同じ心配をしていた――この人のことを思って。いまはうれしくて笑いだしたいほどだった。

しばらくすると、背中と肩がベッドカバーに覆われるのを感じた。彼の腕がそれを軽く押さえ、二人は数分のあいだ、抱きあったままゆったりと横になっていた。

「忘れてしまったことがある」やがて、サマンサの耳元で彼の声が柔らかく響いた。

「ん……？」サマンサはいまにも眠りに落ちそうだった。

「きみのなかで果ててしまった」

「ん……」目がさめた。彼が片手でサマンサの髪を弄んでいた。

「ぼくがここを去る前に……約束しておかなくては」

サマンサは目を開いて、ほのかに明るい窓の四角形を見つめた。

「きみの手紙を受けとることができる場所を決めておこう。ぼくがここに戻る必要が生じたときのために」

サマンサのほうは忘れていなかったが、わざと無視したのだった。なんとも愚かで無責任なことだ。

「新婚のあいだも妊娠したことは一度もなかったわ」

「だが、子供ができないとは言いきれない」

二人の情事はこれで終わりということ？　ほとんど始まってもいないうちに？　ふたたび危険を冒すのは避けようというの？

「あなたを罠にかけて結婚を迫ろうなんて気はないわ」

「よくわかっている。だが、本当に子供ができているとしても、〝罠にかける〟という言葉を使うのはよくないな。そうだろう？」

サマンサは何も答えなかった。しかし、彼の上から身体をすべらせて横に寄り添った。彼がサマンサの手を握り、二人で指をからみあわせた。

「じゃ、終わりにしなきゃいけないの？」

ベンはすぐには答えなかった。

「きみにとっては耐えられない悲劇だろうか？」サマンサに尋ねた。「子供ができるのが。ぼくと結婚するしかなくなるのが」

「悲劇ではないわ」レイランド・アベイに身を寄せていたあいだ、赤ちゃんがいれば、ここでの暮らしにも耐えられるだろうと思ったものだった。もっとも、マシューが戦地で負傷して帰国したあとは、子供がいないことを心からありがたく思ったが。「あなたにとっては悲劇なの？」

「もし子供ができているとしたら、自分がかつて妊娠の可能性を悲劇と呼んだなどと、生涯にわたって思いだすようなことはしたくない。きみもぼくも結婚は望んでいないし、もし望んだとしても、いまの状況だと結婚はむずかしい。ただ、ぼくの人生においては、わが子にとって必要なことを何よりも優先させたいし、子供には父親と母親が必要だ。夫婦として結ばれ、愛しあっている両親が」

彼は柔らかな声で話をした。慎重に言葉を選んでいるのは明らかだった。サマンサは何かがこみあげてくるのを感じた……悲しみ？　いや、悲しみではない。しかし、名状しがたいせつなさに胸が痛み、涙が浮かび、その涙をこらえたために喉の奥が痛くなった。

〝夫婦として結ばれ、愛しあっている両親……〟

ベネディクト・ハーパーに愛され、二人で子供を育てることができたら、どんなに幸せだろう。状況が違っていれば……。

サマンサは彼の肩に額を預けた。こんな展開は予想していなかった。楽しむことだけを目的に、短い情事にふけるつもりだった。

「これからどうするの？」サマンサはベンに訊いた。

「一週間だけ愛しあおうと、おたがいに約束しただろ。別々の人生を歩みはじめる前に。その約束を守り、困った結果になったときは、その時点でどうするか考えることにしよう」

サマンサはその瞬間、怖いほどはっきりと、あることを悟った。自分が行きずりの情事には向いていないことを知ったのだ。マシューの死に続く麻痺したような喪失感が消えたあとに自分が望むのは、自由になること、生きることだろうと思っていた。しかし、自分が本当に望んでいるのは、そして、以前から望んでいたのは、愛することだったのだ。できることなら、相手からも愛されたかった。

ところが、情事に走ってしまった。情事とは本来、一時的なものだ。官能だけを追い求めるものだ。いずれ、かつてなかったほどの喪失感に見舞われることだろう。

ただし、子供がいれば話は違ってくる。

だが、妊娠していないよう願うしかない。そんなことで彼を縛りつけたくないからだ。

ベンが彼女の手を握りしめた。

「ぼくが宿に戻ったのは何時何分だと正確に記録する連中がいるに違いない。きみとここで食事をとり、そのあとお茶を飲みながら雑談しただけだと思ってもらえるよう、あまり遅くならないうちに帰らなくては」

ベンは彼女に身を寄せて唇を重ね、そのあと、サマンサはベッドの脇に脚を下ろして立ちあがり、ネグリジェとガウンを見つけた。

「階下で待ってるわ」と言って、服を着る彼を残して部屋を出た。

一五分ほどしてから、思いがけず外に出してもらって大はしゃぎのトランプが庭を駆けまわるあいだに、サマンサは室内履きとガウン姿で彼と一緒に納屋まで歩いた。ベンが馬を馬車につなぐあいだ、そばで待っていた。

彼が馬車に乗る前に片腕を広げたので、サマンサは彼に近づいて抱きしめた。ベンは月光のなかで彼女にキスをし、笑顔で見下ろした。

「ありがとう」

「何が？」

「ぼくをふたたび男らしい気分にしてくれて」

「わたしから見れば、あなたはいつだってとても男らしい人よ」周囲は暗いが、彼の顔にちらっと浮かんだ笑みが見えた。

「ありがとう」彼はもう一度言うと、ゆっくり馬車に乗りこみ、杖を置き、両手に手綱を持って、ふたたびサマンサを見つめてから、馬に出発の合図を送った。

「おやすみ、サマンサ」

「おやすみ、ベン」

彼が去っていき、馬車の姿も音も消えたあとで、サマンサはついに涙を流した。一週間後には、おやすみの挨拶ではなく別れの挨拶が待っていることを、考えずにはいられなかった。

わたしったら、なんてことをしてしまったの？

19

天候が二人の味方をしてくれた。それから四日のあいだ、雲ひとつない空に太陽が輝き、大気は季節を先取りした暖かさだった。

ある朝、サマンサは村まで歩いて出かけた。ベンと二人で宿屋の馬車を借りて橋を渡り、浜辺の上のほうに延びる小道を走りながら、途中で何回か止まって小舟を眺めたり、潮の香を吸いこんだりした。ベンが少人数の漁師と雑談するあいだに、サマンサは犬を短い散歩に連れていった。プライス夫人には、コテージには戻らないと断わっておき、宿で彼と一緒に昼食をとった。

翌朝はミス・ベヴァンの旧友という女性が娘を連れて挨拶にやってきた。ベンはあとで馬車を駆ってコテージへ行ったときに、その訪問のことを詳しく聞かされた。

「近いうちに午後のお茶にどうぞって誘われたわ。あなたも誘われたのよ、ベン。そのとき、あなたがまだ村にいたらね。すごく優しい人たちよ。チューダー夫人っていうんだけど、大おばのことをあれこれ話してくれて、わたし、大おばをほんとに知ってるような気がしてきたわ」

「行くつもり？」

「もちろん。あなたが――い、いいえ、午後の時間が空いてる日があれば」

あなたが旅立ったあとで――本当はそう言おうとしたのだった。しかし、ベンは彼女のために喜んでいた。サマンサに愛想よく会釈をする村人も何人かいた。彼女のことを知っているのは明らかだ。牧師夫妻は向こうから自己紹介をしてくれた。そして今度は、サマンサの大おばの旧友とその娘がコテージを訪問し、お返しに自宅に招いてくれた。村に来てまだ何日もたっていないのに。この村がじきにサマンサの故郷になるだろう。ブランブル館で暮らしていたころは、周囲に溶けこむ機会がなかったようだから。

この村で暮らせば、彼女はかならず幸せになれる――もっとも、祖父にはまだ会っていないのだが。

午後は毎日二人で泳ぎに行った。ベンにとって水泳は麻薬のようなものとなった。ここを去ったあとも、夏の残りをどこかの海辺で過ごさずにはいられない気がした。ブライトンあたりがいいだろうか。流行の先端を行くリゾート地なので、ベンの好みには少々合わないけれど。泳いでいるあいだは、自分の脚が不自由なことをほぼ忘れていられる。

水のなかだと、なんだかはしゃぎたい気分になるほどだった。ときには二人で競争して、毎回ではないもののベンが勝ったときには、彼女が来るのを待って抱きあげ、くるくる回転させて、褒美のキスをせがんだ。ときには彼女を追いかけ、水に潜って彼女の真下から浮かびあがり、水中に転倒させることもあった。最後は二人一緒に浮かびあがり、息を切らして目から水を払いのけながら、笑いころげるのだった。

ベンは何年もの歳月が潮に流されて消え去ったように感じていた。ごくふつうの男に戻れた気がした。元気をとりもどし、活力があふれてきたのを感じた。生きる喜びを味わった。いまという瞬間のためだけに生きていた。週の終わりに旅立つ予定だが、それで頭を悩ませても意味がない。そのときが来たら考えることにしよう。

また、愛を交わすたびに妊娠の心配をしても意味がない。情事を続けるか、やめるかのどちらかだ。続けている以上、単純に楽しめばいいことだ。子供ができたときは手紙で知らせる——彼女がそう約束した。そうしたら、ここに戻ってきて彼女と結婚する。二人とも結婚は望んでいないが、仕方のないことで……。いや、望んでいないわけではないが、とにかく、子供のために結婚という形をとることになる。

軽率で無責任な生き方と言うべきだろうが、ベンは気にしなかった。ときには、幸福に単純に身を委ねたほうがいい。人生が与えてくれる幸福はほんのわずかしかないのだから。

ベンはとても幸せだった。毎日、夕食までコテージにいて、食後はいつも居間でお茶を飲んでゆっくり話をする。一刻も早くベッドにころがりこもうとするのではなく、その前に二人で過ごす時間を楽しむことで、どういうわけか、愛の行為の喜びがさらに大きくなる。

二人が愛を交わすのは暗闇のなかだった。ランプを消したときに彼女が落胆したことはベンも知っているが、自分のいまの姿を見られるのは、ベンにとって耐えがたいことだった。

二度目の夜のときも、サマンサが上になった。しかし、しばらく眠ったあとで、今度は交替して彼が上になり、もう一度愛を交わした。最初は少々辛くて、体位を変えずに続けられるかどうかベンは自信がなかったが、情熱が痛みに打ち勝ち、彼女の腕を頭の上で押さえこみ、おたがいの指をしっかりからめて、ゆっくり丹念に行為を続けるうちに、やがて二人が同時に歓喜の瞬間を迎えて身を震わせた。あとで脚がひどく痙攣《けいれん》したものの、その試練のなかをどうにか生き延びることができた。

サマンサは美しく豊満で、すべすべの肌と絹のような髪を持ち、いつもクチナシのかすかな香りを漂わせている。温かくて、情熱的で、性の喜びに貪欲《どんよく》だ。そして、ベンは愛の行為ができることに、喜びを受けると同時に与えられることに、自分でも驚いていた。親密な関係を求めても相手に嫌悪されるだけだと思っていたが、杞憂だったのだ。この愚か者。

ただ、彼女にはまだ自分の本当の姿を見せていなかった。

午前零時を過ぎないうちに村の宿に帰るよう、ベンはつねに気をつけていた。いずれにしろ、噂と憶測がけっこう生まれていることは想像がつく。召使いの二人がどちらも住込みでないことと、付き添い役のコンパニオンがいないことと、夕方から朝食前までサマンサが一人きりだということは、村のみんなが知っているに違いない。しかし、そうした噂が公然たるスキャンダルに変わることだけは阻止したかった。

あと少ししてぼくが旅立てば、噂はすべて消えるだろう。

だが、旅立ちのことはまだ考えないでおこう。一週間ここにいると約束した。彼女と自分自身の両方に約束した。

　五日目もやはり太陽が輝く一日だった。ただ、空の青さを点々と彩るふんわりした白い雲がときたま日陰を作り、それと一緒に涼しさを運んできた。ベンは昼食を終えると、タオルと替えのズボンを入れた袋を馬車の座席に置いて、いつものようにコテージへ出かけた。ところが、コテージに着いたとき、たいてい庭に出ているサマンサの姿がなかった。犬までが姿を消している。納屋で馬を馬車からはずし、歩いてコテージに戻っても、サマンサは姿を見せなかった。

　彼女は青とクリーム色の縞《しま》模様のモスリンのドレスというきちんとした格好をして、居間のほうにいた。泳ぎに行くときはいつも、いちばん古いドレスなのに。しかも、今日は髪を高く結いあげて、こめかみとうなじに細い巻毛を垂らしている。亡霊のように青ざめた顔をしていて、この一週間、太陽の下で多くの時間を過ごしていたとはとても思えなかった。

　ベンに挨拶したときの顔には笑みひとつ浮かんでいなかった。

「サマンサ？」ベンは部屋に入ると、足を止め、しっぽをふっている犬の頭をなでてやった。

「馬鹿だったわ」サマンサが言った。「きっぱり断わるべきだった。いえ、断わったのよ。でも、とりあってもらえなかった。あなたと泳ぎに行きたいのに。いいお天気だし、残された時間はあまりないのに」

　ベンは杖に寄りかかり、部屋の真ん中にじっと立っていた。

「何があったんだい？」

「人が訪ねてくるの」毒のある口調で、サマンサは言った。

「ほう？」しかし、誰が来るのか、ベンにも見当がついた。

「秘書を送りこんできたのよ。わたしが本当に自分で言ってるとおりの人間かどうかを、確かめるためでしょうね。ただし、秘書の人は〝雇い主が午後からお伺いしたいので、ご在宅かどうかを確認しにまいりました〟と言ってたけど」

「きみのおじいさん？」

「ベヴァン氏よ。秘書なんかよこして、自分は偉いんだぞって言いたかったのかしら」

ベンは腰を下ろし、杖を椅子に立てかけた。「おじいさんに会うかどうかについて、きみに選択の余地を与えたかったんだろう。この午前中に秘書じゃなくて当のおじいさんが来ていたら、きみに選択の余地などなかったはずだ。おじいさんは強引な干渉を控えるつもりかもしれない」

「そうね」サマンサは言った。「そういうのをいやがる人なのは知ってるわ。一度も干渉しなかったんだから」

「だが、とにかくここを訪ねてくる」

「そのようね」

サマンサは怒りに燃える目をベンに向けたが、彼の姿は目に入っていない様子だった。

「わたし、秘書の人に言ったのよ。〝ベヴァン氏とは話をする気も、知り合いになる気もありません。会うのもいやです〟って。そしたら、〝ここでずっと暮らすおつもりなら、世捨て人にでもならないかぎり、氏とたびたび顔を合わせることは避けられません〟と言われたわ。村の教会に通うつもりかという質問もされた」

「ベヴァン氏もその教会に？」

「ええ。でね、ついに、お目にかかりますと答えてしまったの。わたしがどう思っているかをベヴァン氏に告げて、そのままお帰りいただく。それで一件落着。今後、ばったり顔を合わせる機会があれば、礼儀正しく会釈をして、血縁関係など気にせずにそれぞれの暮らしを続けていけばいい」

サマンサの口調は、本当にそう思っているという感じではなかった。

「ぼくは失礼しようか？」ベンは彼女に訊いた。

「だめ！」サマンサの手が椅子の肘掛けをきつく握った。「帰らないで、お願い。一対一で会うのを避けようとするなんて、わたしったら、ひどい臆病者ね。ほんとは一人で会うべきなのよね。あなたはきっと、向こうが姿を見せる前に出ていきたくてうずうずしてる。そうでしょ？」

「サマンサ、ベヴァン氏はぼくの祖父ではない。怪物でもないはずだ。もし怪物だったら、ぼくがきみを守る騎士となって、杖でおじいさんを撃退してあげよう。どちらにしても、喜んで同席させてもらう。会ってみたいという好奇心があるんだ」

そして、初めての顔合わせに立ち会うことへの好奇心も。

サマンサが不意に小首をかしげ、犬がのっそり起きあがってワンと吠えた。開いた窓から、馬車が近づいてくる紛れもない音が聞こえてきた。

サマンサはレイランド・アベイへ行っていればよかったと後悔した。〝知らぬ神よりなじみの鬼〟という諺《ことわざ》があるではないか……でも、いいえ、ヒースムア伯爵のきびしい監視のもとで送る人生以上に悲惨なものは考えられない。

それに、ここはわたしのコテージだ。誰を迎え入れるか、追いかえすかを決めるのはこのわたし。祖父の訪問を許可することにした。今回だけ。祖父はまたすぐによそへ出かけるだろう。そうすれば、わたしは自由。

しかし、そう考えても、いまこの瞬間にはあまり役立ちそうになかった。サマンサが椅子から動こうとせず、ベンも椅子にじっとすわっているあいだに、庭の門の外に馬車が止まり、窓から人の声が聞こえてきた。もとの場所でじっとしていないのはトランプだけだった。居間のドアのところに立ち、ドアの反対側に突き抜けそうなほど強く鼻を押しつけ、不格好な身体のあらゆる輪郭に熱意をにじませて、風を受けた旗みたいにしっぽをふっていた。

玄関扉にノックが響き、すぐさま扉があけられた。きっと、プライス夫人も馬車が到着する音を聞いたのだろう。耐えがたい緊張の瞬間が流れ、やがて居間のドアを軽く叩く音がした。プライス夫人がドアをあけ、トランプが三〇センチほどあとずさった。

「ベヴァンさまがお越しです、奥さま」訪問のことはプライス夫人も知っていたのに、夫人の目はまん丸だった。

ベヴァン氏は背の高いほうではなかったが、頼もしい雰囲気で、存在感があった。物腰が自信に満ちていた。銀髪だが、ところどころに黒髪も残っている。好感の持てる陽気な顔をしている。若いころはハンサムだったに違いない。なるほど、いまも風格がある。身に着けているものは高価で趣味がいい。

サマンサは自分でも気づかないうちに立ちあがっていた。

ベヴァン氏は彼女に目を向け、次にトランプを見下ろした。トランプはしきりに吠えたり飛び跳ねたりして、躾がなっていないのが一目瞭然だった。

「紳士というのは、人前で自分だけ目立とうとはしないものだぞ」ベヴァン氏がうっとりするような柔らかいウェールズ訛りで言った。「おすわり」

すると、トランプはたちまち裏切り者になって、おすわりをし、舌を垂らしてしっぽで軽く床を叩きながら、利口そうな目でこの新しい友達を見上げた。

「マッケイ夫人？」ベヴァン氏は言った。「サマンサだね？」

氏はサマンサに視線を据えたまま右手を差しだし、自信に満ちた足どりで部屋の向こうからやってきた。自分と同じぐらいの背丈だとサマンサは気がついた。

わざと不作法にふるまう気がないかぎり、握手に応じるしかサマンサには選択肢がなかった。ベヴァン氏は彼女の手を温かく握って、そこにもう一方の手を重ね、そのあいだずっとサマンサに視線を据えていた。

「お母さんにはあまり似ておらんようだ。肌の色以外は。しかし、ああ、おまえのおばあさんにそっくりだ」

ベヴァン氏はサマンサの手を唇に持っていき、それから放した。

「ベヴァンさま、サー・ベネディクト・ハーパー少佐を紹介させていただけますか？」

ベンもすでに立ちあがっていた。

「初めまして」ベンは頭を下げた。「お目にかかれて光栄です」

ベヴァン氏の目が彼をざっと見た。「戦争で負傷されたようだな、少佐どの」

「はい」

「そして、故マッケイ大尉のご友人だったと聞いておる。村の出来事やゴシップで、キャルトレヴに住むわしの耳に入ってこないものは、そう多くないのでな。わが家の召使いたちを黙らせてもいいのだが、なぜそこまでせねばならん？ ゴシップを聞くのが、わしはけっこう好きなのだ」

ベヴァン氏がそう言いながらベンに鋭い視線を向けたので、サマンサは怒りが湧きあがるのを感じた。ゴシップってなんのこと？ なぜわざわざそんなことを言うの？

「正直に申しあげると、ぼくはマッケイ大尉と知りあう光栄には恵まれませんでした」ベンがそう答えるのを聞いて、サマンサの視線が彼に飛んだ。「夫人とお近づきになったのは、大尉が亡くなったあとだったのです。ある耐えがたい事情によって夫人がこちらに来る決心をされたとき、その旅に付き添う者が一人もおりませんでした。そこでぼくがお供をしようと申しでたわけです。満足できる解決法とはとうてい言えませんが、それが精一杯でした」

この人、わたしの祖父に謝ってるの？ サマンサは顎をつんと上げ、両方の男性をにらみつけた。

「殿方の護衛など、わたしには必要なかったのに、サー・ベネディクトがどうしてもとおっしゃったのです」

男性二人がサマンサを見た。ベンはややおどおどした顔で。祖父のほうは笑みを浮かべて。笑顔になると、目尻に魅力的なしわが刻まれる。きっと、よく微笑する人に違いない。

「それでこそ、わしの孫だ」祖父はそう言って、サマンサをさらに激怒させた。

「とにかく、おすわりになって」サマンサはぶっきらぼうに言った。「二人とも」

しかし、当然ながら、二人は彼女が先にすわるのを待った。どちらも完璧な紳士だ。

「わしはこの六年から七年のあいだ、おまえとの連絡を絶ってきた」祖父が言った。片手でトランプの頭をなでていて、犬はうっとりと目を閉じていた。

「この六年から七年のあいだ？」サマンサは眉を上げた。

「おまえが結婚したことを、おまえの父親が手紙で知らせてくれて以来ずっと。わしはおまえに手紙を出すのをやめた。マッケイ大尉は伯爵家の息子だ。そうだろう？　上流階級だ。石炭と鉄で財をなした身内がしゃしゃりでて、おまえに恥をかかせたりしてはいかんと思ったのだ。おまえの夫が大怪我をして、夫婦でイングランド北部に移ったことは知っていた。遠くからではあるが、ずっと見守っていたのだ。だが、おまえの夫が亡くなったことは知らなかった。すまないと思っている。おまえに申しわけないことをしたと思っている」

手紙を出すのをやめた？　ずっと見守っていた？　わたしのことをすべて知っていたというの？　これまでずっと？　サマンサは膝の上で握りしめた自分の両手を見つめた。関節が白くなっていた。

「いいんです」沈黙を破るために何か言わなくてはと思って、サマンサはつぶやいた。

「わしは一週間ほどスウォンジーへ行っていた。昨日戻ってきて、おまえがこちらに来ていると聞いたとき、きっとわしを恨んでいるのだろうと思った。来るという連絡がひと言もなかったからな。けさ、様子を探るためにエヴァンズを行かせたところ、やはり恨んでいるようだとの報告があった。人生には往々にして、どっちの道を選んでもクソ扱いされることがあるものだ。下品な言い方を許してくれ。伯爵家の嫁の前ではふさわしくない言葉だな。だが、そう思いませんかな、少佐どの。わしが手紙を出しつづけていれば、厄介なことになっただろう。だからやめたのだが、それはそれで間違っていたような気がする。おまえは一度も返事をくれなかったがな。たまに短いメモが届いただけで」

短いメモ？　サマンサは顔を上げて祖父を見た。心に疑念が生じていた。疑念以上のものが。お父さんは少なくとも一度、この人に手紙を書いている。ほかにどんなことをわたしに隠していたの？

「あなたはわたしの母を捨てた人です」サマンサは言った。「母がまだ幼い子供だったころに。母があなたのお姉さんにひきとられて、ここで暮らしていたあいだ、あなたは知らん顔だった。母が家を出てロンドンへ行ったときも、あなたはあとを追おうともしなかった。結婚してわたしが生まれたときも、見に来てはくれなかった。母が亡くなったときも、あなたは来なかった。何もしてくれなかった。ずっと没交渉だった」

サマンサは自分の意見が正しいことを願っていた。自分の世界がまたしても激震に見舞われるのは望んでいなかった。

祖父の顔が青くなった。トランプの頭をなでる手が止まった。

「両親はおまえに何を話したんだ？　わしのことをどう言っていた？」

「何も聞いてないわ。わたしの祖母にあたる人がジプシー仲間のところに戻ったあと、幼かった母があなたに捨てられたということ以外は。あとは何も知りません。あなたは母の人生から完全に消えてしまった」

「なんと……」祖父の手がトランプの頭から離れ、椅子の肘掛けに置かれた。「では、中流階級のわしが築いた財産を、おまえが恥じていたせいではなかったのだね？」

「あなたの財産のことなんて知らなかったわ」サマンサは叫んだ。「何ひとつ知らなかった。たぶん労働者か放浪者で、愚かな結婚をして、足手まといの子供を抱えこみ、自分のお姉さんにその子の世話を押しつけたんだろうと思ってました。母を育ててくれたその人のことも、わたしは何も知らなかった。知ってたのは、その人がこのコテージを持ってたことだけど、母はそれをあばら家と呼んでたわ。だから、わたしもあばら家だと思いこんでたの。新しい人生を築くあいだ、どうにか住める状態であってほしいと願っていただけ。あなたが生きていることも知らなかった」

ベンがふたたび立ちあがり、サマンサの椅子までやってきて、彼女の手に大きなハンカチを握らせ、それからゆっくりと窓辺へ行った。サマンサはハンカチを目に押しあてた。自分が泣いていることに気づいてさえいなかった。

「ああ、なんと不憫な」祖父が言った。

しかし、しばらくのあいだ、それ以上は言えなかった。ドアが開き、大きなトレイを手にしたプライス夫人が満面の笑みを浮かべて入ってきたのだ。サマンサはハンカチを椅子の横にあわてて下ろした。

「おお、プライス夫人」祖父が言った。「いつものように、みんなを太らせようとしておるのかね？」

「お茶と一緒に、ケーキを少し食べてもらおうと思っただけですよ」プライス夫人はそう言うと、トレイをサマンサの横のテーブルに置き、自分でお茶を注ぎはじめた。「お料理以外の何に時間を使えばいいんです？　奥さまはとても几帳面な方だし、身のまわりのお世話はグラディス・ジョーンズがやってくれますからね」

「ところで、鍛冶屋をやってる息子さんの具合はどうだい？　手はもう治ったかね？　ハンマーというのは、指ではなく鉄床《かなとこ》の上で使ったほうがいいと思う。まあ、それはわしの意見だが」

「腫れあがって三倍ぐらいになってました。しかも、どす黒く変色して、痛そうで。本人は認めようとしませんでしたが。でも、どうにかよくなりました。おかげさまで。心配してくださってたと息子に言っておきます。それから、お見舞いまで――」

しかし、祖父の手がわずかに動いたのを見て、プライス夫人は黙りこんだ。

たから」

「いえ、あの、ほんとにありがたかったです。あの子、一週間ほどろくに仕事ができなかったから」

プライス夫人はみんなのところにお茶を運び、それから部屋を出ていった。

「こんな罰を受けるのも仕方がないか」ため息と共に祖父が言った。「プライス夫人も気の毒に。夫人の焼くケーキがおいしいのはわかっておるが、いまは喉を通りそうにない。おまえも食べる気分ではなかろうな、サマンサ。だが、とにかく無理にでも食べないと。そうだろう？　手もつけなかったら、夫人を悲しませることになる。少佐どの、よかったらこっちに来て協力してくれ」

ベンは窓辺でふりむき、それから自分の椅子に戻った。

「サマンサ、話を聞いてくれるなら、これまでのことをおまえに話したい」祖父は続けた。「だが、いまはやめておこう。それから、おまえの話も聞かせてほしい。あばら家しかないものと思いつつ、おまえがここまで来た理由を知りたい。お父さんの身内はもちろんのこと、伯爵家の人たちもいるのだから、暮らしには困らなかったはずなのに。だが、それもいまはやめておこう。ハーパー少佐、負傷されてからどれぐらいになるのかな？」

主導権をとるのに慣れてる人だわ、とサマンサは気がついた。しかも、さりげなくやっている。ここはわたしの家の居間なのに、この人が会話を巧みに進め、ほんの数分前まで感情的だったやりとりを静めた。そして、ケーキをトランプに食べさせている。おかげで、みんなが旺盛な食欲を発揮してプライス夫人のケーキを平らげたように見せることができる。

ベンはいつどこで負傷したかをベヴァン氏に語った。ただし、詳しすぎる説明は避けた。ペンダリス館で送った治療と静養の日々のことと、三年前にそこを離れたことを語った。

「では、杖なしで歩くのはもう無理なのかね？」祖父は尋ねた。

「はい」ベンは答えた。

「それで、何をなさっておいでです？　ご自分の家をお持ちですかな？」

ベンはケネルストンのことを話し、ベヴァン氏に質問されると、弟とその妻子のことや、一家を屋敷から追いだすのを躊躇していることや、荘園管理の仕事で弟が得ている報酬のことを話した。

「ふむ、なかなかむずかしい立場におられるわけだ」祖父が言った。

「ええ」ベンも認めた。「しかし、何かすることを見つけるつもりです。怠惰な暮らしには向いていないので」

「すると、陸軍士官になったのも自ら選んだことですか？　誕生と同時に父上があなたを軍人にしようと決めたからではなく？　貴族の家ではそういうケースが多いと聞いているが。一人は爵位を継ぎ、一人は教会に入り、一人は軍隊に入る」

「自分で選んだことです」ベンは言った。「それ以外の道は考えもしませんでした」

「では、活動的な人生が好きなわけだ。人々の指揮をとるのが好き。戦闘の指揮をとるのが好き」

「士官には二度と戻れません」ベンはぶっきらぼうに言った。

ベンを見たサマンサは、彼がどれだけ傷ついていたかをはっきりと理解した。家屋敷のことで弟に断固たる態度をとらなかったのも、それで説明がつくかもしれない。ケネルストンを運営していくのは、彼にしてみれば物足りない挑戦なのだろう。今後も彼が満足できる挑戦はおそらくないだろう。

「そうだな」祖父はうなずいた。「わしにもわかる」

それから炭鉱のことを少し語った。ロンダ渓谷に炭鉱を二つ所有しているという。また、スウォンジーの近くの渓谷にある製鉄所の話もした。この一週間、そちらへ出かけていたのだ。ベンが次々と質問をすると、祖父は熱をこめて答えた。やがて立ちあがって暇を告げた。

「いつまで滞在されますか、少佐どの」

ベンはサマンサを見た。「あと二、三日の予定です」

「ならば、明日、わしの孫娘と一緒にキャルトレヴに食事に来てもらいたい」祖父は言った。「来てくれるね、サマンサ。うちにもプライス夫人に負けないぐらい腕のいい料理番がいる。おまえの話に耳を傾け、おまえにもわしの話を聴いてもらいたい。そのあとは、おまえが望むなら、わしから離れてここで静かに暮らせばいい。ただ、できれば離れずにいてもらいたい。わしに残されたのはおまえだけだ」

サマンサは祖父に怒りの目を向けたが、やがて、祖父がさっき言ったことを思いだした。彼女が結婚するまでは祖父のほうから手紙を出し、彼女からは短いメモが返ってきたという。

お父さんはいったい何をしたの？　また、結婚後は、おのれの卑しい生まれと財を築いた方法でサマンサに恥をかかせてはならないと思い、手紙を出すのをやめたという。少なくともひと晩ぐらいは祖父を訪ねて、そのあたりの事情を聴くべきだ。

ただ、そうは言っても、祖父が幼かった自分の娘を捨てたことは事実だ。どう言い訳しようと許されることではない。

「ええ」サマンサは言った。「伺います」

「ぼくも喜んでお邪魔します」ベンが言った。

老人はふたたび片手を差しだしてサマンサのほうにやってきた。しかし、サマンサがその手をとり、祖父が彼女に笑顔を向けたとき、祖父の目にはいまも不安が浮かんでいた。

「構わないかね？」祖父はそう言ってサマンサに身を寄せ、頰にキスをした。「とても、とても、きれいな女だった。一緒に暮らしたのは四年間だが、わしは以後もずっと愛しつづけていた」

部屋を出る祖父を、サマンサは送っていかなかった。

おじいさんが言っていたのは、わたしのおばあさんのことね。だけれど、そのあとで別の人と再婚している。

馬車の走り去る音が聞こえるまで、サマンサとベンは無言ですわっていた。トランプが窓辺に立ち、別れの挨拶をするかのようにしっぽをふっていた。

「祖父はずっと祖母を愛していた」サマンサは苦い口調で言った。「それなのに、祖母とのあいだにできた一人きりの子供を捨ててしまった」

「明日、おじいさんの話を聴くことにしよう。どうしてもおじいさんを批判したいなら、そのあとにしよう」

「ああ、ベン」彼に目を向けて、サマンサは言った。「魔法の杖をひとふりして、あなたの脚をすっかり治してあげたい。そうすれば、あなたは軍隊に戻り、幸福で満ち足りた人生を送ることができるのに」

ベンは微笑した。「人は誰もが配られたカードで勝負する。最初のカードの何枚かを途中で捨てて、新しいカードを手にする。ときには、希望したカードではないこともある。だが、気にしなくていい。大事なのは、それを使ってどう勝負するかだ」

「負けそうな手のときでも？」

「本当は勝負する必要もないのかもしれない。人生はカード遊びじゃないからね」

20

結局、二人は泳ぎに出かけた。そして、プライス夫人とメイドが一日の仕事を終えて村に帰ったあと、二人で夕食をとった。ベッドで二、三時間過ごしてから、ベンは村の宿屋に帰っていった。二回愛しあった。一回目はゆっくりと、二回目は熱い情熱をこめて。

しかし、二回とも少しばかり……絶望の思いがにじんでいた――宿屋に戻り、一人でベッドに横たわってから、ベンはそう思った。これまでとなんの変わりもないと言えるものがどこにもない。ベヴァン氏という形を借りて、現実の生活が入りこんできたのだ。氏がこれまでの人生の一部を語った。明日、さらに多くを語るだろう。それに耳を傾けることをサマンサも承知した。窮地に陥った彼女が自分に遺贈されていたウェールズの粗末なコテージのことを思いだした瞬間から、その人生は想像をはるかに超えて大きく変わろうとしている。

サマンサには祖父がいた。金持ちの有力者で、孫娘を大切に思っている様子だ。サマンサが祖父に愛情を持てるかどうかは、明日祖父の口から何が語られるかで決まるだろうが、当人が自覚しているか否かは別として、彼女が身内の強い絆を求めているのは間違いない。いずれ祖父に愛情を持つようになるはずだとベンは思っている。そのためには、時間と空間が

――そして、自尊心が必要だ。七年間の結婚生活で受けた傷から完全に立ち直るためにも。

旅立ちのときが近づいている。もう目の前だ。あと二日間こちらにいる約束だ。

二人とも口にはしなかったが、自分たちの情事が、初夏の牧歌的な日々が終わりを告げようとしていることを、今夜、両方が実感した。ベンは頭のうしろで手を組んで天井をじっと見上げた。早くここを去ってすべてを終わりにしたいという思いがあった。指をパチンと鳴らしたとたん、自分がイングランドに戻る途中だったなら、どんなにいいだろう。人と別れるのが、ベンはふだんからいやだった。今回の別れはとくにこたえるだろう。

明日は日曜。新たな一週間が始まる日だ。ベンの一週間がほぼ終わろうとしている日。次の土曜の夜をどこで迎えることになるのか、ベンには見当もつかなかった。ただ、ここから遠く離れた場所になることだけは確かだ。また、自分が何をするつもりかもわからない。いや、厳密に言えばそうではない。ロンドンへ行こうと思っている。ただし、社交シーズンの渦に加わるためでも、ベアトリスに縁結びの神になってもらうためでもない。働き口がないか、いくつか打診してみるつもりだった。実業界でもいいし、外交分野でもいいし、法曹関係でもいい。ヒューゴや、姉の夫のグラムリーや、外務省の知人の何人かに相談してみよう。働かなくても食べていける身分だが、そういう問題ではない。働きたいのだ。何か仕事に就くつもりだった。彼の兄もやってきたことだ。

しかし、彼と今後の人生のあいだに立ちはだかる障害があった。情事の終わりを乗りきり、別れを告げなくてはならない。明日は日曜。サマンサと一緒に教会へ行くと約束した。夜はキャルトレヴで食事の予定だ。そして、明日が終わったら……。
別れを告げる《グッドバイ》。
英語のなかでもっとも悲しく、もっとも辛い言葉であることは間違いない。

サマンサは思った――もしかしたら、ベンが確かな勇気と決意のもとで、辛さに耐え、杖にすがってゆっくり歩いているからかもしれない。あるいは、ほっそりしたハンサムな外見が日焼けでさらに魅力を増しているのに加えて、彼の身辺にはつねに司令官のごとき雰囲気が漂っているからかもしれない。あるいは、多少スキャンダルめいたところがあっても、誰もがロマンスの香りを愛しているからかもしれない。

理由がなんであれ、日曜の朝、ベンと一緒に教会へ出かけると、二人とも笑顔と親しげな会釈に迎えられた。正直に言うと、冷たい視線か渋面を向けられ、口も利いてもらえないものと、薄々覚悟していた。噂が流れていたのは間違いない。それが祖父の耳にも入ったのだ。また、ベンはたいてい、きびしいと言ってもいい顔をしているが、魅力をふりまくのも得意だ。その朝も、フィッシャーマンズ・ブリッジと周辺からやってきた人々を彼の魅力でとりこにした。サマンサも、マシューが亡くなってから禁じられていた笑みを周囲にふりまき、手を差しだす人々と握手をした。自己紹介してくれた人の名前をすべて覚えられる自信はなかったので、正直にそう言った。

「気にしなくて大丈夫ですよ、マッケイ夫人」医者が言った。「われわれは、あなたとハーパー少佐との二つの名前を新しく覚えればすむことだが、あなたのほうは二、三〇人分も覚えるわけですから」

声が届く範囲にいたほかの人々も同意のしるしに微笑した。

祖父さえ来ていなければ、サマンサは心温まる思いで教会をあとにしていただろう。祖父は村人の半数が好奇心もあらわに見ている前で、ベンと誠意のこもった握手をし、サマンサの頬にキスをしたが、強引に二人と同席しようとはしなかった。クッションの効いた最前列の席にすわっていた。ただ、礼拝がすんでも、村の名士らしい偉そうな態度をとることはなかった。教会を出るときに一人一人と握手をし、短く言葉を交わした。ポケットに手を入れて、幼い子供にはお菓子を、大きな子供には硬貨を渡した。

よその子供たち――そう思ったとたん、サマンサは予想外の苦さを感じた。子供のころ、こんな優しい笑顔を見せてお菓子や硬貨をくれるおじいちゃんがいたら、どんなにうれしかっただろう。母だって、そんなことをしてくれるお父さんがいたら、きっとうれしかったに違いない。

空が曇っていたが、寒くもなく、風もなかった。

「午後から泳ぎに行く?」二人でゆっくり歩いて宿に戻る途中、サマンサはベンに尋ねた。

少し気が滅入っていた。太陽が出ていればいいのにと思った。

「何かあったのかい?」サマンサの質問には答えずに、ベンは尋ねた。

「〝何かあったんだろ?〟って言ってくれたほうがよかったのに」サマンサはため息混じり

に言って、そのあとで笑いだした。「賛美歌についての牧師さまのあの言葉、正しかったと思わない？」

「うーん、教会の屋根が浮きあがるのを見られなくてがっかりだった。じっと見てたのに」

サマンサはふたたび笑いだした。

「だが、確かにそうだ。あの教会に聖歌隊は必要ない。信者全員が聖歌隊だから」

「みごとな合唱ね」

「それも四部合唱」ベンはつけくわえた。「よし、泳ぎに行こう。まだ時間がある」

キャルトレヴへ晩餐に出かける前の時間。

一週間の情事が終わる前の時間。


二人は泳ぎに出かけた。競争し、水に浮き、おしゃべりをし、子供じみたゲームに興じた。いちばん熱中したのは、水に潜っていきなり浮かびあがり、相手を水に沈めるゲームだった。本当の不意打ちになるはずはないから、本格的なゲームとは言えないが、それでもしばらくは二人とも笑いが止まらなくなる。

涙より笑いのほうがいい。

二人の情事が始まったときは、一週間もあると思ったものだ。でも、すでにもう六日目。その思いがサマンサに重くのしかかっていた。また、このあとキャルトレヴへ行く約束になっていることを、どうしても頭から払いのけることができなかった。気弱に承知したりしなければよかった、と思った。でも……ベンに言われた。きみのおじいさんが手紙をよこし、お父さんが返事を送ったんだ。おじいさんの話を聴いたほうがいい、と。

海から上がった二人はいつもの岩まで行き、しっぽをふって尻を揺らすトランプに迎えられた。トランプは二人の荷物がカモメに盗まれないよう番をしていたのだ。サマンサはいつものように砂の上にタオルを広げるかわりに、肩を覆った。

「プライス夫人とグラディスには、今日は休んでもらったわ。日曜ですもの。それに、今夜は晩餐に出かけなきゃいけないし」

ベンが彼女に視線を返した。脚の負担を軽くするために岩にもたれ、胸と片方の脇の下をタオルで拭いていた。

ああ、きっとこの光景が恋しくなるわ。毎日泳いだこと、この人の姿、匂い、手の感触をなつかしく思いだすだろう。この人を恋しく思うだろう。

「コテージに戻る?」サマンサは訊いた。

二人はいつも、泳いでからしばらく横になって日光浴をし、そのあとでコテージに戻っていた。しかし、サマンサは彼の目の表情から、いまの言葉の意味が彼にも伝わったことを知った。

「そうしよう」

そして、はしたないことに着替える手間も惜しんで、サマンサはタオルを肩に、ベンは首にかけたまま、歩いてコテージに戻った。彼のブーツはサマンサが持つと言い張った。

ベンがここを去らなくてはならない理由を、サマンサは忘れていた。

しかし、もちろん、去るしかない。たとえ二人が結婚したとしても、ベンがこのコテージで暮らすのは無理だ。何もすることがない。すぐに落ち着きをなくし、ふさぎこむようになるだろう。また、サマンサが彼についていくのも無理だ。誰かについていくのも、誰かと再婚するのも、まだまだ早すぎる。また、ベンは宿無しではないが、自分の屋敷に住む弟一家をそのままにしておこうと決めたあと、よそで家を構えようとはしていない。サマンサが知るかぎりでは、これほど落ち着きのない不安定な人間はほかにいない。もちろん、昔からのことではないはずだが、いまはそんな状態だ。彼が本当の自分と居場所を見つけることは果たしてあるのだろうか、とサマンサは重い気分で考えた。

そう、彼はやはり去っていくしかない。ときに愛だけでは充分でないこともある。二人のあいだに本当に愛があるとしても。でも、たぶん、ないのだろう。男女のこととなると、わたしは悲しいほど世間知らずだった。これは愛ではなく、身体の関係に過ぎなかったのかもしれない。彼にとっては、きっとそうだったのだ。男は女のように恋に夢中になりはしない。

そうよね？

コテージに帰り着くと、トランプが台所で餌を食べようとしてよたよた歩き去るあいだに、二人はすぐ二階へ行った。サマンサが先に立って寝室に入った。窓のカーテンを閉めた。もっとも、分厚いカーテンではないため、光を閉めだす役にはあまり立っていない。濡れたシュミーズを脱ぎ捨て、タオルで身体を拭き、うなじできつくまとめたままの髪にもタオルを当てた。

ベンは彼女に背中を向けてベッドの向こう側にすわっていた。ズボンを脱いでいるところだった。ただ、彼女から見えないよう、ベッドカバーを頭からかぶっている。

「やめましょう」サマンサはベッドに膝を突いて、彼のほうへ行った。

「やめる?」ベンがふりむいて彼女を見た。

「身を隠すのはやめましょうよ」

ベンは彼女の視線をしばらく受け止めたが、不意に暗い目になってベッドカバーを払いのけ、服を脱ぎ終わると、仰向けに横たわって、脚を片方ずつベッドに上げた。ふたたびサマンサを見た。険悪な目に変わっていた。

かつてはたくましかったであろう脚が細くなっていた。左脚がわずかにねじれていて、右脚のねじれはさらに顕著だ。無残な傷跡が残っている。

「さあ、言ってくれ。ぼくに抱かれたいと」

目と同じく険悪な声だった。

サマンサはもう少し近づいて、彼の右の腿に手を置いた。下へ向かって軽くなでながら、深くえぐれた古傷と、外科医が治療を試みた箇所の盛りあがった傷跡を指でなぞった。

豪胆で愚かなこの男は、ふたたび歩けるようになってみせると主張してきた。

サマンサは両手を自分の腿に戻して、裸身のままベンのそばに膝を突き、視線を上げて彼を見つめた。

「ベン、最愛の人、胸が痛むわ。あなたが耐えてきた痛み、いまも耐えている痛みを思うと胸が痛む。人生でいちばんやりたいことができないあなたを見ていると胸が痛む。あなたが男としての自信をなくし、女性をうまく抱けないと悩み、自分のことを醜い不快な人間だと思いこんでいることにも胸が痛む。あなたに襲いかかった運命は醜いものだったけど、あなたは違う。あなたほどの不屈の精神と勇気を備えた人に会ったのは初めてよ。最高に魅力的な人だわ。わたしの言葉を信じてちょうだい。ぜったい信じて、ベン。そして、ええ、あなたに抱かれたい」

ベンが彼女を凝視した。いまも険悪な表情のままだが、サマンサは彼が涙をこらえているという思いがけない印象を受けた。

「いやじゃないのかい？」彼の声も険悪なままだった。ただ、かすかな震えを帯びていた。

「馬鹿ね」サマンサは微笑した。「いやがってるように見える？　あなたはベンなのよ。わたしの恋人。とにかく今週はそうだった。そして、あなたに大きな喜びを与えてもらった。もっと喜ばせて」

サマンサは彼を〝最愛の人〟と呼んだことを思いだした。恋に落ちたのだと彼に信じさせてはいけないと思った。だから、喜びを与えてもらったという言い方をしたのだ。もちろん、嘘ではない。彼こそ世界で最高にすばらしい恋人に違いない。

ベンが手を差しだしたので、サマンサは彼の上になった。彼の手がサマンサの腿をなで、ヒップからウエストへ移り、さらに上へ移動して胸までいった。てのひらで乳房を軽く包んだ。

「完璧な美しさだ」

「ほっそりしてないけど」

「ぼくの好みだ」ベンは〝そんなことはない〟とは言わなかった。「女性たちは男が棒切れみたいな女を好むと本気で信じているのかい？」

「しかも、わたしは〝イングランドのバラ〟と呼ばれるタイプじゃないし。すごく色黒なの」

「ぼくのジプシー・サミー」ベンはサマンサに笑みを向けた。「ぼくの完璧なジプシー・サミー」

サマンサは笑い、彼の顔を両手ではさむと、身をかがめてキスをした。

前回サマンサが受けた印象と違って、彼の脚はまったくの無力ではなかった。気づいたときには、仰向けに横たわったサマンサに彼がのしかかり、彼女の脚のあいだに両脚を割りこませ、唇を重ねて舌を深く差しこんでいた。両手で熱い愛撫を続けてから、その手を彼女のヒップの下にすべりこませてしっかり支え、彼女を貫いた。

サマンサはベッドから脚を浮かせるとベンのほっそりした腰にからめ、二人で長く激しい愛の行為に没頭し、ついには息を切らし、汗に濡れながら、めくるめく陶酔に向かって共に飛翔し、その彼方の世界へ崩れ落ちた。

あとは並んで横たわり、手を握りあったまま、満ち足りた気怠《けだる》さのなかでまどろんだ。ゆうべは別れのひとときのような気がしたのを、サマンサは思いだした。けさも、そのときの陰鬱な思いが残っていた。では、いまは？

いいえ、考えたくない。

「きみはここで幸せな新しい人生を送れるに違いない」ついに彼が言った。「村の人々はこころよくきみを受け入れ、仲間として歓迎するつもりのようだ。しかも、ここにはきみの身内がいる。きみの人生に関わりを持ちたいと願うおじいさんがいるんだ。今夜、おじいさんの話をちゃんと聴き、過去にひどい仕打ちをした人だと思いこんで拒絶する前に、じっくり考えてごらん」

「わたし、話は聴くって言ったはずよ」

「きみがこちらに来たのは正しい判断だったと思う。そして、明日になったら、ぼくは旅立ったほうがいいと思う。推測と噂がスキャンダルに変わる前に。これ以上ぼくがぐずぐず居残ったら、そうなるに決まっている」

「あなたの旅をずいぶん邪魔してしまったわね」

ベンは何も答えず、二人は並んで横になっていた。気怠さも眠気ももう消えていた。サマンサは、あと一日だけ、いえ、できれば二日ほど出発を延ばしてほしいと懇願したいのを我慢した。彼が正しいからだ。旅立つときが来たのだ。ベンにとっては彼の人生を探すときが、サマンサにとっては新たな人生を始めるときが。

彼を旅立たせてあげなくては。

しばらくすると、ベンは横向きになって身を起こし、ベッドの脇へ脚を下ろした。

「宿に戻ったほうがよさそうだ。あとでキャルトレヴまで出かけるとき、馬車で迎えに来ようか？」

「ええ。ありがとう」

サマンサはこれ以上ないほどの憂鬱な気分に包まれた。


ベヴァン氏は上流階級の生まれではないかもしれないが、本物の紳士の礼儀作法と気さくな物腰を備えた人だ、とベンは思った。服装にしても、流行をとりいれた上品な装いだが、富をひけらかすところはまったくない。ただ、金をかけていることはひと目でわかる。

氏は二人を連れて屋敷のなかを案内した。何から何まで最高級だが、成金趣味を感じさせるものはどこにもなかった。三人がいちばんゆっくり見てまわったのは、屋敷の裏手にあるロング・ギャラリーだった。巨匠の絵画と彫刻が数点展示されている部屋で、氏の説明によると、一部は父親が購入したが、大多数は彼自身が集めたものだという。ただし高価なものではなく、もっとも気に入ったものを買うのが自分の主義だと、氏は説明した。とは言え、ベンが推測するに、このギャラリーに飾られた作品だけでも莫大な価値があるだろう。ほかの部屋にもかならず絵がかけてあり、有名な巨匠のものもあれば、ベヴァン氏が気に入って肩入れしている無名の画家の作品もあった。

どの部屋に案内されても、窓からの眺めがすばらしく、起伏に富んだウェールズの田園地帯や浜辺や海の景色が広がっていた。

ベヴァン氏は、客間ではシェリーと会話で、ダイニングルームでは上等のワインと料理と会話で二人をもてなした。旅行と読書を話題にした。また、二人の人生についてあれこれ尋ねたが、質問の仕方が巧みなため、二人からけっこう長い返事をひきだし、しかも、詮索好きという印象は与えなかった。ベンが事業について質問すると、ベヴァン氏は懇切丁寧な説明をおこなったが、一人でしゃべりつづけてサマンサを退屈させるようなことはなかった。

サマンサは屋敷に賞賛の目をみはり、料理とワインを楽しみ、祖父の話やベンの話に耳を傾け、自分も会話に加わっていたが、ベンが見た感じでは、どこか不安そうな様子だった。ベンが初めて目にするターコイズブルーのハイウェストのドレスをまとった姿は、ため息が出るほどきれいだった。今日はメイドに休みをとらせたというのに、ずいぶん凝った形に髪を結っている。ロウソクの光を受けて、髪がきらめいていた。

晩餐がすんで客間でお茶を飲んでいたとき、ベヴァン氏が彼の炭鉱で働く八〇人ほどで作られた男声合唱団の話を始めた。

「ウェールズのどこを捜しても、あんなみごとな合唱団はない。たいしたものだ。もちろん、身贔屓《みびいき》がまったくないわけではないが、ニューポートで開催されるアイステッズヴォドで去年も一昨年も優勝している。わしはつねづね、炭塵が声帯に奇跡をもたらすに違いないと言っている」

「アイステ――？」ベンは尋ねた。

ことだ」

「アイ - ステッズ - ヴォド」ベヴァン氏が明瞭に発音してみせた。「ウェールズの芸術祭の

氏はカップに残った紅茶を揺らしているサマンサに目を向け、しばらく無言で見守った。

「わしがおまえの祖母のエズミを初めて目にしたとき、あれは踊っておった。ジプシーの一団が海辺で野宿することがときどきあってな、わしはこのあたりの若者何人かと一緒に見に行ったんだ。あのころ、わしは二一歳だった。エズミは裸足で、たっぷりギャザーをとった派手な色のスカートが足首のまわりにひるがえり、黒髪が顔と肩に垂れていて、あんなに愛らしくて生命力と優美さに満ちた女を目にしたのは生まれて初めてのことだった。小鳥や蝶や野生の生きものを籠に入れてはならんことを、当時のわしは知らなかった。わずか六週間のうちに求婚して夫婦になった。向こうの身内も含めて周囲から猛反対されたのを押しきっての結婚だった。二人でいつまでも幸せに暮らすはずだった。エズミは一六歳だった」

サマンサが両手で持ったカップが静止していた。祖父のほうへちらっと目を上げ、ふたたびカップに視線を戻した。

「一年ほどは幸せだった。二人であちこち旅してまわらなくてはならなかったが。エズミは一カ所に長くとどまるのが苦手だったんだ。やがて、おまえのお母さんが生まれ、そのわずか数カ月後にわしの父親が亡くなった。母親はすでに故人だった。会社の経営をわしがひきつぐしかなかった。それまでも会社で働いてきたからな。エズミと出会う以前に比べると、そう熱心ではなくなっていたが。赤ん坊には安定した家庭が必要だ。エズミにとっては辛い

ことだったが、我慢して、家庭に腰を落ち着けようとした。あれなりに必死に努力したんだ。そうやって二、三年暮らしたが、やがて、ジプシーの一団が戻ってきた。エズミの仲間たちだ。連中がいるあいだ、妻はちょくちょくそっちへ出かけていた。最後の晩、別れの挨拶をしに行った。連中がいるあいだ、妻はちょくちょくそっちへ出かけていた。

ことだったが、我慢して、家庭に腰を落ち着けようとした。あれなりに必死に努力したんだ。そうやって二、三年暮らしたが、やがて、ジプシーの一団が戻ってきた。エズミの仲間たちだ。連中がいるあいだ、妻はちょくちょくそっちへ出かけていた。最後の晩、別れの挨拶をしに行った。それきり戻ってこなかった。わしはエズミがそっちにひと晩泊まったのだろうと思っていたが、翌朝見に行くと、連中はいなくなっていて、妻も一緒に行ってしまった。追いかけるのはやめた。追いかけて何になる？　エズミはこのキャルトレヴで生気をなくすばかりだった。その四年後に亡くなったが、わしがようやくそれを知ったのは六年たってからだった」

サマンサは身をかがめてカップを受け皿にそっと置き、それから椅子にもたれた。ベンは自分が彼女の横にすわれればいいのにと思った。

「わしは酒に溺れるようになった。おまえの母親には信頼できる乳母をつけて、何ひとつ不自由のないよう気を配り、炭鉱のほうには経営を任せられる優秀な支配人を置き、わしはすべてを忘れて痛みを鈍らせることに専念した——酒のグラスに頼って。エズミが出ていって一年ほどたった日の夜、わしは書斎で酒を飲みながら、いつものように自分を哀れんでいた。その日は結婚記念日だった。しばらくしてから、グラスを本棚のそばの壁に投げつけ、粉々に砕いた。誰かの悲鳴が上がった。乳母の知らないうちに、グウィネスが階下に来ていたのだ。そして、グラスがぶつかった壁の真下にあるテーブルの下で縮こまっていた」

サマンサは膝の上で両手を広げ、ドレスの生地を折りたたんだ。

「翌朝」祖父の話は続いた。「わしは娘を連れて、コテージに住むディリスを訪ねた。おまえがいま暮らしているあのコテージだ。わしらは昔からどうも気が合わなかった。ディリスはわしのことを少年のころから、わがままで無責任だと思っていた。わしの結婚を狂気の沙汰だと非難した。父親が財産のほぼすべてをわしに遺したのを知ったときは怒り狂った。会社の経営にあたっていたのはディリスだったからな。だが、わしはおまえの母親をディリスのところへ連れていき、酒ときっぱり縁を切るまで預かってほしいと頼んだ。ディリスは、わしに酒をやめられるわけがない、いつまでたってもだらしない大酒飲みのままに決まっている、と言った。グウィネスは預かる、ただし、条件がひとつある、とも言った。子育てはすべてディリスに任せて、わしはいっさい口出ししない、偶然に顔を合わせる以外、会いにも行かない、という条件だった」

いまや、サマンサは祖父に目を向けていた。ベンは彼女を見ていた。

「わしはそれから半年間、飲みつづけた。そのあとできっぱり酒を断った。以後何年ものあいだ、一滴も口にしなかった。いまはときたま飲むが、つきあいの場所にかぎっていて、一人で飲むことはぜったいにない。それからは仕事に全力を注ぎこんだ。自分を奮い立たせるために、石炭以外の産業にも関心を広げた。そこから生まれたのが製鉄所だ。さて一方、おまえの母親を育ててくれているディリスを手助けするために送金を続け、誕生日やクリスマスにはプレゼントを送ったが、すべて送り返されてきた。グウィネスを見かけても、幼かったころはディリスがその場から連れ去ってしまったし、大きくなってからは、グウィネス自身がわしに背を向けるようになった。わしはグウィネスをとりもどしたかった。ちゃんとした家庭教師をつけてやりたかった。わしの娘として幸せな人生が送れるようにしてやりたかった。そして……要するに、あの子の父親になりたかったのだ。だが、その機会を自分から手放してしまったわけだ。あの子が一七になり、自分の人生を楽しんでもいい時期になっても、地元の若者や娘たちとピクニックに出かけることや、村のパーティに出ることを禁じられていると聞いて、わしはディリスに文句を言いに行き、最後はどなりあいになり、骨を奪いあう二匹の犬みたいに喧嘩を始めた。グウィネスが家にいて、そのすべてを耳にした。翌日、あの子は家を出ていった。またしても、エズミのときと同じことになってしまった」

「そして、以前と同じく、あなたは母のあとを追おうとしなかったのね」サマンサは言った。

「いや、追いかけた。だが、グウィネスはわしと関わりを持つのを拒んだ。わしがあの子の部屋代を払おうとしても、小遣いを渡そうとしても、拒むだけだった。まっとうな働き口を見つけるのに手を貸そうとしても断わってきた。そして、わしと一緒に家に帰ることも拒んだ。女優として舞台に立つようになった。わしは……あの子の身を案じると同時に、その旺盛な自立心が誇らしくもあった。やがて、グウィネスはおまえのお父さんと出会った。わしに近い年齢で、わしにないすべてを備えた男だった。その男のもとで、たぶん幸せになったのだろう。そうだね？」

「ええ」サマンサは答えた。

「結婚後のことは、おまえも知ってのとおりだ。わしの手紙も、結婚祝いの品も、おまえの洗礼式に送った品も、その他さまざまな贈物も、グウィネスはすべて送り返してきた。ただ、あの子が……亡くなったあとは、おまえ宛に送った手紙と贈物が突き返されることはなくなり、ときたま、お父さんからおまえの様子を知らせる手紙が届くようになった。贈物の礼を言うおまえの短いメモも添えられるようになった。こちらから会いに行ってもいいかどうか訊いてみようと思ったことは何度かあったが、その勇気が出なかった。おまえのお父さんは紳士階級で、その手紙はつねに丁重だったが、温かみに欠けるところがあった。おまえにも、お父さんにも、たぶん拒絶されるだろうと思った。やがて、すべての希望が消えた。おまえが伯爵家の息子と結婚したため、母方の祖父が訪ねていけば大迷惑になるだろうと思ったのだ。結婚祝いの品を送ったあとは、贈物もすべてやめることにした」

サマンサはふたたびドレスの生地でひだを作っていた。

「おそらく、お父さんはわしに同情していたことと思う。だが、自分の妻に、つまりおまえのお母さんに対する忠誠心のほうが強かったから、おまえにはわしのことを教えないのがいちばんいいというお母さんの考えを尊重したのだ。おまえはわしが出した手紙を読んだことも、贈物を目にしたこともないだろう？」

「ええ」サマンサの声は低いつぶやきに過ぎなくなっていた。

「おまえのお父さんもお母さんも悪くない。わしは子供に愛されるような親ではなかったし、おまえに愛される資格もない。手の届かないものを求めて悲嘆に暮れたあげく、自分自身の人生と、おまえのお母さんの人生をこわしてしまった。この手に宝物を握りしめていたのに、それに気づいたときはもう遅すぎた」

「再婚したじゃない」サマンサは言った。

「おまえのお母さんがロンドンへ行った一年後のことだった」祖父はため息をついた。「息子がほしかったのだ。あとを託せる子供がほしかった。もしかしたら、少しでも償いをしたかったのかもしれん。もう一度やってみたかった。最初よりましなことができるかどうか、見てみたかったのだ。再婚相手のイザベルは善良な女だった。わしにはもったいない妻で、年齢差があるにもかかわらず、二人で満ち足りた日々を送ることができた。だが、子供ができなかった。子宝には恵まれない運命だったのだ。イザベルは二年前に他界した」

サマンサは無言だった。しかし、首をまわしてベンを見た。大きくみはった目が虚ろだった。

「すまなかった」祖父が言った。「詫びたところでなんにもならないが。時間を戻すことができればいいのにと思う。おまえのお母さんの頭の上にグラスを投げつけたあの夜以来、ずっとそう思ってきた。だが、けっして叶うことのない願いだ。時間を戻すことは誰にもできん。ただ、少なくともわしの存在はおまえも知っているものと思っていた。お母さんが話しただろうと思ったのだ」

「いいえ」サマンサは答えた。「話してほしかった。昨日、ベンに言われたの。人はみな語るべき話を持っているって。母も持っていたけど、けっして語ろうとしなかった。いずれ語るつもりだったのかもしれない。わたしがまだ幼すぎると思ったんでしょうね。母が亡くなったとき、わたしはまだ一二だった。父も何ひとつ話してくれなかった。たぶん、自分の口から話すことではないと思ったのでしょう。ただ、わたしは知っておきたかった」

「いまようやく知ったわけか」祖父が言い、立ちあがって呼鈴の紐をひいた。「だが、心温まる話ではない。祖父としておまえに受け入れてもらえる価値のありそうな話を何かつけくわえたいが、何も思いつけない。そうしたいのはやまやまだが、わしには無理だ。別の人間の、つまり自分の娘の人生をめちゃめちゃにしてしまったのだ。申し開きのしようがない」

孫娘の愛情を求める権利もわしにはない」

「わたしには身内が誰もいないわ」サマンサは言った。

「お兄さんは？」

「母親違いの兄よ。身内とは言えない」

「父方のおじさん、おばさん、いとこは？　嫁ぎ先の舅、姑、義理の兄弟姉妹は？」

「いません」

祖父はベンに目を向けてじっと見た。

「ところで、いつお発ちかな、ハーパー少佐」

「明日です」ベンは答えた。

二人はさらにしばらく視線を合わせ、相手の胸の内を探ろうとしたが、やがて召使いが呼鈴に応えてやってきた。

「トレイを下げてくれ」祖父が召使いに言った。「それから、ハーパー少佐の馬車を玄関にまわしてほしい」

祖父は召使いが出ていくまで待ち、それから、うなだれているサマンサを見た。

「わしがいる。おまえが望むなら」

サマンサは祖父のほうへ顔を上げた。「わたしはコテージで静かに暮らしたいの。一人でいたい。でも、そのうち、わたしのほうの話もします。ここに来るに至った事情をすべて聞いてもらうかもしれません。ただ、いまはまだその気になれないの」

祖父はわかったというしるしに頭を下げた。

「そろそろ帰る時間だ、サマンサ。少佐どのが安全に送り届けてくださるだろう」

「ええ。ありがとうございます。楽しい夜だったわ」

「うん、本当に楽しかった」

祖父はベンと握手をし、サマンサの頬にキスをした。笑みを浮かべた温厚な主人役に戻っていた。

21

馬車に乗った二人は無言でコテージに戻った。馬車が止まって御者が扉をあけ、ステップを下ろして御者台に戻ったあとも、しばらくのあいだ黙ったままだった。ベンは手袋に包まれたサマンサの手をとった。

「サマンサ」ようやく口を開いた。「あと二、三日、ここに残ろうか？　今夜聞かされた話をきみが自分なりに理解して、心を決めるまで」

サマンサは思わず〝ええ〟と答えそうになった。彼にすがりつきたかった。心の支えになってほしかった。避けられない別れのときを少しでも先へ延ばしたかった。

「いいえ」サマンサは答えた。「しばらく一人になりたいの。自分の人生についてこれまで知っていたことが、すべて逆さまになってしまった。少し考えてみなくては」

一人で。わたしは一人になる。彼のいない日々。永遠に。

ベンがサマンサの手を唇に持っていき、指にキスをした。

「いまお別れを言っておこうか？　それとも、明日の朝、出発前にここに寄ろうか？」

サマンサはとりみだしそうになった。もう少しで彼の腕に身を投げだすところだった。行かないで、ずっとここにいて、と懇願したかった。

だが、さっきの言葉も本当のことだった。一人にならなくては。

別れを告げるのは朝のほうが楽？　いいえ。心を決めた。別れを告げるのに楽なときなどない。それに、彼によけいな手間をかけさせることになる。早く出発したいだろうから。

「いまがいいわ」サマンサは座席の上で向きを変え、ベンの両手をとって頬に押しあてた。目を閉じ、うなだれた。「心から感謝しているわ、ベン。こんなによくしてもらって。それから、この一週間のことも感謝している。とても楽しかった。そうでしょ？」彼のほうへ顔を上げ、笑みを浮かべようとした。

「楽しかったよ」ベンはうなずいた。「サマンサ――」

「旅の途中でまたウェールズに来ることがあれば」サマンサは急いで言った。「そのときは……いえ、そんなのだめよね。いい思い出として残しておくことにするわ。あなたもそうして」

「わかった」ベンは彼女に身を寄せ、手を握りあったまま名残惜しげに長いキスを続けた。

「お別れだ、サマンサ。きみが無事に部屋に入ってランプを灯すまで、ぼくはここで待っている」

ベンがフロント部分の仕切りを軽く叩くと、馬車を降りるサマンサに手を貸すため、扉のところに御者が姿を見せた。

「お別れね」サマンサはベンに握られていた手をひっこめた。「さようなら、ベン」

そう言うと馬車を降り、庭の小道を走ってから玄関扉に鍵を差しこんでまわし、大喜びのトランプに危うく押し倒されそうになった。震える手で居間のランプをつけてから、もう一度だけ彼の姿を見たくて窓辺に走った。しかし、馬車はすでに扉を閉め、御者台に御者がのぼって走り去るところだった。あたりが暗いため、馬車のなかを覗き見ることはできなかった。

「ああ、トランプ」サマンサはそばの椅子に崩れるようにすわりこむと、犬に両腕をまわし、犬の首筋に顔を埋めて泣きじゃくった。

トランプがクーンと鳴いてサマンサの顔をなめようとした。

翌朝、ベンは朝食をとるため、早めに宿の一階に下りた。荷造りはすべて完了していて、一刻も早く出発したかった。行き先はどこでもよかったが、とりあえず来た道を戻るよう、ゆうべ、御者に言っておいた。とにかく、できるだけフィッシャーマンズ・ブリッジから離れたかった。

ずいぶん早い時間なのに、すでに先客がいた。ベンがダイニングルームに入っていくと、窓際の席でベヴァン氏が立ちあがった。蓋を開いた懐中時計を手にしていた。

「怠惰な上流の人々は、ふつう、この時間に朝食をとるのかね？」

七時をまわったばかりだった。

「いや、むしろベッドにもぐりこむ時間だと思います」ベンはそう言いながらベヴァン氏のテーブルまで行き、杖を椅子に立てかけて、それから握手をした。

二人が席についたところで、ベヴァン氏が言った。「図々しく尋ねる権利はわしにはないし、きみには返答を拒む権利が大いにあるが、とりあえず質問させてもらいたい。わしの孫娘をどう思っているのかな、少佐どの」

ベンは膝の上にナプキンを広げようとしていた手を止めた。ここにいるのは、貴重な時間を雑談で無駄にしない主義の人物のようだ。

慎重に言葉を選びながら、ベンは答えた。「マッケイ夫人がご主人を亡くされてからまだ半年にもなりません。夫人には悲しみから立ち直るための時間が必要です。新しい家と環境に慣れるための時間が必要です。ゆうべ、夫人があなたに言われたように、一人になる必要があるのです。人とのつきあいをすべて絶つわけではないでしょうが、感情的なもつれは排除したほうがいい。ぼくが夫人に対して敬意以上の感情を持つなど、おこがましいことです。しかも、いまのところ、ぼくが夫人に差しだせるものは、準男爵の称号と財産以外に何もありません」

「いまのところか。では、将来は？」

「ぼくは六年前に大怪我をしました。この三年ほどでまずまずの回復を遂げたので、自分の人生を立て直し、新たな生き方を見つけようと決めました。昔の生き方にはもう戻れないからです。しかし、ぐずぐずと先延ばしにしてきました。これまでずっと。いまからロンドンへ向かおうと思います。やりがいのある仕事を見つけるつもりです」

「徹夜で飲み騒ぐのではなく？」ベヴァン氏は微笑した。

「そういう人生に惹かれたことは一度もありません。何か有意義で意味のあることをしなくてはと思っています」

宿の亭主が二人の前に料理を並べ、天候のことで短く言葉を交わして厨房にひっこむまで、二人は話を中断した。

ベヴァン氏は椅子にもたれた。料理にはまだ手をつけようとしなかった。「きみがかつてどんな生き方をしていたのか、詳しく話してほしい。兵士を指揮する立場というものについて、もっと話が聞きたい。それがきみの生き方だった。そうだろう？　きみは少佐だった。もちろん将軍と同列に論じることはできんだろうが、それでも、兵士と戦闘と作戦に対して相当な権威を持つ立場にあったはずだ。そのころのきみについて話してほしい」

ベンはナイフとフォークを手にしてしばらく考えこんだが、やがて料理にナイフを入れた。どこから話せばいい？　だが、なぜ話さなくてはならない？　この人がけさここに来たのはなぜなんだ？

「当時のぼくは幸せでした」ベンは言った。

自分の話をすることには慣れていなかった。昔からけっして得意とするところではなかった。ペンダリス館にいるときでさえ、あとの仲間に比べると口数が少なく、自分の悩みを打ち明けるより仲間の悩みに耳を傾けるほうが多かった。ほかの者から見れば自分はさほどおもしろい人間ではなく、自分のことを延々と語ってもみんなを退屈させるだけだ、とつねに思っていた。ところが、今日は一五分から二〇分ほどのあいだ、相手が探りを入れようとして次々とよこす巧みな質問と、心から関心を持っている様子に誘われて、ベンはひたすら語りつづけた。自分の夢と野心について、戦争体験について、自分は軍人になるために生まれてきたのだというつねに抱きつづけていた思いについて語った。負傷したときの戦闘について、生き延びるための長い戦いについて、健全な肉体をとりもどして、自分が知っている唯一の、あるいは、自分が望む唯一の人生をふたたび手にするための、それ以上に長い戦いについて語った。この三年間の日々と自宅に戻らない理由について、鬱憤と苛立ちが高まっていることについて、失った人生のかわりになるものを何か見つけて無気力と落ちこみを克服しようと決心したことについて語った。

「生きるために苦闘してきました。その苦闘が無駄ではなかったことを、どうしても自分に対して証明したいのです」

「女性関係は？」ベヴァン氏が尋ねた。「何人もいたのかね？」

「負傷したあとは一人もいませんでした」

「いまは？」

ベンは相手にひたと視線を据えた。

「イングランドの北部からここまで、きみはわしの孫娘をエスコートしてきた。孫娘の良き友人でいてくれた。そして、いま話してくれた理由によって、この地を去ろうとしている。だが、サマンサがきみにとって友人以上の存在ではないというふりをするのは、わしの前ではやめることだな、ハーパー少佐。そんなふりをしても、わしには通じないぞ」ベヴァン氏は好意的と言えなくもない笑みを浮かべた。

「では、ふりをするのはやめましょう」ベンはぶっきらぼうに言った。「ええ、彼女への思いはあります。抱いてはならない虚しい思いが。それに、ぼくはけさ旅立つ予定です。ぼくたち二人に未来はないし、彼女のほうは、一人になってここで自分自身と自分の居場所を見つける必要があるからです。きっと幸せになれるでしょう。これまでの人生はあまり幸せでなかったようだし。ぼくもまた、自分自身と自分のための場所を見つけるために旅立ちます。きっと見つけてみせます。ぼくがぐずぐず居残るのではないかという心配はご無用です」

「サマンサの言葉もわしは信じないだろう」ベヴァン氏が言った。「きみのことを友人以上の存在ではないと、あの子が言ったとしても」

「僭越《せんえつ》ながら」ベンはこわばった声で言った。「この件に関して意見を言う権利があなたにあるのかどうか、ぼくにはよくわかりません」

ベヴァン氏は眉を上げ、ナイフとフォークをとって朝食に挑みかかった。「気に入ったぞ、少佐どの。わしが好むタイプの男だ。また、確かにきみの言うとおり、わしにはなんの権利もない」

彼が話を中断して食べはじめたので、ベンもそれに倣った。自分の皿が空《から》になったらすぐに〝失礼します〟と言って立ち去るつもりだった。ベヴァン氏がやってきた理由については、さっさと出ていけ、二度と戻ってくるな、と警告するためだろうということぐらいしかわからなかった。わざわざ言ってもらう必要はない。いずれにしろ、ベヴァン氏にそんな権利はないのだし。

「わしは六六歳だ」ベヴァン氏がふたたび話を始めた。「老人ではない。少なくとも、気分的には老けこんでいないが、若くもない。息子がいれば、わしの責任を徐々に息子の若い肩に移していっただろう。もちろん、それに必要な関心と資質を息子が示すならば。息子がいないことが、わしの人生につきまとってきた失望のひとつだが、いまさらどうにもできんことだ。炭鉱のほうにも、製鉄所のほうにも、信頼できる有能な男たちがいる。従業員には恵まれてきた。だが、この五年から六年のあいだ、ぜひともほしくて捜し求めてきたのは、現場の監督か総支配人にふさわしい人材だった。理想を言うなら、わしの事業のすべてに采配をふるだけの関心とエネルギーと能力を備えた人物がいい。わしが信頼でき、わしを信頼してくれる人物。息子がわりになれそうな人物。わしが引退してから死ぬまでのあいだ、わしのかわりを務め、死後は立派にあとを継いでくれる人物。特別な男でなくてはならん。現実を把握する能力があるだけでも、発想がすぐれているだけでも、あるいは、その両方を併せ持つだけでも、まだ充分とは言えん。組織の指導者としての能力を備えていてさえ充分ではない。無論、必要不可欠なことではあるが。部下の労働者全員の安全と福祉を考慮しつつ、仕事を進め、利益を確保できる人物でなくてはならん。労働者に最大限の努力を求めると同時に、みんなの心に信頼と忠誠心が生まれるよう配慮し、さらにはみんなから好かれる人物でなくてはならん。自分の仕事に対して、職業人としてだけではなく、個人的にも関心を持つ人物でなくてはならん。要するに、わしのような人物であってほしい。そういう人物を見つけるのは簡単ではない。結局のところ、無理かもしれん」

ベンは食事を中断して、相手をじっと見つめた。「ぼくにその仕事を勧めておられるのですか？」

ベヴァン氏はナイフとフォークを置くと、二人のためにコーヒーのおかわりを注ぎ、それから返事をした。

「わしは人を見る目があると自負しておる。こうして成功した理由のひとつが、たぶんそれだろう。きみに会った瞬間、何かを感じた。村のゴシップが、まあ、醜聞とまでは言えない程度のものがわしの耳にも入っていたから、きみのことをけしからん男だと思うのが本当だろうが。初めて会ったときも、ゆうべも、わしはきみに何かを感じ、けさのきみの話でそれが裏づけられた。部下の兵士を大切にしていたかね、少佐どの。鞭を使って服従させるタイプの士官ではなかっただろうね？」

「兵士を鞭打つという英国軍の習慣に従ったり、それを大目に見たりしたことは、一度もありません。はい、部下は大切にしていました。少数の救いがたいごろつき連中は別として、大部分の兵士は軍務に忠実であり、命令が下れば最善を尽くします。命を投げだすことも厭《いと》いません」

仕事をしないかと誘われているのだ。ウェールズで。炭鉱と製鉄所の支配人という仕事を。これほどまでに奇想天外な話があるだろうか？

「わしにとって、仕事とはつねに、単なる金儲《もう》けの手段ではなかった。父親の遺産で贅沢三昧の暮らしができただろう。炭鉱の仕事は支配人を雇って一任し、あとは知らん顔でもよかった。現に、酒に溺れて自分を哀れんだ時期はそうしていた。幸い、肉体面でも、精神面でも、怠惰な暮らしには向いていなかった。おそらくそれがわしを救ってくれたのだろう。きみとわしは多くの点でよく似ている」

「ぼくに仕事の口を世話しようというのですか？」

ベヴァン氏はコーヒーカップを口に運びながら言った。「きみに金が必要ないことも、紳士の一部は、いや、大部分は産業界で働くのを屈辱だと感じることもわかっている。だが、きみはその才能と特技を活かしたいはずだし、軍隊でそれを使うことは二度とない。わしはこれまでに出会った誰よりも、きみに仕事を任せたい気になっている」

ベンは首をふり、低く笑った。心が動いたのでは？　強く惹かれたのでは？

「わしの財産は、いずれすべてサマンサのものになる」ベヴァン氏は言った。

ベンはたちまち冷静になった。「マッケイ夫人との結婚を条件に、ぼくに仕事を世話しようというのですか？」不意に湧きあがった怒りが胃のなかで硬いしこりとなった。

「その逆だ、少佐どの。きみがここを離れることを条件に、仕事を世話するのだ。帝国の指揮を田舎の屋敷からとるのは無理だ。海辺のコテージからも。スウォンジーとマーサー・テドヴィルにわしの家がある。そこに住んでもらいたい。それから、きみを正式に雇うと言っているのではない。いまはまだ。きみが仕事をきちんとこなせるかどうかわからんからな。

きみと気が合うかどうかもわからん。いい仕事仲間になれるかどうかを見極めるための時間が必要だ。孫娘のことに関しては、そうだな、きみが本当にわしの右腕となり、かつてのわしと同じく有能で熱心な経営者になってくれたらどんなに好都合かと、寝つけないまま考えていたことを否定はしない。もしサマンサと結婚してくれたら、まさに好都合だ。すべてがサマンサのものになると同時に、きみのものになるのだから。ハッピーエンドの夢を遠い昔に捨ててしまった老人にとっては、まるでお伽話《とぎばなし》の世界のようだ。だが、きみに無理強いするつもりはない。サマンサにも。逆に、ただちにここを離れるよう、きみに強く求めたい」

「ぼくがあなたの申し出を受ければ、マッケイ夫人はやはり彼女自身への圧力ととるでしょう。あなたとぼくが共謀して、彼女の人生に干渉し、新たに見つけた自由を奪おうとしていると思いこむかもしれません。ぼくはすでに別れを告げてきたのです」

「わしはサマンサと話すことができん。あの子に拒まれたままなのでな。たぶん、永遠にだめだろう。だから、サマンサに話す必要があると思うなら、きみからじかに話すがいい。そして、わしの申し出を受ける気があるのなら。どうだね？　たぶん心は動いているはずだが。ただ、忘れないでほしいが、まだ本採用ではないぞ。何カ月かの試用期間を置き、雇用契約書を交わすなり、話をまとめるなりするのは、そのあとのことだ。マッケイ大尉はいつごろ亡くなられたのだね？」

「去年の一二月です」

「では、クリスマスの少し前にキャルトレヴに集まるとしよう」ベヴァン氏は言った。「一緒に仕事をすることになるのなら、それについて話しあうために」

ベヴァン氏の言わんとすることは明白だった。そのころにはサマンサの喪も明けているはずだ。

二人はテーブルをはさんでじっと視線を交わした。

ベンは不意に杖のほうへ手を伸ばし、ゆっくり立ちあがった。「しばらく考える時間が必要です。その結果によって、マッケイ夫人に話す必要が出てくるかもしれません。ぼくがこの近くには住まないとしても、一人で決めていいことではないので。夫人のほうはあなたといっさい関わりを持ちたくないと思っているかもしれませんし、その場合は、ぼくがあなたのもとで働くのを裏切りととるでしょう。たとえ、祖父と孫娘としてつきあっていく気でいるとしても、いずれ彼女のものになる会社をぼくが経営することは望まないかもしれない。罠にかけられたように思うかもしれません」

「よくわかるとも、少佐どの」ベヴァン氏は微笑して、コーヒーのおかわりを注いだ。「わしに会いに来る気がないときは、手紙で知らせてくれるね？」

ベンはそっけなくうなずくと、いつものゆっくりした足どりでダイニングルームを出て、階段をのぼり、自分の部屋に戻った。頭をさんざん殴りつけられ、脳みそをかきまわされた気分だった。

荷物はすでに全部、馬車に運びこまれていることに気がついた。

サマンサは早朝から忙しく立ち働いて、プライス夫人と一緒にリネン戸棚の整理にとりかかり、まともなものと、繕いの必要なものと、ぼろ布の袋に入れるしかないものをより分けた。明日は陶磁器の整理をすることにした。プライス夫人から、どの食器戸棚も食器類であふれそうだが、ほかと調和しないものや、欠けているものや、使う価値のないものがいくつもある、という報告があったのだ。

コテージが本当に自分の住まいだと実感できて、家庭的な雰囲気に浸れるようになるまで、とにかくあらゆるものを点検しようとサマンサは決めた。ブランブル館には家庭という雰囲気がまったくなかった。いま初めてそれに気づいた。

先日チューダー家の母娘が訪ねてきてくれたので、お返しの訪問をするつもりだったし、もっと多くの隣人と親しくなり、村の暮らしに溶けこんで何かの役に立てるよう努力する気でいた。また、ウェールズ語を教えてくれる人がどこかにいないか、尋ねてみようと思っていた。このあたりではウェールズ語はあまり使われていないが、サマンサはとにかくしゃべれるようになりたかった。それが無理なら、聞いて理解し、読めるようになるだけでもいい。図書室にウェールズ語の本が何冊かあって、そこにウェールズ語の聖書も含まれている。できれば音楽のレッスンも受けたかった。それから、できれば……。

宿を出て馬車で去っていくベンのことが、どうしても頭から離れなかった。でも、どちらの方角へ行ったのだろう？　サマンサからは何も尋ねなかった。そう思ったとたん、愚かにもパニックを起こしそうになった。ベンがどこへ向かうのかも知らない。いまこの瞬間、どこにいるの？　どんな気持ちなの？　わたしのことを考えてる？　それとも、心はすでに未来へ飛び、何か新しいことを始めようと計画し、この土地とわたしから離れることができてほっとしているの？　それとも、わたしと同じように、未来とわたしのことを同時に考えているの？

時間がたてば、胸の痛みも薄れていくの？　ええ、きっとそうね。それにしても、なぜこんなに胸が痛むの？　ひとときの情事を経験した。一週間だけのことだと両方が納得したうえで結ばれた。彼をここにひきとめる気はなかった。彼ももちろん望んでいなかった。わたしがいま感じているのは、性の情熱の残滓《ざんし》に過ぎない。二、三日もすれば消えるに決まっている。

午前も半ばになると、コテージにこもっているのが耐えがたくなってきた。古びた麦わら帽子をかぶり、台所でスープの出汁をとるのに使った骨をかじるのに夢中になっているトランプを呼んで、外に出た。庭の門のところでほんの一瞬ためらったが、浜辺へ向かった。あの浜に生涯足を向けない決心でもしないかぎり、避けていても意味がない。それでもやはり、岩のあいだの隙間を抜け、靴を脱いで砂の上に立ったときには、辛すぎて胸が痛んだ。

トランプに投げてやれそうな木切れを見つけ、〝わたしたちのもの〟になっていた岩には目を向けないようにして、波打ち際をゆっくり歩いた。そろそろひきかえそうと思い、岩のあいだの隙間近くまで戻ったとき、その隙間からベンが姿を現わした。サマンサは足を止め、くらくらしそうな一瞬のなかで、幻を見ているのかと思った。やがて、分別も忘れて、希望が胸いっぱいに広がった。

「すでにはるか遠くまでいらしたと思ってたわ」彼に駆け寄りながら叫んだ。

「きみのおじいさんと朝食をとっていた。宿に来てくれたんだ」

サマンサはその場で足を止めた。トランプが木切れを拾わずに駆けてきて、ベンの前でハアハアいいながらしっぽをふった。

「どうして？」

「仕事の口を提供された」

「なんですって？」

「おじいさんが経営するすべての事業の支配人として。徐々に引退しようと考えているおじいさんにかわって、経営をひきうけてほしいというんだ」

ベンを見つめるうちに、サマンサのなかに怒りが湧きあがった。

「気に入らないようだね」ベンは軽く微笑した。

「ひどい侮辱だわ。あなたは紳士、準男爵よ。領地も財産もある。祖父は――しがない炭鉱夫だわ」

「炭鉱の所有者だ。炭鉱夫とは違う」

「祖父ったら、まさか本気じゃないでしょうね。どれほどの侮辱か、あなたから祖父にちゃんと言った？　図に乗るなと言っておいた？　そろそろ誰かが言うべきだったんだわ」

「ぼくには侮辱とは思えなかった」

「どうしてあなたなの？　あなたを雇い入れれば、わたしのご機嫌とりができるとでも思ったのかしら」

サマンサは彼をにらんだ。彼は軽く微笑した。

サマンサはそこでふと気づいた。

「どうして旅立たなかったの？　なぜここに来たの？」

「さよならを言いたくて。どっちにしても出発が遅れたから、あと一時間ぐらい遅らせてもたいした違いはないと思ったんだ。これでお別れだ。おじいさんのことをあまり悪く思わないでほしい」

サマンサは彼が向きを変えて岩の隙間を抜け、馬車のほうへ歩いていくのを見送った。トランプがあとを追いかけ、途中でふりむいてサマンサを見た。しっぽをふりながら、彼女が一緒に来るのを待っている。

〝さよならを言いたくて〟

〝どっちにしても出発が遅れたから、あと一時間ぐらい遅らせてもたいした違いはないと思ったんだ〟

サマンサは彼を追ってあわてて走りだし、靴を置いてきた岩のすぐ向こうで追いついた。

「報告に来たのね？　祖父の申し出を受けることにしたって」

「それは違う。予定どおり、一時間以内に発つつもりだ」

「ああ、ベン」サマンサは彼の腕に手をかけた。「家に入って、とりあえず腰を下ろして。

プライス夫人にお茶を淹れてもらいましょう。わたしがどう思うかを訊きに来たのね。わたしが承諾しないかぎり、あなたは祖父の話を受けるつもりがない。それで合ってる？」

「確かに、きみが承諾しないかぎり、話を受けるつもりはない。そして、きみが承諾するはずはない。話はそこで終わりだ」

「いいえ、違うわ」庭の門まで来たので、門をあけて彼のために支えながら、サマンサはため息混じりに言った。「わたしはあなたにとって侮辱的な話だと思った。でも、あなたから見れば侮辱ではなかった。その理由を説明して。それから、なぜまた炭鉱の所有者のもとで働く気になったのかも説明してちょうだい」

「炭鉱と製鉄所だ」

二人はコテージに入り、ベンが居間へ向かうあいだに、サマンサはプライス夫人にお茶を頼むために台所へ行った。居間で彼と二人になったときにようやく、はっきりと気がついた――この人がまだここにいる。二度と会えないものと思っていたのに、この人がいつもの椅子にすわり、横に杖が立てかけてある。

「きみのおじいさんは、自分には人を見る目があると言っている。支配人となる人物に対しておじいさんが求めている能力と経験と性格が、ぼくにすべて備わっているそうだ。専門知識と経験を身につけなくてはならないが、その点を別にすれば、経営の責任を負うのは、陸軍士官だったころとかなり似ている部分がある」

「あなたが望んだのは軍人として人生を送ることだったわね」サマンサは低い声で言った。

「だが、会社の経営なら、障害のあるぼくにもできる」

「そうね」

「ここに残ってきみの邪魔をするようなことはしない。スウォンジーとロンダ渓谷に住み、仕事をしなくてはならない。二度とここに来る必要はない。仕事の話を受けた場合も、とにかく予定していたとおり、すぐ出発となるだろう」

「だったらなぜ、わたしの承諾が必要なの？」

「ぼくはきみのおじいさんのもとで働くことになる。きみはおじいさんと縁を切るつもりかもしれない。だけど……サマンサ、きみは相続人なんだよ。おじいさんが急に亡くなったりしたら、ぼくはかわりの人間が見つかるまで、きみの下で働くことになる」

サマンサは椅子に深く腰かけて肘掛けを握りしめた。祖父の相続人。いえ、それについてはあとで考えることにしよう。

「ああ、ベン。あなたはその仕事を真剣に望んでいる。そうなのね？　わたしにもやっと理由がわかったわ。すぐにわからなかったのが迂闊《うかつ》だった。あなたがずっとやりたかったこととぴったり一致したのね」

「きみが不愉快に思うのなら、この話はなかったことにする」

「祖父はなぜあなたを雇おうとしたのかしら」サマンサは眉をひそめて尋ねた。「本人が言っているとおり、人を見る目があるから、その直感に従っただけ？　それとも、わたしが関係してるの？」

ベンはしばらくのあいだ無言でじっとサマンサを見た。「二、三カ月は試用期間ということで働いてみてほしいそうだ。ぼくが適任かどうかを両方で判断できるように。クリスマスが近くなったらキャルトレヴまで来るようにと言われた。二人で話しあい、両方が希望すれば契約書を交わすことになる」

じゃ、もう一度会えるのね。

「一二月に決める前に、きみの夫が去年のいつ亡くなったのかを、おじいさんが質問した」

サマンサはしばらく考えた。「クリスマス前にわたしの喪が明ける」

「そう」

プライス夫人がトレイを持って入ってきたので、サマンサは立ちあがって窓辺へ行った。

「祖父はわたしたちを自分の思いどおりにしようとしてるのね」家政婦が出ていったあとで、サマンサは言った。

「うん、そうだと思う。ただ、善意から出たことだ。ただちにここを去るよう、おじいさんに言われた。おそらく、きみがゴシップで傷つくのを心配しているのだろう。だが、その一方で、ぼくたちが熱い思いを寄せあっていることを、おじいさんは見抜いている」

サマンサは首をまわし、彼に視線を戻した。

「そして、ぼくのことを、支配人の仕事に最適任だと心から思ってくれている」

「わたしたち、思いを寄せあってるの？」

「きみの分まで答えることはできないが、そう、ぼくはきみへの思いを抱いている」

サマンサは話の続きを待ったが、どういう思いなのかという説明はなかった。

「クリスマスが来るころには、すべてが変わっているでしょうね。あなたにとっても、わたしにとっても」

「うん」ベンもうなずいた。「だが、いまのところは何もできない。そうだろう?」

クリスマスははるか先のこと。でも、ベンがここを去って二度と戻ってこない場合に比べれば、待つ時間はそう長くない。

「仕事をひきうけるべきよ、ベン。わたしも賛成。応援するわ。あなたならきっと立派にやれる。ただ、ご家族が知ったら愕然となさるでしょうね。幸せを祈ってるわ。クリスマスのことは、そのときにまた考えましょう」

「そうだね。何も約束しない。要求もしない」

ベンが立ちあがった。サマンサは自分がお茶を注いでもいないことに気づいた。

「ベン」急いで彼のそばまで行くと、ベンは彼女を腕に抱こうとして、杖を脇にどけた。

「ああ、ベン。幸せになってね」

「きみも幸せでいてくれ」彼の息がサマンサの耳を温かくくすぐり、彼女にまわされた腕はまるで鋼鉄の帯のようだった。

キスはしなかった。

ベンが杖をふたたび手にとり、ドアへ向かった。

「納屋まで送りましょうか?」サマンサは訊いた。

「いや、いい」ベンはふりむこうとしなかったが、片手でトランプの頭をなでた。「彼女のことをよろしく頼むよ、偉大なる駄犬くん」

ベンが向こう側からドアを閉めたあとも、トランプはドアに鼻をくっつけて立ったまま、しっぽをふっていた。

サマンサは両手に顔を埋めて、深く息を吸った。

〝ぼくはきみへの思いを抱いている〟

わたしのほうは、同じ言葉を返そうともしなかった。

22

以後何カ月かのあいだに起きたもっとも驚くべき重大な出来事は、専用の車椅子を注文したことだった——あとでふりかえってみて、ベンはそう思った。おかげで、一人で自由に動きまわれるようになった。いまでは大いに活用していて、なぜ何年も前から使わなかったのかと自分でも不思議に思うほどだった。言うまでもないが、彼が頑固すぎて、もう一度自分の力だけで歩くという夢を捨てきれなかったからだ。ただ、夢に固執したことを後悔してはいなかった。それがなければ、たぶん、まったく歩けなくなっていただろう。しかし、車椅子のおかげで行動範囲が大幅に広がった。それどころか、自由になったと言ってもよかった。

自分の障害を意識することは、もはやなくなった。馬に乗ることも、車椅子で自由に動きまわることもできる。杖をつけば歩けるし、泳ぐことだってできる。近くに海や湖があるときは、毎日泳ぐようにしていた。

仕事は大変だったが、いや、たぶん大変だからこそ、この何カ月かを生き生きと過ごすことができた。なんの知識もないところからスタートして、最後は炭鉱と製鉄所に関して雇い主も含めたいかなる相手にも負けないぐらい詳しくなった。連隊に復帰できれば最高だろうが、この仕事に就けたのはそれに次いで二番目にすばらしいことだった。ベンは昔から人が好きだった。そして、人から好かれる才能があった。相手が自分の部下で、命令に従う立場にあるとしても。本来なら、この新たな役目に彼が苛立ちを抱いても不思議はなかったはずだ。なにしろ、イングランドの人間だし、特権階級の生まれだし、脚が不自由で、仕事に関しては嘆かわしいほど無知で経験不足だった。最初はやはり、苛立ちがあったかもしれない。賢明にも、人に好かれるかどうかは気にしないことにした。みんなに好かれようという努力はしなかった。たぶん、それがベンの成功の秘密だったのだろう。敬意や好意や忠誠心を周囲から少しずつ寄せられるようになっていった。

ベヴァン氏はベンのために多くの時間を割いた。ベンは氏のことが大好きになり、多くのことを教わった。また、ベン自身も事業に関してあれこれと案を練っていた。陸上輸送と海上輸送に関することが中心で、ベヴァン氏がこれまで多額の料金を払って外注していた分野だ。しかし、ベンは働きはじめてまだ日が浅いため、さまざまな案はとりあえず自分の胸だけにしまっておいた。いまは人の話に耳を傾け、多くを学ぶ時期だった。

数カ月のあいだ、家族や友人たちにはいっさい手紙を書かなかった。自分の選択に対するみんなの意見は聞きたくなかったし、それに影響されるのもいやだった。否定的な意見ばかりに決まっている。また、未来にもっと自信が持てるようになるまで、誰にも打ち明ける気になれなかった。それにサマンサのこともあった。具体的な進展があるまで――あるかどうかはわからないが――彼女のことは誰にも話したくなかった。〝きみへの思いを抱いている〟

と自分から告げた。自分も同じ気持ちだという彼女からの言葉はなかった。それに、ベンのほうも具体的に愛の告白をしたわけではない。

この何カ月かのあいだ、サマンサの噂はほとんど彼の耳に入らなかった。ベンのほうからベヴァン氏にサマンサの消息を尋ねるのは控えていたし、ときには、氏がわざと彼女の話を避けているのではないかと思うこともあった。ごくたまに断片的な噂を耳にすることもあったが、あまりに短いため、もどかしかった。あるとき、コテージにピアノフォルテが届けられたとベヴァン氏が言った。なぜ知っているのだ？　その目で楽器を見たのか？　それとも、誰かから聞いたのか？　また、村の宿屋で開かれた収穫祭のパーティにサマンサが出席したが、喪中であることを示すために薄紫のドレスをまとい、ダンスには加わろうとしなかったという話も聞いた。ベヴァン氏がその場で彼女を見たのだろうか？　それとも、人から聞いたのだろうか？

サマンサと祖父とのあいだに交流があるのかどうか、ベンにはわからなかった。日がたつと共に彼女の心から自分が消えつつあるのかどうか、自分が去ったことに彼女がほっとしているのかどうかもわからなかった。ベン自身はどうかというと、二人で過ごした何日かのあいだに恋に落ち、いまも恋心は消えていない。女性に対してこんな気持ちになったのは生まれて初めてだった。

一一月に入ってようやく、ベンは手紙を三通書いた。弟のカルヴィンと、姉のベアトリスと、ペンダリス館のスタンブルック公爵に宛てて。カルヴィンからすぐに返事があった。温かさのこもった文面にベンは驚き、胸を打たれた。〝ぼくもジュリアも死ぬほど心配していた。兄さんがスコットランドへ旅立ったことをベアトリスが知らせてくれたけど、何日たっても、誰のところにもまったく連絡がないから、心配でたまらなかった。兄さんが戻ってこなかった場合、どこから捜索を始めればいいのかわからないし。スコットランドは広大な国だ。それなのに、兄さんはずっとウェールズにいたんだね〟ベンがどこで何をしていたかに対して、カルヴィンはなんの意見も述べていなかった。兄の無事を知ったときの大きな安堵と、ケネルストンの収穫についての短い説明と、荘園に関するその他の報告が書き連ねられていた。

ベンは思った――結局、弟はぼくを愛してくれてたんだ。

ベアトリスの手紙は、驚きの言葉と、ベンの長い沈黙への善意の叱責にあふれていた。また、〝炭鉱で働いているというのが本当なら、わたしの義理の弟は頭がどうかしてしまったに違いない〟と夫が言っている、とも書いてあった。ベアトリス自身はひどくおもしろがっていて、〝生活のために働くという物珍しさに、あなたはいつ飽きるのかしら〟と書いていた。手紙はそれから、ルドルフ・マッケイ夫妻に関する愚痴に変わった。この二人がブラブル館に越してきて以来、近隣の人々は大きな迷惑をこうむっているそうだ。また、サマンサ・マッケイ夫人が夏の初めに姿を消して、以後なんの連絡もないが、ベンがそれを知っているかどうかについて尋ねていた。〝あの方がどこかエキゾチックなところへ逃げて楽しく暮らしてらっしゃればいいんだけど。どうやら、厳重な監視つきでレイランド・アベイに送られ、ヒースムア伯爵と陰気な義理の妹——あなたもこちらで顔を合わせたあの人——のひどい仕打ちに耐えて暮らすことになりそうだったのよ〟と書いてあった。

スタンブルック公爵はベンが自分の力で新たな人生を切り開こうとしていることを知ると大喜びして、〝たとえ爪に石炭の粉が入りこもうとも、きみにぴったりの生き方だと思う〟と手紙に書いてきた。公爵のほうからもうれしい知らせがいくつかあった。ヒューゴとレイ・ミュアがロンドンでついに結婚したというのだ。挙式の場所は予定していたとおり、ハノーヴァー広場の聖ジョージ教会。〈サバイバーズ・クラブ〉の仲間も、所在不明だったベンとヴィンセント以外はみな式に参列した。ただし、ヴィンセントは式の二日後にヒューゴの屋敷の玄関先にやってきた。ミス・ソフィア・フライという、彼が急いで結婚するつもりの若い女性を連れていた。その二日後、特別許可証を手に入れて本当に結婚した。場所はこれまた聖ジョージ教会で、ベン以外の仲間が全員集まった。レディ・ダーリーとなった新妻は三月の少し前に初めてのお産の予定で、〈サバイバーズ・クラブ〉がペンダリス館に集まって三週間ほど過ごす時期にあたっているため、次回はそちらではなく、ヴィンセントの本邸であるグロスターシャーのミドルベリー・パークにしてはどうかと提案してきた。妻と生まれたばかりの子供を置いて出かけるわけにはいかない、とヴィンセントが宣言しているからだ。〝きみの意見も聞かせてほしい。ほかのみんなは賛成している〟と、公爵は書いていた。

自分がいなくても世の中がまわっていくことをベンは悟った。一番年下で目が不自由なヴインセントも結婚したという。そこまで急いで結婚したのには、きっと何か事情があったに違いない。いずれゆっくり話が聞けるだろう。だが、幸せな結婚であるよう願った。〈サバイバーズ・クラブ〉の仲間は兄弟同然だ。あ、一人は妹のようなものだ。

ベンはスタンブルック公爵とヒューゴに宛ててふたたび手紙を書き、結婚式の招待状に返事を出さなかった理由を説明した。

また、ヴィンセントにも手紙を書いた。誰かが――たぶん、新妻が――かわりに読んでくれるだろう。ヴィンセントに妻がいるのだと思うと、なんとも不思議な気がした。

ベヴァン氏がついに、支配人としてのベンの将来について話しあうため、キャルトレヴで会う日を決めた。クリスマスの一週間前と決まり、友人と隣人たちのために氏が計画していた舞踏会も同時に開くことになった。二、三日こちらでゆっくりしてもらい、今後のことを相談したい、とベヴァン氏がベンに言った。にぎやかに過ごせるよう、ほかにも何人か泊まり客を招く予定だという。

サマンサが舞踏会に出るかどうかについては、ベヴァン氏は何も言わなかった。

サマンサはこの何カ月間か、完璧に幸せと言ってもいい日々を送ってきた。ときどき、申しわけなく思うこともあった。かわいそうに、マシューは死んでしまった。本当はもっと悲しんであげなきゃいけないのに。しかし、つねにマシューのことを思い、彼があの若さで人生を断ち切られて不幸な死を迎えたという事実に胸を痛めているサマンサではあったが、もはや変えることのできない運命を嘆きつづけるつもりはなかった。

サマンサと、プライス夫人と、さらにはグラディスまでが、コテージを家庭に変えるべくせっせと立ち働いた。カーテンと敷物を変え、花瓶や装飾品を好みに合うものととりかえた。村の陶芸職人から何点かの品を買い入れた。新しく買った大型の品はピアノフォルテだけだった。村に音楽教師がいて、あと一人ぐらいなら個人レッスンをする時間の余裕があるとのことだったので、購入を決めたのだ。サマンサが少女だったころ、家にハープシコードがあって、生前の母にレッスンをさせられた。しかし、少しも楽しくなかったので、母が亡くなったあとはやめてしまった。いまになってそれを後悔し、あらためて楽器をマスターしようと決心した。演奏を楽しめる程度でいい。さらにうれしいことに、その同じ教師が発声のレッスンも担当し、サマンサのメゾソプラノの声を最大限に活かす発声法を教えてくれた。

ウェールズ語は牧師の妻のジェンキンズ夫人に教わり、やはりこれが世界でいちばん難解な言葉なのだろうか、それとも、自分がフランス語以外の言葉を習おうとしなかったせいでそんなふうに思えるだけだろうか、と考えこんだ。

隣人たちの多くと友達づきあいが始まり、とりわけ親しくなったのが、学校教師の妻のマリ・プリチャードという女性だった。また、多数の男性からロマンティックな関心を寄せられかねなかったが、人前に出るときはグレイや薄紫を身に着けて、いまも喪中であることを周囲にわかってもらえるようにしていた。

ベンと二人でキャルトレヴに招かれて食事をした夜から一週間たっても、祖父がサマンサの前に顔を出すことはなかった。ついにサマンサのほうから会いに行くと、運よく、祖父は家にいた。翌日からよそへ出かけて二週間ほど留守にするとのことだった。ベンに会いに行くのではないかとサマンサは思ったが、祖父が何も言わないので、自分のほうからも訊かないことにした。

いちばん立派な客間に祖父と二人で腰を下ろした。窓の外には、庭園と、その向こうの村と、海に至るまでのみごとな景色が広がっている。サマンサは祖父にこれまでのことを話し、コテージに来る決心をしたところで話を締めくくった。荒廃したあばら家に過ぎないだろうと思っていたこと、そして、ベンがここまで同行する決心をしたことも話した。

祖父はゆっくりうなずいた。

「わしのことは何も知らなかったのだな。そして、おまえに遺された財産のことも」

「ええ、何ひとつ」サマンサは首を横にふった。

「酒は恐ろしいものだ。と言うより、弱く愚かな男が酒を手にするのは恐ろしいものだ」

「でも、克服したでしょ」

「そうだな、自分に勝つことができた。だが、おまえのお母さんにとってはなんの慰めにもならなかった。そうだろう？　お母さんが優しい夫に出会えたことを、わしは喜んでいる。また、おまえという孫娘が生まれたことも」

「あのう……」短い沈黙のあとでサマンサは言った。「おじいさまと呼んでもいい？」

祖父の目が涙で潤んだことにサマンサは気づいたが、祖父は必死に涙をこらえていた。しばらくすると窓辺に行き、彼女に背を向けて立った。

「わしは燃えるような情熱をこめて彼女を愛したものだった」やがて祖父は言った。「おまえのおばあさんのことだ。不幸なことに、わしは青二才で、情熱の暴走を止めるだけの知恵がなかった。エズミが出ていったとき、わしの心もすべてあいつに持ち去られてしまい、痛みに疼く空虚な殻だけがあとに残された。愛とは、そういうものであってはならんのだ、サマンサ。人を愛する者は自立した人間であるべきだ。健全で豊かな自意識を持つべきだ。なぜなら、人生はつねに痛みを伴うものだから。生きているかぎり、痛みを避けて通ることはできん。悲しいものだな。しかし、痛みに襲われた人間がそれに負けて破滅するようなことになってはならない。わしも破滅してはならなかったのだ。自分の人生と健康があり、この家と仕事があり、友人たちがいた。何よりもまず、グウィネスという娘がいた。大切な娘だった。エズミがわしを捨てて出ていくまでは、娘のことを自分の命より大切だと思っていた。だが、結局、わしにとっては自己憐憫のほうが大切で、酒の力を借りてさらに自分を哀れみ、ついには妻だけでなく娘まで失ってしまった」

祖父は窓辺でふりむいてサマンサを見た。「おまえは情熱をこめて夫を愛し、愛が冷めても耐え忍び、夫がおまえを必要とするときは、自己憐憫より妻としての義務を優先させた。わしより強い人間だ。おまえを孫娘と呼べることを誇りに思う。いずれまた、おまえは見つけるだろう――情熱を。そして愛を。もしかしたら、すでに見つけているかもしれん。だが、愛されるにしても、愛するにしても、自分自身が強くなければならない。これから何カ月かわしの言葉に耳を傾けるのだ。どうすれば聡明で幸せな愛を育《はぐく》むことができるかを助言してあげよう」

「あなたはわたしのおじいさま。そして、人生でさまざまな経験をし、地獄をくぐり抜けてきた人なのね」

祖父はサマンサの足元に寝そべっているトランプのほうへうなずきを送った。「ついでに、その犬の話も聞かせてくれないかね。人が喜んで飼いたがるような犬には見えないのだが。拾われたときはまだ可愛い子犬で、どんな親から生まれてきたのかまったくわからないのであれば、飼う気になるかもしれないが」

「あらあら、かわいそうなトランプ」サマンサは笑いだし、犬について語った。というか、自分が知っている範囲のことを。

祖父は翌日に旅立ち、二週間ほど帰ってこなかった。その後も頻繁に出かけていた。しかし、自宅に戻ればかならずコテージを訪ねてきたし、サマンサがキャルトレヴへ出かけることもあった。二人は徐々に打ち解け、おたがいのことが好きになり、サマンサはやがて、祖父が自分の暮らしの中心になったことを知った。わたしの家族。それは彼女が結婚し、その後ほどなく父親が亡くなったときからずっと切望してきたものだった。

毎週日曜には教会で一緒に席についた。祖父にエスコートされて、公演旅行中の聖歌隊とソロ歌手が学校の講堂で開いたコンサートや、収穫祭を祝う宿屋でのパーティなどに出かけた。ダンスこそしなかったものの、思いきりパーティを楽しんだ。祖父から、キャルトレヴに客を招くときはいつも同席するようにと言われた。祖父が自宅にいるときは来客がしょっちゅうあった。社交的な人なのだ。

サマンサの前でベンの話題が出ることはけっしてなかった。一〇月のある夜、晩餐の席で祖父が客の一人の質問に対して、「そう、お尋ねのその男は間違いなく準男爵、サー・ベネディクト・ハーパー少佐です」と答えなかったら、ベンがいまも祖父のもとで働いているのかどうかすら、サマンサは知らずにいただろう。

この何カ月かのあいだ、完璧に幸せと言いきれなかったのは、ベンのことがあったからだった。彼が去って以来、サマンサは一度も泳いでいなかった。浜辺を歩くこともあまりなく、トランプにせがまれて浜へ出かけたときは、魔法のような魅力よりもわびしさを感じることのほうが多かった。

ベンがふたたび訪ねてくるかどうか、確信が持てなかった。結局のところ、わたしがウェールズへの旅に強引に彼をひっぱりこんだようなものだ。コテージに到着し、彼はそのまま旅を続けるはずだったのを、わたしが無理にひきとめた。もしかしたら、二人が結ばれたのだって、半ばわたしが強制したのかもしれない。ここを去ったあと、あの人はわたしから逃れて自由になったことを喜んでいる自分に気づいたかもしれない。

では、このわたしは？　ずいぶん長いあいだ、自由に焦がれてきた。いまこうして自由になった。夫に先立たれたあと、その自由をこんなに早く捨ててしまうのが賢明だと言えるだろうか？　もちろん、捨ててほしいと頼まれればの話だけど。

夜のあいだだけは疑念がすべて消え去り、ベンへの愛はマシューのときとはまったく違うことを実感するのだった。マシューのときは、そう、容貌と魅力に惹かれた。一七歳のときは、外見の内側を覗きこんで、その容貌にふさわしい人間性が備わっているかどうかを考えることなどなかったのに対して、二四歳のいまはちゃんと覗きこんだ。彼女の愛はベン自身に対するものだった。外見は重要ではなかった。彼の脚が不自由でも、サマンサはまったく気にならなかった。彼という人を愛しているのだから。

そして、彼も間違いなくわたしを愛してくれている。そうでなければ、おじいさまのもとで働く決心などしなかったはずだから。あるいは、働くことに決めたとしても、最初にわたしの意見を聞きに来るようなことはなく、戻ってくるとも言わなかっただろう。二人が熱い思いを寄せあっていることをおじいさんに見抜かれている、などとは言わなかったはず。ベンはわたしへの思いを抱いていることまで告白した。もっとも、男性のつねとして、それ以上の言葉はなかったけれど。

やがて一二月になり、ある朝、サマンサがピアノフォルテの練習をしていると祖父がコテージにやってきて、クリスマスの一週間前にキャルトレヴで舞踏会を開くことにしたと言った。村の人々を残らず招き、遠くに住む友人たちも何人か招待して、二、三日泊まってもらう予定だという。サマンサもキャルトレヴに泊まりこんで、舞踏会の女主人役を務めてほしい、と祖父は言った。

「なんの疚しさもないはずだ。一年間の喪が明けるのだから。そうだろう？」

「そうね。喜んで伺うわ、おじいさま」

遠くに住む友人たちのなかにベンも入ってるの？

「ハーパー少佐も招待客の一人だ」祖父が言った。まるでサマンサが声に出して尋ねたかのように。

「まあ。またお目にかかれるなんてすてき」

サマンサに向けた祖父の目が輝いた。

「居間へ行きましょう」サマンサはピアノフォルテのベンチから立ちあがり、先に立って祖父を案内した。「プライス夫人がケーキを焼いていて、ぜひおじいさまに味見してほしいそうよ」

「キャルトレヴのほうまでケーキの匂いが流れてきたのだ。わしがここまで歩いてきたのに、それ以外の理由があると思うかね？」

ベンがやってくる。興奮と不安の入り混じったものがサマンサの胸のなかで羽ばたいていた。ずいぶん長い日々だった。永遠に続くような気がした。ときには彼の顔かたちを思いだすのに苦労することもあった。

彼がやってくるのは、もちろん、おじいさまと仕事の話をするため。

そして、もしかしたら……。

そうよ。もしかしたら。

23

ベンは舞踏会の前日にキャルトレヴに到着するよう予定を立てていた。ところが、製鉄所で小さな手違いが生じたため、スウォンジーを発つのが遅くなってしまった。その結果、ようやく到着したのは舞踏会当日の午後も遅くなってからだった。脚がこわばり、疼いていたが、気にしないことにした。ダンスをするわけでもないのだから。

キャルトレヴまではかなりの長旅で、雲が厚く垂れこめた空の下、白波が立つ鉛色の海から遠く離れることがないまま、風が吹きすさぶ荒涼たる田園地帯を馬車で延々と走りつづけた。熱した煉瓦を足元に置いてもすぐに冷めてしまうし、分厚い外套《がいとう》も寒さを閉めだす役には立たなかった。ときたま雪がちらついたが、幸い、本格的な雪になって道路に積もり、旅の危険が増すようなことはなかった。しかし、通行料の徴収所がうんざりするほどいくつもあって、そのたびに時間をとられ、徴収所の係員は疲れか寒さがひどすぎるとみえて、仕事がのろかった。

フィッシャーマンズ・ブリッジを見下ろす丘の上の白い屋敷に近づくにつれて、ベンはここから三キロほどのところにサマンサがいる、もうじき会える、ということ以外、何も考えられなくなった。彼女が祖父と縁を切っていなければ、今夜の舞踏会で会えるのではないだろうか？　もし縁を切っていたなら、明日コテージへ会いに行けばいい。彼女が喜んで迎えてくれるのなら。しかし、たとえぼくとの交際を続ける気を向こうがなくしていたとしても、迎え入れるのを拒む理由はないはずだ。

サマンサはぼくのことを忘れてしまっただろうか。いやいや、考えるだけでも馬鹿げている。忘れるなんてありえない。だが……彼女も新たな人生を歩みはじめて、そこにはもう、ぼくの居場所がないのではないだろうか？　正式な服喪期間は終わりを迎えた。彼女がここで暮らしはじめて数カ月になる。すでにほかの誰かと出会っているかもしれない。この前の戦争の記憶につながる心配のない誰かと。ところで、彼女と祖父のあいだに多少なりとも交流はあるのだろうか？　その点にベヴァン氏は触れようとしないし、もちろん、こちらからも尋ねていない。

ベンは馬車を降りるとクインの手から杖を受けとり、外階段をゆっくりのぼって屋敷に入った。大理石の玄関広間に足を踏み入れたとたん、両脇の暖炉で燃えている温かな火の歓迎を受けた。クリスマスの季節に合わせて、蔦《つた》と鮮やかな色の実をつけた柊《ひいらぎ》でこしらえた花綱が広間を飾っていた。屋敷の主がベンを待っていて、右手を差しだし、満面の笑みを浮かべて迎えに出てきた。

「少佐どの」軍隊での階級がベンの名前に加わることはもはやないのだが、ベヴァン氏はつねにベンをこう呼ぶ。「きっと凍死寸前で、疲労困憊《こんぱい》のことだろう。客のなかではきみが最後の到着だ。外はすでに日暮れ時の暗さじゃないかね？　まだ夕方になってもいないのに。まあ、仕方がないか。一年でいちばん暗い日だ。ここからすべてが上向きになっていく。おや？　今日は車椅子なしかね？」

「ベヴァン。お元気そうですね」ベンは相手の手を握りしめた。「残念ながら、段差のあるところを上がり下りできる車椅子はまだ発明されておりません。それに、ぼくは障害者に見られず、ときたまそれを証明したい衝動に駆られるのです」

「まともな神経の持ち主なら、きみを障害者と呼ぼうなどとは思いもしないだろう。二階の客間に来てくれたまえ。服装は気にしなくていい。お茶のトレイがまだ出ているし、追加の湯が運ばれてくるはずだ。きみのカップにブランディを加えるよう言っておこう。もちろん、純粋に薬として飲んでもらうためだ。さあ、ほかの客にも会ってくれ」

階段をのぼるのに、例によって時間がかかったが、階段のてっぺんでクインが車椅子を用意して待っていたので、ほっとしてそこに腰を下ろした。痛みを我慢しながら杖にすがる必要がなければ、ほかの客に挨拶をして握手を交わすことも楽にできる。

部屋にいたのは一〇人ほどだった。男性の何人かはベヴァン氏の事業仲間なので、ベンも面識があった。あとは知らない顔ばかりだった。女性についても同様だった。

おお。

ただ一人を除いて。ベンは深く息を吸い、そこで息を止めた。

部屋の奥から彼女がやってくるところだった。笑みを浮かべ、両手を差しだして。深緑色のドレス姿で、客間も蔦や柊に飾られているので、それにぴったりの色合いだった。新調したことがひと目で見てとれる。初夏のころに着ていたどのドレスよりもはるかに優美でしゃれたデザインだ。黒に近い艶やかな髪はうしろでまとめ、エレガントなシニョンに結ってある。にこやかな笑みを浮かべていた。

ベンはゆっくりと息を吐きだした。

そうか、おじいさんの人生の一部になったんだ。

「ベン」サマンサが彼の手に両手をのせたので、ベンはその手を強く握りしめた。外から入ってきたため、彼の手がまだ冷たいのに対して、サマンサの手は温かだった。

「サマンサ」

一瞬、二人はじっと見つめあった。だが、次の瞬間、サマンサは何歩かあとずさった。手だけは彼に預けたままにして。

「あら、これは何？」サマンサは彼の車椅子を見ていた。「ううん、答えなくていいのよ。見ればわかるわ。まさか――弱気になったわけじゃないでしょうね？」

「強くなったんだ。ほかの人々と同じように脚を使うのは無理だと認めることを、もはや恥とは思わなくなった。これがぼくなんだ。いまでも歩くことはできるが、車椅子があれば、はるかに迅速かつ効率的に動くことができる」

サマンサの笑みがさらに広がった。ベンの手を握りしめてから、その手を放し、祖父を見上げた。

「おじいさま、わたしからみなさんにベンを紹介しましょうか？　それとも、おじいさまが紹介なさる？」

その声にウェールズ独特の歌うような響きがかすかに混じっていることに、ベンは気がついた。とても魅力的だった。じっさい、彼の背筋に軽く震えが走ったほどだった。

「わしがやろう」祖父はきっぱりと言った。「おまえにはまず、少佐どのの世話を頼みたい。追加の湯を持ってこさせて、お茶を注いであげてくれ。ブランディを少し加えてな。凍死しそうな顔だから」

「ほんとね」サマンサはうなずいてから部屋を出ていった。「鼻の先が赤くなってる」

ベンは思わず片手を鼻に持っていった。赤い色を指先で感じとれるかのように。

ほどなく、初対面の人々に次々と紹介され、面識のある人々とは挨拶を交わした。誰もが愛想よくふるまい、お祭り気分で浮かれていた。活気にあふれた上機嫌な会話が飛びかい、ベンはこのひとときを楽しんだ。ぐったり疲れていたにもかかわらず。そして、サマンサに再会できて頭がくらくらしていたにもかかわらず。

彼女の美貌がいかに生気に満ちているかを、いつのまにか忘れていたのだ。

さっきの彼女の挨拶には、社交上の愛想のよさ以上のものが含まれていたのではないだろうか？　彼自身はそう思っていたが、ふと見ると、彼にお茶を運んでくる前のわずかなあいだ、サマンサは彼のときと同じように明るい笑みを浮かべ、みんなに温かく声をかけていた。ぼくに会えたことを喜んでいるだろうか？　大喜びしているだろうか？

ひとつだけ確かなことがあった。離れて過ごした何カ月ものあいだ、彼女への思いは薄れていなかった。むしろ逆だった。彼女と再会したいま、自分の気持ちが単なる恋にとどまらないことを知った。幸せになるために彼女の存在が不可欠だと気づいたのだ。

やがて、彼女がベンのお茶とフルーツケーキをトレイにのせてやってきた。しかし、それを彼に渡すことも、横のテーブルに置くこともなかった。かわりに身をかがめて、彼に低く声をかけた。

「トレイは召使いに運ばせて、いまからあなたの部屋へご案内するわ。脚が痛むんでしょ、ベン。否定しても無駄よ。ひと目でわかるわ」

「たぶん、微笑しすぎなんだろうな」

「そうでもないけど、笑うときに歯を食いしばるから、狼そっくりの顔になるの。はっきり言わせてもらうと、周囲が怯えてるわよ」

彼が笑いかけるあいだに、サマンサは身を起こしてドアへ向かった。ベンは周囲の人々に「ちょっと失礼します」と断わってから彼女を追った。

そうか、彼女は忘れてなかったんだ。旅行がぼくの脚にとって負担になることを。ぼくが必死に隠そうとしても、彼女はぼくの痛みを見抜いていた。

ああ、サマンサ。

杖にすがって歩くかわりに車椅子で走りまわる姿は、本来なら敗北のしるしに見えるはずなのに――あとで晩餐と舞踏会のための身支度をしながら、サマンサは思った。でも、そうじゃない。なぜか知らないけど、まさにその逆ね。

〝ほかの人々と同じように脚を使うのは無理だと認めることを、もはや恥とは思わなくなった。これがぼくなんだ〟

痛みをこらえているのは明らかなのに――少なくとも彼女の目には明らかだ――彼のなかに新たな自信が芽生えているのが見てとれた。この世界に自分の居場所を見つけてそれに満足している成功者、という雰囲気だった。貴族の称号を持つ紳士で、自分自身の領地と財産がありながら、給料をもらうために、紳士階級の生まれでもない男のもとで働いている。

サー・ベネディクト・ハーパーは矛盾する点が魅力的に混ざりあった人で、いまの自分自身に大いに満足している様子だ。

サマンサがキャルトレヴにやってきたのは昨日のことで、大はしゃぎのグラディスをお供に連れ、もちろん、トランプも一緒だった。トランプはここ数カ月のあいだにすっかり台所の人気者になっていたので、さっそく台所に楽しく腰を据えることにした。ベンは昨日のうちに到着の予定だったが、祖父と彼女が遅くまで寝ずに待っていたのに、とうとう姿を見せなかった。そして、今日ようやく、客のなかで最後に姿を見せた。ほかの客が到着するたびに、サマンサは落胆と高まる不安を微笑と歓迎の挨拶の陰に隠した。来るつもりがないんだわ。ついにそう結論を出した。何かわけがあって心変わりしたのね。わたしと再会するのがいやだったのかもしれない。いまのぼくはもう初夏のころと同じではない、きみとの関係を新たにする気も、さらに進める気もなくなった、とわたしに面と向かって言うのがいやなのかもしれない。

だが、早めの夕闇が広がりはじめるころ、ついに彼が到着した。

祖父が一人で彼を迎えに出るあいだ、サマンサは無理に自分を抑えて客間に残り、ほかの客の相手をしていた。車椅子で部屋に入ってきた彼を見たときはショックだった。どこか雰囲気が変わっているのと同時に、胸が痛くなるほどなつかしい姿でもあったので、ときどき彼の顔が鮮明に思いだせなくなっていたことを、いまでは不思議に思うほどだった。

手が冷えきっているにもかかわらず、彼の挨拶は温かだった。部屋の奥から近づいていった彼女を、ベンはもちろんじっと見ていた。しかし、脚が痛そうで、不意に、ダラム州から二人で旅をしたことがサマンサの記憶によみがえった。当然、脚が疼いているはずだ——そして、微笑と温かな握手の陰にそれを隠そうとしている。愚かな人。そのため、彼とそれ以上言葉を交わす時間はとれなかった。

しかし、この二、三カ月のあいだに疑いを持ったことがあったとしても、いまの彼女にもう迷いはなかった。痛みも不自由な脚も含めて、彼のすべてを心から愛していた。彼という人間を愛していた。

でも、もしかしたら、ベンはおじいさまと仕事の話をするためだけにやってきたのかもしれない。

「できましたよ、奥さま」グラディスが言った。「カールや小さな巻毛を作ったほうがやっぱりすてき。ロイヤルブルーがうっとりするほどよくお似合いです。その色を着ると、あたしも含めてたいていの女が負けてしまうけど、奥さまは髪と目の色がくっきりしてるから負けませんよね。あたしも奥さまみたいに黒っぽい髪だったらいいのに。今夜は独身の男の人全員が奥さまに目を奪われそうですね。ついでに、奥さんのいる人だって、きっと何人か……。あら、そんなこと声に出しちゃいけませんね。うちの母さんが言うんです。男というのは妻がいても、いなくても、つい女を見てしまうんだって。少佐さまが着いたんでしょ？　今年の夏、村に滞在されてたときは、あたし、すっごくすてきな人だと思ってました。何も起きないまま少佐さまがいなくなってしまって、がっかりでした。自分のためじゃなくて、奥さまのために。あたしったら馬鹿みたい。でも、少佐さまが戻ってらした。着くのが遅れて、もうちょっとで舞踏会に間に合わないとこでしたね。きっと奥さまに見とれちゃいますよ。前からそうでしたもん。だけど、奥さまがご主人の喪中だったことをご存じだったから、言い寄るのはいけないことだと思われたんですよ。でも、いまはもう喪中じゃない。少佐さまに会えてお幸せですか？　ぜったいそうだわ」

「再会できてうれしく思っているわ」サマンサは言った。

「あら、うれしいどころじゃないはずですよ。ものすごくうれしいはずだわ。さあ。ネックレスもこれでオーケイ。特別製の留め金にいつも苦労するんです。身支度完了です。まあ、うっとりするほどおきれい」

「ありがとう」サマンサは笑って答え、一瞬、マティルダだったらこのグラディスのようなメイドをどう思うだろうと考えた。しかし、マティルダはすでに遠い過去の人だ。ブランブル館で一緒に暮らしたころからまだ一年もたっていないのに。

舞踏室に寄って準備万端整っているかどうか点検しておこうと思い、早めに一階に下りた。別に彼女の責任ではないのだが。祖父がすべてを指図したのだ。

舞踏室は二階分の高さがある広い部屋だった。両側の長い壁は鏡張りになっていて、部屋をさらに広く見せ、装飾に使われているクリスマスらしい緑の植物の効果を何倍にも高めていた。木の床は光り輝いていた。一段高い楽団用の席には楽器が置いてあった。楽団員はたぶん、階下で夕食をとっているのだろう。大きなシャンデリアが三個、床に置かれている。舞踏会が始まる直前にすべてのろうそくに火をつけ、天井から吊るすことになっている。辺鄙な片田舎にこのような舞踏室を造るのは無駄な贅沢に思えるが、祖父の話だと、舞踏会や祝祭や盛大な宴会などで年に数回は使われているそうだ。

点検は短時間で切りあげた。晩餐の時刻が来ていた。

サマンサは祖父を支える女主人として、テーブルの下座についた。席順を決めるのを任せてほしいとサマンサが言ったのだが、結局は祖父が決めることになった。サマンサの左側に白髪の顧問弁護士モリス氏、右側にベンがすわった。ベンのこの席がサマンサには意外だった。もっと上座にすわるものと思っていた。しかし、テーブルの向こうへちらっと目をやると、祖父のいたずらっぽい視線が返ってきた。

祖父はもちろん、最初から二人を結びつけるつもりでいたのだ。〝干渉〟――以前のサマンサはそう言ったものだった。ところが、ベンが去ったあと、祖父が彼の話をすることはほとんどなくなり、サマンサは自分が誤解していたに違いないと結論を出した。いま、誤解ではなかったことを知った。老獪《ろうかい》な祖父は、新たな隣人たちが眉をひそめたりしないように二人をひき離し、喪が明けるまでサマンサをそっとしておく必要があることを知っていたのだ。そしていま、最初からの計画どおり、二人を再会させた——祖父が開いた盛大な祝いの席で。舞台を準備し、二人がそれぞれの役を演じることを期待している。

演じることになるの？

サマンサがベンに会ったのは数カ月ぶりで、彼の本質的な部分がどこか変化していることを知った。この人の新たな人生にわたしの居場所はあるの？

サマンサはモリス氏の話し相手を務め、ベンのほうは、スウォンジーに住む祖父の友人の妻で、反対側にすわっているデイヴィス夫人と話をしていた。しかし、ひと皿目の料理が終わる前に、テンビーからやってきた祖父のかかりつけの医者、フィッシャー氏の夫人がモリス氏と話しはじめたので、サマンサはベンにちらっと目を向けた。ベンはじっと彼女を見ていた。

「すばらしいよ、サマンサ。すばらしすぎるほどだ。最後に会ったときに比べると、こんがり焼けていた肌の色が薄くなってしまったけれど」

彼のほうも、身体にぴったりした仕立ての黒の夜会服、金色の刺繍が入ったチョッキ、真っ白に輝く麻のネッククロスという装いで、とてもすばらしかった。糊のきいたシャツの襟が高く跳ねているが、滑稽なほどの高さではない。ネッククロスを凝った形に結んでいて、さきほど客間にいたとき、年下の男性客二人が羨望の視線を向けていた。ネッククロスのひだのあいだで、ダイヤモンドがひと粒きらめいていた。

「変わったわね」サマンサは彼のほうへ少し身を寄せた。「捜していたものが見つかった。そうでしょ？　炭鉱で」

その言葉にベンは微笑した。「世の中にはもっとひどい場所もある。もっとも、具体的に名前を挙げようとしても、どうしても浮かんでこないが」

サマンサは以前から彼の微笑が好きだった。この何カ月かのあいだ、頻繁に思いだしていたのがその笑顔だったことに、いま気がついた。きれいに並んだ白い歯がのぞき、目がわずかに細められ、目尻に笑いじわが刻まれる。

「幸せにしてる？」彼に尋ねた。

「新たな挑戦を楽しんできた。そして、そこから多くを学んだ。仕事についても、ぼく自身についても」

「あなた自身について？　どんなことを？」

「いちばんの収穫は、障害と戦うかわりに、うまく折りあっていけるようになったことだ。それどころか、いまはもう障害だなんて思うこともない」

サマンサは彼ににこやかな笑みを向け、召使いが皿を下げに来たので、脇へ少し身体をずらした。

「でも、これからもおじいさまの下で働くつもり？」

ベンは彼の皿が下げられるあいだ、どう答えようかと考えている様子だった。「条件次第だな」

「どんな？」

「いや、やめておこう」ベンは柔らかく笑った。「この席でこんなときに話すことではない」

そのとき、モリス氏がサマンサの腕に触れたので、彼女は話を聞くためにそちらを向いた。

〝わたし次第〟ということ？　そう言いたかったの？

この席でこんなときに話すことじゃないって、なんのこと？

人生はときとして、人にひどくじれったい思いをさせるものだ。


条件次第というのは、サマンサが彼の愛を受け入れるかどうかによるという意味だった。

ベンは最初からそう決めていたが、今日の午後こちらに着いてから、決意はさらに強まった。ふたたび彼女を見た瞬間、もし結婚を拒まれたら、今後、彼女とはもちろんのこと、その祖父とさえ関わりを持つのは耐えられなくなると悟ったのだった。それならむしろここを去り、イングランドに戻って、新たな人生を始めたほうがいい。ただし、ペンダリス館を去ってから三年にわたって続けていた暮らしには、もう戻らないつもりだった。いまの彼は、自分が何に興味を持ち、どんな暮らしが自分に最適かを知っている。サマンサを失い、とりもどす希望も消えてしまったら、少なくともしばらくは暗澹《あんたん》たる日々が続くだろうが、なんとか生き延びていく覚悟はできている。

晩餐がすんでしばらくすると客が到着しはじめたので、ベンは舞踏室のほうへ移った。以前、サマンサの祖父が彼女とベンを連れて屋敷のなかを案内してくれたとき、この舞踏室も目にしている。そのときでさえ、立派な部屋だと思ったものだった。今夜はそれこそ、ロンドンの大邸宅にふさわしい豪華絢爛《けんらん》さだった。シャンデリアにろうそくが並び、そのすべてに火がついている。贅沢の極みだ。柊と蔦と松の枝があらゆるところに飾られ、クリスマスシーズンの屋内庭園のような雰囲気を醸しだしていた。緑の枝葉の香りと、控えの間から漂ってくるリンゴ酒とホットワインの香りが、祝祭気分をさらに盛りあげていた。

ベンは椅子にすわり――今夜は杖を使うことにしたのだ――まわりの様子を眺めた。出窓のいくつかに吊るされたヤドリギの枝に目をとめて、口元をほころばせた。

ドアを一歩入ったところにサマンサが祖父と並んで立ち、客を迎えていた。ベンの見知った顔がいくつかあった。今夜のサマンサはロイヤルブルーのドレスをまとい、高く結いあげた髪を凝ったカールと巻毛で飾っていて、ため息が出るほど美しかった。みごとな曲線を描く身体にベンは視線を走らせた。ここを去ってから一カ月か二カ月ほどのあいだ、彼女の手紙を待ちつづけたが、連絡はなかった。ほっと胸をなでおろしたものの、心の一部には失望もあった。

サマンサはどの客とも知り合いのようだった。頬を上気させ、笑い声を上げ、ときには祖父のほうを向いて何か言っていた。母親に悪いという思いからサマンサが祖父と縁を切ってしまわなかったことを、ベンはうれしく思った。彼女にはこの祖父が必要だ。婚家の一族はまったく愛情を示してくれなかった。母親違いの兄も、父方の親戚も同様だった。

サマンサは幸せそうだった。そう思った瞬間、ベンの胸が少し痛んだ。

誰かが片手を差しだし、笑顔で彼を見下ろしていた。

「ハーパー少佐」ジェンキンズ牧師だった。「お会いできてうれしいです」

趣味の悪い羽根飾りを頭に着けた夫人が横でにこやかに微笑し、会釈をした。

これがロンドンの舞踏会なら、女主人はきっと不満たらたらだろう――客がすべて到着し、楽団員が楽器の音合わせに忙しくしているなかで、ベンは思った。大混雑とはとうてい言えない。だが、ほどよい混み具合なので、誰もがスペースを気にせずに踊れるし、椅子にすわっている者や脇に立っている者は踊る人々をはっきり見ることができる。

最初のダンスのために列ができはじめていた。

ベヴァン氏がモリス夫人を誘ってフロアに出ていき、ベンの知らない青年がサマンサを誘った。サマンサは女性の列に並んで向かいのパートナーに笑いかけた。ついに彼女の願いが叶う――ベンはそう思い、少々悲しい気分になった。

〝踊りたい〟と、かつて彼女が言った。ひたむきな憧れのこもった声で。あのときの彼女はサイズの合わない重苦しい喪服をまとい、カーテンを閉ざしたブランブル館の陰気な客間に立っていた。ずいぶん前のこと。前世のことのような気がする。

それから一時間、ベンは活気に満ちたカントリーダンスを踊る彼女を見守った。だが、彼も片隅でひっそりしていたわけではなかった。何回か椅子から立って歩きまわり、夏の初めにフィッシャーマンズ・ブリッジで出会った人々に挨拶したり、泊まり客と言葉を交わしたりした。

明日まで待とうと決めた。もしくは明後日まで。彼女はコテージに戻る予定だろうか？　だったら、そちらを訪ねることにしよう。今夜の舞踏室は華やかな祝祭気分に満ちていて、ロマンティックでさえあるが、ベンはどうにもなじめなかった。自分の障害への歯痒《がゆ》さがふたたび頭をもたげそうになるのを必死に抑えた。

宿屋の主人から聞かされたばかりの話に大笑いをしていたとき、袖に誰かの手が触れるのを感じた。ふりむくと、彼女がいた。

「ベン」彼女が声をかけた。

「楽しんでる？」ベンは笑みを浮かべ、自分も楽しんでいるように見せようとした。まあ、むずかしいことではない。そうだろう？　そこそこ楽しく過ごしている。この土地も、ここに住む人々も大好きだ。

「向こうで一緒にすわりましょう。次はワルツなの」

「ワルツを踊りたくないのかい？」

サマンサは首を軽く横にふり、舞踏室の奥にある小部屋のほうへ先に立って歩きだした。反対側にある楽団用の席とそっくりの造りだった。ただし、一段高い壇はない。分厚いベルベットのカーテンで仕切られているが、今夜は開いていてタッセルでとめてある。なかに長いベルベット製のカウチが置いてある。そこにすわった者がダンスの様子を眺められるようにという配慮だ。しかし、いまは誰もすわっていなかった。

サマンサがカウチに腰を下ろしたので、ベンも横にすわり、杖を肘掛けの部分に立てかけた。

「ダンスをしたのは今夜が初めて？」

「ええ」

「以前、ぼくに〝踊りたい〟と言ったのを覚えてるかい？」

サマンサはうなずいた。「そして、あなたがどう答えたかも覚えてるわ」

ああ。〝ぼくも踊りたい〟と彼女に言ったのだ。

「〝自由に走りたい〟と言ったような気がする。いまは車椅子で自由に走ることができる」

サマンサは彼に笑顔を見せた。「ううん、踊りたいって言ったのよ」

楽団が最初の旋律を奏ではじめ、流れるようなワルツの音色が舞踏室を満たした。ほどなく、何組かの男女が旋回しながら小部屋の前を通り過ぎた。

「いつも思ってたのよ。ダンスのなかでワルツがいちばんロマンティックだって」

「しかし、今夜は踊らないつもり？」

「ううん、踊るわ。あなたと踊りたい」

ベンは低く笑った。「だったら、目を閉じて想像すればいい。熱気球で雨雲を抜けて上昇したときみたいに」

ぼくとワルツを踊りたい——彼女はそう言っているのだ。

「立って、ベン」サマンサが立ちあがった。

ベンも杖を手にして立ちあがった。ぼくにダンスができると思っているのか？　サマンサは彼が手にした杖を二本ともとりあげて脇に置いた。前に二人で海に入ったときも、彼女がこんなふうに杖の片方をとりあげたのだった。

「右腕をわたしにまわして」サマンサは言った。

ベンは彼女のウェストに右腕をあてがい、彼女がそこに置いた手を握った。サマンサは反対の手をベンの肩に置くかわりに、彼のウェストにかけて支えにし、ベンの目をじっと見た。彼女自身の目に笑いが浮かんでいた。たぶん不安も混じっているのだろう。

なんと、彼女は本気だ。

そして、二人はワルツを踊った。

小部屋のなかで一度だけ旋回した。音楽が二人の一部となり、彼女の目から笑いと不安が消えて、二人は黙って見つめあった。おたがいの心をじっと見つめた。

もちろん、現実はあくまで現実だ。お伽話の世界ではないので、ワルツのステップを踏みながらいきなり小部屋を飛びだし、誰もが驚いて見守る前で舞踏室のなかをくるくるまわるという展開にはならなかった。しかし……とにかく踊ったのだ。ワルツを踊った。二人で。

ふと何かが気になってベンは視線を上げた。小部屋の真ん中に、天井から吊るされたヤドリギの枝があった。

「おお」立つ力が残っているあいだに、ベンは彼女にささやいた。「ここなら許可を求める必要がない。クリスマスがぼくに特別の許可をくれたんだ」

サマンサにキスをした。両腕で彼女のウェストを抱き、彼女はベンの首筋に腕をまわして。やがて二人で笑みを交わし、その瞬間、ベンは自分が無敵の存在になったように思った。しかし、ほんの一瞬のことだった。

「いますぐ腰を下ろさないと、誰かに床から拾いあげられ、情けない格好で運びだされることになりそうだ」

そこで二人はふたたび並んで腰を下ろした。肩を寄せ、手を握りあい、指をからめて。そして、サマンサが首を傾けて彼の肩に頬をつけ、二人で一緒に笑いだした。

「たぶん、史上もっとも短時間の不格好なワルツだっただろうな」ベンは言った。

「そして、ヤドリギの下で交わしたキスとしては、たぶん、史上もっとも短時間で、もっともうっとりするキスだったわ」

彼はサマンサの黒い巻毛にほんの一瞬頬を寄せた。「夏にここを去る前から、ぼくはきみを愛していた、サマンサ。恋をするつもりはなかったのに。きみを守ろうと思って旅に同行した以上、恋など許されないと思っていた。だが、いずれにしろ、恋してしまった。以来、ぼくの気持ちは変わっていない」

「まあ、じれったい人」二人のあいだにしばらく沈黙が続いたあとで、サマンサが言った。この小さな聖域の外の舞踏室では、いまもみんながワルツを踊っている。「どうしてそこで黙ってしまうの？　途中で黙りこまないで、ベン」

ベンは向きを変え、笑顔で彼女を見下ろした。「ぼくにこれ以上恥をかかせたくないときみが思った場合、ぼくを止めることができるよう、そのチャンスを差しだしたんだ」

「あら、だめよ。あなたに恥をかいてもらいたいわ」

「意地悪だな。結婚してくれる？」

彼女が息をのみこむ音を、ベンは耳にした。

「そうねえ……」サマンサが言った。いつもに比べて声がうわずっていた。「どうしようかしら。しばらく考えてみなくては」

「わかった。また半年のあいだここを離れるから、ゆっくり考えておいてくれ」

サマンサは優しく笑って顔を上げ、彼と向きあった。小部屋の外にあるシャンデリアの光を受けて、彼女の目がきらめいているのが、ベンにも見てとれた。たまった涙できらめいている。

「いいわ」サマンサは言った。

「いいの？」

「ええ」

二人はしばらく見つめあい、やがておたがいの腕に包まれて笑いだした。そして、ああ、それぞれが何粒もの涙で頬を濡らしていた。

「愛してるわ」彼女の温かな息がベンの耳にかかった。「ああ、ベン、会えなくて寂しかった。寂しくてたまらなかったの」

ベンは顔をひいてサマンサに笑いかけた。

サマンサ。ぼくの愛する人。

ああ、奇跡のような愛。

「許してくれる？」彼女に訊いた。

サマンサが眉を上げた。

「初めて会った日、きみをどなりつけたことを。そして、口汚く罵ったことを。きみは一度も許すと言ってくれなかった」

「考えておくわ」サマンサはそう言って笑った。

24

二人はもっと気候がよくなるまで待つことも考えたが、六月か七月まで婚礼を延ばす気にはなれなかった。五月までも待てなかった。挙式の場所としてケネルストンを考えてみたが、ベンの所有する屋敷ではあっても、子供時代を過ぎてからは自分の家という実感がなかった。これからも彼の家になることはけっしてないだろう。

結局、一月末にウェールズで挙式ということに決まった。具体的に言うと、フィッシャーマンズ・ブリッジの教会で、ジェンキンズ牧師に司祭を務めてもらって。サマンサは最初のうち、コテージから教会へ向かいたいと主張したが、祖父が何も言わないものの傷ついていることに気づいて、考え直した。屋敷で婚礼の身支度をして、祖父と一緒に教会へ出かけ、祖父が花嫁を新郎の手に渡すことになった。ベンは式の前日、村の宿に泊まる。キャルトレヴの舞踏室で盛大な披露宴が予定されている。

招待された客がウェールズまでやってくるには一年で最悪の季節だが、とにかく招待状が発送された。

ベアトリスとグラムリーから真っ先に返事が届いた。出席するという。ただし、ベアトリスの手紙には、夫はいまや義理の弟が完全におかしくなったのだと確信している、と書いてあった。翌日、カルヴィンからも手紙が届いた。こちらも妻のジュリアと二人で出席とのこと。そのあと、村の教会で結婚予告が出ているあいだに、次々と返事が届いた。一人を除いて全員が出席だった。驚嘆すべきことに〈サバイバーズ・クラブ〉の仲間も全員、ウェールズの暗黒の奥地へ勇敢に足を踏み入れる覚悟だという（これはフラヴィアンの表現）。一人だけ欠席というのは、もちろんヴィンセント。妻のお産が近いからだ。

ヴィンセントは手紙にこう書いてきた。〝ベン、きみの結婚式に出ないなんてぜったいだめだとソフィーが言っているが、妻のそばを離れるつもりはない〟

妻がヴィンセントの手紙を代筆したのは明らかで、そのあとに、カッコに入れた短いメッセージがあった。（出産が近づくにつれて、わたしよりヴィンセントのほうが神経質になっています、サー・ベネディクト。わたしのことが心配でたまらない夫にウェールズへ行くよう無理強いするのは酷かもしれません。かわりに、三月になったらこちらにお越しください。〈サバイバーズ・クラブ〉の毎年恒例の集まりをこちらで開きたいと思っています。新婚ほやほやでもいらしてくださいますね？　奥さまもご一緒にいかがでしょう？　ヴィンセントのお友達すべてにお会いできることを心から願っています）

手紙には紙がもう一枚同封されていた。木炭のデッサン画で、漫画風に描かれたみごとなものだった。ヴィンセントにそっくりの男性がうつむき、背中で手を組み、額から汗をポタポタ垂らして、ひどく心配そうな顔をしている。片隅に小さなネズミがいて、優しい目で彼を見上げている。

「本当に申しわけなく思っている」結婚式が翌週に迫ったある日の午後、コテージの居間のカウチに二人ですわっていたとき、ベンがサマンサの手をとって言った。「よそから来る参列者はすべて新郎側だ」

「そうね。でも、この界隈から来る参列者はすべて新婦側よ。友達も近所の人たちもみんな、わたしの人生最良の日のために集まってくれるのよ。そして、おじいさまも式に出て、わたしをあなたの手に渡してくれる」

ベンは彼女の手を握りしめた。

「それに」サマンサは彼のほうを向いて、いたずらっぽい目の輝きを彼に見せようとした。「今日、マティルダからとても礼儀正しい手紙が届いたの」

「えっ?」驚きにベンの眉が跳ねあがった。

「そうなの。わたしが卑しい生まれにもかかわらず、またしても理想の夫を罠にかけてつかまえたことに、お祝いを言ってきたのよ」

「ジプシーの血が混じっているという、きみのいかがわしい経歴のことかい?」

「ええ、そう。それと、わたしの祖父が石炭の仕事をしていることも。〝石炭の仕事〟だなんて言われると、ずいぶん怪しげで胡散臭い感じね。〝あなたが前の結婚から教訓を得て、夫となった人に、哀れなマシューのときみたいな迷惑をかけるのは慎むよう願っています〟と書いてあったわ。いいえ、〝心から願い、祈っている〟そうよ」

「まさか！」

「とても礼儀正しい文面なの。ただ、最後のほうで、意地悪な性格が顔をのぞかせてるわ。自分の意見として、図々しくもこう書いてるのよ。〝あなたがその方に迷惑をかけたとしても、その方の自業自得と言えるでしょうね。だって、正式な喪に服している未亡人を乗馬に誘うのは少しも非常識なことではない、と思いこんでらっしゃるような方ですもの〟と」

「だったら、ぼくらは似合いのカップルというわけだね？」

「そのようよ」サマンサはため息をついた。「そうそう、ついでに言っておくと、式に来るつもりはないんですって。ヒースムア伯爵夫妻も。驚いたわ。だって、わたしの手紙は再婚の報告をするだけのもので、招待なんかしてないんですもの」

翌日、サマンサは別の手紙に驚かされた。母親違いの兄であるジョン・ソール牧師からで、サマンサがウェールズに落ち着いて幸せに暮らしていると知って喜び、サマンサの母親の身内と婚礼の席で会えるのを楽しみにしている、と言ってきたのだ。両親が溺愛していた妹の婚礼に出るのが亡き父への義務だと思っている、わが妻は残念ながら同行できない、と書いてあった。

この手紙を読んだとき、サマンサは図書室に一人きりだったので、堅苦しいおおげさな文面にもかかわらず号泣してしまった。

「よそから来る参列者のなかに、わたしの身内も含まれることになったわ」午後になり、ベンがキャルトレヴから祖父と一緒に馬車でやってくると、その手に手紙を押しつけて、サマンサは言った。

そして、向きを変えて祖父の腕のなかでふたたび号泣し、祖父は彼女の背中を優しく叩きながら、ベンの肩越しに覗きこんで手紙を読んだ。

結婚式の準備はすべて整っていた。あとは、一年で最悪の空模様と言っていい季節にイングランドから旅をしてくる人々が到着するのを、待つだけとなった。一度、ベンが言った――これ以上空を見上げていたら、みんな、首の筋を違えてしまうぞ。寒い日々の続く季節で、ほとんどやむことなく吹きつづける風を、プライス夫人は〝不精な風〟と呼んでいた。「吹いてくるときに、人をよけようともしないんですもの」そう説明した。「まっすぐ吹いてきてぶつかるんです」

しかし、青空の日がほとんどで、たまに雲が出ても、はるか上空に浮かんでいて天気の崩れはなさそうだった。雪もなかった。ウェールズのこの地方で雪が降ることはめったにないが、〝めったに〟というのが曲者だ。まったく降らないのなら、サマンサたちも気を揉まずにすんだだろう。もちろん、心配なのは雪だけではない。雨も同じぐらい、いや、それ以上に困る。たいした雨でなくても、泥道に変わり、ときには泥沼になることもある。しかも、この地方で雨は珍しくない。この季節はとくに。

しかし、天気は持ちこたえた。

そして、招待客が続々と到着しはじめた。

イングランドからやってきた客はすべて、ベヴァン氏の強い勧めで、キャルトレヴに泊まることになった。ただ、ベンは全員がゆっくり泊まれるよう、予定より早めに宿屋のほうへ移った。婚礼の前夜、花婿の付き添い人になるカルヴィンがベンと一緒に泊まるため、宿屋にやってきた。

〈サバイバーズ・クラブ〉の仲間も夜のひとときを過ごそうと、カルヴィンと一緒にやってきたので、宿の主人は大喜びだった。女将のほうはそれと同じぐらい困惑していた。なにしろ、レディ一人を含む全員が貴族の称号を持っていて、それだけでも困惑の種なのに、なかの一人がなんと、公爵だったからだ。

「でね、これぐらいしか違わないわけでしょ」主人も女将も厨房にいて、集まった客たちとは、二つの閉まったドアで隔てられているというのに、女将は声をひそめて言った。「公爵さまと王さまっていうのは」人差し指と親指の間隔を五ミリほどにしてみせた。

さて一方、スタンブルック公爵ジョージ・クラブは車椅子のことをベンに質問していた。「分別ある考えだと思う。だが、きみは以前から、車椅子の使用を断固として拒否していたではないか」

「これ以上がんばる必要がなくなったので」ベンは公爵に言った。「歩くことができるし、現実に歩いています。ダンスもしました。これからは分別を働かせて、ほかの男たちに負けないぐらい迅速に動きまわることにします」

「む、村の通りできみと、き、競争してみたい気がする」ポンソンビー子爵フラヴィアンが言った。「ただ、も、物笑いの種にはなりたくない」

「車椅子の男に不名誉な敗北を喫するのもいやだし」ベリック伯爵ラルフがつけくわえた。

「三月になったらヴィンスと競走できるぞ、ベン」トレンサム卿ヒューゴが言った。「ヴィンスのやつ、目下、庭園の塀に沿って乗馬コースを造らせている。きみの耳にも入っているかね？　一見の価値がありそうだ」

「目の見えない男と、あ、脚の悪い男」フラヴィアンが言った。「勘弁してくれ」

「ぼくのことをもう一度そう呼んでみろ、フラヴ」ベンが陽気に言った。「杖で頭をぶん殴ってやる」

「言語障害が治るかもしれない」公爵が言った。

「ベン」レディ・バークリーがじっと彼を見た。「あなた、本当にダンスをしたの？」

「じつは、ワルツを」ベンは彼女にニッと笑ってみせた。「キャルトレヴの舞踏室の奥に小部屋がついている。クリスマスの少し前に舞踏会があって、ぼくはその小部屋でサマンサとワルツを踊ったんだ」

「そんなことして大丈夫だったのかい、ベン」弟のカルヴィンが訊いた。「自分の脚で必死に歩こうとする兄さんを見て、ぼくは前々から、兄さんのためになるより害のほうが大きいと心配していた。しかし、踊ったというのかい？　ぼくは兄さんのことが気がかりなんだ。どんなときでも」

しかし、〈サバイバーズ・クラブ〉の面々は笑顔でベンを見ていた。

「ブラボー」公爵が静かに言った。

「お、おそらく」フラヴィアンが言った。「その小部屋はエッグスタンドぐらいのサイズなんだろう」

「たぶん、指ぬきぐらいだぞ、フラヴ」ラルフがニッと笑い、ベンに片目をつぶってみせた。

「たとえピンぐらいのサイズだろうと関係ない、馬鹿ども」ヒューゴが大きな片手をベンに差しだし、心のこもった握手をしながら言った。「よくやった。うちのグウェンドレンもダンスをする。歩くときにひどく足をひきずるのを、みんな、見ていたはずだ」

イモジェンが身をかがめてベンの頬にキスをした。「いつかダンスをするのがあなたの夢だったわね。誰だって、いちばん大切な夢を叶えるべきだわ」

ベンは彼女の手をとった。「じゃ、きみの夢はなんだい、イモジェン？」

こんな質問をしたことをたちまち後悔した。彼女の返事を聴こうとして、誰もが静かになり、イモジェンが潤んだ大きな目で彼を見つめかえしたからだ。その目に何かが閃き、そして消えた。

「そうね」落ち着いた柔らかな声でイモジェンは言った。「背が高くて、浅黒くて、ハンリムな人に出会って夢中になることよ。決まってるでしょ」

ベンはイモジェンの手を握りしめ、軽く唇に持っていった。謝りたかったが、そんなことをしたら、イモジェンが答えをはぐらかしたのを認めることになってしまう。

「すまない、イモジェン」ヒューゴが言った。「わたしにはすでに妻がいる」

「イモジェンは〝ハンサムな人〟と言ったんだぞ、ヒューゴ」ラルフが言った。

全員が笑いだし、気まずい瞬間は過ぎ去った。

「去年の春はきっと、コーンウォールの大気に何かが混じっていたに違いない」料理をどっさりのせたトレイを宿の主人が運んできたとき、公爵が言った。「一年もしないうちに、仲間のうちの三人が結婚した。もうじきわたしの甥も結婚する予定だ」

「跡継ぎの人ですか？」ベンは訊いた。

「そう、ジュリアンだ」公爵は言った。「みんな恋愛結婚のようだな。きみとマッケイ夫人を見れば、おたがいに夢中なのがひと目でわかる。おめでとう、ベン。深く愛する女性と、きみのために特別に誂えられたかのような人生を、きみはまとめて手に入れたわけだ」

「しかも、すべては、み、未開の国の暗黒の奥地で起きたことだ」フラヴィアンが言った。

「ここまで旅をしてくるあいだ、ぼくの喉を切り裂こうとする野蛮人があらゆる、い、岩の陰から、と、飛びだしてきそうな気がしてたんだぞ」

「いや、喉を切り裂くよりも」ベンは言った。「きみを誘拐して歌を聞かせようとするだろう。ぼくが働いてる炭鉱の労働者たちの合唱を聴いてほしい。きっと感激の涙を流すはずだ」

「か、勘弁してくれ」フラヴィアンは力なく言った。

ヒューゴがビールの大ジョッキを手にとった。「今夜だけは、美容のためのベンの睡眠を邪魔してはならん。ついでに、こいつを酔っぱらわせたりしないよう気をつけなくては。だが、きみのために乾杯だ、ベン。クリスマス前にきみがその小部屋でダンスをしたごとく、きみの心が生涯ダンスを続けますように」

「うう、やめてくれ！」フラヴィアンが立ちあがり、ポートワインのグラスを掲げた。「結婚がヒューゴを気恥ずかしいほど詩的な男に、か、変えてしまった。だが、と、当然のことなんだ、ベネディクト。し、幸せになってくれ。われわれ全員がおたがいに、そ、それだけを願っている」

「ベネディクトに乾杯」イモジェンが言って、ワイングラスをかざした。「そして、サマンサに」

「きみの幸せに乾杯、ベン」ラルフが言った。「そして、サマンサの幸せに」

「兄さんに乾杯」カルヴィンが言った。「ぼくは昔から兄さんをすごく尊敬してた。自分のほしいものがわかってて、それを追いかけて、ちゃんと手に入れる人だった。ウォレスが事故で亡くなったすぐあとに兄さんが重傷を負ったときには、ぼくは心配で死にそうだった。だけど、そのあとで昔以上に兄さんを尊敬するようになった。いまも尊敬してるよ。家に戻ってきてぼくに世話をさせてくれればいいのに、兄さんは拒絶するし、ぜったい歩けるようになってみせるとか、ダンスをするとか頑固に言いつづけてるから、心配でたまらないけどね。兄さんに乾杯——世界中の幸せが兄さんに訪れますように。そして、サマンサにも」

ベンはカルヴィンに笑みを向けながら、この弟を初めて見たような気がしていた。

「そして、われわれが走るのに負けないスピードで、きみが車椅子で動きまわれますように、ベネディクト」公爵が言った。

全員で乾杯し、ベンは笑った。

「ぼくが泣き崩れる姿を目にしたくなかったら、そして、キャルトレヴの門に錠がおりているのを見たくなかったら、みんな、そろそろ帰ったほうがいい。明日の朝、あらためて会おう」

「ひとつだけ助言させてくれ、ベン」みんなが帰ろうとしたときに、ヒューゴが言った。「明日はネッククロスをふだんよりゆるめに結ぶよう、従者に命じるんだぞ。教会の祭壇の前に立って、花婿として花嫁の到着を待っていると、なぜか首が膨張を始めるんだ」

「この人の言葉は嘘じゃないよ、兄さん」カルヴィンも言った。

サマンサの母親違いの兄がやってきたのは婚礼の前日だった。サマンサはすでに祖父の屋敷のほうへ移っていて、兄の到着を出迎えた。握手をして丁重に言葉を交わした。サマンサは兄嫁と甥と姪のことを尋ねた。兄はサマンサのコテージと村の交友関係について尋ねた。ベンと握手をして、彼とも丁重に言葉を交わした。

しかし、それはほかの人々がいる前でのことだった。サマンサは兄がこんな遠くまで、しかも一年のなかで最悪の時期に来てくれたことに感激していたが、身内というより、かつて知っていた他人のような気がしてならなかった。ここまで出かけてきたことを兄が後悔しないよう願った。でも、たぶん大丈夫だろう。妹が可愛いからではなく、父への義理を立てるためにやってきたのだ。

ああ、人生はときどきむずかしくなる。

ようやく兄と二人だけになれたのは翌朝のことだった。

サマンサはすでに花嫁姿になっていた。式のために選んだのは温もりが感じられる白いベルベットで仕立てたシンプルなデザインのドレスで、首には金のチェーンつきペンダント、イヤリングも金だった。金色の小ぶりのボンネットが頭にのっていた。化粧室の椅子の背にかけてある厚手のマントもやはり白いベルベットで、胸元に金の留め具がついていて、裏地は毛皮になっている。

華やかな色をあれこれ考えてみたが、すべて退けて白を選んだ。シンプルなものにしたかった。衣装の華やかさではなく、自分自身を花婿に見てもらいたかった。

「うわあ」カールさせたサマンサの髪に慎重にボンネットをかぶせ、顎の片側でリボンを結んで、グラディスは叫んだ。「奥さまが正しかった。あたしが間違ってました。白がほんとによくお似合い。どの色もお似合いですけど、今日は最高にすてきです。少佐さまが見たら、奥さまを食べちゃいそう。もちろん、やめたほうがいいけど。だって、今日は――」

しかし、化粧室のドアにノックが響いたためにグラディスはおしゃべりを中断し、誰が来たのかを見に行った。

「ありがとう、グラディス。あとはもういいわ」

サマンサはジョンに笑顔を見せた。すでに全員が教会へ出かけたものと思っていた。

「すばらしくきれいだよ」サマンサの姿に視線を走らせながら、ジョンは言った。むずかしい顔をしていた。「わたしはおまえのことをいつも、おまえのお母さんが産んだ子だと思っていた。わたしの父の子供でもあるのに、そんなふうには考えもしなかった。だが、そうだったんだね。いまもそうだ。もちろん、おまえはお母さんに似ている。母親似でよかったといつも思っていた。なにしろ、わたしは父親似だから。鏡を見るたびにそう思う。だが、おまえも父に似たところがある。ひと目でわかるというのではない。ときたま、首をまわした瞬間とか、顔をよぎる表情とか——具体的な説明はできないが。しかし、父の子供であることは確かだ。いや、疑ったことは一度もない。無視しようとしてきただけだ」

「ジョン」サマンサは一歩前に出て右手を差しだした。「はるばる遠くから来てくれて、胸がいっぱいだわ。お父さんがわたしの母と再婚したときは、とても辛かったでしょうね」

「おまえはわたしの妹だ。それを伝えに来ずにはいられなかった、サマンサ。もちろん、おまえがそれを知らなかったわけではないが……やはり、誰にでも家族が必要だ。ところが、おまえは父方の身内から拒絶され、母方の身内のことは最近まで何も知らなかった。お母さんの身内とめぐりあえてよかったね。ベヴァンはクロイソス王のような大金持ちであるうえに、まっとうな人物のようだ」

「ジョン」このひとときに不協和音を持ちこむことにならなければいいがと思いつつ、サマンサはためらいがちに言った。「おじいさまの手紙をどうしてわたしに隠していたの？　リース弁護士の手紙だって、お父さんが亡くなったしばらくあとに一通転送してくれただけ。

どうして？　大おばさんが遺してくれたお金のことも、おじいさまが送ってくれたプレゼントのことも、どうしてわたしは知らないままだったの？」

兄はむずかしい顔になった。「プレゼントや金のことは知らなかった。わたしに言えるのは、死を前にした父から手紙の束を二つ捜して持ってくるように言われ、父が見ている前で焼き捨てたことだけだ。父から聞いたのだが、お母さんは、ウェールズの親戚のことを娘に教えるつもりはない、自分をひどい目にあわせた人たちだから、娘にまでいやな思いはさせたくない、と言っていたそうだ。父はお母さんの願いを大切にするつもりだった。おまえが貴族の家に嫁いでからはとくに。わたしのもとにある手紙は、コテージをどうするかをおまえに尋ねるものばかりだった。父の話では、コテージといっても荒廃したあばら家で、なんの価値もないとのことだった。そのなかの一通を、わたし自身が返事を出したあとでおまえに転送した。おまえも手紙に目を通すべきだ、その気があるなら、おまえ自身の考えを知らせてくれればいい、と思ったのだ。しかし、おまえから返事はなく、夫が重傷を負ったとの噂を聞いたので、その後何通かの手紙を転送するのはやめておいた。だが、どの手紙にも金のことは書かれていなかった、サマンサ――コテージのことだけだった。あんな立派な家だとは思いもしなかった」

「わたしも」サマンサは兄に笑顔を向けた。「結果的に見ると、何も知らないまま生きてきて、わたしにとって最大の意味を持つ時点で初めて真実を知ったのが、かえってよかったんだと思うわ」

「おまえが結婚する相手はいいやつだ。たとえ脚が不自由でも」

「あれほどひどい障害を抱えた人はほかにいないわ。でも、ありがとう、ジョン。来てもらえるとわかったとき、うれしくて泣いたのよ」

「おまえが？」

「ええ」サマンサは微笑し、兄の肩越しに目をやった。

祖父が彼女を迎えに来ていた。サマンサに満面の笑みを向け、それからジョンに愛想よく笑いかけた。

「わしらが遅刻したら、ベンが心臓発作を起こすだろう。花婿というのはつねにそういうものだ。花婿になるのは危険なことだな」

「わかります」ジョンが祖父に笑顔を向けた。その顔が亡き父にそっくりだったので、サマンサの心臓がズキンとした。「わたしは花婿を充分すぎるほど見ていますから。それに、わたし自身もかつて花婿でした」

ジョンはサマンサのほうを向き、一歩近づいて彼女の頬にキスをした。

「幸せになるんだよ。父はおまえを本当に可愛がっていた。わかるね？」

「わかりますとも」サマンサは優しく答えた。「お兄さんを可愛がっていたのと同じように」

兄は急ぎ足で出ていき、サマンサは祖父のほうを見た。

「おお、なんとまあ」祖父が言った。「エズミに瓜二つだ。ただ、エズミが白を着るのは見たことがなかったが。けっして着ない色だった。きれいだよ。なんとも不充分な言葉ではあるが。さあ、おいで。マントを着せてあげよう。少佐が心臓発作を起こして死ぬのを防がなくては。そうだろう？」

「ええ、もちろんよ、おじいさま。でも、マフを忘れないようにしないと」

今日はわたしの婚礼の日。サマンサはそう思い、抑えきれない興奮で胸が弾むのを感じた。

クリスマスのときの話し合いで、式を挙げ、新婚旅行に出かけ、〈サバイバーズ・クラブ〉の仲間と共に過ごすため、ベンは三カ月の休暇をとることになっていた。休暇が終わったら、ただの雇い人ではなくベヴァン氏の孫娘の婿として、炭鉱と製鉄所の経営を徐々にひきつぎ、ベヴァン氏のほうは半ば引退という形でのんびり過ごすという約束だった。新婚夫婦はコテージを住まいにする。ただし、キャルトレヴで暮らしたくなったらいつでも越して構わないことになっている。スウォンジーとロンダ渓谷にも祖父の家がある。

どれも満足のいく取決めで、考えただけでわくわくする――フィッシャーマンズ・ブリッジの教会の最前列の席に弟と並んで腰かけて、ベンは思った。背後では、彼の身内と友人たち、そして、サマンサの身内と友人たちが何やらひそひそと話をしている。とにかく今日という日を迎えたのだ。

ぼくが結婚する日。

自分が神経をピリピリさせようとは思いもしなかった。幸せいっぱいの日にどうして神経をピリピリさせられる？　しかし、ヒューゴがネッククロスについて言ったことが、いま理解できた。そして、結婚指輪をサマンサの指にはめようとした瞬間に落としてしまったらどうしよう、という恐怖を消すことができなかった。じつを言うと、その恐怖のせいで、夜中に何度も目がさめたほどだった。指輪を拾うためには、誰かに頼んで床を這いまわってもらわなくてはならず、そのあとにふたたび、指輪をはめるという試練が待っている。

「痛むのかい、兄さん」ひどく心配そうな声でカルヴィンが訊いた。

「いや」ベンは驚いて弟を見たが、自分が両手で腿をさすっていたことに気づいた。「おまえが指輪を渡してくれたときに、しっかり持てるようにと思って」

弟がニヤッとした。「指輪を落としたやつなんて一人もいないよ」

自分が一人目になりそうだ。

やがて、豪華な式服に身を包んだジェンキンズ牧師が参列者一同に起立を促し、パイプオルガンの和音が響いた。

杖にすがって立ちあがるのに永遠にも等しい時間がかかったようにベンには思われたが、立ったときには、誇らしげな笑みを浮かべた祖父の腕に手をかけて、身廊の向こうにようやく彼女が姿を見せたところだった。

ああ、神さま――ベンは敬虔な思いに包まれた。こんな美しい人がこの世にいるだろうか？　本当にぼくのものになってくれるのか？　ぼくの花嫁に？

そのとき、彼女が身廊に視線を走らせ、彼の姿をとらえ、笑顔になった。彼が笑みを返した瞬間、参列者のあいだに小さなため息がさざ波のように広がったことに、ベン自身は気づいていなかった。

やがてサマンサが彼の横に立ち、二人でジェンキンズ牧師のほうを向いた。

「お集まりのみなさん」牧師が魅力的なウェールズ訛りで言った。

こうして式が進み、わずか数分のうちに別の世界が訪れた。

二人は結婚した。

そして、ベンは指輪を落とさずにすんだだけでなく、牧師が述べた誓いの言葉をくりかえしながら指輪を受けとり、サマンサの指にはめるあいだ、落としたらどうしようなどとは考えもしなかった。杖なしで数分間どうやって持ちこたえられるだろう、という不安も頭から消えていた。

二人は結婚した。

それから結婚証明書に署名をし、すべてが滞りなく終わった。

夫と妻になった。

二人で身廊をゆっくりと戻っていった。ベンは杖を片方だけにし、サマンサが彼の反対の腕に手を通して、傍目にはわからないようにしっかり支えてくれた。もう一方の手に白いマフを持っていた。左右に目をやり、サマンサと同じように参列者に会釈と笑みを向けながら歩くあいだ、ベンは脚の痛みを感じることがまったくなかった。

やがて教会の外に出て、身を切るような風が吹きつけるなかで、二人は顔を見合わせて笑った。

「レディ・ハーパー」

「ええ」サマンサは言った。「あなたのお友達が手にしてるものって、まさかわたしが思ってるとおりのものではないわよね？」

教会の外の通りに村人がたくさん集まっていた。結婚式というショーを見物し、新郎新婦にお祝いを言うためにやってきたのだ。しかし、そのなかになんと、フラヴィアンとラルフがいた。早めに教会を抜けだしたに違いない。一月だというのにどこで花を見つけてきたのか、神のみぞ知るだ。きっと、どこかに温室があるのだろう。しかし、フラヴィアンたちの手に握られているのは間違いなく花びらで、新郎新婦をキャルトレヴまで連れて帰るために待っている馬車のほうへ二人がゆっくり歩いていくと、花びらが二人の上に降りそそいだ。

「答えはイエスだと思う」ベンがそう言って、笑いながらサマンサのあとから馬車に乗りこんだ。「そして、馬車のうしろにくっついているものは、ぼくが思ってるとおりのものだと思う」

教会の鐘が鳴っていた。人々が歓声を上げていた。参列者が教会から次々と出てきた。

「さあ」ヒューゴが言った。「馬車の扉を閉めてあげよう」

閉めてくれた。てのひらいっぱいの花びらを馬車に投げこんだあとで。

ベンは座席にもたれて笑った。サマンサの手をとり、彼女のほうへ身体を向けた。

「幸せ？」と尋ねた。

サマンサはうなずいた。

「言葉というのは、ときにもどかしいことがある。そう思わないかい？」

サマンサはふたたびうなずいた。

ベンはうつむいて彼女にキスをした。馬車の外に集まった村人の歓声がさらに高まり、ピーッという口笛も何度か混じった。

馬車が揺れて出発した。

騒々しい出発だった。なにしろ、数えきれないほどの金物類をひきずっているのだから。

「ベン」サマンサが彼の目をじっと見て言った。「許してあげる」

「えっ？」

「わたしを〝そこの女〟って呼んだことを。それから、わたしとトランプに声が聞こえるところで、思いきり悪態をついたことを」

ベンはサマンサにゆっくりと笑みを向けた。

「ぼくはどうやら、あのみすぼらしい犬も家族にしてしまったようだね」

「ええ、末永く」サマンサは断言した。

「いまいましい犬め」ベンは一分前に比べるといささか乱暴なキスを妻に贈った。

訳者あとがき

一九世紀の初め、フランス皇帝ナポレオン一世がスペインに対する支配力を強めていくなかで、それに反発してマドリードの民衆が蜂起。反乱はスペイン全土に拡大し、やがて、イベリア半島を舞台にして、反乱を支援する英国とフランスの戦争へと発展していく。

メアリ・バログは、スペイン独立戦争、もしくは半島戦争と呼ばれるこの戦いに巻きこまれて心身に傷を負った七人の男女を中心に、〈サバイバーズ・クラブ〉という七作のシリーズを書きあげた。一作目のトレンサム卿ヒューゴ・イームズを主人公とする『浜辺に舞い降りた貴婦人と』、二作目のダーリー子爵ヴィンセント・ハントを主人公とする『終わらないワルツを子爵と』に続いて、本書『雨上がりに二人の舞踏会を』はシリーズ三作目にあたり、戦闘で脚が不自由になった準男爵家の次男、サー・ベネディクト・ハーパーと、彼がイングランド北部で出会った薄幸の未亡人サマンサをめぐる恋物語が描かれている。

例年の〈サバイバーズ・クラブ〉の集まりが終わりを迎え、七人の仲間は名残りを惜しみつつ、おたがいに別れを告げて、それぞれの人生に戻っていった。ついでだが、この集まりのときに、トレンサム卿はのちに妻となるグウェンと出会って恋に落ちる。そのせつない恋愛模様を綴ったのが『浜辺に舞い降りた貴婦人と』である。

さて、本書の主人公のサー・ベネディクト（ベン）は準男爵家の次男。軍人になるのが小さいころからの夢で、その夢を実現させて陸軍士官になり、充実した日々を送っていた。ところが、ふたつの出来事が彼の人生を大きく狂わせる。ひとつは、長兄が事故で亡くなったため、彼が爵位を継ぐ立場になったこと。もうひとつは、半島戦争で重傷を負って軍隊への復帰が絶望的になったこと。本当なら、準男爵家の新たな当主として屋敷に腰を落ち着けるべきだが、弟のカルヴィンの一家が以前からそこで暮らしているため、ベンとしてはどうも帰りにくい。カルヴィンは兄の生前からすでに、有能な荘園管理人として、財産と領地の管理をひきうけてきたのだ。

そんなわけで、〈サバイバーズ・クラブ〉の仲間と別れたあとも自宅へは向かわずに、イングランド北部に住む実の姉のところでしばらく暮らすことにする。大好きな姉との静かな日々が流れるなか、乗馬に出かけたベンは、久しぶりにジャンプに挑戦したくなり、生垣をみごとに飛び越えた……つもりだった。ところが、生垣の向こうに着地した瞬間、そこに犬がいて狂ったように吠えはじめたため、馬が恐怖に駆られて棒立ちになるやら、彼が振り落とされそうになるやら、とんでもない騒ぎになってしまった。

その騒ぎの最中に出会ったのが、犬の飼い主で、黒い喪服に身を包んだ女性だった。

怒りに駆られてベンが思わず女性をどなりつけると、向こうも猛然と反論してきて、その日はおたがいに最悪の印象を抱いたまま別れることになった。

女性の名前はサマンサ・マッケイ。半島戦争で大怪我を負って帰国した夫の看病に明け暮れ、四カ月前に最期を看取ったばかりの未亡人だった。小姑にあたる夫の妹から〝喪中の未亡人にふさわしいふるまい〟を心がけるようきびしく言われているため、外に出ることもままならず、自宅で孤独な日々を送っていた。この日ようやく義妹の目を盗んで、犬を連れて散歩に出かけたのだが、久しぶりに外の空気に触れ、解放感を味わっていたら、生垣を飛び越えてきた馬のせいで死ぬほど怖い思いをさせられたというわけだ。

こうして最悪の状況のなかで出会った二人だったが、何度か顔を合わせるうちに、ベンは彼女の孤独に胸を痛め、サマンサは彼の意外な優しさに触れて、徐々に心を通わせるようになっていく。

そして、ある日、サマンサに重大な危機が降りかかり、ベンが助けの手を差し伸べたのをきっかけに、二人は思いもよらない運命に向かって歩みだしたのだった。

一作目で登場し、巨体と渋面で圧倒的な存在感を示したヒューゴ、二作目の主人公となった天使のように美しい盲目のヴィンセントに比べると、これまでのベンの印象がいまひとつ薄かったことは否めないが、本書にその理由が示されていて、なるほどと納得できた。作中にこんな一節がある。

〝ペンダリス館にいるときでさえ、あとの仲間に比べると口数が少なく、自分の悩みを打ち明けるより仲間の悩みに耳を傾けるほうが多かった。ほかの者から見れば自分はさほどおもしろい人間ではなく、自分のことを延々と語ってもみんなを退屈させるだけだ、とつねに思っていた〟

そう、ベンはそういうタイプだったのだ。だから〈サバイバーズ・クラブ〉の仲間どうしで議論をする場面でも、ほとんど発言していなかったわけだ。でも、『雨上がりに二人の舞踏会を』のベンは違う。優しく頼もしい恋人として、自分の障害に敢然と立ち向かう男性として、存分にその魅力を発揮している。

作者メアリ・バログの故郷でもあるウェールズの美しい風景のなかでくりひろげられる、ベンとサマンサのすてきな恋の物語を、どうか存分に楽しんでいただきたい。

最後にシリーズ四作目のお知らせを。次はポンソンビー子爵フラヴィアン・アーノットの登場だ。『終わらないワルツを子爵と』の最後に描かれた収穫祝いの舞踏会の場面から物語が始まる。あの作品を読まれた方は覚えておいでだろうか？　舞踏会でフラヴィアンがある女性と二回も踊ったことを。本当なら、それきり二度と会うはずのない二人だったが、運命のいたずらによって、翌年の三月にふたたび顔を合わせることになり……そして……続きは次作をお楽しみに！

二〇一八年七月

本書には今日では不適切とされる用語が使用されている箇所がございますが
物語の時代設定を考慮し、原書における記述に基づいて訳出しました。

ライムブックス

雨《あめ》上《あ》がりに二人《ふたり》の舞踏会《ぶとうかい》を

著　者　メアリ・バログ
訳　者　山本《やまもと》やよい

2018年8月20日　初版第一刷発行

発行人　成瀬雅人
発行所　株式会社原書房
〒160-0022東京都新宿区新宿1-25-13
電話・代表03-3354-0685　http://www.harashobo.co.jp
振替・00150-6-151594
カバーデザイン　松山はるみ
印刷所　図書印刷株式会社

落丁・乱丁本はお取替えいたします。
定価は、カバーに表示してあります。
 ISBN978-4-562-06514-1　Printed in Japan